起舞

迟子建

作家出版社

目录

黄鸡白酒

一　红蓝线

哈尔滨这座城，能气死卖胭脂的吧。长冬一来，寒风就幻化成一团团粉扑，将姑娘们的脸颊涂红了。那些八九十岁的老人，闻着霜的味道，就开始"猫冬"了。他们在暖洋洋的屋子里，一待就是半年，黑脸的捂白了，白脸的捂得失了血色。那些日子过得好的老人，在家里看电视听收音机，喝清茶嗑瓜子，逗弄笼中的鸟，观赏鱼缸的鱼，摩挲着怀里跟他们一样懒洋洋的猫，偶尔摸摸扑克牌或是麻将，隔窗望飞雪，昏沉沉想往事，有一搭没一搭地和儿孙唠闲嗑；过得不如意的，粗茶淡饭，忍受着病痛的折磨或是儿女的白眼，日暮黄昏中，叹青春不再，苦海无边。管他如意的还是不如意的，都像栽种在花盆的植物，活在巴掌大的天地中，因为底气不足，精神的少。所以冬天离世的老人和患老年痴呆症的，也就高于其他季节。

活过九十而能在冰雪中自如行走的，在哈尔滨，也就春婆婆吧。在玉门街一带人的心目中，她就像一座石头垒砌的老城堡，苍苍貌，铁骨身。

人们若问春婆婆的长寿秘诀是什么，她会撇着嘴说："估摸着哪个小鬼淘气，把俺的名字，从阎王爷的生死簿子上勾掉了！"人家就说："那你还不得活千年万年？"春婆婆摇着头说："俺要是活在干干净净的月亮里，活个千年万年还中！活在这世上，乌烟瘴气的，够了！阎王爷再不叫，俺就自己去！"人们便起哄，问她怎么去？她要么说跳松花江喂鱼，要么说赶上下雪的日子，多喝几盅酒，夜深时躺在屋外，半宿儿也就冻硬了。总之，她是不想死在屋里的。说是人的魂儿柔软得跟烛苗似的，万一死在屋里，门窗紧闭，魂儿就不好升天了。

春婆婆爱睡懒觉，一天只吃两顿饭。头一顿在家，后一顿在"黄鸡白酒"小酒馆，那通常是午后四点钟了。她喜欢吃豆子喝烧酒，荤腥除了酸菜白肉，别的基本不碰。所以卖鱼的看见她就别过头去，而卖活鸡的郑二愣逢着她就嚷："春婆婆，都像您老似的，我就得扎脖子喝西北风了！"

春婆婆吃豆子不挑剔，黄豆、芸豆、黑豆、豌豆、蚕豆，她都爱；吃法上也不拘一格，五香的，油炸的，清水煮的，都行。她爱吃豆子到什么地步呢，就连炒个青菜，也得加一勺豆豉。也许是吃豆子的缘故，她不缺钙，牙齿虽不像年轻时那么白了，但没有损兵折将的；她也不像别的老人弯腰弓背，走路不需拐杖。

玉门街算是哈尔滨最短的一条街吧，二三百米的样子，被两条长街夹峙着，一左一右是铁路局的老房子。这些米黄色的平房，是俄国人建的中东铁路管理局高级职员的宿舍，有上百年历史了。那一座座砖木结构的小洋房，厚墙体，高举架，坡屋顶，庄重气派，高门狭窗均有妖娆的木纹装饰。由于设计合理，这房子住起来很舒适，"冬天冻不透，夏天晒不透"，简直就是宝葫芦。早期俄国人住的时候，家家都有花园庭院；解放后它们成了哈尔滨铁路局职工的住宅，花园就像晚霞一样，渐次消失了。因为独栋房子分几户住，空间就显得狭小了。很多住户私接了棚厦，还在花园里接二连三地搭起煤棚，庭院被瓜分殆尽。而近些年，看上玉门街优越地理位置、前来租房做生意的人越来越多，再加上政府部门将这里划为动迁改造的范围，住户们为了获取更多的利益和补偿，又见缝插针地违建了不少四四方方的水泥屋，那原本规矩的街区，就成了一头乱发。幸亏有了玉门街，等于在乱发中分出了一道笔直的头缝，不至于太看不下眼。而玉门街两侧顶天立地的老榆树，也很提气。这两道天赐的流苏，为这乱发平添了妖娆之气。

与玉门街相邻的街，有四五条，如公司街、海城街、联发街、花园街和木介街。不过春婆婆嫌这些街名死性，给它们起了另外的名字：烟火街、门窗街、水腰街、上朝街和银瓶街。别说，玉门街的人，时间久了，还喜欢上了春婆婆起的街名呢。比如买菜的和卖菜的因为几毛钱大打出手了，开杂货铺的王老闷见了，怕他们打出人命，抓起电话报110。接警的问出事地点在哪儿，王老闷说："烟火街！"人家又问："烟火街在哪儿？"王老闷居然火了，训斥对方连烟火街都不知道，不配做哈尔滨的警察！

烟火街比起玉门街，要长得多了。有多长呢？你若想想周遭几千户人家的小日子，是靠它撑腰的，就知道有多长了。这条街上，固定的店铺，有酒馆、面馆、水煎包店、烧烤店、洗衣店、美发厅和旅社，此外还有卖粮油杂货的、卖烧饼切面的、卖蔬菜水果的、卖鸡鸭肉蛋的、卖外贸服饰的；而一早一晚流动的摊贩，数不胜数了。卖粥卖凉糕的、卖金鱼盆花的、卖冰糖葫芦和酸菜血肠的、卖包子饺子的、卖帽子鞋垫的、卖杯盘碗盏的、卖猫卖狗的、卖旧书头饰的，甚至卖假古玩和盗版光碟的，都可看到。你若活腻烦了，走在烟火街上，也是厌世不起来的。那扑面而来的生活气息，宛如一缕缕拂动的银丝，织就了一张无形的大网，从头到脚地罩着你啦。

玉门街平素很少有车辆经过。走得多的，是蹦蹦车和三轮车——这里的小商贩多嘛。到了夏天，人们会发现，这条小街的蚂蚁和毛毛虫格外多。它们要把这街装点成花园似的，黑黑白白、黄黄绿绿地四散开来，舒展着柔软的腰肢，恣意爬行，花朵般绽放。春婆婆说，虫子们也不傻，一看去别的街的同伴儿，有去无回，估摸着不是被汽车轮子碾死，就是被行人给踩死了，因而乐意待在玉门街。这里车少人稀不说，那些榆树还能做秋千，让它们荡着玩。所以你打玉门街经过，调皮的毛毛虫有时会充当黑客，冷不防从树上落下，拂过你脑门，吓你一跳。

春婆婆住在玉门街东侧一座三层的红砖楼里，靠近水塔。这一带的房屋，多是洋房和私搭乱建的棚屋，所以这座不起眼的楼，在这里却显眼了。楼是五十年代建造的，最初只有上下水和暖气管线。由于设施陈旧，几十年来被城市建设的洪流裹挟着，几经改造。程控电话、有线电视、网线纷纷入户；煤气罐被管道煤气取代了，而分户供暖的改造，也在争吵声中完成了。由于老楼数次被洞穿，它就像一个历经几场大手术的人似的，饱受重创，伤痕累累。厨房与厨房之间气味相窜，东家炒尖椒，能呛出一壁之隔的西家女人的眼泪；楼上的夫妻在床上扑腾出的"小夜曲"，楼下的住户也听得真切。蟑螂和老鼠顺着洞隙，挨家乱窜。邻里间因着这恼人的气味、声音或是害虫，多有口角。而老楼电路和自来水管线的老化，也使这里火灾频仍，自来水管不止一次爆裂。

玉门街的居民冬季取暖，大都还是老法子，自己生炉子。小洋房的地下室，多半设有小锅炉。私建的棚厦，也都垒砌了火墙，盘了炉子。由于烧煤，冬天这里乌烟瘴气，好像从来没有晴天的时候。而一旦刮起狂风，玉门街就成了地狱。黑烟和煤尘恶鬼似的，猖狂地往人的鼻孔和眼睛里钻。住在这儿的人，冬季从户外回来，鼻孔通常是黑黢黢的。

但春婆婆住的楼不一样，由于有暖气设施，离烟火街的供热站又近，这座楼的住户，能享受到集中供暖不说，室温也比供暖末端区域的房屋，要高出许多。热易生躁，楼里的人家，冬季常常开窗透气。三九天里，那些住在平房烧不暖屋子的人，一看到热气像一群肥美的绵羊似的，被红砖楼的住户赶出家门了，就像看到了无德的富人，将香肠和面包当着乞丐的面，喂给狗一样，恨得牙根直痒。所以红砖楼的人若是因室内外温差过大而患了感冒，走在玉门街上一声不迭一声地咳嗽，那些自行取暖的住户见了，都在心里骂："让你烧包呀——"

红砖楼三个门洞，由于格局不一，每个门洞的户数也不同。春婆婆住的二门洞，共有六户人家。她的楼上是在烟火街开杂货铺的王老闷，楼下住着退休教师赵孟儒。对门的住户则不确定了，因为那户人家的男主人患有气喘，一到十月，就携老伴去广东的亲戚家过冬。房子干闲半年可惜了，他们就到房屋中介所登记，将其出租。房客是蝴蝶，每年飞来的都不一样。他们中有从外县来哈尔滨做生意的汉子，也有陪读的妇人。对面的那扇门，在春婆婆眼里就是舞台的幕布。大幕每年初冬拉开，直到玉门街的榆树发新芽了，这出戏才落幕。

哈尔滨实施分户供暖工程的改造，到了玉门街已是尾声了。政府规定，如果不获得所在楼的半数以上的居民通过，是不能强行改造的。经年累月住在这儿的人，并不乐意分户，那等于给家里来一次小装修，劳神费力；可是冬季去别处的人，却渴望着改造，这样可以申报停热，只缴纳百分之二十的热能损耗补偿费，省下一笔钱。如果不分户，一座楼开栓供热，管你需不需要，暖气会像隐形天使一样，张着温暖的翅膀，顺着上下贯通的管线，来到每一户人家。如果说楼体是面包坯子的话，那么持续的供暖就是对它进行均匀的烘焙，生生将挺立在寒风中的一座座楼，烤成一块块热乎乎的大面包啦。

红砖楼的住户，在分户供暖问题上，分成了两派，最终二十五户居民签字表决时，十二户同意，十二户反对。剩下一户没签字的，就是春婆婆。如此，她也就成了两派争夺的对象。春婆婆不识字，两派都来人找她，送她卤煮的蚕豆或是炒得浓香酥脆的黄豆，要代她签字。最终她是怎么站在同意一方的呢？

一个夏日的午后，春婆婆惯常地来黄鸡白酒小馆吃酒时，三门洞的刘蓝袍找来了。

刘蓝袍本名刘银珠，四十出头。她男人是铁路局货栈的搬运工，九年前突发脑出血去世，撇下她和一个年幼的孩子。刘银珠虽然改嫁了，但仍念着前夫，终年穿着那男人穿过的蓝袍子，一脸哀怨的，人们就唤她"刘蓝袍"。刘银珠瘦弱，她死去的男人肥胖，那件蓝袍子在她身上，一副冤鬼的模样，软塌塌的，挺不起来。刘蓝袍家住一层，连着地下室。她的后夫许前，瘦骨伶仃的，在烟火街摆菜摊，患有风湿性心脏病。刘蓝袍嫁他，看中的是他的忠厚，虽说他比她小五岁。还有，刘蓝袍跟他好，也有点和命运赌气的意思。她的前夫，谁见了不夸他壮实？他平素都很少感冒。可是一个顶天立地的大男人，说没就没了。俗话不是说吗，病病歪歪活到老。她想许前这种灯芯草似的男人，也许能陪她到风烛残年。就这么的，刘蓝袍一咬牙招许前上门了。卖菜虽不用出苦力，但毕竟风里来雨里去的，刘蓝袍不想让许前吃这份辛苦，利用自家位置的优势，将两间房屋改造成小浴池，夫妻俩开起浴池。因为这一带拥有浴室的人家，少而又少。人们洗澡，还得去公共浴池。浴池开张后，生意还不错。他们在地下室安装了两台小锅炉，一台供热，一台上水。许前负责买煤，烧锅炉，刘蓝袍负责浴池的清扫，客人需要搓澡、拔火罐或是刮痧，也由她做。她备了三四十个大大小小的火罐，玉质和牛角的刮痧板各一块。春婆婆每回去那儿洗澡，都是刘蓝袍服侍着。怕春婆婆年岁大了站不稳，又怕她累着，刘蓝袍特意为她买了防滑胶垫和硬木板凳，让她坐着洗。刘蓝袍不收春婆婆的钱，说她这岁数的人去洗澡，浴池跟着沾了仙气，等于接福了。所以每年春节，春婆婆都会包上一个红包，一百两百的，给小巴夺做压岁钱，变相将钱还上。小巴夺是刘蓝袍和前夫的孩子，这小子虎头虎脑的，大嗓门，暴脾气，春婆婆说他的冲劲儿很像哈尔滨早年的老巴多香烟，便叫他"小巴夺"。

刘蓝袍直肠子，见着春婆婆就诉苦，说是煤涨价了，水和电也涨价了，以前一张澡票四块钱还能盈利，现在一张五元，也没什么赚头了。再涨一块吧，又怕没人来洗了。最可气的是那些中年妇女，进了澡堂子，一洗就是两个钟头，恨不能把皮搓烂了才出来。她们来洗澡，费水费煤费电，不赚反赔。这样呢，她不得不打分户供暖的主意了。因为她家有小锅炉，浴池完全可以自主供热，供热公司每年送的热，白白浪费了。如果供暖分户了，她就可以顺理成章停热，省下一笔钱。刘蓝袍说完，递上一张字体缭乱的纸，又拿出一盒红色印泥，点着唯一的空格，说春婆婆要是不反对，就帮她填上"同意"二字，然后请她按个手印。

若是别人来劝说，春婆婆会置之不理，她已经到了可以不理睬万事万物的岁数。可刘蓝袍求她，她不忍拒绝。看看这女人那张皱纹累累的脸吧，看看她身上那件已被磨出洞来的蓝袍子吧。春婆婆对刘蓝袍说，我看着你长大，没见你喝过酒。你要是能陪我喝上几盅，我就给你按手印。刘蓝袍连忙掏出笔，在空格写上"同意"二字，然后画了一颗五角星，说万一自己陪醉了，春婆婆就在五角星里按手印。

刘蓝袍没喝过酒，但她前夫爱喝。酒一入口，她想起他来，无限伤感，于是借口烧酒呛着她了，狠命咳嗽着，让眼泪有个名正言顺流出的理由。春婆婆看穿她的心思了，又给她倒了一盅。刘蓝袍一口干掉，擦了擦眼泪，哆嗦着嘴，说："赶上喝辣椒水了。"春婆婆怕她喝醉，连忙打开印泥盒，伸出食指，轻轻一蘸，按在那颗五角星上。在满纸的黑字蓝字中，它就像一只飞舞的红蜻蜓，明媚极了。

春婆婆放飞的这只红蜻蜓，使分户供暖改造得以进行。施工人员是郊县的农民，他们由供暖公司招募，只经过简单的培训，技术并不熟练，埋管线的沟槽刨得不匀称，凿墙时将洞开得过大。施工现场飞沙走石，一片混乱。大多的住户，想趁此多加几组暖气片，虽说规则不允许，但只要住户塞给施工人员三百两百的好处费，饭口时能好吃好喝款待他们，你就是给墙穿上一圈暖气裙子，也没人管。那段时间，海城装饰材料市场的暖气片销量一路飙升。

春婆婆家的暖气改造，由于不加暖气片，一个上午就结束了。刘蓝袍帮着她，一个下午的工夫，就把屋子打扫干净了。各屋的地面，由于管线的进入，不同程度破损。那些比甘蔗粗不了多少的白管子，像绷带一样七缠八绕着，感觉屋子成了要上法场的死囚，被五花大绑着。

红砖楼的分户供暖施工，一周内完成了。改造一结束，春婆婆就后悔了。因为红砖楼东侧外墙上那颗好看的铁路局徽标，生生被钻孔给震碎了。在春婆婆眼里，那个徽标就是一枚印章。能住在打了印章的房子里，她曾引以为豪；还有，楼道被两根碗口粗的红蓝管子给穿透了，那根红色的管子还像树一样分出两个杈，就像举着把巨大的耙齿，要给谁一耙似的。家家放在墙角的酸菜缸，只好顺势前移，空间变得狭小，上下楼的人经过这儿，不得不仄着身子。更让春婆婆伤心的是，那只被唤为"花花"的流浪猫，以往会在黄昏时，顺着楼梯爬到春婆婆家门口，吃留给它的食儿。可是红蓝管线出现后，花花不来了，春婆婆想它怕是被那管子给吓跑了。她多次寻猫，老榆树下，垃圾箱旁，饭馆门前，花花以前爱去的地方她都去了，却连个影子都没瞧见。

春婆婆把怨气都撒到楼道的红蓝管线上啦！她发现管子摸上去有点软，像是包了一层泡沫，便从针线匣里翻出锥子，纳鞋底似的扎着管子，嘟囔着："我让你吓跑花花，扎死你个坏东西！"锥尖穿透泡沫，杵着金属管，一次次被碰回头来，春婆婆就收了锥子，拿出锤子，敲了它几下。锥子锤子使过，她认为已经对管线做了惩罚，原谅它了。

吃豆子喝烧酒，时不时干点小坏事，春婆婆这些嗜好，玉门街一带的老住户都晓得。她说了，人生有意思的时候少，得给自己找乐子，所以从年轻的时候起，她就是个促狭鬼。

春婆婆十七岁成亲的那天，由于迎亲的马队在路上遇到了暴风雪，未能如期赶到，而典礼不能推迟，娘家人只好将闺房做洞房，临时抓了只大公鸡，替代新郎和她拜天地。若是别的新娘遇见这事，会哭丧着脸，可春婆婆不。她抱着大公鸡咯咯乐，因为它的屁股对着她的胸，一撅一撅的。她想新郎官一直想摸却没敢摸的地方，竟让大公鸡给摸了，为他叫屈。典礼结束，春婆婆对主婚人说，大公鸡晚上不能跟她住，它一打鸣，她就得跟着早起，而她起大早梳妆累着了，想睡个懒觉。在场的人，没有不笑的。人们都羡慕那个被阻隔在风雪中的新郎，想着跟这样的姑娘过日子，冷日子会是暖的，苦日子也是甜的。也就是从这天起，春婆婆几乎不碰鸡肉了，感觉吃鸡，就是吃她男人。

春婆婆是小姑娘的时候，哈尔滨满大街的俄国人，他们夏天喜欢躺在松花江的沙滩上晒太阳。她知道他们爱花，稍有空闲，就在草甸子采了各色野花，配上柳枝，一把把捆上，插在盛着凉水的铁桶里去卖花。每卖一束，她都要悄悄打开铁桶旁的一个小铁皮罐，摸一条捉来的毛毛虫，悄悄投到花束里。往往是拿着花的人刚走开，突然间"啊——啊——"大叫起来，将鲜花丢到地上。春婆婆这么干，无非因为听不懂叽里咕噜的洋话，心生气闷。而洋人"啊——啊——"的惊叫声，她却听得懂。

春婆婆做这些小坏事时，心底是愉悦的。在生活中，她最受不了的是什么呢？那就是葬礼的气氛。她参加的葬礼，都因她的捣鬼，冲淡了死亡带给人的阴影。比如一个老太死了，春婆婆掖在怀里一朵红色绒球花，在遗体告别时，将绒球花抽出，别在老太花白的鬓角上。说是人一死就又回到青年时代了，若是不戴朵花，上路后不吸引男人，那就吃亏了。她的论调把死者的子孙都逗笑了。再比如刘蓝袍的男人死时，她前去送别，带了一把油壶，放到那男人灵前，说："俺知道老天为啥叫你去了，它相中了你这一身肥肉啊。天到了晚上时，也不是夜夜有月亮，它黑了也憋屈呀。咋办呢？点灯吧。天那么大，得费多少灯油呀。灯油不够使，就把你招去炼油啦！你得答应俺，炼好了油给俺留一壶，想个法子捎回来，俺好省下电钱，多吃几回酒呀。"刘蓝袍当时正拍着大腿，哭自己命苦，说她和小巴夺无依无靠，没法活了。春婆婆的话，让她止了哭声。想着小巴夺他爸，若是被天给召去炼灯油了，也是他的造化呀。

霜是个干净物，它落脚之处，不是无人踩踏的屋檐，就是树间的落叶。它们很娇羞，最见不得太阳那张热辣的脸。春婆婆在晨光中一看到湿漉漉的落叶，就知道它这是被太阳强行吻过了，她会捡起一片叶子，怜惜地说："要是俺金袍子上披的白纱，让人给扯碎了，也会哭哇。"秋风吹黄了树叶，它们真的像是穿着金袍子的姑娘呢。

春婆婆就是在霜降时节，生发了要给自家停暖的念头的。因为她每次回家，一看到楼道的红蓝管线，就像看到两个无赖，烦死了。她想，你让我不痛快，我就得算计算计你。她思谋着，自己住在中间，上下左右都有住户，家里没有冷山，楼道的管子又能散热，按照往年供暖的热度来推算，她就是停了热，家里也能有个十来度。而且，哈尔滨的冬天逐年变暖，烟火街曾经很红火的卖棉服的铺子，生生被这连绵的暖冬给弄黄摊儿了。冬天没个冬天样了，有什么怕的呢？再说了，她还有一台电热油汀取暖器，实在挺不住，有它救驾。还有呢，她每天一顿烧酒，等于给身体埋下了一团火炭。

一旦想明白停热可以省下两千多块取暖费，春婆婆就不后悔自己按下的手印了。她想今冬自己在嘴上亏不着了。秋林的酒心糖，老鼎丰的椒盐五仁月饼，奋斗副食的粉肠，马迭尔的小面包，她可以换着样吃了。

春婆婆曾经有一些积蓄的，但这些年来她吃在街上，再加上每年缴纳的包烧费、水电煤气等日常开销，她存折上的钱数，就像黎明前的星星一样，屈指可数了。她最大的财富，就是手中的这套住房。如果动迁，按现在的地价估算，少说也能获得六七十万的补偿。所以近些年来，与她隔阂甚深的浪荡儿子马胜，忽然对她热情起来。除了自觉支付赡养费，每年肯给她千八百的零用钱。春婆婆明白，他这是想以小投入，换取遗产继承权的大回报呢。马胜每次来，都要跟人打听玉门街什么时候拆迁。春婆婆知道他巴望自己早死，所以这个已经七十多岁的儿子一来，她故作萎靡，佝偻着腰，喘粗气，说胡话，做出手脚不利落的样子，打翻茶碗或是水杯，让他觉得自己快进焚尸炉了。可是马胜一离开，她就直起腰，哼小曲，步履轻快地离开家，到黄鸡白酒吃酒去了。

二　梅园

二十年前吧，哈尔滨的市民，秋冬交接时，有一项绕不过去的活儿：糊窗缝。而近些年来，新兴的建筑一水是铝合金和塑钢的门窗，不需糊窗缝了。那些老宅的住户，为图方便和美观，不惜破费，纷纷革掉木窗的命。你只需在海城街走一遭，就明白为什么木窗要消失了。这条街上，居然有十几家门市，是做塑钢门窗生意的。不过，春婆婆不喜欢追逐那样的时髦。在她眼里，金属门窗冷冰冰的，只有骨头没有肉，它们把持家，没有温馨感；而木头门窗有血肉，不仅能吸纳阳光和月光，还能送来风的呼吸。更重要的，木窗可以刷油漆。你若是将蓝色窗格看腻烦了，就漆成乳黄的或是翠绿的吧。蓝格的窗，像是被蓝天映照着的一块块晶莹的水洼；乳黄的呢，宛如盛月亮的筐箩；绿色的，谁看了都会联想到一畦春韭。陈旧黯淡的屋子中镶嵌着一扇明媚的窗，就是拥有了一束永不凋零的花。春婆婆深知木窗的好处，对它难舍难弃，就得年年糊窗缝了。

哈尔滨的木窗，为了抵御寒流，都是双层的。五六十年代的木窗，不像七八十年代的留有气窗，窗子一糊死，一个冬天就不能开启了。也因此，糊窗缝一定要在晴朗的日子，不然两层玻璃间积存了湿气，冬天容易上霜。一般来说，窗缝糊在外侧，保暖效果才好。若糊在里侧，窗纸一旦被融化的霜花洇湿，易破损和脱落。可是只有住平房的人，才方便将窗缝糊在外侧。

春婆婆刚搬到这儿时，见二楼的窗子离地面也就四米来高，便请木匠打了个梯子，攀着它糊窗缝。反正她那时灵巧，有力气，肩上搭着用报纸裁成的一条条窗纸，提着糨糊上上下下，跟玩似的。这梯子平素杵在西山墙，邻居们晒干菜或刷墙需要时，就把它当短工吆喝到家，使唤完了再放回去。木梯跟人一样，也会老朽，十几年过去，风雨将它侵蚀糟烂了，春婆婆便将它送与住平房的人家，劈了烧火。此后，她只能在里侧糊窗缝了。糊窗缝对她来说是件美好的事情，打糨子，裁纸，捏几枝蜡花，插在两层窗中央的锯末子上，那里也就成了一个小小的梅园。为什么要在两层窗之间填充锯末子呢？因为窗根的缝隙大，风易入侵，锯末子能堵严缝隙。不过近些年来，由于屋子暖，加之春天清理起来麻烦，春婆婆已经不填充锯末子了。

近些年来，春婆婆怕爬高有闪失，再摔个半死不活的，都是请计时工来糊窗缝。年轻人很少有会做这活儿的了，所以来的人，年龄都偏大。她们干活不利落不说，还多嘴多舌。她们鄙夷木窗，把钢窗夸得天花乱坠。春婆婆听了，气哼哼地教训她们："木窗有血脉，钢窗有吗？住在不过血脉的屋子里，能活长吗？！"

因为做了停热的打算，春婆婆想今冬糊窗缝时，两层窗格间得放锯末子啦。她记得烟火街卖活鸡的郑二愣，为垫鸡舍，从一家建筑工地拉来了几袋锯末子，估计还有剩余，便找出一只塑料编织袋，打算朝他要点。家里三个窗户，厨房的连着阳台，只是半米见方的一扇小窗，没必要填充，另两个屋子的窗，估摸半袋锯末子就够了。

郑二愣是个红脸汉子，即便他没喝酒，也给人喝了的感觉。他四十多岁，高个子，手大脚大，得穿特制的鞋子。他有个毛病，只要站在街上，不出半个钟头，就会不由自主地淌眼泪。黄鸡白酒的店主冯喜来见了，爱打趣他，说他应该去殡仪馆帮人哭丧，这营生走俏，不用投入本钱，只要哭得好，一天下来少说也赚个三头二百的。郑二愣一听冯喜来这么说，就会气得直瞪眼："我有爹娘，我哭别人家的，万一把眼泪哭干了，等我爹娘走的那天哭不出来，不是大不孝吗？！"冯喜来说："到时你有了钱，也雇哭丧的帮你哭呀！如今这世道，只要你舍得钱，孝子贤孙遍地爬！"郑二愣使劲摇着头说，帮人哭丧就是一天挣八百他也不干，你想想吧，一个大男人在火葬场哭一天，晚上回家什么心情？吃肉喝酒有滋味吗？抱着老婆还能腿不软吗？不能！他可不想为了钱，毁了小咸菜的幸福。

小咸菜是郑二愣的老婆，瓜子脸，蛾眉，凤眼，微微上翘的嘴唇。她本来模样不差，可是因为胃肠不好，一天到晚地嗳气，面色青黄，再加上老爱鸵鸟似的弓着背，使她减去了几分姿色。郑二愣当初进城，她死活不干，说是哈尔滨车多，满街的汽油味，她闻了想吐，吃不下饭。但郑二愣坚持进城，她也只好跟来了。她没别的手艺，小咸菜做得地道，于是郑二愣在出租屋外卖活鸡，她在屋里卖小咸菜。那些以中式早餐为主的人家，稀粥、油条和小咸菜，是必不可少的三样。她自制的小咸菜，鲜香可口，广受欢迎，烟火街的人都叫她"小咸菜"。郑二愣进城后落下了流泪的毛病，小咸菜呢，她是鼻腔干燥。所以谁一说哈尔滨好，她就撇嘴："好什么好？二愣毁了眼睛，俺毁了鼻子！五官有两官不灵了，别的再出岔子，俺们就得化成灰，给苞米当肥料啦！"

郑二愣和小咸菜在阿城乡下时，最喜欢种玉米了，他们也是因为玉米才进城的。有一年夏天，郑二愣听说哈尔滨的烤玉米生意好做，便掰了玉米，备上木炭和铁皮炉，开着农用三轮车，来哈尔滨碰运气。郑二愣将炭炉，支在了复兴街和西大直街交会的地方。这里是交通要道，人流多不说，身后的铁路文化宫，也就是早年俄国人兴建的中东铁路俱乐部，靠着舞厅和影院，依然吸引着市民。影迷们进剧场前，习惯买点小零食，瓜子、爆米花、虾条等。突然一天，路口有卖烤玉米的了，他们便奔这新鲜物来了。郑二愣早晨八点多摆摊，下午四点来钟，两百多穗玉米就卖光了。他估算了一下，除去玉米的本钱和三轮车的柴油费，轻松赚了七八十块。他想，谁说在城里不好生活？哈尔滨就是个容易赚钱的地方嘛。郑二愣一高兴，买了张票，犒劳自己看电影。他一进去就迷恋上了影院的气氛，那红丝绒包裹的座椅，那演绎着人生喜乐的大银幕，那动人的宛如在崇山峻岭间回旋的音乐，让他如坐云端，无比逍遥。也就是这一刻，他升起了一股野心：一定要进城，过上这样的日子！他想玉米是季节性食物，不能长久卖，而鸡是四季餐桌上不败的花朵，于是在烟火街租了间门市房，做起活鸡买卖。别看这房子只有十七八平方米，但因为有地下室，等于衰草丛中藏了条貂尾，拥有了招财进宝的通道。郑二愣将地下室改造成鸡舍，将屋子用胶合板间壁起来，里侧住人，外侧做酱菜铺子，开始了新生活。郑二愣卖的鸡，多是从农村收购来的土鸡，肉质鲜美，广受欢迎，十几年下来，他的腰包渐渐鼓了起来，虽比不起阔佬们，但比在阿城种玉米的农人，要富裕多了。由于见天地杀鸡，他穿得油渍麻花的。烟火街的老住户，若是看到郑二愣穿得干净利落地朝大直街方向走，就知道他这是去铁路文化宫了，他还保留着每周看一场电影的习惯。

最开始做活鸡生意时，郑二愣是自己收购。每隔十天半月的，他开着三轮车回乡一趟，看看父母和一双儿女，载回上百只鸡，关进地下室，卖完一批，再回去上。后来他做得名气大了，就有农人主动联系他，把土鸡送上门来。他们在城里打拼，一双儿女就扔给乡下的父母。男孩子争气，考上了八一农垦大学；女孩则不省心，逃课、早恋、贪玩、撒谎、爱虚荣，初中没毕业就回家了，农活和家务一样不做，只知道吃喝玩乐。她一旦缺钱了，就来哈尔滨找父母，他们要是不给，她就站在烟火街哭闹，说他们只图自己享福，不管儿女死活。郑二愣怕人笑话，只好乖乖掏腰包。那女孩瘦瘦小小的，由于日夜泡在网上，再加上一天两包香烟，看上去像个痨病鬼，黑眼圈，皮肤粗糙，一点也没有这个年龄女孩的水灵劲儿。她每回来，小咸菜都如临大敌，稍不称她意，她就会打翻铺子里盛酱菜的坛坛罐罐。郑二愣最看不得她的爆炸头，在他眼里那就是个鸡窝。也许知道自己气色昏暗吧，她在头发上挑起一波又一波的色彩浪潮。忽而染成金色，忽而又是红色，忽而又是红蓝相间的。气得郑二愣跟小咸菜说："好吗，她老子卖鸡，她就把自己打扮成鸡样了！"小咸菜管束不了她，只能叹气。她觉得对不起女儿，不该在她需要母亲的年龄，把她推给爷爷奶奶。所以她抱怨哈尔滨害了她的鼻子和二愣的眼睛时，还要加一句："把俺家二嫂也坑了！"

天凉了，又没生意做，郑二愣抄着袖子倚着店铺的砖墙，眯缝着眼，百无聊赖地看着街景。他旁边一米见方的铁丝笼里，圈着几只花花绿绿的鸡。它们看着笼外青砖地上黏结着的、混合着污血的肮脏的鸡毛，便知小命难保，缩着脖子，瑟瑟发抖。郑二愣卖完一笼，再从地下室捉几只填上。

郑二愣选鸡，跟选妃子似的，很在意外观。那些体态矫健、羽毛浓密、色彩艳丽的鸡，最中他意。小咸菜不止一次骂他蠢，说是卖鸡应该挑肥的，压秤，能多赚点。郑二愣龇着牙，说女人真是头发长见识短，这样的鸡才有赚头呢，不过他不说其中的玄机。倒是黄鸡白酒的冯喜来看出了奥秘，他知道郑二愣收购土鸡，不论斤，论的是肥瘦，而卖的时候呢，论的是斤。也就是说，羽毛越厚，越划得来，因为多一两羽毛，就多得两三块钱。他收购来的，多是羽毛丰满、便宜之极的瘦鸡！当冯喜来戳穿郑二愣的把戏时，他梗着脖子辩解："秃头秃屁股的鸡，都是病秧子！谁得意！"虽然嘴硬，他卖给冯喜来土鸡时，会少要一两块钱。

春婆婆见着那些缩成一团的鸡，叫了声"可怜见的——"，然后抖着编织袋对郑二愣说："垫鸡窝剩锯末子了吧？给俺点，今冬溜窗缝使。"东北人习惯把"糊窗缝"说成"溜窗缝"，这个"溜"字，不仅形象，念起来也更上口。

"嗬，春婆婆，您住的那小楼，冬天那么热，我老见你们敞阳台放热气，还用锯末子封窗？"郑二愣使劲眨巴着泪汪汪的眼睛。

"不舍得给俺是不是？"春婆婆故意"哼"了一声。

郑二愣"哎哟哟"叫着，说："春婆婆，您使锯末子，是它的造化呀。估摸着锯末子在您家待一冬，开春时都得变成黄金啦！"说着接过编织袋，拐到屋后放杂物的棚厦，盛锯末子去了。

装完锯末子，春婆婆又让郑二愣帮她去玉门街的老榆树下，撅几条树枝，说是捏蜡花用。郑二愣虽然个子高，但比起那些高大的榆树，还是矮小了。他高扬手臂，也够不到最下端的枝丫。郑二愣说，榆树枝丫难采，又不好看，不如采丁香枝条，矮株易采不说，枝权也美。春婆婆说："可不是嘛！插上丁香枝，兴许来年开春时，锯末子上能开出花呢。"

郑二愣帮春婆婆将锯末子扛回家。这一带的人，帮她干点小活儿，已成为习惯了。春婆婆要沏茶给他喝，郑二愣说："茶跟汤药似的，咱享受不了。明下晌去黄鸡白酒，您赏盅酒吧！"

春婆婆一撇嘴说："看来干活不要工钱的主儿，这世道没啦！"

郑二愣呵呵笑着，赶紧回去守他的鸡摊去了。

郑二愣走后，春婆婆觉着乏，便歪在沙发上小睡片刻。等她醒来，太阳快到中天了。她喝杯茶，吃了两条奶油酥心蛋卷，去尚易开的院子采丁香枝。

如果说烟火街像一条铺展开来的又宽又长的灰白色的金丝绒布的话，玉门街就是横在它上面的一支短笛。春夏时节，这笛子是绿色的；冬天的时候呢，雪天是银色的，而雪被泥土弄污了，则是黑褐色的；此时秋叶铺地，它成了金色的短笛了。春婆婆踏上玉门街的时候，想着天上的哪位神仙爱笛子，没准会趁月亮好的夜晚，伸出长臂拈起它，吹上一刻呢。

玉门街一带住的多是引车卖浆之流，拥有律师事务所的尚易开，在这里就算头面人物了。尚易开曾是铁路局的一名中层干部，十几年前因为严重渎职，被检查机关提起公诉，法院判了三年，他只坐了一年多牢就出来了，说是在狱中有立功表现，获得减刑。春婆婆在黄鸡白酒小酒馆，听人议论过尚易开为什么能那么快出来。说是他被检查机关带走后，交代问题有技巧，将顶头上司统统绕开，与他们的权钱交易一概不提，这样拔出萝卜不带出泥，泥土依然给他提供充足的养料。与尚易开有瓜葛的头头脑脑，用尽办法捞他。尚易开出狱后，跟以前一样风光。出门有车接送，华服美食依旧。

尚易开住的小洋楼，原来也是与人合住的。他动用关系，硬是将那户人家迁出，独享小楼。这一带住户中，也就是他家的院子没有煤棚，规整漂亮。米黄色木栅栏围起的庭院中，花木繁茂。迎春、桃红、丁香和蔷薇，一到春天次第开放，蜜蜂、蝴蝶、鸟儿，甚至叫春的流浪猫，都恋着那院子的花树，你方唱罢我登场的。春婆婆不讨厌尚易开，正是因为流浪猫叫春扰得他睡不好觉时，他从不埋怨。

尚易开出狱后，在开发区开了家律师事务所。开始几年生意不错，可是近两年，律师们纷纷跳槽，他快经营不下去了。春婆婆听说，根源在于尚易开保下的那几个人，纷纷退休了。这些有钱有势的主儿，大都在沿海城市买了房，离开哈尔滨，颐养天年去了。尚易开失去保护伞，立刻成了落汤鸡。他鬓角白了，不爱刮胡子了，十天半个月不换一套衣裳，背也有点驼了。以前他从不到小酒馆吃酒，可是今年以来，他已经到黄鸡白酒三次了！有一次春婆婆逢着他，他喝得酩酊大醉，说是要把比乐街一座俄式老房子盘下来做酒吧，请春婆婆当女招待，她只需坐在门后的椅子上，来了客人问声好就是。他包吃包住，一个月净给她三千。黄鸡白酒的冯喜来一旁听了，龇着两颗麻将牌似的大板牙，说："雇用百岁老人当招待，这可丧良心呀。春婆婆也不会放着清福不享，遭这份罪去吧？"尚易开含糊不清地对冯喜来说："我明白、你、你为啥、不让春婆婆去。你这黄鸡白酒、不也靠、靠老寿星、给撑腰吗？"冯喜来叫道："哎哟，你可不能红口白牙污人清白！春婆婆来这里，是她自己喜欢！再说了，我这小馆的麻油酥骨鸡，在哈尔滨可是一绝，这一带的人谁不知道？不说别的，好多人家三十晚上的年夜饭，都得订它！你问问老寿星，是不是这样？"春婆婆不吭气，她凭什么吭气呢。在她眼里，尚易开和冯喜来都是孩子，小孩子斗嘴，哪有对错呢。

尚易开家门厅冷落了，可蝴蝶呀蜜蜂呀鸟儿的却照旧来，那院子的春光也依旧灿烂着。尚易开惜花，不许别人折一枝，但春婆婆采，他是欢喜的。花开时节，若是路遇春婆婆，他要拉她到自家小院赏花，临走时再剪上一簇桃红或是丁香，让她带回家。

春婆婆走进尚易开家的院子时，他婆娘老乔正腌酸菜。花树间放着一口大缸，老乔正把晒好的白菜往里装。摆一层，撒层盐。再摆一层，再撒层盐。由于肥胖，她低头抚弄白菜时，丰满的双乳颤动着，看上去像是两棵圆实的大白菜，也要掉进缸里了！

老乔是小乔时，杨柳细腰，模特身段。她虽不漂亮，但身为医生，穿着白大褂，飘飘摇摇的，再加上注重保养，肤色白里透粉，光洁细腻，看上去风姿绰约。可是尚易开一倒霉，她内分泌失调了，一路高歌猛进地胖起来，脸庞变成了倭瓜，屁股变成了磨盘，清脆的嗓音也变嘶哑了。小乔心不在焉，出了两次医疗事故，终于失去工作，沦为家庭主妇。小乔成为老乔后，沉默寡言，见着人从不打招呼。你若在烟火街听见她说话了，一准是买菜时与摊主讨价还价呢，而以前她是不还价的。老乔最大的功劳，是将儿子培养成才。那个单薄纤细的男孩子，以哈尔滨理科前十名的好成绩，考入了哈尔滨工业大学。春婆婆记得，老乔前年收到儿子大学录取通知书的时候，一个人去了黄鸡白酒。她要了整只的麻油酥骨鸡，一斤烧酒，独斟独酌。她不使筷子，撕扯着鸡肉。每吃一块肉，就喝一盅酒，然后看一遍录取通知书，再撕一块肉，喝一盅酒，看一遍录取通知书。老乔吃喝完，酒盅一副风尘相，浑浊不堪；而录取通知书被油污点染成花纸了。老乔走出店门后，搂着一棵老榆树，泪涟涟地叫着："我的好姐妹呀——"

老乔见春婆婆来了，直起腰，抹了一下额头的汗，说："花花没来这儿。"她见前几天春婆婆四处找猫，以为她是为这个来的。

春婆婆告诉老乔，该溜窗缝了，她想撅几枝丁香枝条，捏蜡花用。

老乔"哦"了一声，停下手中的活儿，奔向丁香树，伸出浑圆的胳膊，"咔嚓咔嚓——"地一连气折了七八枝，放到春婆婆怀里，说："相中哪枝，自个儿选吧。"接着腌酸菜去了。老乔的脚下，是厚厚的落叶。落叶波峰一样起伏着，一看就是秋风的手笔。老乔反身去墙根下抱白菜时，将干爽的落叶踩得唰啦啦响，好像她的脚在翻阅着一本旧书。

想起多年前的小乔，春婆婆的眼睛潮了。

春婆婆回家选好丁香枝，便去抽屉翻捏蜡花用的蜡烛。家里有个老式五屉柜，紫檀木的，盛着春婆婆的生计。针线盒药盒、锤子钳子、毛巾香皂、牙膏牙刷、胶水印泥、尺子剪子、窗帘钩蚕丝扇，过日子该用的东西，似乎在那里都可找到。春婆婆一旦缺东少西了，会惯常走到这个柜前，挨个抽屉拉。它们就像百宝匣似的，总不会让她的希望落空。这个五屉柜还是春婆婆婚后，她男人马奔打的。虽然使了七十多年了，依然很结实。除了漆色黯淡，找不出它的大毛病。春婆婆翻遍了抽屉，连个蜡头都没找到，这让她很失望。她好像还是第一次在五屉柜面前碰壁，忍不住嘟囔了一句："也不帮俺弄杆蜡出来——"埋怨起已过世半个多世纪的马奔。在她心目中，这么多年来，她之所以找什么能得到什么，是马奔暗佑的结果。

没能在家找到蜡烛，春婆婆便去王老闷的杂货铺。王老闷一听说买蜡烛，用二拇指弹着柜台说："春婆婆，这年头除了庙里，谁家还点蜡呀？我也就是过年时上一箱红蜡，人们买了供祖宗用，要是平时进，一根也卖不出去！"

王老闷的话，倒提醒了春婆婆。黄鸡白酒供奉财神，每逢初一十五，神龛前摆着瓜果梨桃，香烛的气息会将麻油酥骨鸡的香味压下去。反正她也该去那儿吃酒了，就手朝冯喜来讨上一根就是了。走时再要一摞旧报纸，糊窗缝需要的蜡花和窗纸就齐全了。

黄鸡白酒小馆在烟火街的中段，与玉门街相距不过百米。房子是铁路局六十年代建造的，最早是一家印刷厂。如果说它背后的俄式老建筑是一群破落贵族，它就是忠诚的仆人了。虽然矮矮墩墩，其貌不扬，但它墙基厚实，高门方窗，天棚和地板都是木制的，看上去朴素亲切。这幢狭长的房子一分为二，东侧是黄鸡白酒小馆，西侧是粮油店。房子门前有两棵大榆树，挂着标有"古树名木"字样的黄铜牌子。一棵直溜溜立着，一棵则罗锅似的，将半个身子扑在屋顶上。这棵树因为环抱烟囱，被熏得面色黧黑，很多枝丫干枯了，春夏时节别的榆树枝繁叶茂，而它绿意阑珊。

春婆婆走进酒馆时，冯喜来正愁眉苦脸地翻报纸，灶房传来桂香的训斥声，这说明店里只他们夫妻俩。冯喜来爱看报，《生活报》和《新晚报》是他的最爱。他每天起床的第一件事，就是走出家门，去西大直街口的报摊买两份报回来。冯喜来看完报，客人来了接着看。都看过了，便摞在墙角。废报纸在黄鸡白酒是能派上用场的，桂香常取了它，擦拭刀刃沾上的油污，或是剐鱼时垫在地上，收拢雪片一样飞溅的鱼鳞；开化时客人的皮鞋溅上了泥点，把它当擦鞋纸；而那些喜欢抽旱烟的人，会撕一条下来卷烟丝。

桂香听见门响，知道这时辰来的人是春婆婆，没什么好忌讳的，照例发泄着不平。她每回数落冯喜来的内容都不一样，有时因为他喝多了免去客人的酒钱，有时因为在他手机上发现了暧昧短信，有时因为他随礼拿多了钱，有时则因为他去洗浴中心泡小姐。这次呢，是因为股票。她骂他榆木脑袋，说是那只股票谁都不看好，他非要买，结果一万多块钱被套进去，等于跌进深谷，难有出头之日了。冯喜来正被她唠叨得心烦，春婆婆来了，连忙得救似的起身问候，将话题转移了。春婆婆问他可有蜡烛，冯喜来拍着胸脯说："我这黄鸡白酒是聚宝盆，要啥有啥！就是没有的话，春婆婆要蜡烛，我宁肯跑趟极乐寺的香烛铺子，也得给老神仙买到！"他的话音刚落，桂香用托盘端着一壶酒和两碟小菜出来了，她骂冯喜来："嘴甜的男人都没好东西！"

小酒馆摆着的桌椅都是木制的，为求朴拙，与木天棚和地板协调，桌椅追求的是简洁稳重的风格，方桌的板材有两寸厚，椅子的靠背直上直下，没有弧度和雕饰，中规中矩。春婆婆喜欢坐在远离窗子的位子，因为她这辈子看过的风景太多太多了。

大概是比往日多走了点路，两盅酒落肚，春婆婆有点困了，她放下筷子，歪头打起盹来。很快，她走进了一片盛开的梅园。梅树枝头满是雪白的花朵，亮晶晶的，星星一样。春婆婆看到马奔从梅园深处走来，穿着对襟的蓝布褂，黑色灯笼裤，见了她一愣，说："春春，你怎么老成这样啦？"他还是年轻时的模样，而她脸颊的皱纹深重得像榆树皮，头发也跟白梅一个颜色了。

三　二十年代的急板

春婆婆还是春春的时候，哈尔滨的大街上，灰眼珠的人比黑眼珠的多。以俄国人为主的洋人，大都聚集在埠头区和新城区，也就是如今的道里区和南岗区。俄国男人西装革履，吊着牛舌头似的领带，穿马甲，戴礼帽，拎手杖，蓄着大胡子，爱去酒馆和舞场；女人们呢，夏天多是半高跟的皮鞋，年轻的穿布拉吉，年长的穿套裙；冬天的时候，无论长幼，一水儿的高靿皮靴和毛呢裙子，头上扣着锅盔似的呢毡帽。女人们喜欢的地方是面包坊、香水店和剧场。

在春婆婆眼里，俄国人修筑的中东铁路，就是一条长长的皮鞭，朝着哈尔滨这个肥沃的大牧场，横空打着响鞭，将他们的人，一拨拨羊群似的赶了过来。他们中有中东铁路管理局的职员、护路队的警察、商人、教师、医生、传教士，也有落魄的酒鬼、卖艺的流浪汉、打家劫舍的匪徒和站街的妓女。不过，俄国人生性是不甘堕落的，所以你能看见步履蹒跚却扎着污渍斑斑领带的酒鬼、衣不蔽体却戴着礼帽的流浪汉，以及在昏暗的路灯下抽着劣质纸烟、摆出优雅姿态的下等妓女。

春婆婆姓彭，虽说有姓，但她原姓什么，无人知晓。

九十多年前的一个春日早晨，哈尔滨傅家甸的张铁匠出门抱柴，由于刚起炕犯迷糊，再加上那是个浓雾的早晨，没有注意到柴垛下有个用蓝花布包裹着的弃婴，一脚踩上了她！婴儿哇哇哭起来，张铁匠吓得掉头就跑，以为撞到鬼了。张铁匠的婆娘胆子大，她听说柴垛出鬼了，冲出屋子，大吵大嚷着，说真有鬼来，就捉了它当柴烧！待这婆娘奔向柴垛，发现那是个女婴时，鼻子都气歪了。原来她生的仨孩子，全是丫头，一天到晚"大丫二丫三丫"地叫，把嘴都叫苦了。要是谁扔个小子在这里，她乐得捡着，可是送上门来的偏偏又是个丫头，好像老天爷都在揭她的短！这女婴异常瘦弱，像一团没拧干的抹布，皱巴巴的。她不缺鼻子不少眼睛，看上去也活泛，不是因残疾和痴呆而被遗弃，估摸着是哪个未出阁的大姑娘养下的。张铁匠的婆娘说，丢下这女婴的不是本地人，傅家甸女人的肚子，哪个大了，就跟月圆月缺一样，谁不清楚呢！再说了，熟悉她家情况的人，知道她不得意丫头，把女婴往这儿送，等于扔在唾沫上，断不肯的。估计这是附近村屯的人，趁着天没亮，丢在这儿的。可是家中的狗干什么去了？来了生人它怎么不叫唤呢？张铁匠的婆娘一声声地吆喝它，未见应答，跑到狗窝一看，那家伙睡得一摊泥似的，用烧火棍都捅不醒，一看就是吃了下了迷幻药的美食！看来弃婴者既怕狗声张引出主人，又怕它吃了孩子，所以下了猛药。张铁匠的婆娘怒火中烧地拖出狗，狠命地踹它，骂："废物！你贪吃那一口，家里溜进个四丫！"

张铁匠的婆娘没有把弃婴抱进屋，说是她要是进了门，家里阴气更重，自己下一胎怀上的没准还是个丫头！她和男人商量，将她抱到埠头区的彭裁缝家。彭裁缝的男人，在松花江打鱼时淹死了，撇下她和两个年幼的儿子。她时常唠叨，要是她男人再给她留个丫头就好了。俩儿一女，在彭裁缝眼里，就是一个女人的天堂。

彭裁缝欢天喜地地收留了弃婴，因为她是春天来的，起大名为彭锦春，小名"春春"。春春是个活泼伶俐的女孩子，爱笑爱动，人见人爱。春春十岁时，彭裁缝就教她缝纫的手艺，她心灵手巧，一学就会。她十二岁时，已是缝纫的好手了。彭裁缝的铺子，原本是做中式便服的，自从俄国人来了后，做洋服的多了，这其中有俄国人，也有追逐洋风的中国人。彭裁缝死性，说做洋服辱没祖宗，不愿意接那活儿。可春春爱做洋服，它们式样简单，裁剪容易，做起来畅快，钱挣得容易。

彭裁缝对春春隐瞒着身世，嘱咐两个儿子和左邻右舍的知情人，不许说春春是捡来的。可是春春越出落越漂亮时，彭裁缝动起了心思。因为她的两个儿子财旺和财喜，都喜欢春春。她想春春不管跟他们中的哪一个成亲，都将是永远的一家人。而张铁匠的婆娘三番五次登门求亲，也促使彭裁缝对春春要早做打算了。

春春到的那年，张铁匠的婆娘又怀上了，转年正月，她迎来了生育上阴转晴的日子，产下一个白白胖胖的小子，取名张铁蛋。张铁匠的婆娘认为春春招来了铁蛋，俩孩子命中有缘，一意让春春做他们的儿媳。如果张铁蛋拿得出手，彭裁缝也不是不能跟张家做亲家的。可是这个张铁蛋，自幼被骄纵惯了，衣来伸手饭来张口不说，品性也不好，常偷邻家的鸡鸭，用瓦盆闷死，拎到郊外的窑厂烧了吃；他还嫌猫会上树，自己上不去，剁掉过猫爪子。张铁蛋胖得像座粮囤，走路气喘吁吁，浑身的肉乱颤，就像弹簧撑起的人。彭裁缝可不想把水灵灵的春春往火坑里扔！

春春是张铁匠家抱给彭裁缝的，所以他们提亲最终遭拒时，火冒三丈，把春春当成了物件，说是要物归原主，将她领回铁匠铺。他们在里屋争吵的时候，在外屋缝纫的春春，把这一切都听到了。她没有回避，而是走到里屋对母亲说，自己早猜到不是她亲生的，因为两个哥哥有生日过，自己却没有。一个没生日的人，显然来历不明。

彭裁缝颤着声问春春：“既然猜到了，为什么憋在心里不说出来？”

春春平静地说：“俺不觉着憋屈，亲娘不要俺了，俺有后娘疼！再说了，在哪儿不是活着呢？”

张铁匠的婆娘说：“是俺把你捡着的，俺也是你后娘！你得嫁给铁蛋，给俺生孙子！”

春春摇了下头，说：“俺不嫁。”

彭裁缝喜出望外，说：“那你嫁给哥哥？财旺和财喜，你喜欢哪个？”

春春又摇了下头，说：“俺不嫁！”

春春的两下摇头和两声“俺不嫁”，让两个女人哭起来。张铁匠的婆娘骂春春不识抬举，彭裁缝骂她是个小没良心的！

春春不喜欢张铁蛋，觉得那就是一头两条腿的猪！她也不喜欢财旺，他虽然忠厚，但不爱说话，闷闷的，总不见笑模样，心想嫁了他，等于一头扎进乌云里，这辈子别想有晴朗日子了；财喜虽然性子好，但单细得像棵豆芽，饭量跟猫一样，走路轻飘飘，连屁都放不响。春春想跟这样的男人过日子，就等于提了盏纸灯过日子，让人提心吊胆的。

彭裁缝问春春："那你想找啥样的？"

春春"唉——"了一声，无限惆怅地说："俺也不知道。"

春春回到外屋，接着做活儿，她在为一个新娘子做喜服。当她给衣服上袖子的时候，张铁匠的婆娘从里屋冲出来，扯起她的胳膊往外拖，声言要带她回铁匠铺，好好捶打。说是女人跟铁一样，不捶打不成器。一捶打，让做谁的媳妇就做了。春春没客气，对着那女人的肩膀，吭哧就是一口，把张铁匠的婆娘咬得火冒三丈，劈头盖脸地打她，说她是疯狗，也不配做铁匠铺未来的女主人！春春被打得鼻口蹿血，鲜血溅到喜服上，她心疼地拈起喜服，说："这个新娘子真倒霉呀。"

就在这年秋天，春春在斯捷潘维奇家见到了马奔，她一眼就喜欢上了他。可见你爱什么样的人，只有遇见了才知道。

斯捷潘维奇是个流亡钢琴家，犹太人，个子高高，有一双漂亮的灰眼睛。他满头飞扬的灿烂卷发，就好像住在火烧云里。虽然他来哈尔滨没几年，但中国话说得地道，也喜欢和中国人交往。他与矮矮胖胖的画家昂季诺夫，住在斜纹街的一幢木房子里。昂季诺夫每天去画室画画，斯捷潘维奇每周在江畔俱乐部演出两次。他们雇佣了一个中国女佣，人称"马大婶"。斯捷潘维奇在演出前是个绅士，衣冠楚楚，风度翩翩，可演出一结束，他一头钻进酒馆，出来就成流浪汉了。他衣冠不整，且歌且舞，成了旋转的陀螺。他回到家，不是丢了手杖，就是少了礼帽。有一回，他醉倒在大街上，衣襟旁刚好有只没踩灭的烟头，将他挺括的黑礼服烧出了个大窟窿！

马大婶不得不来彭裁缝的铺子，为他定做一件新礼服。

春春就是去斯捷潘维奇家送做好的礼服时，遇见马奔的。

马奔是马大婶的侄子，家住平房，父亲是个马夫。那一年俄国人在埠头区修筑中国大街，马大婶将马奔招来，她听说修路比放马挣钱多。

中国大街就像一条长长的花枕头，浪漫芬芳，谁都想枕着它入梦。这条一千四百多米长的土街上，洋行、酒肆、饭馆、旅馆、咖啡店、钟表店、乐器店、服装店，应有尽有。这街在平素性子是温顺的，可是雨季一到，它就耍脾气了，翻浆路常使马车和行人陷落其中，与这街的繁华气息颇不相称。这年夏天，俄国人下决心改造它了。由于土路松软，很难铺砌石板，俄国工程师想出了一个办法，将长条形的花岗石，竖着钉入地面，就像在地里镶嵌了无数的石头牙齿，让它们紧密地咬合在一起，使石子路根基稳固，平展漂亮。由于石块是长方形的，像一块块面包，人们叫它们"面包石"。

铺这样的石头路是个体力活，更是个技术活。俄国人在招募铺路工时，要求严格，前来应招的人，有一半被选上就不错了。马奔在平房除了放马，还喜欢做木匠活，他既有力气，又有手艺，一来就被挑中了。面包石很贵重，每块大约值一个银圆，够穷人家吃一个月的。铺路现场监工严密，防止有人把石头偷出去。马奔白天在中国大街铺路，晚上住在工棚里。春春送礼服的那天，因为一个白天都在下雨，铺路停工，马奔便到斜纹街看姑姑来了。

斯捷潘维奇家养了几只鸽子，屋外东南角有个鸽棚。鸽棚的一块木板脱落了，所以雨一停，马大婶就吩咐侄子将木板钉上。春春在雨后的黄昏走进这座院子时，看到的正是站在梯子上、手持锤子钉木板的马奔。

他穿一件蓝色棉布汗褂，黑裤子，平头，露着结实而黧黑的胳膊，铿铿有力地钉着木板。春春觉得这个人的背影让她眼热，一进院子，情不自禁地站定了。马奔干完活儿，要下梯子的时候，春春连忙往屋里走。他听到脚步声，回了下头，微微一笑。马奔那张棱角分明的国字脸和微笑时露出的雪白的牙齿，格外动人。梯子上的他，在黄昏时分，就像一个从天而降的神，让她心慌意乱。

春春送上礼服，收了缝纫费，没有即刻走。因为马奔干完活儿回到屋子后，餐桌上的斯捷潘维奇和昂季诺夫问他是否把他们交给他的东西，埋在了中国大街的面包石下。春春好奇，想知道让他埋什么东西。

原来马奔上次来时，他们听说他在中国大街铺路，异想天开，将两张巴掌大的纸交给他，让他悄悄埋在面包石下。马奔一看，一张纸上是蝌蚪一样的符号，另一张纸上是个素描的美妇人。斯捷潘维奇说，他将创作的最优美的旋律，写在了纸上，他要让它在这片土地获得永生；而昂季诺夫画的美妇人，是他在俄国的情人，这是他流亡哈尔滨后，最魂牵梦萦的人。

马奔说，他没有把那两张纸埋在地下。一是监工严，他没机会，还有他迷信，因为小时候，他给心爱的马写了一句诗，埋在一棵榆树下，没想到那棵树当年就死了。他怕乐谱和素描埋在面包石下，这条街会不太平，翻浆更厉害。斯捷潘维奇问他，当年埋在榆树下的那句诗是什么。

马奔不好意思地笑了，说："我心爱的马呀，你不用给我驮来银子，有一天，你给我驮来天上的星星，我就再也不对你使鞭子！"

斯捷潘维奇和昂季诺夫笑了，马大婶和春春也笑了。斯捷潘维奇热情地邀马奔入座，也邀春春入座，说是今天高兴，鸽棚修好了，还听了这么美的诗！他给每人倒了一杯酒，让他们干掉，说是喝了酒，他要给他们弹奏那段最优美的旋律！

春春在那之前，从未坐到俄国人的餐桌前，更没有喝过酒。彭裁缝教育她，女孩子不能对生人笑，更不能随便拿起别人家的筷子，酒就更不用说了，那是绝对禁止的。可是这一天，这几件事她都做了。她和马奔坐下，将晶亮的玻璃杯里的酒一点点地喝光。天色越来越黯淡，斯捷潘维奇坐在壁炉前的钢琴前，满怀深情地弹奏起来。那是一段凄美的旋律，斯捷潘维奇反复弹奏着，不觉夜色起来了，马大婶打开一盏壁灯，柔和的灯影像一束彗星斜射过来。春春听得动情，可马奔不知是累了，还是不胜酒力，竟靠着椅子睡着了。斯捷潘维奇为了唤醒他，将舒缓的曲子换成急风暴雨式的。可是那爆豆似的急板，并没让马奔坐直，他热情洋溢地打着鼾，似乎在与急板叫板。斯捷潘维奇弹奏了无数段著名的急板，累得手指僵硬了，马奔仍沉溺在梦乡中。斯捷潘维奇泄气地离开钢琴，倒了一杯酒喝掉，苦笑着对昂季诺夫说："这家伙看来赶着马，去天上驮星星了！"

那个傍晚，春春是被彭裁缝叫回家的。天黑了女儿还没回来，彭裁缝急了。因为打发她给客人送衣服，她还从来没有出去这么久过。一想到春春去的是斯捷潘维奇家，彭裁缝有点慌了。因为这个人在她眼里，疯疯癫癫的。彭裁缝找到斯捷潘维奇家，怎么也没想到，春春竟坐在了洋人的餐桌前，而且喝了酒！她本来就一肚子气，领着春春回家时，又听她一路上在咪咪地笑，这笑声像刀子一样戳在彭裁缝心尖上，她在一条僻静的小街上，第一次对春春动了手，狠狠地扇了她两巴掌。彭裁缝本以为春春会哭，可她发出的仍是抑制不住的笑声，这让她彻底心凉了：这孩子心底有了大喜悦了，而这大喜悦，一定与坐在椅子上酣睡的男人有关！

彭裁缝没有猜错，两天后的晚上，春春到铺路队的工棚找到马奔，送给一双用彩纸裁剪的鞋样子。不是说"红男绿女"吗，红纸的是马奔的，绿纸的是她自己的。她眼力实在好，只在斯捷潘维奇家的餐桌前，悄悄低头看了一眼马奔的鞋，就知道他穿多大尺码的。马奔收了鞋样子，心领神会地对春春说，他会把它们悄悄埋在面包石下——他们的脚，从此就不会分开了！春春羞涩地告诉马奔，她家的裁缝铺子该怎么走。马奔点着头，说他找路跟赶马一样，是把好手。春春走的时候，明明是黑夜，可她眼里到处是光明！春春知道，这个养马人从此把鞭子交给了她，而他成了她的马了！

一年后，中国大街的石子路铺就了。女人们喜欢这路，高跟鞋踏着花岗石，发出清脆悦耳的回声，令人精神抖擞；马儿也喜欢这路，它们昂着头行进其上，威风凛凛的。春春在这年冬天嫁给马奔，婚后住在夫家，马奔放马，给人做木匠活，她则靠着缝纫的手艺，开了家小小的裁缝铺，日子过得踏实而温暖。然而三年后，养母患了半身不遂，而财旺和财喜娶的媳妇，一个病病恹恹，一个自私刁蛮，没一个乐意伺候彭裁缝的，春春只好和马奔从平房回到哈尔滨。他们在养母家附近租了间房，马奔在犹太人开的老巴夺卷烟厂做工，春春在家一边照料母亲，一边做裁缝。彭裁缝对春春没嫁给她的两个儿子，始终心怀怨恨，从不正眼看马奔，一直到死。不过，她还是疼春春的，临终前将家里的房产留给了她。这样，春春就成了裁缝铺的新主人。

彭裁缝死后，财旺财喜与春春基本就不走动了。倒是傅家甸张铁匠的婆娘，时常过来，以主子的身份，在春春面前耍耍威风。春春觉得她也够可怜的，她的几个孩子，大丫二丫过着穷日子，三丫好不容易找个富裕人家，可那个有钱的主儿爱逛窑子，把三丫气得频频流产。张铁蛋更是不成器，整天吃喝玩乐，相了无数姑娘，没一个瞧上他的，仍是光棍一条。由于婚后多年，春春的肚子一直波澜不起，张铁匠的婆娘便怂恿她离开马奔，说他中看不中用！声言只要春春回心转意，他们不会嫌弃她曾嫁过人，让张铁蛋娶她。春春想，自己可以不要命，但不能不要马奔。为了打消张铁匠婆娘的鬼念头，春春认她做干娘，让她叫自己"四丫"，逢年过节的，提着好吃好喝的登门探望，成了她家中的一员。春春快三十岁时，终于有了自己的女儿马瑶。马瑶出生四年后，她又生下儿子马胜。那时东北已成了"满洲国"，哈尔滨街上的日本人多了。可是春春不喜欢日本人，他们来了以后，吃白米还算"经济犯"，日子过得艰难了。春春婆家所在的平房，驻扎了一支特殊的日本部队，他们去附近村屯收购老鼠，放到一个用铁丝网围起的院子饲养。那个院子，平素有荷枪实弹的日本兵把守，进出车辆武装得严严实实的，看不清里面是些什么人，老百姓休想靠近。马奔听说，那是一支细菌部队，他们捉了老鼠培养细菌，有时会在活人身上做实验。而被人体实验的人，都是中国人。所以住在平房一带的农民，去田间劳作时，都战战兢兢的，生怕被日本人给抓了去，当实验材料了。

日本战败那年，细菌部队的日本兵在逃窜前，炸毁了做实验的房子，将笼中老鼠放了出来。那个秋天，平房农民种的玉米，被老鼠糟蹋得几乎绝收。日本鬼子滚了，恼人的老鼠来了。农民们为了保护粮食，什么法子都使上了。有的把粮食装在枕头里，夜里枕着，白天吊在摇车里；还有的去铁匠铺打了铁皮箱，将粮食封在铁壁内。老鼠们找不着吃的，夜半啃啮窗户纸。窗纸破了，西北风钻进屋里，柴草就吃紧了，气得农民们直骂。

谁也没有想到，转年夏天，这群被放出来的老鼠，挑起了一场看不见的战争。平房的二道沟屯暴发鼠疫，很快蔓延到邻近的村屯。染病者先是低热咳嗽，继而高烧不退，面色青紫，吃什么药都无济于事，顶多挺个三五日，就一命呜呼了。二道沟屯的人家，一死就是好几口。那时春春又怀孕了，婆婆看她既要做裁缝，又要看护马瑶马胜，实在辛苦，便把孙女马瑶领到平房，帮她照看。平房闹起鼠疫，马奔和春春慌了，雇了台马车，要接亲人出来。马奔知道鼠疫的危险，不让春春同去。说是她有身孕怕颠簸，让她和马胜留在家。马奔出发之际，紧紧搂了一下春春，说万一自己回不来，万不可为他守节，一定找个好男人改嫁。春春揪了一下他的耳朵，说："就俺这样，手里拉着的，肚里揣着的，都是你的孩儿，谁稀罕要？"马奔笑了，说："没人要更好！俺在天上等你几十年，好好再娶你一回！反正天上没有暴风雪，耽误不了婚期，不能让你再抱着大公鸡成亲了！"春春恼了，她踮起脚，咬了一下马奔的鼻子，嗔怪道："你敢撇下俺和孩子，俺就用烧火棍捅破天，'咕咚'一下把你捅下来！"

马奔这一去，不但没有接回亲人，把自己的命也搭上了。平房这次鼠疫，使春婆婆失去了丈夫、公公、婆婆和女儿。而罪魁祸首，就是日本人放出的那批带细菌的老鼠。

春春哀思过重，动了胎气流产了。张铁匠的婆娘喜出望外，说是春春孤儿寡母怪可怜的，让张铁蛋娶了她。没等春春回绝，张铁蛋把自己交代给阎王爷了。有天他用玉米秆捅后院的驴，被激怒的驴伸出蹄子，踢在他命门上，疼得他满炕打滚，不出三天就死了。张铁蛋没了，张铁匠的婆娘杀了驴，吃完驴肉蒸饺，给自己的脖子套上了麻绳，黄昏时吊死在铁匠铺了。

春春恋着马奔，不管媒人给她介绍的男人条件多么好，她都不为所动。五十年代，在铁路局工作的二哥财喜，突然找到她，要跟春春换房。说是他婆娘的工作在松花江冰棍厂，最小的两个孩子又在道里上学，从南岗往来道里，花车钱不说，还耽搁时间。其实春春明白，这并不是最主要的原因。养母留给她的裁缝铺子，独门独院，靠近松花江边，居住舒适，出行方便，周围风景又好，谁不想住在那里呢。春春想，本来这房子也该是两个哥哥的，这世上没有什么东西是自己能永久拥有的，便同意换到南岗她现在居住的地方。

春婆婆来到南岗，住在红砖楼里，就不方便开裁缝铺子了。不过为着生计，她先后到四家裁缝店，给人卖手艺，一直到纫不上针为止。她的钱，都是那个时期攒下的。她撒手不干的那年，以为自己挣的钱，一百岁都花不完，谁料现在钱越来越毛了。原来的钱是冬雪，能存得住；现在的却是春雪，说化就化了。前些年，热心的邻居说春婆婆这情况可以享受低保，帮她去社区申请时，工作人员一听说是春婆婆，当场就否决了："那老太太，不是见天去黄鸡白酒喝酒吗？"

春婆婆没有生日，她就把马奔的生日，当成捡来的旧衣，披在身上，认作自己的生日了。每年的十月十九日，她都穿得齐齐整整的，乘公共汽车去中央大街，也就是过去的中国大街，走上一遭，然后找家小酒馆，喝上两盅。她听马奔说当年把鞋样子埋在了这条街的中段，也就是马迭尔旅馆附近。所以她每次去中央大街，都要到那儿，俯下身来，抚摸冰凉的面包石，直到把石头摸暖了。那个时刻，她就仿佛摸到了马奔的脚，亲切踏实。中央大街人来人往，人们看着一个老妪用瘦骨嶙峋的手在石子路上摸来摸去，都以为她掉了什么东西，在苦苦寻找呢。

四　生日歌

春婆婆不识字，她觉得识数就够过日子的了！数字算起来才十个，跟自己养活的孩子差不多，每一个都记得牢牢的。可是字呢？简直是灾年的蝗虫，团团簇簇飞舞，分不清谁是谁，让人心烦。建国后不识字的人都参加扫盲班，春婆婆却不，她不想费那个脑筋。扫盲班的人开导她，说是她开裁缝铺，需要识字，起码给客人下衣单时方便。春婆婆想，我会画图，又会写数，衣单标注的都是数字，用字作甚？至于客人的姓名，她自有办法标记。除了一个娘胎同时爬出来的，每个人的脸都不一样。就说眼睛，有眼大如铃的，也有眼小如豆的；鼻子呢，有酒糟鼻子的，也有鹰钩鼻子的；嘴巴呢，有樱桃小嘴的，也有鲇鱼大嘴的；而额头、耳朵、眉毛、牙齿，也是各有各的不同。除了这些，各色痦子就像手戳一样，给人的脸打上独有的印章。所以春婆婆下的衣单，别人看了都笑。那上面画的千奇百怪，牛眼、龅牙、柳叶眉、招风耳、麻脸、豁嘴，以及鼻梁、嘴唇或是眉心的痣，都可看到。

春婆婆不识字，她办理存取款业务，只去位于木介街的一家小银行。那儿的营业员认识她，不会为难她在确认单上签字，按个手印就是。可是前年这家银行忽然变成了一家美发厅，这把春婆婆吓坏了，以为她的存款也跟着没影了！仔细一打听，才知这家小银行因为业务量小，合并到西大直街的大银行了。春婆婆赶紧去了那家银行，一见以前小银行的营业员仍端端地坐在那儿，知道自己的钱跟金鱼似的，不过是换了个大号鱼缸，心里这才托底了。

别看春婆婆不识字，可字像是认识她似的，老找上门不说，还爱往她怀里钻。楼道门隔三岔五的，就有字纸上身。以前春婆婆进进出出时，发现有新纸张贴上去，碰到识字的人，还问问那上面贴的是什么。答案是五花八门的，有社区贴出的养生保健讲座的通知，有公安局张贴的通缉犯人的通告，有寻人寻物启事，还有管道疏通、开锁服务、免费试药、制作证章、推销净水器或是节电器的小广告。总之，合法的非法的都有，这门好像成了黑白两道都通吃的人。而走在商业街上，那些散发小广告的，也爱塞给她一份。粉纸蓝字的，绿纸白字的，红纸黑字的，简直是一群花蝴蝶。春婆婆爱惜纸张，将它们带回家，叠得整整齐齐的摆到床头。睡不着时，只要拈起一张，那些字就像安定药片，让她立刻犯迷糊。她不知道带回家的字都是什么意思，有次特意给小巴夺买了一对炸鸡翅，让他给自己念念。小巴夺那时才上六年级，但字能认个大概了，他告诉春婆婆，那些纸张，除了几张是饭店、美容院、机票代购、出国旅游和药品的广告，大多是推销房屋和墓地的。春婆婆嘟囔道："这世道，人咋这么看重阳宅和阴宅？"小巴夺问什么是阳宅阴宅。春婆婆说："活人住的地方是阳宅，死人住的地方就是阴宅！"小巴夺懂了，说："那我亲爸住在阴宅里，后爸住在阳宅里！"春婆婆点点头。他又问人能不能不去阴宅。春婆婆说，是人最终都得住阴宅，管你活着时是穷还是富，是官人还是白丁，谁也逃不脱死的命运。小巴夺先是打了个寒噤，接着搓了搓手，说那对鸡翅在肚子只垫了个底，没吃饱，问这阳宅可还有吃的东西。春婆婆笑了，把家里的核桃酥、花生、红枣、蚕豆、爆米花一样样捧出来。小巴夺风卷残云地将它们吃光，临离开时，对春婆婆说："下回再让我念字，没有一桶炸鸡我不干！"

小巴夺本来就不爱上学，从那儿以后，他三天两头就逃学。刘蓝袍教训他，他梗着脖子辩驳，说春婆婆说了，人早晚有一天要去阴宅，可见上学也是白上。春婆婆得知，赶紧买了一桶炸鸡，把小巴夺叫到家里，教育他上学用途大，书念得好，能住漂亮阳宅不说，还能娶俊俏媳妇。可小巴夺不为所动，一心一意地吃炸鸡。吃累了，他打着饱嗝，用油乎乎的手指着床头那摞纸，问春婆婆让他念哪一张。春婆婆一赌气，说挨张都要念。小巴夺抽着鼻子，苦着脸说："那我现在就去阴宅吧，省得遭这份罪。"春婆婆只得抽出两张纸给他。小巴夺一张还没念完，嫌生字太多，将小广告团成球，撇到垃圾桶，出去玩了。从此后，春婆婆对字失去了兴趣，楼道门贴什么，她不问了；走在街上，谁再向她塞小广告，她一摆手就走掉了。

哈尔滨的冬天，有时来得缓慢。十月中旬，天还是蓝的，虽然一早一晚要穿毛衣了，但正午时分，太阳这个织匠甩下的雪白的丝网，还像保暖内衣一样地罩着人。可有时候，雨夹雪突袭，秋天"咕咚——"一下栽个大跟头，就再也爬不起来了！冬天一夜之间降临哈尔滨的感觉最恐怖，那时供暖期还没开始，人们在冰窖似的屋子里，穿着羽绒衣，盖着厚棉被，仍冻得缩手缩脚。一到这时候，商场里电暖气、热宝、暖水袋的销量就直线上升了。可是电暖气一开，电表的计量表，就跟长了飞毛腿似的飕飕转。心疼电费的人家，每天至多开三四个小时；而不吝惜电费的人家，嫌开电热器干燥，还得开加湿器，也是有怨言的。

春婆婆没有料到，今年哈尔滨的冬天来得这么早。十月十号，头场雪就来了。玉门街老榆树的万千枝条，被白雪濡染成了银条，每棵树都成富翁啦！先前停在街角卖秋菜的四轮车，无影无踪了，就连街上的行人都少见了。初雪跟初恋差不多，纯美之至，也脆弱之至，别看它来得声势浩大，但存留的时间很短。也就一两天吧，雪花就会被余温尚存的正午的太阳给烘干了。然而这一回，哈尔滨的初雪竟然站住脚了！这说明，寒流要做这座城的统帅啦！

离十月二十号的供暖期，还有一周多的日子，夜间气温就降到了零度以下。看来人和冬天签署的看不见的协议，寒流是不认账的。它凭什么非要二十号左右才抵达哈尔滨呢？玉门街那些自行取暖的住户，这时节就显出优势来了。他们和着雪花的节拍，生起炉子，让小锅炉运转起来，舒舒服服地待在暖屋子里。看着平房升起的袅袅青烟，住在红砖楼的人，就像望见了福音书，羡慕坏了。

春婆婆人缘好，住平房的人见着她，知道红砖楼还未供暖，都请她去自家住几天避寒；楼上的王老闷更是三番五次登门，说是杂货铺生了煤炉，唤她去那里烤火。春婆婆不愿意麻烦别人，总是说："一把老骨头都僵了，觉不出冷了！"

红砖楼的人盼暖气的那些日子，春婆婆中午时就去黄鸡白酒了。

黄鸡白酒的客人，明显的比上秋的时候多了。春婆婆一推开酒馆的门，冯喜来就会大声地冲灶房吆喝："桂香，给老神仙烫酒！"春婆婆入冬喝热酒，已是多年的老习惯了。

不管桂香在灶房忙得多么热火朝天的，总要回一声："听着啦——"扑鼻的酒香和菜香，将黄鸡白酒浸润成麻油酥骨鸡了，油滋滋的、香喷喷的。

来黄鸡白酒的客人，老主顾多，他们跟店主不见外，说起话来随便。他们喜欢说说黄段子，骂骂暴涨的房价和贪官，晒晒自己曾有的风光。冯喜来上菜时，喜欢插个话。不过客人咒骂掺假食品时，他就避开了。春婆婆知道，不仅是黄鸡白酒，一些名气较大的酒店，也在进劣质调料，悄悄使用各类食物增香剂。春婆婆多次撞见，那些来历不明的色拉油，被小货车载着，装在黑乎乎的半人高的铁桶里，在清晨人少的时刻，到一家家餐馆门前，由一条甘蔗般粗的塑料管，连接着车上的大油桶和车下店家的塑料油桶，悄无声息地进行交易。而小作坊勾兑的酱油和醋，寡淡至极，却能在各色酒店登堂入室。春婆婆知道饭店的这些猫腻，所以每个月政府发给九十岁以上老人的一百元补贴金，她都用于买调料了。她将喜欢的花生油、酱油和醋，从超市买了，放到黄鸡白酒的灶房里。桂香给她做菜时，就用春婆婆自备的调料。冯喜来一见春婆婆提调料来，就会红着脸说："老神仙，你信不过我！我进的油盐酱醋，没那么假！"春婆婆并不想过多责备冯喜来，因为很多餐馆都这么干。她只说自己这岁数了，剩下的饭是有数的了，不想亏待自己的嘴。

由于寒流早来，哈尔滨市供热公司，对部分区域，提前一周供暖了。可是春婆婆所在的楼，都十六七号了，楼道的暖气管除了试水时响过一阵，一直不见动静。冯喜来说，报纸上说本市开栓率达到了百分之七十，那是胡扯。他打听了，南岗和道里区开栓的地方，除了那些高档楼盘，就是政府官员聚集的区域。他牢骚满腹地说："烟火街住的都是小老百姓，不是我嘴损，等着吧，不到二十号，休想有暖气！"

已经是十八号了，烟火街一带，还没有一座楼得到暖气的眷顾。因为家里冷，春婆婆几乎整天待在黄鸡白酒，酒馆打烊才回家。晚上钻进被子，先是瑟缩成一团，待身体吸纳了棉花的暖，四肢舒展了，春婆婆才能安然入梦。

挨到十月十九号早晨，春婆婆过节似的，早早就起来了。她先是奔到窗前，朝着玻璃窗底部弥漫着的一片疏淡的霜花，哈了几口气，将它暖化了，然后打开煤气灶，做了碗鸡蛋面，趁热吃下，之后哼着小调，打开箱子，取出深蓝色水波纹图案的缎子小袄和藏青色的斜纹布裤子，满心喜悦地穿上，端来一盆清水，坐在镜前，精心打扮自己。她用木梳蘸水，将头发梳得光光溜溜的，给发髻插上镌刻着梅花的银簪子——那还是她生了马胜后，马奔犒劳她的呢。她平素不用香脂，但这天会搽上一些，让脸润泽光洁，弥漫着香气，然后再撕一块红纸，放到唇间濡湿，染红嘴唇。最后，她穿上千层底的黑色绣花棉鞋，戴上灰羊毛围脖，然后坐在窗前，看着太阳一点点升高，错过了上班高峰期，这才离开家，去西大直街的公交车站。

哈尔滨过了七十岁的老人，可以免费乘坐市区的公交车。春婆婆一年去不了几次道里道外，她在南岗出行，又大都步行，所以她的免费乘车证极少使用。

春婆婆好久不乘车，忘了该坐哪一路车去道里了。她在站台向一个模样忠厚的小伙子打听。他听春婆婆说要去中央大街，就告诉她刚开通了一路联运车，可以直达中央大街南口的经纬街。春婆婆才说完"那敢情好呀——"，那路车呼啸而至。未等车停稳，自动门就弹开了，里面传来售票员的吆喝声："快下快上啦！"下车的两个中年人，如旋风一样闪下，而上车的乘客则急行军似的跨进车门。春婆婆刚靠近车门，售票员发现了她手里攥着的免费乘车证，大嚷："老太太，这路车承包了，免费乘车证不好使。""哗啦——"一声闭上车门，那路车又开始了野马一般的狂奔。

站台的小伙子很气愤，对春婆婆说："联运车为了赚钱，开疯了！您有免费乘车证，他们拒载是不对的，我帮您投诉他们！"

春婆婆摆摆手，对小伙子说算了，他们纵有不是，可司机和卖票的挣的是辛苦钱，不容易。春婆婆叹了口气，踏上了另一路到哈一百的公交车，从那儿到中央大街也很方便。赶上今天不顺吧，春婆婆上了公交车，没找到空座，售票员呼吁了好几次："哪位给这位老人让个座？"一直没人吭气。售票员没办法，把自己的座位让给春婆婆，冲着坐在座位的人嚷："小心你们的屁股，别坐出烂疮了！"这下好，有个坐在前排的烫着一头大波浪卷发的姑娘不干了，她指着售票员的鼻子骂："你骂谁呢？你妈屁股才生烂疮呢！"售票员梗着脖子，说："我就骂你了，怎么啦！"春婆婆一看她们斗鸡似的掐上了，赶紧起身劝架，说自己身子好，不用坐着。可是烫发的姑娘不依不饶，把火气撒到春婆婆身上了："这么大岁数不在家好好待着，大冷天的坐公共汽车干什么！"春婆婆说："到中央大街看俺男人呀，今天过生日，一年才和他约会一次，能不出来吗！"

春婆婆的话，引来满车笑声。就连售票员和那个烫发的女人，也停止争吵，笑了。春婆婆不明白，一句大实话，有什么好乐的呢。

春婆婆在哈一百下车后，腿有点酸，就在圣索菲亚教堂广场的长椅上坐下，歇息片刻。眼前的这座东正教大教堂，是早年俄国人为派遣到中国的西伯利亚步兵兴建的，有五十多米高。教堂清水红砖的墙体，穹顶涂着墨绿的油彩，看上去就像一个丰收了的大南瓜。穹顶四围，有四个大小不一的帐篷顶，如少女被风鼓起的裙裾，飘逸浪漫。前些年对教堂修复时，穹顶和帐篷顶竖起了金光灿灿的十字架，看上去像熊熊燃烧的火炬。春婆婆还记得，三十年代时，她曾为这座教堂的神甫做过两件长袍，一件白色，是复活节时披的；一件绿色，是做弥撒时穿的。她来过几次教堂，除了送做好的衣服，还有一次是和马奔参加斯捷潘维奇的葬礼。葬礼后，斯捷潘维奇的亲密伙伴昂季诺夫神秘地消失了。有人说他跳了松花江，追寻斯捷潘维奇去天国了，还有人说他去了澳大利亚，不再画画，做淘金人去了。斯捷潘维奇是怎么死的呢？他在一个雨夜喝得酩酊大醉，倒在街头，被马车碾死了。葬礼那天，教堂来了许多人，当敲钟人手脚并用，将钟楼吊着的七座铜钟，次第撞响的时候，春婆婆紧紧拉住马奔的手！她是多么恐惧，这样的丧钟有一天会为她而鸣啊。

虽然马奔那天在教堂也死死地攥着春春的手，可是十年之后，他还是彻底松开了她。从那以后，她再也没有进过这座教堂。"文革"时，教堂遭到破坏，壁画、铜钟和十字架都不见了，教堂先是沦为商场的库房，后又成为话剧院的练功房。不管怎么修葺复旧，那涤荡肺腑的钟声，这座城市的人，是再也听不到了，而那是春婆婆最深的怀恋。

春婆婆想起马奔、斯捷潘维奇、昂季诺夫和教堂的敲钟人，还是有些伤感，他们怎么就成了风中之人了呢？她缓缓起身，到对面透笼街的快餐店，打算喝杯热茶暖暖身子。服务员告诉她，店里只有茉莉花茶，一杯十元。春婆婆想茉莉花茶也不错，滚烫的开水沏出的花茶，当是热腾腾的、香喷喷的。可是茶上来后，她发现那是劣质的陈年花茶，茶杯油渍斑斑的，散发着洗脚水一样的气息，难以入口。春婆婆只好把它当作手炉，暖了暖手，照常付了钱，出门后朝中央大街走去。她边走边慨叹，还是旧时的饭馆好呀，不管茶的等级如何，茶碗是何等的洁净呀。

因了那场雪的缘故，中央大街面包石的缝隙，嵌着星星点点的雪花，这使这条青龙似的长街，仿佛生了无数闪光的鳞片，看上去更加气派华丽了。虽然个别路段，因跑冒漏水，或是铺设公共设施管线时回填土不实，造成个别面包石下沉和破损，但这一点都不影响这条街的整体形象。历经百年风雨的它，魅力依然。时值正午，游人很多。街上没有车马的喧嚣，也听不到商贩的叫卖声。街两侧的商场食肆，名头都大。名商名号是什么？就是一年四季盛开着的花朵呀！你不用吃喝，人们便闻香而至了。走在步行街上，你完全可以胡思乱想，因为能撞着你的，就是行人了。

春婆婆走到马迭尔旅馆门前，蹲下来，伸出苍老的手，敲门似的，用指头叩击着面包石，深情地叫了声"我来了——"，泪水滚滚而落。久已不流泪的缘故吧，那夺眶而出的泪水，竟饱满得如丰收的麦粒，沉甸甸的，春婆婆甚至听到了泪滴敲击花岗石的回音，看来泪滴把石子路当作铜锣了。大街上人来人往，春婆婆看着那一双双跃动的脚，想着早晚有一天所有的脚都会僵硬，化为尘土，泪水悄然止息了。花岗石被寒流浸得跟冰块似的，怎么也摸不暖。春婆婆收回手，打着寒战站起来，用脚尖点着地，嘟囔着："你要是还惦着俺，来年春天让鞋样子发芽吧，长出两双绣花鞋来！一单一棉，省得俺花钱买。"说完，"扑哧——"一声乐了。

春婆婆酒足饭饱地回到南岗时，太阳西斜了。她一踏进门洞，就发现楼道湿淋淋的，赵孟儒家的门大敞四开着，有一股湿热的潮气扑面而来，春婆婆还以为这是赵家的暖气跑水了。

赵孟儒是个退休教师，在这儿住了三十多年了。他中等身材，马脸，戴着宽边的黑框眼镜，喜读诗书，是玉门街一带最有学问的人。黄鸡白酒酒馆的名字，就是冯喜来请他给起的。赵孟儒离异十多年了，一直独居。春婆婆觉得他是个奇怪的人，因为没退休的赵孟儒不苟言笑，整天板着脸，穿一套藏蓝色西服，像一把没打开的扇子，看不到他身上任何的褶痕和风景。可是退休后的他呢，就是一把打开的扇子，春光乍泄，尽显妖娆。他变得活跃了，见人爱说话，敢穿花衣服，早晨去公园练剑，晚上到立交桥下与老年人一起扭秧歌，白头发染黑了，不断往家带女人。邻居们议论说，赵孟儒这是报复女人呢，因为他是被前妻甩掉的。也真是的，他带女人，都是阶段性的，换来换去。不过今春开始，赵孟儒这把打开的扇子，又收束回去了。他穿上了庄重的衣服，颜色非灰即蓝，一早一晚的，不出去健身了，恢复了居家读诗的老习惯。最重要的是，他带回家的女人，是同一个人，看来是动了真情了。那女人五十来岁，微胖，个子不高，眉目清秀，戴副金丝边眼镜，见人总是低着头，穿着素气，整个人就像一只浸泡在酒中的山参，白白净净，滋润极了。

赵孟儒见春婆婆打门口经过，奔过来说："春婆婆，您可回来了！今天开栓，王老闷家跑水跑到您家，从您家又漏到我家，我家卧室的墙淋湿了两面，地板也翘起了一大片，估计您家更是泡得不成样子了！"

不止王老闷家，红砖楼的住户，在分户改造时私接的暖气，由于质量不过关，在正午开栓后不久，接二连三爆裂，一时间暖气管涌出的热水，让这座楼成了个大蒸笼。王老闷家因为住在顶层，暖气接得多，爆裂也最严重。因他急于上货，在暖气开栓后在家只守了半小时，见无异常，就出门了。谁想他前脚走，家中暖气就成了冲天的爆竹了。从他家奔涌而出的浑浊的热水，顺着上下贯通的各种管线的缝隙，冲下楼来。当赵孟儒发现自家卧室的屋顶滴答漏水时，还以为是春婆婆家的暖气冒水了。他跑上楼，敲不开门，去黄鸡白酒找，冯喜来告诉他春婆婆去道里过生日了。赵孟儒在回家的路上，想想春婆婆早晨出去，暖气中午才来，估计她家还没开栓呢，问题应该出在王老闷，于是径直去了烟火节的杂货铺，把刚上货回来的王老闷喊回家。

春婆婆打开家门，见里屋床下的一双黑色绣花鞋，被水给冲到了门厅，像两只娇俏的花猫，一前一后温柔地迎着她，心想马奔还真送鞋来了，会心一笑。因了这双鞋，她对自家遭淹，一点怨气都没有。她走向里屋，见白墙上满是污水漫过的痕迹，像无数的字映在上面，还说："弄出这一墙的字来，是想在俺家开扫盲班？"

五　蹭暖

您听说过蹭吃蹭喝的、蹭车蹭戏的，没听说过蹭暖的吧？哈尔滨分户供暖改造，诞生了"蹭暖"一族。春婆婆听说，近来停热的市民越来越多。这其中有缴不起热费的困难户，有为了省钱停了自家暖气，去父母那儿住的年轻人，还有一些早出晚归的上班的人。新建的高层住宅，由于日照好，再加上新型建筑材料的外墙保暖性好，只要是七八楼以上又朝阳的住户，停热以后，借助左邻右舍的良好室温，能达到十五六度。对于活力旺盛的年轻人来说，这样的室温足够了。而对于年龄偏大的人来说，每天晚睡前，开上一两个小时的电暖气，十八九度的理想室温就达到了。

人们议论"蹭暖"一族时，春婆婆有点不好意思，因为她有意无意地，成了这个族群的一员了。

这段时间，最郁闷的就是王老闷了。他家暖气爆裂造成的损失大，可又不敢声张。因为私接暖气是违法的，供暖公司知道了，不负责任不说，还将勒令其拆除。由于住在顶楼，他家的天棚和墙壁幸免于难，但复合地板就像秋风中的枯叶一样，被淹得抽搐变形了。最要命的是，楼下两户跟着泡汤，给他惹了大麻烦。春婆婆好说话，赵孟儒那就不一样了。他说春节要再婚了，卧室现在被一场水槽踢成这样，实在让他不爽。王老闷很愧疚，表示一定请人为他修复如初，可赵孟儒直摇头，说是他请的工人，一准是街头那些站大岗的，既没手艺，又没审美眼光，还不得把他家给收拾成农家客店呀！王老闷反驳说，都说干活不由东，累死也无功！人家还不得依着主人的心意干活呀。可赵孟儒就是不同意，他要自己选择工人，让王老闷赔钱。王老闷见他难以通融，不得已点头了。

赵孟儒列了一个物品损失清单，让王老闷气愤的是，连墙上挂着的一幅字，也算在其中了。说为他书写条幅的人，是本省著名的书法家，他的字如今一平尺三百块，这幅四平尺的字起码值一千二百块，连同修复地板和墙壁的费用，让王老闷赔偿六千。王老闷拿了那张清单回家后，和老婆商量了一夜，第二天下楼和赵孟儒讨价还价，最终赔偿四千块，而这是他杂货铺小半年的收入了，心疼得他直捶胸。王老闷给赵孟儒钱时，邀春婆婆做证人。赵孟儒收了钱后，王老闷讨要那幅被水淋湿了的字，说是他买了那字，条幅该归他。其实它只洇湿了一角，字迹没模糊。赵孟儒舍不得，可自觉理亏，只好拿给他。王老闷将那幅字挂在杂货铺里，标上五百的价格，说是贱卖，回来一分是一分。那幅字写的是"离恨恰如春草，更行更远还生"。烟火街的人来杂货铺买东西，都说条幅中的"离恨"二字不吉祥，白给都不要。而王老闷生的煤球炉子，在气压低的日子常常冒烟，才半个月，就把它熏黑了，看上去像灵幡一样丧气，赵孟儒来买马桶刷子见了，很心疼，要出二百元将其买回，王老闷说低于三百不卖！赵孟儒说："那你就留着自己看吧。"王老闷上来了倔脾气，扯下条幅，将它塞进炉子，让"离恨"灰飞烟灭了。自此之后，赵孟儒和王老闷隔阂起来，两个人在楼道碰见，连招呼也不打了。春婆婆觉得两个人都有毛病，一个太计较，一个太较真，这两"较"，让他们顶上牛了。

春婆婆家的墙壁损失大，有三面墙被淋湿了，墙皮雪片般脱落，浊黄的水渍曲曲弯弯的，蚯蚓似的爬满墙。地面的情况相对较好，因为只有卧室是木地板，其他空间的地面，一水的青灰水泥地。污水漫过水泥地，等于锋利的茅遇见了坚固的盾，兴不起大风浪。而卧室中长条形的木质本色的老式地板，不像现在的地板块是拼接的，它是在地上纵向打上木方，横着铺就，用钉子固定的，所以水对它的侵害也不大。春婆婆唯一心疼的，是厅里的五屉柜。它最底的那格被水侵袭后，里面放着的马奔的铜烟袋锅，让污水冲得变了味了，春婆婆很是失落。因为她想马奔时，常常拿出烟袋锅，放到嘴上咂摸。真奇怪，这烟袋锅有半个多世纪未装烟丝了，可烟管的烟味却隐约可闻，好像这么多年来，马奔依然在悄悄捧着它抽烟似的。

当王老闷问赔给春婆婆多少钱合适时，春婆婆把烟袋锅的事儿说与他，吓得王老闷直咋舌，说："我的娘呀，要是赔烟袋锅里的烟味儿，我就得闭了眼，带着烟袋锅，去找您家的那位马老爷，让他抽上几袋烟，把烟味儿再给您捎回来！可是那地界，去了可就回不来了！"

春婆婆笑了，说："你带着烟袋锅去，他以为你是我和别人养活的孩子，吃起醋来，还不得用烟袋锅敲碎你的脑壳呀！"

王老闷傻呵呵地说："那就让马胜大哥去吧，那是他自己的儿子！"

王老闷说完就后悔了，因为春婆婆与儿子隔阂甚深，玉门街的老住户，心里都是明白的，他真不该戳老人的疼处啊。王老闷连忙给春婆婆拱手作揖，说："老神仙，您要我赔多少钱我都乐意，等于敬佛积德了！"

春婆婆笑了，说："那就把你家整个赔给俺，你光着屁股去街上睡得了！"

春婆婆对王老闷说，现在天寒地冻的，不好收拾屋子，等到开春时，他请来刮大白的，将她家墙面修补修补，粉刷一下就行了。她这岁数的人，脑袋已是熟透的瓜，说落就落，就是住在皇宫里，也是有数的日子了，犯不着为屋子多操心。

春婆婆不要一分钱，王老闷倒过意不去了，他去烟酒批发市场，买了两箱春婆婆爱喝的酒，放到冯喜来那里。这样春婆婆去黄鸡白酒，就不用付酒钱了。

分户供暖改造后，楼道确实温暖如春了。那些习惯将越冬蔬菜放到楼道的住户，眼见着大白菜一天天地干瘪萎缩，土豆生出雪白的嫩芽，萝卜长出翠绿的缨子，而腌在缸里的酸菜，半个月就浮现白醭了。本该吃半冬的蔬菜，挺不了一两个月了，人们起了怨声。而那些关闭不严的楼道门，到了夜晚，会有流浪猫潜入，蜷伏在楼道的红蓝管线下呼呼大睡，吓着夜半归来的人。

春婆婆听说楼道能招来流浪猫，便在一楼和二楼的红蓝管线下，悄悄撒了猫食，盼着花花回来。晚上她连觉也睡不安稳了，一宿要披衣起来好几次，开门看看有没有花花的踪影。结果她没看见猫，倒不止一次撞见一个谢顶的老男人，在夜深时鬼鬼祟祟地从对门出来。

对门的新房客，是位细高挑的面容娟秀的女大学生。她通常周末的傍晚回来，打扮得花蝴蝶似的，提着大包小包的食品。她每次回来，一个腆着肚子的中年男人，会随之出现。王老闷对春婆婆说，他撞见过那男人用钥匙开女大学生的房门，说明他们关系非同一般。春婆婆说："没准是她爹呢！"王老闷说："有爹和自己闺女在外租房约会的吗？"按照他的猜测，这女大学生是那男人包养的情人，而这个男人，是个有钱有权的主儿。不然，一个如花似玉的姑娘，怎么会跟个老气横秋的蠢家伙？

那男人四十多岁吧，或许更老，因为他已谢顶了。他小眼睛，酒糟鼻，双下颏，油乎乎的脸，比女孩要矮半头。即便穿着宽松的黑皮夹克，也掩饰不住突起的啤酒肚。春婆婆几次深夜开门与他不期而遇时，他总是不自然地揉一下鼻子，咳嗽两声，嫌恶地瞟她一眼，匆匆下楼。春婆婆从这男人的举止上，判定王老闷说得在理。因为这男人从不在这儿过夜，估计有家室，晚上还要回家的。春婆婆气不过，觉得这男人是在欺负女大学生，说是要管一管，不能让姑娘跳火坑！当春婆婆在黄鸡白酒表达出这愿望时，冯喜来笑得前仰后合，说："老神仙，您好好喝酒吧，别管那闲事！您要是管了，把那老男人赶跑了，那女大学生不但不感激您，还得骂您呢！为啥呢？在人家眼里，那不是跳火坑，是跳钱坑呀！您不知道现在的一些大学生有多现实和开放呀。我在报纸上看了，一个名牌大学的校花，被一个大老板包养着，通身名牌，钱夹里好几张信用卡，有房有车；还有南方一个落马的高官，他包养的六个情妇中，也有个女大学生！"春婆婆听冯喜来这样讲，更加生气了，说："过去卖身的姑娘，都是被逼无奈；现在的姑娘可倒好，图享受，怎么能这样！随随便便就跟人睡的女孩子，早晚有一天也得被人随随便便给打发了，傻呀！"

哈尔滨的冬天，在上个世纪降雪量还很大。可是进入新世纪后，老天成了守财奴，把雪花当作了银子，不肯大把大把下发了。谁也没料到，今冬老天又变得慷慨了，频频散雪花银了！下雪空气好，风景美，但带来的麻烦也实在多。飞雪之中，所有的汽车仿佛都成了灵车，慢吞吞行进着。这样的日子，上班迟到的和误机的人比比皆是。尽管除雪机和清冰雪的人彻夜鏖战，街巷中冰雪的死角依然存在，骨伤科医院住满了摔伤的患者。春婆婆出门时小心翼翼的，生怕有个闪失。毕竟一把老骨头，经不起摔了。

雪大，寒流来得也就猛烈。春婆婆家玻璃窗的底格，夜夜有隐形的丹青高手光顾，以霜花为墨，将一块块玻璃勾勒成空灵的山水画。那些二层窗格间插着的粉白的蜡花，仿佛置身于桃花源，被霜花遮掩了！因为借邻居的热，加之天冷，室温比春婆婆预想的要低，霜花到了正午太阳直射的时候，才开始融化。可未等它们化尽，一路向西的太阳携走了暖流，冷气回升，玻璃窗底部的霜花，也就成了月亮里的桂树，屹立不倒了。

最开始供暖的一个月，尽管屋子霜花满窗，但春婆婆家的室温能有个十五六度，晚上在棉被上加条毯子，就能睡个暖和觉。春婆婆有点小得意，心想这个冬天自己挺走运的，坏事全变成了好事。楼道的红蓝管线和屋子里四处游走的分户暖气管线，本来让她气闷，但它们织就的网，使她得到停热省钱的便利；而王老闷家暖气跑水殃及自家，反倒让她一个冬天在黄鸡白酒不用付酒钱了。白天楼道无人上下的时候，春婆婆就把家门敞开，让走廊的热气春风般地灌进屋子。这个时候，她就有点害羞，觉得自己揩了邻居的油。

这样一想，她就拿出钱来，到秋林商场，花了二百多块，给王老闷的老婆葛素荣，买了一件蓝地百花的羊毛衫；给赵孟儒在革新街的一家瓷器店，买了个青花笔筒。

邻居们接到春婆婆的礼物，反应是不一样的。葛素荣在一家敬老院当服务员，整天伺候老人，伺候得她自己也满脸暮气，一天没得好心情，睡不踏实觉，终日肿着眼泡，才四十多岁的人，眼角皱纹累累，皮肤干涩，头发白了多半。由于在敬老院要穿白大褂，她上班的时候，随便穿上一件衣裳就是。因为再好看的衣裳，也得被白大褂罩着。

春婆婆没想到自己送上的羊毛衫，竟惹了麻烦。葛素荣感动得大哭一场之后，竟说什么也不去敬老院干活了。说是一个女人穿着好衣服而不能露出来，一年四季披着白大褂，吊孝似的，活得跟鬼一样，太丧气了！她要辞了工作，找一份能穿漂亮衣服的活儿。王老闷气坏了，说按摩院和洗浴中心的小姐们，可以穿得桃红柳绿，不过她一个老妈子了，哪个客人稀罕呀！图享受的男人们，找的可都是光鲜动人的姑娘！葛素荣嫌王老闷说话太噎人，和他大吵了一顿，一气之下，将新婚时买的一只玻璃糖罐摔碎了。王老闷怕她真辞职，只好告饶，说尽好话，劝住了她。他们的儿子没个正式工作，四处打工，儿子的女朋友提出，结婚时不能和父母挤住在一起，要单独过。现今随随便便买套房子，都得三四十万。葛素荣要是丢了工作，他们更难攒钱了。王老闷时常慨叹，过去都是儿子养爹，现在倒过来了，爹养儿子。虽然葛素荣仍然去敬老院上班，但自此以后，她下班回家，会立刻换上漂亮衣服，打扮起来。进厨房后，怕油烟熏着衣服，给王老闷准备的晚饭，煎炒烹炸的少了，凉拌和素菜成了主角。王老闷爱吃的辣子炒腰花和酱焖猪蹄，基本在餐桌消失了。王老闷嘴上亏着了，见了春婆婆自然发牢骚："唉，女人真是让人琢磨不透！您老好心送她花毛衣，竟让她变了个人似的！晚上她穿着漂亮衣服，让我看她。我不看，她就坐在穿衣镜前看自己，嚯，吓死个人！"

收到笔筒的赵孟儒，不像葛素荣表现得这么极端，但这件礼物也让他犯嘀咕，只要碰见春婆婆，他就会歪着脖子问："您有什么事情，需要我做呢？"春婆婆被问烦了，只好撒谎，说这笔筒是她买东西时，商场搞抽奖活动，自己抽中的奖品。她大字不识一个，要笔筒作甚？满楼就他一人念的书多，便顺手送与他了。赵孟儒这才释然一笑，说："我说嘛——"

春婆婆想不明白，为什么现今的人一收到点小礼物，就以为别人有求于他。在过去，她开裁缝铺时，客人做衣服剩下的碎布头，她看着可惜了，总是想方设法做点什么，拼个椅垫呀，缝个烟口袋呀，或是做个衬领和套袖，客人取衣服时，顺带着把这些小东西送出，他们别提多高兴了！而她也时常收到客人们馈赠的物品，针线、纽扣、花边或是剪刀，都是做裁缝用得着的。而左邻右舍的人，送来的多为吃的东西。比如刚从松花江打上的鱼，一捧新炒好的瓜子，几个热气腾腾的菜包子。这也惯出了童年马胜的坏毛病，认为别人家吃好的，就该有他的份，以致有回后院的邻居炖猪骨，他闻到香味了，见人家没送来一碗，竟然用石子砸人家的玻璃，那一年他十四岁，这把春婆婆气坏了。马奔离世后，她想到儿子没爹，处处宠着他，没想到宠出他一身的毛病，于是用烧火棍狠狠打了他一顿，从此以后，对他严加管教。然而孩子就跟小树一样，如果不勤于修剪，任其发展，长歪了，你想再把他直溜过来，几乎是不可能的了。

马胜对春婆婆来说，是她心头永久的痛！她常慨叹马奔走了，没给自己留下个好儿子。

马胜好逸恶劳，油嘴滑舌，十七岁时，就搞大了一个女孩的肚子，而他又不肯与人家成亲，结果那姑娘羞愤难当地吊死了。春婆婆为此，几乎赔了半个裁缝铺给那姑娘家。马胜直到三十岁才结婚，娶了个在商场卖炊具的售货员。婚后妻子一怀孕，他就开始在外胡搞。马胜在齿轮厂做工人挣的那点钱，没贴补家用，都撒在风骚女人身上了。孩子出生后，他这个当爸的，嫌小孩子夜里哭闹，影响他睡眠，连家都很少回。售货员一天到晚地哭，抱着孩子来春婆婆这儿诉苦，说是她和儿子不受待见，不如离了。春婆婆说，那就离了吧，这畜生跟谁过，都不会安生的。可是马胜不同意离婚，说是他娶的女人，即便守空房，死也得做他的鬼！春婆婆火了，说你以为自己是皇上呀！她带着儿媳去法院起诉儿子，最终让他们离了婚。孩子判给了女方，马胜付抚养费。春婆婆同情儿媳，怕她带着孩子累赘，难以改嫁，孙子六岁时，便接到自己身边，一带就是七年。春婆婆接受了教训，不溺爱孩子，教他抹桌扫地，端茶倒水，打小就让他自己洗裤衩和袜子，教育他尊敬老人，怜贫惜弱，宁可自己吃亏，不能亏待别人。从上小学起，春婆婆的孙子马达宽，就是年年的三好学生。春婆婆的儿媳，虽然后来改嫁了，又生了个孩子，但她还是放心不下马达宽，孩子十三岁时，她把他接回自己身边。可是马达宽回到母亲身边仅一年，就出事了。那年深秋的一个阴雨天，马达宽为了帮助生病的同学值日，天黑了才离开学校。从学校到家有三站路，马达宽为了省钱，从来都是步行。他不走大马路，而是抄近路回家。那时偏僻的街路，路灯间隔很远，昏暗不堪，行人极少。马达宽途经一条这样的小街时，没注意到一个马葫芦张着黑漆漆的大口，一脚跌进去。这个两米多深的污水井，成了他人生的最后站台。

马达宽死了，本来不关心亲生儿子死活的马胜，去找前妻闹，说她没管好儿子，让他这个当爹的老无所依，该把他这些年给儿子的抚养费都还回来。马达宽的母亲为了息事宁人，背着丈夫给了他一笔钱，可马胜嫌少，依然胡搅蛮缠。这样，马达宽的母亲，就说儿子出这种事，全怪婆婆。不叫她总是教育孩子助人为乐，马达宽不帮生病的同学值日，天没黑前回家，就不会路遇不测。马胜听前妻这样说，转而找母亲闹，说她为了当道德家，害了亲孙子，是个老妖婆，绝不给她养老。春婆婆哼着说："别看我是你娘，谁死在谁前面，还不知道呢！"

马胜五十岁就办了病退，另谋出路了。他把房子抵押了，贷了笔款，在道外太古街，与人合开了一家卖墙纸的小店。开始几年生意红火，他大把大把地赚钱，还了贷款，买了轿车，虽然没老婆，但出入酒店和娱乐场所时，身边总不乏年轻女人的身影。人一有了钱，头脑就发热。那时墙纸因为环保性差，已不是装修材料的宠儿了，可他还盲目扩大店面，使得货品滞销，经营陷入窘境，最后不得不卖车，将大房子换成小房子，偿还银行的贷款。他想着东山再起，做了一番市场调查，发现人们越来越重视健康，热衷于绿色食品和健身器材，于是改头换面，卖健身器材了。可是经营健身器材的集中在体院的大成街一带，马胜开在太古街的店，少有人问津，交易冷清。他逢人就说："做买卖的是干什么的？他妈的就是马戏团里走钢丝的呀，一天到晚悬着心！"春婆婆听儿子这么说，有点同情他了。

过了小雪，就是大雪。南方的大雪节气，还花红柳绿的，而哈尔滨的大雪节气，寸草不见，冷得没边没沿。大雪之后是冬至，这已经是十二月了，北风的势力越来越强，你站在户外，穿着羽绒服，一会儿便冻透了；开洗头房的人家，当街泼一盆污水，也就十来分钟吧，就凝结成冰了。

春婆婆轻松蹭了一个多月的暖，快冬至时，有点承受不住了。虽然没到小寒节气，可是夜间气温连续多日降至零下三十度，楼道的温度骤然下降。邻居家的暖气，只有个温乎气，她家的室温，跟着急转直下。日照强的正午，能有个十二三度，到了夜间，也就十度上下。春婆婆每天晚上，要在棉被外加两条毯子，而且得烧上一壶热水，烫个热水脚，再把余下的水灌进暖水袋，抱进被窝，才能勉强撑到天亮。她家玻璃窗上的霜花，原来只在最下一格徘徊，现在攀升到了第二格，霜雪满窗，都看不清外面的天空啦。不过此时的天空也没什么可看的，灰白寡淡，就像一张发霉的面饼。

春婆婆上午在家待不住，又不好那么早去黄鸡白酒，她就到别处蹭暖去。她碰见的老熟人，都在咒骂天气太冷了。住平房的人家，说今冬的炉子就是饿鬼，吃煤没够，屋子怎么也烧不暖；红砖楼的住户则抱怨分户改造不好，老管线改线后，好像一个壮汉突然变成了病秧子，身上没热力了，人们在家看电视，还得穿毛袜子。起夜时要是不披上厚衣服，就会打哆嗦。冷冬使煤的燃烧量大，产生的烟尘也大，一早一晚气压低时，空气中浓重的煤烟和汽车排出的大量尾气混合在一起，让走在街上的人觉得，这座城市好像在放臭屁。

最开始，春婆婆习惯到附近的高档商场去蹭暖。像新世界商厦、秋林公司、远大购物中心、松雷大厦。这些商场暖气开得实在太足了，进去后你连棉衣都穿不住。那些时髦女士进了商场，便把大衣脱下，搭在胳膊上，只穿着轻便的绒衣购物。她们搭在胳膊的大衣，多为貂皮。春婆婆想，哈尔滨这座城，是动物们最恨的城市吧。因为它们的皮毛，很多上了这座城市女人的身啦！春婆婆不购物，她进了商场，至多看看一楼卖饰品的柜台。明亮的玻璃柜台下陈列的那些金银玉器、玛瑙琉璃，做得是那么精致，流金溢彩，美轮美奂。春婆婆一件也买不起，只能饱饱眼福，不过她也不遗憾，因为在她眼里，那些东西终将成为遗物。君不见墓穴出土的陪葬物中，它们占的比例最大？看着人们在柜台前兴致勃勃地选着价格高昂的饰品，看着她们对动辄上千上万的衣服满怀兴趣和热望，春婆婆就怀念黄鸡白酒，她觉得进这样的商场大把花钱的女人是傻子，而进黄鸡白酒花小钱滋润自己的女人才是聪明人。可在玉门街，她见过的女人，很少有进酒馆的。所以来黄鸡白酒的男人们，见着她都爱说："您老最懂得享受呀！"

大商场很少有休息区，但卖鞋的区域有试鞋的软椅，春婆婆便坐在那里。商场里实在太热了，一楼卖鞋的又基本挨着卖化妆品的，各色化妆品的气味混合在一起，对人有催眠的作用，春婆婆闻着闻着，就打盹了。那些好心的营业员见她年龄很大，穿着体面，只坐着不买鞋，以为她是逛商场累着了，由着她坐；但也有各色的，嫌她坐着影响生意，轰一条狗似的赶她走。这个时候，春婆婆就会立刻起身，脸热心跳地走掉，好像偷了人家的东西似的。一周下来，她不再去高档商场，那里的奢靡气息她厌弃了，于是转战到海城桥畔的奥维斯商场。

从玉门街去奥维斯，即便走得慢，二十分钟也到了。虽然不识字，但春婆婆喜欢看商场的名字。在南岗众多的商场中，她最喜欢奥维斯的"奥"字。它看上去像一张支开的桌子上，搁着把四方形的茶壶；还像一个蓄着八字胡的国字脸的男人。她还记得春天的一个晚上，她路过这里，见"奥维斯"几个大字被霓虹灯映衬得像红透的苹果，在夜空中闪烁不休，异常美丽，忍不住驻足观望。这一观望，竟发现了问题，"奥"字和以前不一样了，它丢了下面的一撇一捺。在春婆婆眼里，"奥"字没了八字胡，那国字脸的男人就没有精神了，少了桌腿，那盏茶壶也就性命难保了，于是咚咚敲门，通告门卫。门卫跟出来，飞快地向前走了十几米，回身仰望商厦的顶层，发现老婆婆所言不虚，"奥"字真的丢盔卸甲了，连忙对春婆婆拱手言谢，说是尽快修复。"奥"字复原后，春婆婆看了，有一股说不出的骄傲。如今她去奥维斯蹭暖，理直气壮的。

春婆婆进了奥维斯，直奔女鞋区。上午十点多了，顾客还不是很多。看着货架上陈列着的那些款式新颖的鞋子，春婆婆直为女人的脚叫屈。虽然它们花骨朵似的好看，但大都不实用。有的鞋跟尖如锥子，有的鞋脸窄窄巴巴，有的鞋帮弧度过大。这些看似漂亮的鞋子，其实是跟女人的脚作对的，它们与旧时代的裹脚布又有什么区别呢？看到这样的鞋子，春婆婆会怀念马奔埋在中央大街面包石下的鞋样子，那种鞋样子做出的鞋，穿起来是多么舒适啊。春婆婆慨叹着，刚在试鞋的软椅上坐下，服务员就殷勤地过来打招呼，问她想买什么样式的鞋。春婆婆摆了摆手，营业员莞尔一笑，客客气气地说："不买鞋，这里是不能坐的。您要想休息，坐扶梯上楼，拐角处有椅子。"营业员温和地劝她离开，春婆婆也就不好意思再坐，起身走到扶梯处，上楼，果然看到了镂空的金属椅子。

春婆婆随身带着一个蓝布兜，里面装着一块手绢，一瓶水，一小包芥末青豆，半卷手纸，还有一册连环画。她年轻时为了打发寂寞的长夜，买了不少连环画。别看她不识字，但连环画的情节，她大都看得懂。她喜欢那些根据中国古典名著改编的连环画，今天带来的便是《武松打虎》。春婆婆坐下后，打开蓝布兜，取出水瓶，先润了润嗓子，然后拿出连环画，惬意地翻起来。正看到趣味处，打扫卫生的来了，唤她抬起脚来。春婆婆毕竟岁数大了，再加上一路走来有点乏了，腿抬得不够高。穿蓝袍子的女人，无法将墩布顺到春婆婆脚下，呵斥她："老太太，别把这儿当敬老院，哪儿来回哪儿去吧！"她的话音刚落，对面卖裤子的胖女孩帮腔说："这岁数了还在外乱跑，估摸是个要饭的！找保安撵她走！"春婆婆没有想到刚落座，就遭到员工的奚落。看来这里的人并不欢迎她。这座城市可蹭暖的地方海着去啦，何苦在这儿受羞辱呢！

走出奥维斯商场，春婆婆站在寒风凛冽的街头，苍凉四顾，心下茫然。自己该去哪儿呢？医院？候诊大厅椅子多，也够暖和，可是去那儿的都是看病的，侵占病人的座位于心不忍，再说医院喷洒来苏水，那股烂韭菜似的味儿，她受不了。去火车站？虽然不会有人撵她，可候车大厅人来人往的，声音嘈杂，空气也不好。春婆婆突然想起近在咫尺的海城桥下有个鲜花批发市场，隆冬时节，即便不为蹭暖，看看鲜花，也是享受，于是朝那儿走去。

推开鲜花批发市场的门，就等于从冬天撞入春天了！市场里花香扑鼻，姹紫嫣红。摊主是清一色的女人。春婆婆每走过一家摊位，卖花的都亲切地问她："您买什么花？做什么用？"春婆婆带着歉意说："俺就是看看。"她们脸上的笑容，立刻就凋零了。装鲜花的塑料桶错落有致地摆在地上，颜色多样的康乃馨、玫瑰、菊花、百合是花市的主角，而白色的满天星和紫罗兰则是配角。春婆婆看了一圈，开始怀念自己早年在江畔卖的那些野花了。那样的花儿被夜露滋润过，被月光照耀过，被蜜蜂和蝴蝶亲吻过，被微风吹拂过，所以那花儿内里内外地灿烂！而市场的花朵，是栽培出来的，愣头愣脑不说，一些花儿的叶片上，还残留着农药的淡白痕迹。不是节日，也不到周末，市场里的顾客并不多。有两个买花的引起了春婆婆的注意。一个是穿黑大衣的女人，她红肿着眼睛，一脸哀戚，要了一篮白菊花，说是去火葬场送朋友；还有一个是生着一对虎牙的小伙子，他乐呵呵地买了一篮玫瑰，说是妻子刚在医院给他生了个男孩。看来不管在哪儿，生与死，总是人间最广泛的消息。春婆婆转第二圈时，对花已了无兴趣了。她甚至觉得，这满场的鲜花，还不如自己捏的蜡花招人怜惜呢。也就是这个瞬间，春婆婆做出了开栓的决定，她不想四处蹭暖了，她要让暖气吹散玻璃窗上的霜花，让窗格里的梅园，在她眼里明亮起来。

六　腊月的起诉

春婆婆家入冬后竟没有开栓，这消息一传出来，把玉门街的人都吓着了。

王老闷见着春婆婆，"啊呀啊呀"叫着，说："今冬这么冷，您老怎么想的呢，为着省钱？"

春婆婆故意说："俺看你家暖气跑水，担心俺家开栓也跑水，把赵老师家再淹一次，人家那屋子还怎么做新房？他这岁数了，好不容易遇着个对路子的，不易呀。"

王老闷"哼"了一声，说："就他这么计较，哪个女子跟了他，算是倒霉啦！"

郑二愣见着春婆婆，"啧啧"叫着，揉搓着眼睛，泪汪汪地说："春婆婆啊，您可叫我开了眼了！我这四十多岁的骨头，都受不了这份冷，压箱底的厚棉裤，今冬都穿上了！我估摸着呀，您的骨头是铁匠铺打出来的！"

春婆婆"扑哧——"一声笑了，说："还别说，俺就是在铁匠铺被人捡着的！跟铁有缘，铁骨是指定的了！"她反过来同情郑二愣，说今冬冷，煤烧得多，烟尘大，估摸着他的眼睛在这样的空气中，比往年流泪要甚，嘱咐他少到街上站着，屋里空气咋也比外面好。

郑二愣没有好气地说："屋里有啥好空气？地下室圈着一群鸡，地上是咸菜坛子，再加上个吃煤球的炉子，哪个是散好气的？"

春婆婆说："你家小咸菜搽雪花膏，她身上有好气呀。"

郑二愣用手拍了一下脑门，苦着脸说："她搽雪花膏倒好了，那味儿不呛嗓子！可前段她去商场给二嫂买皮夹克，抽奖抽中了瓶香水回来。这香水一喷，我的天哪，直打鼻子！我估摸着夏天用它赶苍蝇蚊子都行，省得买杀虫剂了！"

春婆婆听郑二愣这么说，逗他："你就是只大苍蝇，你媳妇喷那香水，为着就是赶你呀，省得你一天到晚地跟她黏糊！"说完，朝黄鸡白酒去了。

黄鸡白酒门前的两棵老榆树，被越冬的烟火给熏染得尘垢满面，像两个刚从煤坑升井的矿工；而那棵扑向屋顶的榆树，盘旋的虬枝黑黢黢的，就像黑夜叉。

冯喜来见着春婆婆，舌头像是被热水烫着了，话都说不利落了："老神仙哟——老神仙——可不敢拿——拿身子骨开玩笑呀——"

春婆婆摘下围脖，搭在椅背上，慢慢坐下来，轻描淡写地说："俺想把自己冻成冰美人来着，可是老天嫌俺老，不待见，呵呵，给赶回来了，还得来这里喝酒吃豆子。"

春婆婆今天来黄鸡白酒，多要了两个菜，为的是请尚易开，咨询他点法律上的事情。她和刘蓝袍去了供热站，人家告诉她不缴纳全额取暖费，是不会给她开栓的。春婆婆觉得这不合理，自己家入冬以来没开栓，应该刨除掉这部分钱。

那天从海城桥下的鲜花批发市场出来，春婆婆顺路到一家面馆吃了碗面条，回到玉门街后，直奔刘蓝袍家，想着痛痛快快洗个热水澡，暖透身子，下晌去供热站缴费，让家里热起来。

春婆婆进了刘蓝袍家，先听见一阵咳嗽声。刘蓝袍穿着蓝袍子，坐在女池入口的硬木椅子上，面色灰黄地织着毛袜。屋子感觉不如往年暖和，春婆婆还以为这是今年停热，造成的温度下滑呢。刘蓝袍见着春婆婆，像是见了久别的亲人，眼圈红了，说家里入冬后倒霉透了，先是许前感冒了，高烧不退，去医院打点滴打了十一天，才算治好。谁想到他刚好，她就感冒了。好在不发烧，只是咳，她自己去药店买了几种药，吃了一个礼拜了，也没怎么见轻。天太冷了，她怕小巴夺上学冻脚，给他织毛袜子，织了两天了，一只还没织完，因为咳嗽大发了手直哆嗦，老是掉针，好不容易把掉了的针挑回来，没织几下，咳嗽起来，又掉针啦！刘蓝袍说到这儿时，许前拎着一桶煤灰，摇摇晃晃地从地下室出来，他的鼻梁和下巴上沾着煤灰，像是马戏团溜出来的小丑，引人发笑。许前对春婆婆说："叫她别织，她逞强，不听！小巴夺火力旺，每回进家换鞋，我摸他脱下的鞋，鞋窠热热乎乎的，老母鸡在里面都能孵鸡崽！你说她净作践自己，干些没用的活儿！"刘蓝袍白了许前一眼，话里有话地说："谁的孩子谁不疼？天这么冷，男孩子脚下凉，容易做病，不给他穿暖点怎么行？"许前没有好气地说："那你干脆见天把他捂在被窝里算了，一点都冻不着。"

春婆婆从他们的言语中，明显感到气不顺。许前出去倒煤灰时，她小声问刘蓝袍："和你家掌柜的闹别扭了吧？"刘蓝袍也不隐瞒，说是这段小巴夺很不省心，又开始逃课了。许前出去找，都是在网吧将他揪出来的。许前总拿话敲打她，说是这孩子要是随他就好了，善良，本分，吃苦耐劳，他们不用操过多的心。言下之意，小巴夺根不正！刘蓝袍顶撞丈夫，说是宁可要个惹事精，也不要个窝囊废！夫妻俩结婚多年，终于因为小巴夺红了脸。刘蓝袍咳嗽着说，小巴夺也确实不争气，老朝家里要钱，迷上了网络游戏不说，刚上初一，就和同学称兄道弟，在外吃吃喝喝，哪像个十五岁的学生呀。春婆婆帮刘蓝袍出主意，过年的时候，带小巴夺去殡仪馆给他亲爹烧点纸，让他知道，她把他拉扯大是多么不容易，他得好好学习，给死去的爹争气！刘蓝袍说，去年她带小巴夺去过一次，烧纸的时候，她叫着前夫的名字，让他保佑小巴夺能有个好前程。小巴夺嫌她对着一盒骨头渣子瞎念叨，神经病一个，没等烧完纸，就溜到小卖部买小食品去了。春婆婆听了，只能跟着叹口气。

刘蓝袍放下手中的活儿，服侍春婆婆洗澡的时候，春婆婆说浴池没有往年热乎，是不是停热的缘故？刘蓝袍这才告诉她，停热得在供暖期开始前一个月去供暖部门申报，人家同意了，签了协议，才能停热。她去申报时，遭到拒绝。说是她家在底层，不符合停热条件。她反复解释自家开着浴池，有小锅炉可以自主供热，不会影响邻居，可人家根本不听，说只要是一楼的住户，你就是家里安装了十台小锅炉，也不能停热。没办法，她只能硬着头皮，交钱开栓。今年供暖不好，再加上洗澡的人少，地下室的小锅炉烧得不旺，所以屋子温度上不来。

春婆婆听了刘蓝袍的话吃惊极了，说："出了这么大的事，怎么都没听说？"刘蓝袍咳嗽着，捶着胸脯说："哪好声张啊，都知道这分户改造，不叫我找您按手印，就没这份折腾了。我为了省俩钱，让不想分户的人家跟着受罪，现在钱没省一分，人家知道了，还不得笑话死呀。"刘蓝袍喘着粗气说："人要是倒霉呀，喝口凉水都塞牙！取暖费没省下，许前一个感冒又搭进去八百。如今不生病，就算是攒钱了！赶上今冬冷，没多少人来洗澡，这块收入也少了。许前说我家地下室有神灵，分户改造动了地气，吓跑了神灵，这才处处不顺。"

春婆婆撇着嘴说："神灵胆子那么小，还叫神灵？"

春婆婆洗完澡，从浴池清清爽爽地出来，坐在椅子上，像小女孩似的咬着手指甲，哧哧笑了几声，才对刘蓝袍说："你没在取暖费上赚着，俺倒是小赚了一笔！"她说要用那钱，请她去黄鸡白酒吃酒，让她痛快一下。刘蓝袍听春婆婆说家里暖气没开，惊叫着："天哪，您怎么受得了哇？"春婆婆告诉刘蓝袍，她白天四处蹭暖，晚上从黄鸡白酒回来，老早就钻进被窝了。刘蓝袍红了眼圈，说："都这岁数了，何苦省那俩钱，遭这份罪呢？早知道，就接您来家里，挤挤住了。"

刘蓝袍见春婆婆兴致勃勃的，便将刚才说过的话重复一遍，提醒她如果没做停热申请，即便家里没开栓，取暖费也是一分都免除不了的。

春婆婆说："没人告诉俺，停热还得跟他们申请呀。"

刘蓝袍说："楼门口早就贴出通知了，我哪能想到您家不开栓呢，没跟您说。"

春婆婆说："俺不识字，他们贴什么，在俺眼里都是没字的白纸。再者说了，楼门贴的纸，万一贴得不牢靠，三五天就被风给吹没影了！就是牢靠的，不出半拉月，也被别的纸给蒙上了，谁注意呀！他们改造后不是一户一栓吗？那栓是什么？就是他们安的锁头呀！他们锁了锁头，钥匙揣在自己怀里，还让人签协议，太霸道了吧？"

刘蓝袍见春婆婆动了气了，连忙安慰她，说是她的情况特殊，特殊情况应该特殊对待，估计他们会对她网开一面，春婆婆这才和颜悦色了。

然而午后刘蓝袍陪着春婆婆去供热站申请开栓时，却碰了钉子。烫着一头卷发的女收费员，笑眯眯地说开栓可以，但是整个采暖期的费用必须缴齐。春婆婆说:"姑娘,俺这些日子没用热气呀,没使的东西,你们非收钱,昧良心呀。"收费员说那没办法,供热条例规定的是按采暖期来收费,而不是按月收费,所以不管你是在采暖期开始还是中期开栓,都得缴全款。春婆婆说:"那俺今冬就不开栓了,再挺几个月,不就可以不缴了吗?"收费员说那也不行,她家没做停热申请,没签协议,就是一冬不开栓,这笔钱最终也得补上,如果现在不缴,将来还得加收滞纳金。

春婆婆"啧啧"叫着,说:"这不赶上早年放高利贷的了吗。"

春婆婆家没有供暖,现在想开栓,却要缴纳一个供暖期热费的消息,经刘蓝袍和许前一传播,很多人都知道了。大家都同情她,说供热方这是欺负不识字的老人,应该跟他们打官司。春婆婆不喜欢官司,她觉得打官司就是捧着一团乱麻过日子,心里堵得慌。可如果全额缴费,这段日子的冻算是白挨了,心有不甘,再加上大家都为她叫屈,春婆婆便找到老乔,让她请尚易开帮着出出主意。

春婆婆约尚易开午后三点到黄鸡白酒。实心眼的桂香,三点一到,就把酒菜摆上桌了!可是三点二十了,滚烫的砂锅豆腐不冒热气了,尖椒肉片也半凉了,也没见尚易开的影子。冯喜来跷着二郎腿,叼着香烟,哗啦啦地翻着报纸,跟春婆婆说风凉话:"老神仙,我跟您打赌,尚律师肯定要迟到半小时!他一进来就得说,他那儿太忙了,脱不开身,他是推掉了一个重要的事,赶过来的。要是我猜中了,您得赏我盅酒呀!"

春婆婆说:"你要猜中了,往后我就叫你'小神仙'!"

冯喜来笑了,说:"黄鸡白酒要是有俩神仙,得天天用笸箩装银子了!"

不出冯喜来所料，黄鸡白酒门楣上悬挂的老式挂钟，响起短促的半点报时钟声时，尚易开推门而入。他穿一件老式人字呢大衣，戴一顶旱獭皮帽子，一进门就对春婆婆说："真对不起！我本来两点就从事务所出来的，可是刚下楼，碰到两个顾客！他们慕名而来，让我们帮着打一个数额巨大的经济纠纷的官司。我一想春婆婆的事儿不能耽搁，跟他们说了一半，就出来，谁想到省政府那儿堵车，您看紧赶慢赶的，还是晚了半个钟头！真是对不住哇。"

尚易开话音刚落，春婆婆就憋不住乐了，她吆喝冯喜来："小神仙，快把菜端灶房去，让桂香给热热！砂锅豆腐不烫，就没吃头了！"

冯喜来撇下报纸，手舞足蹈地走过来，捧起砂锅，冲春婆婆眨了眨眼睛，得意扬扬地哼着小曲去灶房了。

尚易开脱下大衣后，春婆婆发现他穿着西装，扎着红格子领带，不像平时穿得那么随便，这让她很意外。尚易开解释说他们做律师的，要取得当事人的信任，得穿庄重些，这是职业习惯。春婆婆好不感动，心想为区区几百元的取暖费，人家这么上心，实在是过意不去啊。尚易开脱大衣时，还看不出老相，可他一摘下帽子，好像一下子长了十岁，春婆婆没有想到他谢顶得这么厉害了！他头顶那块寸草不生的区域，以前只是鸡蛋那么大，现在却无限扩张，青光闪耀，就像顶着张白面饼。春婆婆想起马奔像他这般年龄时，头发漆黑浓密，活力四溢，每个夜晚紧紧地把她搂在怀里，将她滋润得像春天的杨柳一样，便明白老乔之所以臃肿起来，是因为尚易开已不再滋养她了。她很为他们难过。

因为怀揣了同情，尚易开落座后，春婆婆夹了几颗麻油蚕豆到他的碟子，嘱咐他多吃豆子，身子骨会强旺。尚易开点着头，拿起碟子，将豆子一股脑儿倒进口里，没怎么嚼，就咽下去了，还煞有介事地叫着"好香——"，这让春婆婆更同情他，一个人吃东西这么马虎，说明活得越来越潦草了。春婆婆跟他谈事时，便不想让他过于劳神了："唉，供热站也真欺负人，俺家至今没开栓呢，非要收俺一个冬天的取暖费！俺气不过，邻居们也气不过，都支持俺打官司。可是你一来呀，俺想着九十多了，还能坐在这儿吃豆子喝烧酒，该知足了，就不想置这个气，不跟他们打官司了！人生不就是这样吗，不如意者常八九，不跟他们掰扯了，图个心静！来来来，咱娘儿俩今天只为吃酒，不谈官司了！"春婆婆给自己和尚易开斟满酒，端起酒来，一饮而尽！春婆婆饮酒，一滴未酒，无比畅快，而尚易开却手抖得洒了半盅酒，把筷子都淋湿了。他一放下酒盅就急切地对春婆婆说，您是中华人民共和国的合法公民，碰到不公的事情，千万不要放弃诉讼的权利！他说从老乔那儿得知她的遭遇后，已经给一家报社打了热线电话，反映了她的情况。报社表示，如果他们代理春婆婆的案子，法院正式受理后，他们将追踪报道这场官司。

冯喜来将热气腾腾的砂锅豆腐重新端回来时，听了这话，"啧啧——"叫着，对尚易开说："报纸跟进官司，那你的律师事务所就跟着出大名了！你得付给春婆婆广告费！"

尚易开的脸红了，说："我主要是为春婆婆讨公道！"

春婆婆见尚易开如此情态，知道自己打官司于他的事务所是有好处的，她又改了主意，想帮帮他，问他如果真打官司，胜算的可能性有几成。

尚易开说："五成！"

春婆婆说："五成还打它作甚？"

尚易开说："官司没开始打，输赢都在五成。律师的职责，就是帮助当事人，把五成的官司打成六成，六成不就赢了吗！"

春婆婆干脆利落地说："那就奔着六成打吧。"

尚易开没有想到春婆婆转变得这么快，连忙给春婆婆敬酒，不过因为太激动了，端起酒来，又弄洒了，这次淋湿的不是筷子，而是他的衣襟。他兴奋地对春婆婆说："为了六成干杯！"

尚易开对春婆婆说，为取得证据，她可以按供暖部门的要求，在开栓前，将整个采暖期的费用缴齐，留下发票，待官司胜诉，供暖部门将退回不该收取的那部分不说，还得对她进行精神损害赔偿。春婆婆不懂什么是精神损害，问尚易开，待他解释完，她摇着头说："那可不中！生气归生气，他们也没把俺气出毛病，要那个钱，不成了讹诈吗？"

尚易开说："您老就别管了，官司都这么打，到时我让邻居们给您出具精神损害的证言，您放心地来这儿喝酒就是了。"

他这么一说，春婆婆的心没放下，反而提溜起来了。

在哈尔滨，进入十二月的太阳，算是恋上黑夜了。才四点钟，它就支持不住了，向着黑幕沉沉坠落。想必它落的时候，被飞鸟或是浓重的云给剐伤了吧，光明消失后，西边天常隐现几缕暗红的晚霞。然而要不了多久，晚霞就成了陈年的春联，随风飘逝了，整座城市陷入无边的黑暗。这样的黑暗幽深漫长，次日早晨七时许，太阳才磨蹭着从东方升起。想必它与黑夜缠绵过分了吧，冬日的太阳血色不足，苍白惨淡。

春婆婆家终于开栓了！这个日子是尚易开为她选的，十二月二十二日，冬至，也是一年中最黑暗的日子。为了等待这个日子，此前的几天，春婆婆是在刘蓝袍家度过的。她和小巴夺挤在一张床上。她自编了不少鬼神故事吓唬小巴夺，什么逃学的孩子头发里容易生毒蜘蛛，爱去网吧的孩子脚丫会变成大螃蟹！小巴夺听完，笑嘻嘻地说，头发里生毒蜘蛛，把头发剃光不就行了！脚丫变成大螃蟹可太好了，饭馆的螃蟹那么贵，学生们吃不起呀。春婆婆听小巴夺这么说，哭笑不得。

　　开栓的这天早晨，很多人聚集在春婆婆家。当供热站的工人，用特制的扳手打开她家的暖气阀门时，春婆婆家的暖气管，就像苏醒的蛇，开始嘶嘶叫了。刘蓝袍的感冒虽然没好利索，但已经不那么咳嗽了，她不断地抚摸暖气片，试探暖气是否春风般荡漾其中了。王老闷呢，他重点查看暖气的各个衔接点，看是否有漏水现象。郑二愣性子急，他挨屋审，见暖气上来得慢，就说集中供暖没有自家的煤炉子好，那个热得快。一直袖手站着的尚易开，嫌郑二愣太闹人，赶他回烟火街卖活鸡去。冯喜来说："就是，再不回去，小咸菜就把你的鸡给卖了！"郑二愣听出了弦外之音，踹了冯喜来一脚，说："对呀，小咸菜把我的鸡卖到黄鸡白酒，让你家桂香吃个够！"一屋子的人全都笑了。

　　春婆婆家虽然没像王老闷家的暖气惹大麻烦，小麻烦还是有的。她家厨房的暖气管，在众人散去后，临近中午，有一处接缝漏水了。由于各种管线的改造，厨房是重心，所以这个地带，上下楼之间的漏洞多，薄弱之处多。这边淌水，很快就渗到楼下了。春婆婆正想锁了房门去黄鸡白酒，赵孟儒咚咚敲门，告诉她厨房漏水了！春婆婆说自家没加一组暖气片，完全按供暖改造铺设的管线，现在出了问题，他们应负全责。赵孟儒帮春婆婆打电话给供热站，做了故障申报。对方听说漏水不是很严重，磨蹭到下午两点才来。在这之前，春婆婆怕赵孟儒家厨房被淹，将漏水处放上脸盆，接满一盆就倒进水池，循环往复，所以修理员上门时，她已累得直不起腰了。

赵孟儒是红砖楼里唯一一个对春婆婆晚开栓产生抱怨情绪的人。他说难怪入冬以来，他在家待着，老觉得头皮簌簌的，好像有冷风吹过，原来楼上没开栓啊。春婆婆把这话学给王老闷，王老闷气愤地说："那我家素荣最近老说脚底凉，也得赖到您头上不是？"王老闷历数赵孟儒的种种不是，把他贬得一无是处，春婆婆有点听不下去了，说："不管怎么的，他给冯喜来家酒馆的名字起得好呀。"王老闷"呸——"了一声，说："那也不是他起的，人家说古诗里就有这个词，他是照搬过来的！"春婆婆说："能拣好东西搬，也是本事。"

冬至一过，就是腊月了。尚易开这天来到黄鸡白酒，拿来几张印满了黑字的纸，让春婆婆按手印，说那是诉讼代理书。春婆婆按完手印后，尚易开用手指捋着稀疏的头发，对她说还需缴纳一千八百元的诉讼代理费。春婆婆一怔，说："俺又没错，怎么还得缴钱——"尚易开对春婆婆解释，律师事务所给当事人做代理，都得收费。不过官司胜诉后，这笔钱由败诉方支付，最终会回到她手上的。春婆婆想了想，问："那要是输了呢？"冯喜来一旁听了，"哎哟——"叫着，说："老神仙真糊涂呀，要是输了的话，您的钱可就是打水漂了！"春婆婆说："那可就不上算了。"

冯喜来对尚易开说，像春婆婆这种情况，他们应该免费代理。尚易开为难地说，自己是律师事务所的所长，不好开这个先例，不然以后别的律师都这么干，他就没法经营了。不过他保证，这笔钱最终会回到春婆婆手中！如果春婆婆输了官司，他就是个人出钱，也不会让老神仙有损失。春婆婆听他这么说，也就没顾虑了，去银行取了笔钱，交给尚易开。

春婆婆的诉讼请求，法院很快受理了。尚易开联系的那家报纸，开始做跟踪报道，在舆论上取得了优势。冯喜来买报纸比以前更积极了，有关春婆婆案件的消息，他会一字不落地念给她听。他说："尚易开的律师事务所，本来是匹快死的马了，现在靠着老神仙的官司，这马不但活了，还跑得欢实了！"他嫌尚易开没有在采访中提到黄鸡白酒，春婆婆在授权代理书上按手印，是在他这儿呀！他给尚易开打电话抗议，尚易开答应他，下次采访时，让记者来黄鸡白酒。果然，半个月后，春婆婆的事件再度上报纸时，有了黄鸡白酒酒馆的名字。冯喜来将那张报纸贴在北墙上，客人一进门便可望见。

腊月中旬的一个午后，是个周末的日子，春婆婆在黄鸡白酒吃酒，顺手将冯喜来丢在桌上的报纸拿过来，结果她从一张新闻图片中，看到了一群瘦骨嶙峋的猫！她一眼就认出了其中的花花！春婆婆不知道花花失踪了这么久，怎么会突然在报纸上出现，连忙喊冯喜来给她读报。原来数月前，有几个民间的动物保护者，收容了一批流浪猫。报道称这些猫，少数是走失，多数是因为老了，病了，或是主人看上了更时髦的猫，而遭遗弃的。动物保护者收容了一批流浪猫，租了间地下室，义务喂养它们。这个举动，得到很多人的同情，人们纷纷解囊相助。可是一周以前，记者回访这个收容站时，发现人去楼空，流浪猫一只都不见了。调查的结果是，这些人其实是靠着收容流浪猫，博取人们的同情，据此敛财。得了钱后走人，把猫放掉，让它们继续流浪。冯喜来指着报纸上的那群猫，说这张照片，还是当时记者前去采访，帮他们呼吁时拍摄的，如今这些猫去向不明。

春婆婆气得发抖，说："这么说，花花不知去哪儿了？"

冯喜来说："肯定又四处流浪啦！保不齐哪天会回到玉门街，毕竟它熟悉这儿呀。"

春婆婆这天回家，心里惦着花花，一点好心情都没有。赶巧进楼门时，又碰到了那个提着好吃的、来度周末的女大学生。她没有好气地对她说："姑娘，要自爱呀，别当人家手里玩着的猫，最后玩腻烦了，给扔在街上，就成了流浪猫啦！女人的春光不多，可别洒在不值当的男人身上啊。"

那女大学生听了后，一边上楼一边咯咯乐。待她走到楼梯转角处时，回过头来，说："男人想让我成为流浪猫，我就先让他成为流浪狗！放心吧——老婆婆！"

春婆婆进了家，说不出的疲惫。她打开灯，凑到窗前，想看看窗格里的蜡花，让心亮堂一下。可是屋子暖气不足，再加上傍晚户外寒气上浮，玻璃窗又满是霜花啦。赏不了窗格里的梅园，春婆婆便打开五屉柜，取出马奔的烟袋锅。她将它当成笛子，横在嘴畔，对着烟锅轻轻吹了起来。别说，它还真的出声了，"噗噗噗——"的，好像烟管里钻进了一只飞蛾，正快乐地飞舞着。春婆婆想，这只飞蛾一定明白，扑向光明就是死亡，所以将幽暗的烟管，做了自己的天堂。

七　判决

出了正月，打春了！哈尔滨的冰雕雪塑，这些冬季大放异彩的美人，因为恋着寒风和飞雪，不肯将冰心交与春天，纷纷解体了，大街小巷泥泞不堪。行路者频频遭到稀泥的暗算，那些经营擦鞋店的人，就乐开怀了。不过他们也高兴不了多久，也就半个月吧，回暖的太阳会将面团似的稀泥烘干，让它们不能在人的鞋子上作祟了。

和煦的南风一旦成了哈尔滨的主宰，显赫一时的北风，就成了穷寇了。一到这时节，玉门街出租房的生意就格外好。卖凉糕盆花的，修鞋的卖菜的，这些春夏秋活跃在烟火街的小生意人，又携家带口地回来了。他们租的多是住户私接的棚厦，不算水电，一个月也就六七百块。租户太多，棚厦不够使了，有的人家又开始在空地乱盖房子了！他们竖起单砖墙，上覆石棉瓦，开上一两个小小的窗子，就算房子了。这些违章建筑，让一些老榆树饱受欺凌。它们有的被盖在棚厦中，下半截身子在屋里，被住户钉上钉子，当衣帽架使了；上半截身子穿过屋顶，与烟囱比肩而立，尘灰满面。还有的榆树，干脆被砌在水泥外墙里，像是遭到绑架了。而这样的榆树，大都活了一个世纪。春婆婆心疼与己同龄的它们，感觉像是自己被五花大绑了，憋屈得慌。所以当记者再次来到黄鸡白酒，采访她对即将开庭的官司有什么想法时，春婆婆只说了三言两语，便把记者引到玉门街深处，让他救救那些老榆树。记者没有料到这片曾经多次报道的区域，如此的脏乱差。街巷中垃圾遍地，让人难以下脚，违建的棚厦由于没有卫生间，一些住户竟然把门前的路当作了茅坑，尿臊味熏得人直反胃。记者说，很多人大代表和政协委员，都关注玉门街一带的改造，提案提了不少，政府也一度做过规划，想把这里的俄式老建筑都保护下来，将其他的拆除，建成民俗花园、商务花园、啤酒花园、家庭旅馆等。可是由于种种原因，一直对它难以下手。

春婆婆说："把这儿拾掇得干干净净的，不改造也挺好。俺刚搬到这儿的时候，树是树，花是花，草是草，现在呢，花草差不离没了，这些老榆树再保护不好，哈尔滨的小鸟又少了片林子。一座城只有人声车声，少了鸟鸣，这城还有什么意思呢？"

记者点头称是，端着照相机，将那些遭侵害的老榆树悉数拍下，回报社了。

春婆婆没想到，关于受虐的老榆树的报道，第二天就登上了报纸的"民生关注"版面，她说那记者是她见过的最神的农民，白天育苗，半夜插秧，清晨秧苗就结籽了！她在黄鸡白酒，拈着冯喜来给她读完的这份报纸，直说下次记者再来，一定请他喝一盅。说要是他没有对象的话，就给他介绍个好姑娘。冯喜来说："你哪认识女孩子呀！除了我家桂香，就是老乔和葛素荣，哪个不是人老珠黄的货？"冯喜来敢这么说，是因为桂香给春婆婆买干豆腐去了。

春婆婆说："谁说我不认识女孩子？我对面就住着个天仙儿似的女大学生！"

冯喜来说："谁不知道呀，她是被人包养的，可别埋汰人家小伙子了！"

春婆婆立刻就情绪低落了。是啊，对门的房客，实在让她堵得慌。她为此去花园派出所找过民警，让他们周末上门，将那个啤酒肚的男人给逮住，关他个十天半个月的。民警熟悉春婆婆，对她说他们至多是个非法同居，这事情如今多着去了，不好管。春婆婆便抱怨现在的民警不如从前好，以前常查户口，谁敢在家干坏事！说得民警们都乐了。春婆婆想着房主从南方回来避暑时，建议他们以后租房子，可不能选这样的，这不等于在他家开窑子吗？

桂香买干豆腐回来了，她一进门就中了彩似的嚷："报纸可真厉害呀，上边派下来人了，正查老榆树旁的违章建筑呢！"冯喜来听了，连叫了几声好，情绪高涨地说，玉门街一带的老住户，靠着违章建筑，这几年发了大财了，政府相关部门，早就该重拳出击。他希望对那些违章建筑一律拆除，让这些人跟自己在股市一样，也栽个大跟头！他那幸灾乐祸的表情，让春婆婆心里很不舒服。

桂香把卷了羊角葱的干豆腐卷捧给春婆婆的时候，王老闷哭丧着脸来了。最近葛素荣下了班，不下厨房，常来这儿吃晚饭，他只好在杂货铺的煤炉子上，煮方便面吃。这么对付下来，胃病犯了。他恳求桂香："以后她再来，不管点啥，你都说没有，她没得吃，也就回家做饭了！你说哪有女人不给老爷们儿做饭的呀。"

桂香为难地说："素荣姐要的，不是打卤面，就是蛋炒饭，十块八块的东西，哪个店没有啊？就是不在我这儿吃，别处也有，我怎么好回绝呢？"

葛素荣来黄鸡白酒吃晚饭的事儿，春婆婆听说了。不过她来时，自己已回家了，从没碰上过。大家都说葛素荣这是学春婆婆呢。春婆婆见王老闷这段日子瘦了一圈，面色青黄，也觉着葛素荣做得过分了，便帮他出主意，说是只要葛素荣来黄鸡白酒，他就关了杂货铺，买上大鱼大肉回家下厨，大吃大喝，葛素荣见了，自然受不了，还得给他下厨。为什么呢？家里饮食开销大了，厨房不清洁了，这都是爱家的女人不能忍受的。

王老闷说："可惜我不会做呀。"

春婆婆说："这有什么难的？买了猪排骨，放上葱姜、花椒、大料、桂皮，添上水煮，熟时撒点盐，就能吃了。要不你就去郑二愣那里买只鸡，用山药炖着吃，提气养胃！"

冯喜来说："老神仙，您不爱吃荤腥，怎么这么熟悉做法呀？"

春婆婆说："别忘了俺也做过新娘子！年轻力壮的男人，哪个不爱荤腥？当年俺可是没少给马胜他爹做鸡呀鱼的。"说完，轻轻叹了口气。

王老闷说："郑二愣家昨晚又被掐伤一只鸡，正好贱卖，才十块钱，我买回家炖了！"

冯喜来说："你也不怕吃出禽流感来？"

王老闷说："你也真没知识，禽流感可不是这么得的。估摸着是黄鼠狼溜进地下室，把它掐成这样的。鸡又没死，肉是新鲜的，不碍事。"

郑二愣家的鸡舍，开春之后，不止一次遭到不明动物的袭击了。地下室唯一的气窗，在这个罕见的严冬里，不敢打开，所以这一冬，郑二愣在家没闻到一点好空气。有次他去看电影，刚落座，邻座的女人便嘟囔："怎么一股鸡屎味？"掩着鼻子换到别的座位了，这使郑二愣深受刺激。他再去看电影时，不光换衣裳，还要洗个头。所以四月天气刚转暖，郑二愣就迫不及待地开鸡舍的气窗了。可没有想到的是，气窗打开后，鸡舍不太平了。已有三只鸡被神秘地掐伤了。大家都说这是黄鼠狼干的。可春婆婆不这么认为。黄鼠狼会打洞，不需走气窗；还有，黄鼠狼喜欢夜间出动，而来郑二愣家鸡舍的家伙，却是在光天化日之下。它掐伤的鸡都不大，掐伤的部位有时是脖颈，有时是翅膀，有时是脊背，说明这家伙虽然凶残，但是生手，不得要领。小咸菜只要听见地下室的鸡发出惊恐的叫声了，就知道那家伙又来了。她奔向地下室，它却消失得无影无踪了。她建议给气窗钉个纱窗，设道屏障，可郑二愣说要想彻底解决问题，必须消灭了那家伙才是。

挤占老榆树生长空间的违章棚厦，四月中旬时，被执法部门拆除了。那天刚好马胜过来，他还以为这里开始了拆迁改造，母亲得到大笔补偿费了，欢喜了片刻。春婆婆一见儿子登门，立刻耷拉下眼皮，佝偻起腰。马胜坐下后，给了母亲一千块钱，央求她把房屋名字变更成自己的，说是要开灯饰城，投入大。他去银行贷款，可是银行评估了他的房子，说价值低，不够做抵押的。他说即便这套房子的名字变成他的，也不会住进来，请她放心。其实春婆婆知道，像马胜这岁数的人了，银行是不给放贷款的，他这是编瞎话骗她将房产过户给他。因为去年的时候，冯喜来七十一岁的舅舅，想贷款做点小买卖，跑了好几家银行，都说他超出贷款年龄了，他只好找外甥借。冯喜来借给舅舅一万，让他打欠条，把舅舅给气跑了，春婆婆当时还嫌冯喜来小气呢。

春婆婆将儿子给的钱，立马还给他，歪到沙发上，说是昨夜没睡好，昏沉得支持不住了，要睡一觉。马胜知道母亲不待见他，虽然满心不快，但为未来计，不好发作，便把那一千块钱放到沙发上，说："看着买点啥好吃的吧。"起身走了。

哈尔滨的供暖期，从十月二十日始，至次年四月二十日结束。有时气温回升快，四月初吧，暖气就若有若无了。可是今年哈尔滨气候异常，进入四月，热了没几天，一场春雪突袭，气温又降至零度以下，倒春寒让供暖企业措手不及，为了利润，他们已不再储煤了。锅炉烧不旺，送出来的暖气自然气若游丝，无法达到供暖的室温标准。很多小区的老人和儿童，都被冻感冒了，市长热线快被供暖投诉打爆了。

就在这个时节，春婆婆家发生了一场火灾。火灾是对门的女大学生引起的。她和那男人来度周末，因为屋子冷，彻夜开着电暖气。女大学生离开出租屋时，忘了关闭电暖气，它超负荷地运转，引燃了老化的电线。火灾发生在白天，发现得及时，报警及时，消防车来得及时，所以救住了。不过，春婆婆家的厅堂，还是跟着遭殃了。火从窗户蔓延过来，将窗格里的梅园烧成灰，将她心爱的五屉柜也燎伤了。消防员在清理火场时，春婆婆回到一片狼藉的家，奔向五屉柜，见烟袋锅还在，只不过被熏得黑黢黢的了，她舒了口气，说："好家伙，这回你可是抽了场大烟。"

消防车救火的时候，围观者中，有刚被拆除了棚厦的住户。他们知道是春婆婆为了几棵老榆树，引来了记者，断了他们的财路，心生憎恨，巴不得红砖楼一股脑儿烧掉，让她无家可归，所以看着火熄灭了，他们就像是看一出戏，没到高潮却谢幕了，有些悻悻然。

火灾后，人们试图寻找那个女大学生，可是没人知道她的联系方式，更不知道她在哪里。周末到了，她和那男人竟也不来了，好像知道闯下大祸似的。冯喜来说，红砖楼的这场火灾，第二天见了报，估计他们看到这消息，不敢回来了。王老闷只好打电话给原房主，告诉他家里遭火灾了，让他们快回来。房客人间蒸发了，春婆婆家的损失自然无人包赔。不过她也不难过，说是家里不过烧掉一扇窗，五屉柜收拾收拾还能使，熏黑的屋子也能刷白，一把火能烧掉一个窑子，这点损失值当。春婆婆最难过的是，满市场找不到经营木窗的，她只好换成塑钢的。坐在冰冷的钢窗前，她觉得窗外的春天，仿佛带着股生铁的味道。

四月二十七号，春婆婆的案子，在法院公开审理了。那天玉门街的很多老住户都去法院旁听，春婆婆坐在黄鸡白酒等消息。当冯喜来在正午时，将她败诉的消息带回来时，春婆婆的眼前一黑。她没有想到，这世界的光明，不知在什么时候，与她这样的老人，悄悄作别了。

春婆婆输了官司，尚易开反而情绪高涨了。他要春婆婆上诉到中院，说是这个案子打下去，必胜无疑，而且会成为经典案例。他拟好了上诉书，让春婆婆按手印，一切仍由他代理。春婆婆没有按那个手印，她说自己的手指是上天赐予的花朵，得好好带回去，不能再把指纹留给人间了。她朝尚易开要来属于自己的那份判决书，当作餐巾，垫在桌上，喝了一下午的酒。她离开黄鸡白酒时，将吃剩的豆子包在判决书里，说是春天来了，花花该回来了，她要把豆子带给它。

花花也确实回来了，四月的最后一天，一个无比晴朗的日子，郑二愣设置在气窗下的捕鼠器，终于逮住了残害鸡的元凶，它就是花花。特制的捕鼠器杀伤力很大，将花花活活拍死了。花花瘦得像风干了的腊肠，毛发肮脏，少了半截尾巴，大家猜那是冻掉的。它身上唯一还亮堂的地方，是它的眼睛。人们围着花花慨叹：猫死了还能睁着眼睛呀。

郑二愣要把花花扔进烟火街的垃圾箱，春婆婆没让。他去王老闷的杂货铺借来一把锹，亲自动手，把它埋在黄鸡白酒的老榆树下。埋完花花，春婆婆去杂货铺还铁锹时问王老闷，葛素荣最近给他做饭了吗？王老闷笑着说："春婆婆，您这招真灵，她现在又回厨房了！她嫌漂亮衣服吊在衣柜里可惜了，在墙上钉了一个光板的衣服架，将喜欢的衣服都挂上，一进屋就能望见。呵，不熟悉的人进了我家，还不得以为我家开着裁缝铺呀。"王老闷说得喜滋滋的，可是春婆婆听完，心里顿了一下，觉得有点对不住葛素荣。

春婆婆出了杂货铺，慢吞吞地朝黄鸡白酒走去。她见冯喜来叼着烟卷站在烟火街上，仰头望着老榆树，便问他看什么。

冯喜来说："我小时候，奶奶对我说，猫是由七个姑娘的魂灵变成的，现在您把花花埋在这棵树下，我想它转世了，是不是树顶会站着七个仙女？"

冯喜来的话，催下了春婆婆的泪水。这段日子，她的心可不像眼前的春色这么明媚，她说不出地委屈。玉门街的人，不像以前跟她那么亲了！那几户被拆除了棚厦的住户，见着她爱理不睬的；尚易开远远看见她，就像躲避麻风病人似的走掉了，绝口不提还她律师代理费的事情；对门的住户回来后，去房屋中介所寻找女大学生，可是她留下的电话已经停机。他们责备春婆婆没有尽到做邻居的义务，该提醒房客红砖楼电线老化，使用电暖气要格外小心。他们见着春婆婆，也没有好脸子。唯一跟她突然亲起来的是赵孟儒，不过他亲得让春婆婆害怕,他跟那女人分手了,一到半夜就在卧室大声念诗。有一次他见着春婆婆,两眼直勾勾的,说他认识了无数女人,最可爱的当属春婆婆,如果她愿意,他要娶她为妻,把春婆婆吓得腿直抖,直叫:"阿弥陀佛!"

又是五一长假了。哈尔滨的游客,比平素多了起来。游客们喜欢去太阳岛的渔村吃开江鱼,去玉泉狩猎场狩猎,去中央大街看风格各异的老建筑,去索菲亚教堂遥想百年前哈尔滨的钟声。南岗区除了老秋林,很少有游客光顾。但这天下午,玉门街却迎来了两个年轻游客,一个中国小伙子和一个俄罗斯姑娘。小伙子穿着灰夹克,背着照相机,手里拿着地图和一张老照片;姑娘梳着金黄色马尾辫,穿着时髦的短裙,露着雪白的大腿。他们比照着照片,在俄式花园洋房间穿来穿去,最后找到尚易开家的房子,就像发现了新大陆,欢呼起来。春婆婆看见,他们欢呼之后,那个俄罗斯姑娘,突然又忧伤起来,扑到小伙子怀里,在烂漫的春光里哭起来。春婆婆不知道这座洋房里,发生过怎样的故事,让她如此动情。当年住在这儿的人,想必是她的祖辈了。

五一长假的最后一天,玉门街发生了一件大事,小巴夺将二嫚睡了!那天深夜,小巴夺从网吧回家,在玉门街遇见了刚下出租车的二嫚,她喝得醉醺醺的,摇晃着去父母的出租屋。小巴夺好心上前扶她,她拧着他的脸蛋叫了声"小弟弟——",二嫚绵软温热的身子和这声娇滴滴的呼唤,让小巴夺热血沸腾。他把她撂倒在一棵老榆树下,将在黄色网站看到的画面,演变成现实。平素这时辰了,玉门街没有行人了,可是这天尚易开没回家,老乔怀疑他在烟火街新开的发廊和小姐厮混,出来捉奸,路过这里,撞个正着。本来两相情愿的事情，被老乔一张扬，成了强奸了。

刘蓝袍终日以泪洗面，她抱怨那些让孩子性早熟的食品，抱怨无处不在的害人的网吧，抱怨玉门街的路灯，嫌它们间距遥远而昏暗，抱怨二嫂勾引了小巴夺。春婆婆觉得自己也该遭到抱怨，可刘蓝袍对她恭敬如初。玉门街的人，有的同情小巴夺，说二嫂早就不是黄花闺女，小巴夺是被她给玩了；也有的同情二嫂，说是好端端的一个姑娘，被一个小畜生糟践了，将来怎么嫁人？小咸菜火气十足，坐卧不安，手指在鼻腔抠来抠去的，恨不能把鼻子抠烂了，没人敢买她的小咸菜了；郑二愣的眼睛，就像浸泡在福尔马林溶液中的标本，虽然水汪汪，却毫无光彩。

一个细雨霏霏的午后，春婆婆撑着伞去黄鸡白酒。她路过郑二愣家的鸡摊时，见一只羽翼漂亮的大公鸡，正扑棱着翅膀，痛苦地挣扎着。它脖颈流出的鲜血，与雨水融合在一起，顺着污渍斑斑的地砖缝隙，流到春婆婆脚下。春婆婆想郑二愣这是心不在焉，手软，没有将它宰利索。她扔下伞，吃力地抱起湿漉漉的鸡。雨水是那么凉，可那只鸡还是温热的；它那还突突跳动的心，令她战栗不已。

起 舞

一 老八杂

丢丢的水果铺，是老八杂的一叶肺。而老八杂，却是哈尔滨的一截糜烂的盲肠，不切不行了。

上世纪初，中东铁路就像一条横跨欧亚大陆的彩虹，把那个"松花江畔三五渔人，舟子萃居一处"的萧瑟寒村照亮了。俄侨大批拥入，商铺一家家地耸起肩膀，哈尔滨开埠了，街市繁荣起来。俄国人不仅带来了西餐和"短袖旗袍、筒式毡帽、平底断腰鞋"的服饰风尚，还将街名赋予了鲜明的俄国色彩，譬如"地包头道街""霍尔瓦特大街""哥萨克街"等等。其中，"八杂市"和"新八杂市"就是其中的街名。"八杂市"，是俄语"集市"的音译，与它沾了边的街，莫不是市井中最喧闹、杂乱之处。解放后，这些老街名就像黑夜尽头的星星一样一颗一颗地消失了，但它们的影响还在，"老八杂"的出现就是一个例证。

"老八杂"不是街名，而是一处棚户区的名字。这是一带狭长的房屋，有三十多座，住着百余户人家。房子是青砖的平房和二层的木屋，大约有七八十年的历史。它们倚着南岗的马家沟河，错落着排布开来，远远一望，像是一缕飘拂在暮色中的炊烟。这儿原来叫"四辅里"，只因它芜杂而喧闹，住的又多是引车卖浆之流，有阅历的人说它像"八杂市"。因有过"八杂市"和"新八杂市"，人们就叫它"老八杂市"。不过缀在后面的"市"字有些拗口，时间久了，它就像蝉身上的壳一样无声无息地蜕去了，演变成为"老八杂"。别看老八杂是暗淡的、破败的，它的背后，却是近二十年城市建设中新起的幢幢高楼。楼体外墙有粉有黄、有红有蓝，好像老八杂背后插着的五彩的翎毛。

老八杂的清晨比别处的来得要早。无论冬夏，凌晨四五点钟，那些卖早点的、扫大街的、开公交车的、卖报的、拾废品的、开烟铺的、修鞋的、打零工的，纷纷从家里出来了。他们穿着粗布衣服，打着呵欠，开始了一天的劳作。到了夜晚，他们会带着一身的汗味，步态疲惫地回家。别看他们辛劳，他们却是快乐的，这从入夜飘荡在老八杂的歌声中可以深切地感悟得到。

做体力活的男人，大都喜欢在晚上喝上几口酒。若是住在别处的男人，喝了酒也就闷着头回家了，但住在老八杂的男人却不一样，他们一旦从霓虹闪烁的主街走到这片灯火阑珊处，脚一落到"雨天一街泥、晴天满街土"的老八杂的土地，那份温暖感立刻使他们变得放纵起来，他们会放开歌喉，无所顾忌地唱起来。老八杂的女人，往往从那高一阵低一阵的歌声中就能分辨出那是谁家的男人回来了，而提前把门打开。男人酒后的歌，由于脾性的不同，其风貌也是不一样的。修鞋的老李，喜欢底气十足地拖长腔，好像在跟人炫耀他健旺的肺；卖煎饼的吴怀张，爱哼短调；做瓦工的尚活泉，唱上一句就要打上一声口哨，就好像他砌上一块砖必得蘸上一抹水泥一样；开报刊亭的王来贵，对歌词的记忆比旋律要精准，他唱的歌听来就像说快板书了。

老八杂的人清贫而知足地活着，它背后那些高档住宅小区却把它当成了眼皮底下的一个乞丐，怎么看都不顺眼。春天的哈尔滨风沙较大，大风往往把老八杂屋顶老化了的油毛毡和院落中的一些废品刮起，空中飞舞着白色的塑料袋、黑色的油毛毡和土黄色的纸盒，它们就像一条条多嘴的舌头，在喋喋不休地说着什么。树静风止时，它们鼓噪够了，闭了嘴巴，纷纷落入马家沟河中。于是，那些沿河而行的人，就会看见哈尔滨这条几近干涸的内河上，一带垃圾缓缓地穿城而过，确实大煞风景。

老八杂除了在风天会向城市飘散垃圾，它还会增加空气的污染度。由于这里没有采暖设施，到了冬天，家家户户都要烧煤取暖，烟囱里喷出一团团的煤烟。逢了气压低的日子，这些铅色的烟尘聚集在一起，呛得人直咳嗽，好像盘旋在空中的一群黑压压的乌鸦。还有，由于电线的老化，这里火灾频仍，而老八杂的街巷大都逼仄，消防车出入困难，一旦大火连成一片，后果不堪设想。

改造老八杂，势在必行了。

政府经过多次论证，下决心要治理这处城市的病灶了。工程立项后，实力雄厚的龙飘集团取得了对老八杂的开发权。丁香花开的时节，他们就派人来对现有住户的住房面积进行实地测量，并将动迁补贴的标准公示出来。如果不回迁，按照每平方米两千五百元的标准进行补偿；如果回迁，每平方米要缴纳四百元的小区"增容费"。这"增容费"包括小区会所、花园、游泳馆及车库等设施所投入的费用。也就是说，将来你若想在老八杂生活，即便是住原有的房屋面积，每户至少也要缴纳两到三万元，人们对此牢骚满腹。

卖烧饼的张老汉说："我住旧房子住服帖了，不想挪窝！啊，我进了鸟笼子，被他们给吊在半空了，还得倒贴钱给他们，我疯了？"

开发商设计的住房是沿马家沟河的四幢高楼，波浪形散开，两座三十层高，另两座二十八层高。在高层住宅的下面，有三层的会所和两层的游泳馆。其余的地方种花种草，设置健身器材。

尚活泉说："我天天在外出苦力，晚上回家时腿都软了，连爬到老婆身上取乐都费劲，那些健身器材，谁他妈用啊！"

王来贵说："这地段的房价如今涨到四千块一个平方了，他们才给我们两千五，这不是打发叫花子吗？四栋高楼，我们老户回迁时住的又都是小间，一百多户连一栋楼都使不了，他们能卖三栋大楼，得赚多少钱啊！名义上是给我们改善条件，其实他们是靠我们的地皮发横财，咱们可不能上当啊。"

人们七嘴八舌地议论着，大都是不想动迁。不想动迁的理由，五花八门。有人嫌住在高楼里不接地气，人会生病；有人嫌自家赖以为生的架子车没处搁，耽误生计；有人嫌晚上归来时不能随心所欲地唱歌了，生活没了滋味；还有人嫌坐电梯头晕，等于天天踩在云彩上，不会再有好胃口了。

动迁通知在六月份就张贴出来了，限老八杂的人在七月底以前必须迁出。但大家不为所动，一如既往地过着日子。掌鞋的，依然安然地坐在街角埋头做着修修补补的活计；做鱼肠粥的，依然用三轮车蹬着满桶香喷喷的粥，正午时到闹市区的写字楼前招揽生意；摊煎饼的，也依然在院子里支着黑铁鏊子，就着微红的炭火，摊起一摞煎饼，拿到夜市去卖。

老八杂的人，但凡遇见难事，都爱凑到丢丢那儿请她拿个主意，虽说她是个女人，但却是老八杂人的主心骨。

丢丢四十出头，长脖子，瓜子脸，细眯的小眼睛，喜欢戴耳环和梳发髻。喝松花江水长大的女孩，大都有着高挑的身材，丢丢便是。她有一米七，双腿修长。有的人腿长，但不匀称，可丢丢不是。她的小腿圆润，大腿结实却不乏柔美，似乎你摆到她面前一双舞鞋，她就能踮起脚尖，轻盈地起舞。丢丢有着男人一样的剑眉，可以看出她性格的凌厉和豪爽；她又有着敦厚的嘴唇，让人能感觉到她为人的厚道。

老八杂那些暗淡破旧的房子，据说是旧哈尔滨的"马市"。那时城市的主要交通工具是马车，夏天是四轮马车，冬季是马拉雪橇，所以经营马匹的人很多，"马市"也就兴起了。那时的"马市"，相当于现在的"车行"吧。"马市"在，就有养马人。有了养马人，就要有娱乐。老八杂现存的半座米黄色的小楼，过去就是舞场，是一个俄国商人开的。它位于老八杂的腹地，主人就是丢丢。

这楼是砖木结构的，二层，解放前的一场火，将房子烧掉一半，所以它是幢残楼。活下来的房屋共有四间，楼下一大一小，大间是当年的舞场，小间是门房。楼上的两间一般大，是卧室。房屋举架高，圆券高窗，对开的包皮门，螺旋式木楼梯。屋檐下有云纹和花纹的浅浮雕，门楣处是锯齿形的木装饰，外墙凹凸有致，有强烈的光影效果。

楼的设计不仅美观，而且实用。楼上有拱形晒台，楼下有壁炉和通向二楼的火墙，上下均有一个小卫生间。最抢眼的，是楼下的三根雕花廊柱，呈"品"字形。老辈人说，有些舞女跳晕了，喜欢环抱着廊柱，歇上一刻。所以廊柱散发出的那股淡淡的木香气，被人说成是舞女身上遗留下的脂粉气。此外，底层还有一个阴凉的地窖，成了丢丢家天然的大冰箱。

老八杂的人，都叫它"半月楼"，说是这幢米黄色的小楼原本该是老八杂的一轮明月，它失了半面身子，只能是月色微明的半月了。

半月楼前有一片高大的丁香树，春季，暖风裹挟着花香，给老八杂的人带来蜜月般的气息。被大火缭绕过的那面黑黢黢的山墙下种了藤萝，褐色的茎儿背负着纷披的绿叶，爬了满墙，生机遮掩了伤痕。

半月楼的老主人，是齐如云。五十年代，她是哈尔滨一家劳保用品厂的工人，专事缝纫，做工作服、套袖、护膝、手套、鞋垫等。齐如云不漂亮，但她肤色白皙，身材俊美。好的肤色和身材，天生就是女人的一双"招风耳"，她也因此比那些面容姣好的女人要引人注目和耐人寻味。

五十年代中期，苏联专家陆续来到哈尔滨，进行十三个重点工程的援建，譬如哈尔滨汽轮机厂、东北轻合金厂、哈尔滨锅炉厂、哈尔滨量具刃具厂等。那时候的报纸和电台，常有关于苏联专家的介绍和报道。齐如云在工歇时，喜欢到单位的阅览室看报。每每看到苏联专家的照片，她会慨叹着对同事说："他们长得可真英俊啊。"所以当一九五六年的夏季，单位通知她去参加一个与苏联专家联欢的舞会时，齐如云激动极了。齐如云是厂里的文艺骨干，她的舞跳得特别好。那天她穿着一条蛋青色的连衣裙，梳着两条油光光的大辫子，是舞池中最美的一只蝴蝶。

那次舞会归来，单位的女工都很羡慕地围在齐如云身边，问她舞会去了多少人，舞池多大，灯是什么颜色的，哪个苏联专家最好看。齐如云似乎有些失落，她淡淡地说一共有二十几个苏联专家，个个都是大个子，高鼻梁，分不清张三李四。舞池有篮球场那么大。最讨厌的是灯，中央的水晶吊灯没有开，只亮着几盏壁灯，比蜡烛的光还微弱，没魂儿似的。而且，跳到最后，停了二十分钟电，舞场黑漆漆的，可她们这些舞伴，还得被人牵着手跳舞。

那年夏末，齐如云突然结婚了，嫁给了肉联厂的灌肠工李文江，不过他们的婚姻只维系了两年。齐如云在一九五七年丁香花开的时节，生下一个男孩。这男孩虽然是黑眼珠，但眼凹着，而且黄头发、白皮肤、高鼻梁，把李文江气疯了。他受不了这侮辱，揪着齐如云的辫子，审她这小妖怪是谁的。他发誓要用菜刀剁碎那匹撒种的"大洋马"，把他灌进香肠，熏好了下酒，然后再休了齐如云，用水盆浸死那个小东西！可齐如云对孩子的来历守口如瓶。李文江便告到齐如云的厂子里，说是八国联军都滚蛋了，自己生活在新社会，却做了洋人的王八，咽不下这口气，请组织帮助他找到元凶！

齐如云坐满月子，刚一上班，等待她的是领导的谈话和女工们不屑的目光。对组织的谈话，她提交了一份书面材料，说是有一天下夜班回家，路灯熄灭了，她走到一处僻静的街角，突然闪出一个黑影，把她给强奸了。由于天黑，她根本没有看清那个男人的脸。李文江得到这个答复后，变本加厉地折磨齐如云，让她站着吃饭，坐着睡觉，不能喝开水，不能用温水洗脚。他一天到晚地吼："我就不相信，谁搞了你，你会不知道！撒谎，撒谎啊。洋人身上有膻味，这样的公羊爬到你身上，你他妈的还闻不出来？"

在厂里，齐如云依然气定神凝地坐在缝纫机前，不惧女工们投向她的冰冷的目光，安心做着活计。怕李文江真的会对孩子下手，她把他送到了双城的亲戚家。刚开始的时候，她给孩子报户口时填的名字是"李宽"，被李文江知道了，他拎着户口簿，冲到派出所，骂户籍警："一个小洋鬼子，他凭什么随我的姓啊！你们这帮卖国奴！"没办法，齐如云只得让孩子随自己姓，给他起名"齐耶夫"。李文江依据"耶夫"二字，判定孩子的生身之父是苏联人。他说："原来是个老毛子搞了你，养活了个二毛子！"

李文江磨刀霍霍，费尽心机地在哈尔滨寻找名字中有"耶夫"字样的苏联人。就在此时，他听说了齐如云与援建的苏联专家跳舞的事情，便缩小了包围圈，泡了两天图书馆，在旧报纸中搜寻专家的名字，结果令他大失所望。就他所查到的，名字中带"夫"字的倒不少，但不是"诺夫""托夫"，就是"佐夫""可夫"，没有一个"耶夫"。这就好像是撒了一片大网，打上来的鱼没一条是自己想要的，让他懊恼。他再次去找齐如云单位的领导，说他知道内情了，齐如云是在舞场被人糟蹋的。既然是组织上派她去跳舞的，他们就应该对她的安全负责。如果他们不揪出那个混在中国良家妇女中的色狼，他将采取报复行动，自制炸药，炸毁苏联专家楼，让那些高鼻子的老毛子统统见鬼去。

劳保用品厂的领导，并不相信齐如云提供的材料，他们也猜测齐耶夫来自那场舞会。可是这事情是在什么情境下发生的，却让他们百思不得其解。他们原本心虚，李文江又步步紧逼，这让他们很头痛，怕鲁莽的李文江把事情闹大，影响了中苏友好关系，那他们就是历史的罪人了。正一筹莫展时，李文江的老母亲被儿媳妇的事气得生病住院了，这等于是救了他们的驾。李文江是个孝子，他开始天天跑医院，报仇的欲望随之冲淡。之后，齐如云适时提出离婚。他也就答应了。离婚之后，李文江很快又找了一个在皮革厂工作的姑娘。她虽然麻脸，但转年为李文江生下了一个男孩，那孩子谁见谁都说是跟李文江一个模子扣出来的，一样的团脸、浅眉、蒜头鼻子、鼓额头、厚眼皮、翘唇，李文江觉得自己先前是一个半残的铜镜，如今另一半失而复得，完美无缺了，如得宝物，喜不自禁，早把齐如云的事忘到九霄云外了。

齐耶夫上小学时，中苏关系恶化，苏联将专家撤回，那些重点工程的建设陷入危机。齐如云那时住在工厂家属楼里，有一天，领导找她谈话，说是要给她调换一套住房，让她搬到四辅里的一座俄式小楼。原来住在里面的是厂子的工会主席一家，中苏关系破裂后，他说身为工人阶级的代表，不能住在敌人的堡垒中，一定要举家搬出。领导便想到了齐如云，觉得她和齐耶夫住在里面恰如其分。但她级别低，不能只住她一家，厂子便把新婚女工汪小美也派了进去。汪小美选择住楼上，这样，齐如云带着齐耶夫住楼下。

工会主席住在小楼时，把一楼的壁炉堵死，改造了烟道，另盘了火炉，这样既可烧煤取暖，又可以借着炉火烧水做饭。可齐如云入住后，请了个泥瓦工，将火炉撤掉，恢复了壁炉。壁炉不宜烧煤，齐如云就得自备柴草。那个壁炉说也奇怪，哪怕是寒风肆虐的三九天，只点上一把火，玻璃窗上的霜花就融化了，再烧一把火，屋子里就热气撩人了。齐如云储备的柴草，除了少许的木桦子，就是秋天时她从郊区农民那里买来的几马车玉米秸秆，大垛大垛地堆在门外。玉米秸秆燃烧得快，散热也快，齐如云会握着一杯茶，坐在壁炉前，一边续火，一边喝茶。屋子里洋溢着秸秆燃烧时散发的甜香气，齐耶夫在一旁快乐地玩耍。汪小美的丈夫每每看到这样的情景，都要跟妻子慨叹："这女人也真不是一般人，领着个二毛子，过得还那么快乐！"汪小美说："坏女人哪有不快乐的！"齐如云在地窖里储藏了土豆和大白菜。那个地窖真是神奇，冬天时菜不会冻，开春时，土豆不会生芽，白菜也不会烂帮，跟放进去时一样新鲜。齐如云让汪小美把越冬蔬菜也放进地窖，但汪小美拒绝了。她想，地窖在你的居室，万一我男人下窖取菜，不是正中你下怀吗？所以，汪小美在这里只住了三年。当她生了孩子后，就跟单位提出申请，另分了一套房子，如愿地搬出去了。以后也有人被安排进来，但与齐如云合住的人总觉得是与敌为邻，怏怏不快，所以没有住长的。时间久了，这房子就剩下齐如云母子了。

"文革"开始了，齐如云因为齐耶夫来历不明的身世，被区"革委会"的人给揪斗出来，说她是苏修特务。齐耶夫在学校也受到歧视，同学们用石子砸他，撕烂他的裤裆，让他露羞，还用火柴去燎他的头发，说是要烧掉修正主义的黄毛。齐耶夫吓得不敢上学了。到了此时，齐如云不得不公开了齐耶夫的身世，说这孩子确实来自那场舞会。当时停电了，可是乐队没有停止奏乐，大家仍旧跳着。

在黑暗和热烈的乐曲声中，她的舞伴突然把她紧紧抱在怀中，吻她，接着，那件事情就发生了。"革委会"的人让她交代细节，说那件事情是怎么发生的。他是把你按倒在地，还是推到一个角落了？齐如云很轻巧地说，是跳舞时发生的。这让所有的人都瞠目结舌，说，跳舞时怎么能做那事？不要蒙骗群众，要老实交代！可齐如云回答的仍然是那句话：跳舞时发生的。"革委会"的人气得脸都青了，说，齐如云啊，你比旧社会的妓女还有手腕啊，跳舞时竟能干那事，真会卖俏啊！你说说，跳舞时怎么发生的？齐如云便不语了。又问，他对你是强奸，对吧？齐如云坦然地说，他吻我时，我也吻他了，不是强奸。"革委会"的人痛心疾首地说，齐如云，你丢尽了新中国妇女的脸啊。那个男人是谁，叫什么名字，长得什么样？齐如云说，跟我跳舞的人好几个，舞场里光线暗，我不记得谁是谁，他们长得都差不多。再说发生那事时停电了，我看不见他的脸，来电之前，那人撒开我的手走了。"革委会"的人说，野蜂采完蜜，有个不飞的吗？！

即便如此，齐如云还是没有被排除苏修特务的嫌疑。而且，她在起舞时怀孕的事情闹得满城风雨，就连李文江都听说了。他给齐如云写了一封信，是一首打油诗：

齐如云，大蠢猪，把美腿，填火坑！生个妖怪齐耶夫，没人爱来没人疼！嗨，没人疼！

齐如云看了那封信，觉得前夫还是可爱的，她笑了，将它珍藏起来。

齐耶夫辍学一年后又回学校了。公休的时候，齐如云喜欢带着儿子逛街。那时圣·尼古拉大教堂，也就是哈尔滨人俗称的"喇嘛台"已经被毁，齐如云怀念这座带着清隽之气的木教堂，怀念那里的壁画。她担心其他教堂也会性命不保，所以常带儿子拜谒教堂，道里的圣·索菲亚教堂、圣母报喜教堂，南岗的圣母守护教堂、尼埃拉依基督教堂、天主教堂等，都留下了他们母子的身影。混血的齐耶夫越长越漂亮，他比同龄孩子长得要高，不过他很瘦，而且神色忧郁。高中毕业后，齐耶夫到郊外大集体性质的砖厂干活。每当他周末回家，齐如云见儿子不仅满手的老茧和血泡，而且常常鼻青脸肿的，就明白齐耶夫因为身世的缘故，在外面又挨欺负了。齐如云不能化作齐耶夫身上的一双翅膀，每时每刻护着他，只能暗自垂泪。"文革"结束后，身体虚弱的齐如云病休回家。又过了两年，齐如云所在的厂子落实政策，分给她家一个就业指标，这样，齐耶夫离开砖厂，返城进啤酒厂当上了工人。不过，他每月只能拿回半个月的工资，他常偷啤酒喝，三番五次地挨罚，如果不是碍于他的血统，觉得一个不知生身之父是谁的人身世恓惶，早把他开除了。

齐耶夫到了结婚的年龄，可给他介绍十个对象，有九个总会因为他的血统而吓跑。另一个敢与他相处的，最终也会被他身上的酒味吓跑。这样，齐耶夫在醉生梦死中很快就成了大龄青年。如果不遇见丢丢，齐耶夫会沦落为一个未老先衰的酒鬼。

丢丢比齐耶夫小七岁，认识齐耶夫时，她对男人已经心灰意冷。有一天，她听说了齐如云的故事。这个能在起舞时受孕的女人，令她神往。她专程拜访了齐如云，与齐耶夫一见钟情。丢丢嫁过来时，这儿已经叫"老八杂"了。

二　水果铺

在丢丢眼里，烟铺、酒铺、调味铺、饭铺、粮油铺、熟食铺、电器修理铺、药铺、理发铺等，都不适宜女人开。这样的铺子气息浊，会把女人的脾性熏染坏了。相反，灯饰铺、裁缝铺、瓷器铺、蔬菜铺、鲜花铺、水果铺却是为女人而生的，能养女人的气。她到老八杂的第二年，刚生下齐小毛，齐如云就去世了。在皇山火葬场第二告别室，丢丢掀开白色的蒙尸布，告别婆婆。齐如云身上，是她当年跳舞时穿的蛋青色连衣裙。那场舞会之后，她将其收起，藏入箱底。当年溅在裙摆上的那星星点点的处女的血迹，虽然经过了近半个世纪时光的敲击，已经暗淡如一片陈旧的花椒，但它们仍然散发出辛辣的气味，催下了丢丢心底的泪水。那条曾经穿着合体的连衣裙，对踏上归途的齐如云来说，太肥大了。齐如云就像一捆套在布袋中的冻僵的葱。丢丢撩起裙摆，最后抚摩了一下婆婆的腿。齐如云在世时，从不在意对脸的保养，对于腿却是百般呵护。她每日要用湿毛巾擦净腿，涂上润肤油。所以她走的时候，双腿还是那么润白，就像两根透明的蜡烛。齐如云就带着这对蜡烛，去另一个世界做晚祷了。

丢丢成了半月楼的新主人后，就把工作辞了，一边在家带孩子，一边开起了水果铺。那个地窖，储存瓜果梨桃比储存蔬菜还要神奇。你秋天时放进去一筐苹果，春天时将其取出，它们的脸依然红扑扑的，汁液饱满。像草莓、香蕉这些难伺候的水果，藏入窖中，一周后，草莓看上去仍旧娇滴滴的，香蕉皮也不会生黑斑，依然如月牙般明媚。

丢丢一家住在楼上，楼下带廊柱的大间被改造成了水果铺。丢丢请了个木匠，在东窗前由南向北做了一个实木水果架：四条粗壮的木方子呈八字形，对称着支撑起一块离地约七十厘米的樟子松木板，有八厘米厚，一米多宽，四米多长。木板没有上色，也没有涂清漆，只是用刨子推得光溜溜的，既透着妖娆的花纹，又透出好闻的木香气。丢丢的水果铺不像别人家的那样，用纸箱来盛水果，很不讲究地一字形排开。她盛水果的容器，都是精心购置的。元宝形和菱形的柠檬色竹筐、椭圆和马蹄形的红柳篮、青花的深口瓷盆、浅口的蛋青色瓷盘，高低错落地摆在水果架上，看似漫不经心，却有着浑然天成的美感。那块木板就好像月亮上的泥土，生长出了带有天堂色泽的水果。你看吧，高处的竹筐里装着苹果、李子和黄杏，低处的瓷盆里盛的是樱桃或草莓。至于那浅口的瓷盘，它通常盛着杨梅或野生的黑加仑。而紫色的葡萄和金黄的香蕉，常常是斜斜地挂在苹果篮或鸭梨篮的一角。葡萄像是篮子垂下的一绺弯曲的刘海，透出俏皮；香蕉则像篮子盘着的金发，一派富贵之气。

丢丢的水果铺从早开到晚，她说水果本来够亮堂的了，所以把铺子的灯调换成一盏低垂的羊皮灯。那朦胧而温柔的光影宛如夕阳，使水果铺在夜晚更加的楚楚动人。老八杂的人，没有不喜欢这座水果铺的。茶余饭后，他们聚在一起，东凑一句，西凑一句，为它编了一首歌谣：

正月正，吃苹果，吃了苹果保平安。

二月二，啃鸭梨，啃了鸭梨不咳嗽。

三月三，吃山楂，吃了山楂脾胃开。

四月四，吃香蕉，吃了香蕉心气顺。

五月五，吃草莓，吃了草莓脸儿鲜。

六月六，吃樱桃，吃了樱桃嘴儿艳。

七月七，吃桃子，吃了桃子眉会飞。

八月八，啃西瓜，啃了西瓜好安睡。

九月九，吃葡萄，吃了葡萄不怕黑。

十月十，嚼甘蔗，嚼了甘蔗心儿甜。

十一月十一，吃红枣，吃了红枣话语暖。

十二月十二，吃橘子，吃了橘子不觉寒。

丢丢很喜欢这首歌谣，特意用毛笔小楷，把它抄在一张撒银的宣纸上，贴在壁炉旁的墙上。但凡买水果的人，喜欢凑到它跟前，温柔地看上一眼，就像看老情人一样。有时，他们也会提出修改意见，譬如说"四月四，吃菠萝，吃了菠萝嘴不干"，"五月五，吃荔枝，吃了荔枝赛神仙"，"十月十，吃柿子，吃了柿子不觉累"等等。

丢丢上水果，从来都是自己。她蹬着三轮车，每隔三四天，就会去革新街的水果批发市场，风雨无阻。商贩们没有喜欢要品相不好的水果的，可丢丢却不。烂苹果和烂梨，她用极低的价钱买了后，会用刀削削剜剜，把它们洗净，放进锅中，添上水，兑上蜂蜜，熬成泥，分装在罐头瓶中，用油纸密封起来，藏入窖中。烂水果摇身一变，就成了身价不菲的果酱。老八杂的人没有不喜欢吃丢丢做的果酱的。她既能做苹果酱、梨酱、草莓酱和菠萝酱，也能做樱桃酱和荔枝酱。她在樱桃酱中加了玫瑰花瓣，使其散发出独特的芳香气；在苹果酱中加入了丁香花瓣，让它回味绵长；而在荔枝酱中则加入了枸杞，如同雪里埋藏着红豆，美艳极了。丢丢做的果酱如同好酒，时间越久，滋味越醇厚。老八杂的人过年，喜欢买上几瓶这样的果酱。

丢丢养了一只黑猫，叫"悄悄"。悄悄一只眼蓝，一只眼黄。它不像别的猫爱沾荤腥，悄悄跟丢丢一样喜欢吃水果。你给它一个梨，它用前爪按住，半个小时后，就把它啃光了，连酸酸的梨核都吃了，只剩个火柴杆似的梨把儿。它平素喜欢待在水果架上，好像那是它的家园，要守护着。有一天，眼神不好的秦老汉来给孙子买桃子，看见了五彩斑斓的水果架上的悄悄，就指着它对丢丢说："这世道要变坏了啊，怎么结了这么大个的茸嘟嘟的黑果子？这果子吃了还不得药死个人！"他的话音刚落，悄悄就"喵呜——喵呜——"地叫起来，秦老汉大惊失色地说："真是个妖果啊，还能学猫叫！"

要说最不想离开老八杂的，就是丢丢了。她舍不得半月楼，舍不得水果铺，舍不得门前的那些丁香树。能在旧舞场中开水果铺的，全哈尔滨也就她丢丢吧。还有那个地窖，她更是视如宝物，不忍离弃。老八杂的男人，都说这地窖神奇，哪有地窖经过了近百年风雨而不塌陷的？有一些人好奇，就举着蜡烛下到地窖去探个究竟。三伏天，你下到四米多深的窖里，身上的热汗立时就消了；而冬天，你打着寒战下到里面，感受到的却是如春天般的温暖。地窖不是用木头筑的，而是石头砌的，就连梯子，也不是木梯，而是用青石一磴一磴垒起来的。按理说，它靠近马家沟河，到了雨季，地窖应该渗水,可是这窖从来都是干爽的。有一回,生了重感冒的尚活泉没胃口,想吃山楂酱,来丢丢这里买。丢丢举着蜡烛要下窖的时候,尚活泉说他要自己去取。下到窖里,只见烛火一抖一抖的,好像窖里有风,尚活泉连打了几个喷嚏,等他取着果酱上来时,头不昏沉了,烧也退了。他逢人便说:"那个地窖比医院好啊,你进去一趟,一分钱不用花,出来时病就好了。"从那以后,男人们赶上个头疼脑热的,就爱跑到丢丢的水果铺,到窖里待上一刻。说也奇怪,几乎所有的男人上来后都说身上舒坦了,于是,他们就说地窖里藏着青龙。丢丢不太相信"青龙"之说,她觉得那里若真有神仙鬼怪的话,其中飘荡着的也一定是舞女的幽魂。因为她每回举着蜡烛下窖时,烛苗都会颤颤跃动,恍如起舞。女人不管是生前还是死后,对男人都是呵护的。

老八杂的人接二连三地来到丢丢的水果铺,问她七月底之前迁不迁出。丢丢说,还有一个月呢,不要急。只要我的房子不动,你们的也就有希望不动。我的房子在中心,要想除了老八杂,得先把它的心给掏出来啊!

丢丢说,现在政府加大了对历史文化遗迹的保护力度,像中央大街两侧的那些老建筑,如今个个都是皇上后宫中的娘娘,谁敢动一个手指头啊。你要是在它们身上扒一块砖、卸一扇窗、撬一片瓦,那就是犯法!丢丢说她会整理一份关于半月楼的材料,提交给有关部门,请他们来做评估。如果半月楼留下来了,其他的房屋就是改造的话,也要与半月楼的气氛协调,那就不能建高层。

老八杂的人听丢丢这么一说,心里安定了。他们顺路在水果铺买上点瓜果梨桃,哼着小曲回家了。

哈尔滨的夏天，早晚凉爽，正午则很热。丢丢吃了一碗莲子白米粥，坐在一个草蒲团上，倚着水果架子，查阅借来的几本关于旧哈尔滨舞场和妓馆的资料，希望能从中发现半月楼的蛛丝马迹。如果这里曾来过显赫一时的要人，哪怕是弗拉谢夫斯基这样的反苏反共的俄籍日奸，也算有过名堂啊。她相信出入舞场的男人绝非等闲之辈。然而看来看去，一无所获。正昏昏欲睡之时，一条伪满初期的《哈尔滨公报》的广告吸引了她的眼球：

塔头斯饭店，烹调西餐大菜，味美价廉，每晚八时以后，有音乐伴奏，有西洋美女陪伴跳舞。

齐耶夫现在在道里的红莓西餐店做大厨，他的几道拿手好菜，就是当年塔头斯饭店的招牌菜。提起塔头斯，齐耶夫总是无限神往，慨叹生不逢时，没有在那个年代的灶房里一试身手。丢丢没有想到，塔头斯那时经营的是两种食物：食和色。难怪它声名远播。以食和色为招牌的饭店，在哪个年代都会受宠啊。丢丢叹息了一声，睡意渐消，起身拿了一杯茶，重新坐下。她怀中揽着的，除了纸页泛黄的资料外，还有从敞开的房门溜进来的正午的阳光。丢丢喝了一口明前的绿茶，那微苦的清香就像一把素色的团扇，带给她无边的清凉。

二十年代，关于俄人在哈尔滨开的妓院，有如下记载：

俄娼窑，皆散漫于道里各街，共计二十余家。其最下等者，在道里石头道街及买卖街，共六七家。稍高者在斜纹街、地段街等处。华俄客人均行招街。各妓皆可操半通式之华语。春风一度需大洋三元，夜宿则需七元。例外用费，一概无之。街客和蔼，一视同仁，身体之清洁尤使雇主心安。

丢丢读到"春风一度"时，哑然失笑，心想那个时代的色情用语还挺文雅的嘛。她正看得入迷，齐耶夫回来了。丢丢家不装电话，她也不用手机，她喜欢过单纯的日子，所以齐耶夫什么时候回家，她并不知晓。

齐耶夫很少正午回来，那正是饭口，店里会很忙。通常，他会在午夜时推开家门。他一进门，悄悄就会从水果架上跳起，飞快地蹿上楼，给丢丢报信。齐耶夫买了一套日本的漆器食盒，只要他提着它回来，那就是给丢丢和齐小毛带吃的了。除了汤类，这些年丢丢几乎把西餐的菜肴吃遍了。她最喜欢的，是烤小牛肉、杂拌青椒、烤葱奶汁草根鱼、鸡肝泥、苹果鹅、什锦汁猪肉、白菜卷和炸蛎黄。而齐小毛喜欢的，是大虾冻、酥炸狗鱼、炭烤羊肉和面食中的奶渣饼。齐耶夫在红莓西餐店每月挣三千块，其中大约有五百块是给家人买了吃食了。他不像别的厨子，要么是偷着往家拿，要么是把客人吃剩的东西带回去。尽管齐耶夫以前偷喝过啤酒，但他跟丢丢结婚后，意识到偷是可耻的，而让亲人吃残羹冷炙，则是对家人的不敬。所以，他带回的菜，都是花了钱、在灶房里大大方方精心烹制的。这让齐耶夫在行业内有极好的口碑，而丢丢对齐耶夫也是心怀尊重。有时，齐耶夫还会带着一瓶红酒回来。若是齐小毛睡得香，他们不忍将其叫醒的话，丢丢和齐耶夫就会在卧室里享用美酒佳肴，然后再行鱼水之欢。

齐耶夫看上去非常憔悴，他双目无神，脸色发暗。他跟丢丢打了声招呼，就奔洗手间去了。方便完，他取了手电筒，掀开窖门，下去了。

丢丢觉得齐耶夫今天的举止有些怪异，便走到地窖口，俯身问道："你取啤酒吗？"丢丢在地窖中冷藏了几箱啤酒，齐耶夫在夏天时最喜欢喝了。

果然，齐耶夫回答说："是。"声音从地窖传出，带着低沉的回音。

丢丢说："天太热了，给我也拿上一瓶吧。"

齐耶夫从地窖拎着两瓶啤酒上来后，打了一串寒战。丢丢说："窖里有那么冷吗？"

齐耶夫说："冷，冷啊。不过冷得舒服，我头不昏了！"他看上去神情开朗了一些，在启啤酒的时候，问丢丢看的是些什么书，摊了一地。

丢丢说："我在查旧哈尔滨的舞场和妓院的资料。要是哪里对咱住着的房子有个记载，那它就有被保留下来的可能。咱老八杂兴许都有救了。"

齐耶夫说："我看你是瞎耽搁工夫，一个开在'马市'中的舞场，闹不了大动静！那些名声大的，才能让人写到书里。"

丢丢说："倒也是啊。我看到的，写的不是道外桃花巷的妓院，就是道里的几个大舞场。你知道吗，塔头斯饭店原来也是有舞女的！"

齐耶夫喝了一口酒，无动于衷地说："那有什么好奇怪的。"

丢丢见齐耶夫没有谈天的兴致，就不说什么了。她一边喝酒，一边悄悄打量丈夫。他耷拉着脑袋，握杯的手颤抖着，很虚弱的样子。见他闷不作声，丢丢便用啤酒杯去拨弄自己佩戴的麦穗形的银耳环，让它们发出悦耳的叫声。果然，齐耶夫抬起头来，笑了一声，凑过来，在丢丢的额头亲了一下，说："我该走了，这会儿店里有点空闲，就想回来看你一眼。你别太操心别人的事了，老八杂动迁是迟早的事。从拆迁到回迁，我们在外面起码要住两年。哪天我休息的时候，咱们提前把房子租下来吧，省得到时抓瞎。要租还得在南岗，小毛上学方便些，你说呢？"

丢丢用脚踢着草蒲团，把它踢得像一条跟主人亲昵的狗似的，团团转。她对齐耶夫不置可否地笑了一下，算是回答。

齐耶夫走后，丢丢有些失落。她拿起书，却看不下去了，那些字在她眼里如一片苍蝇，全都是一个模样，令她作呕。齐耶夫异常的神情和举止搅乱了她的心。他回来做什么？难道真就为了看她一眼？还是他果真不舒服，像别的男人一样迷信，以喝啤酒为借口，下去治病？

正心烦着，来了个热闹人物——裴老太。她七十一了，因为爱扭秧歌，整日披红挂绿、插花戴朵的。她喜欢涂脂抹粉，那沟壑纵横的脸被脂粉点染得就像覆盖着积雪的山谷。裴老太买水果，总是挑三拣四，临走还要顺手抓在手里一个梨或是一根香蕉，否则就像吃了大亏似的。老太太虽然碎嘴子、虚荣，但心眼还好，所以丢丢并不反感她。今天她穿了一条白绸裤子，红绸衣，提着一把纸扇，一进来就嚷着天热，要迷糊过去了。丢丢赶紧洗了一个梨递给她。裴老太咬了一口，抱怨着梨渣多，说是这梨进得不好；接着又抱怨碰到了一个白眼狼的店主！原来，裴老太早晨时和老年秧歌队的人受邀去中山路一家新开业的酒店助兴，他们在酒店前的空场敲锣打鼓，足足扭了两个小时，为酒店赚足了人气，可老板给的赏钱却是每人十块！裴老太说，别的酒店开业请我们，每个人没有低于十五块钱的啊！

丢丢说："给了总比没给强，就当锻炼身体了吧。"

裴老太发完牢骚，开始说正事。明天裴树要相亲，她得提前预备点水果。她问丢丢，那个姑娘是个护士，买什么水果适合护士吃。丢丢想了想，说，护士都爱清洁，那些不能削皮的水果，你就是洗了十遍八遍，她可能也疑心有细菌，不敢吃，所以桃子、李子、杏子、草莓和樱桃是不能买的。能削皮的，像苹果、鸭梨，也不适合，你要是帮她削呢，她可能嫌你的手不小心碰着果肉了，弄脏脏了。要是她自己削，头回上门的人心里紧张，万一削了手怎么办？最好的，当然是可以随时扒皮和吐皮的水果，像香蕉、葡萄、橘子和荔枝。芒果倒也能扒皮，但芒果不行。它个儿大，要是她吃了整只，会担心你们以为她贪吃；要是她吃剩了，又可能怕你们嫌弃她糟践东西，从而怀疑她不会过日子。

丢丢的一番话，把裴老太说得直咋舌，她慨叹道："没想到水果还有这么大的名堂！你要是不开水果铺，老天也不答应啊！裴树的前几个对象，没准就是水果吃得不对路，才没成的。我还记着，上次那个姑娘一进门，我就让人家啃西瓜，汁汁水水哩哩啦啦地滴了人家一裙子，人家不跑才怪呢！"

丢丢笑了，她捧出一个藤条编的小果篮，将香蕉、葡萄和荔枝各装了一些，递给裴老太，说："你今儿挣了十块，就付我十块钱吧！"

裴老太乐得满脸开花，可嘴上却说："那怎么行，十块钱还不够买荔枝的呢。再说，这对象万一像前几个似的黄了，你连喜酒也喝不上，亏大发了！"

丢丢说："你提了这篮水果，一准能把那护士留在家中！"

裴老太"咳——"了一声，说："要是真成了，谁知是水果把她留下的呢，还是房子留下的。不瞒你说，这些天我愁坏了，动迁后，仨儿子咋摆平啊。老大住得还行，不惦记我的房；老二跟人合厨多少年了，这些天二儿媳妇常带着仨瓜俩枣来看我，我能不明白她动的是什么心思吗？这老小裴树，你也知道，三十了还没成家，他人厚道、能干，可哪个姑娘愿意往老八杂的烂房子里嫁呢？这下好，一听说这儿的人可以进大楼里住了，有两个姑娘都上赶着跟他好。我是担心啊，这个护士图的也是房子！万一有一天我撂腿走了，哥几个再因为房子打起来，你说我就是死了也落不得个安宁啊。"裴老太唉声叹气的。

丢丢说："我正想跟您打听点半月楼的旧事呢。您是从那个年代过来的老人，对它肯定有印象。有没有什么显要人物来过这里？这里发生过什么大事？"

裴老太说："那可说来话长了。"她一屁股坐在草蒲团上，喘了几口气，接着说："我爹是养马人，我就生在'马市'。那时这儿树多，鸟儿多，草也多。我小的时候，这个舞场就有了。这里有个舞女很有名，人们都叫她'蓝蜻蜓'。这蓝蜻蜓喜欢穿蓝色的舞裙，跳起舞来才迷人呢。都说她的裙子一摆，满场的男人都得丢魂儿。出入这舞场的人，据说有一半都是奔着蓝蜻蜓来的。"

丢丢急切地问："她是俄国人还是中国人？你见过她吗？"

裴老太说："是中国人。我没见过她。我们小孩子，是不能进舞场的。我只记得，一到晚上，这里灯火通明的，门口停着很多马车。舞场门口有卖花的、卖栗子的、卖香烟的、卖瓜果的，好不热闹。我爹跟我娘说，来这里的还有日本人呢。"

"是什么样的日本人？"丢丢问，"你爹说过没有？"

"说是平房来的日本军医。东北光复后，我们才知道那些军医都是细菌部队的，他们抓了不少反满抗日的人，做实验材料了。传说那个蓝蜻蜓很爱国，她讨厌日本人，只要是日本人和她跳舞，她就不撒手，能带着他们连转上百圈，把小鬼子给转迷糊了。都说她用舞蹈的绝技杀死过好几个鬼子呢。"

"这蓝蜻蜓最后怎么样了？"丢丢已经听入迷了。

"日本战败前，她失踪了。我爹说蓝蜻蜓是被日本人秘密抓到细菌部队，做了活人实验材料了。"

"那这房子是哪年失火的？"丢丢问，"你还记得吗？"

裴老太说："是日本战败的那年夏天失火的，那段时间舞场生意不好，开三天歇两天的。这火着得蹊跷，半边蹿着火苗，另半边却一点事情没有。楼的主人是俄国人，那天晚上，他们全家去中东铁路俱乐部看演出去了。大火烧死了两个人，一个是看门人，一个是厨娘。"

"火是怎么引起的？"丢丢问。

"那说法可多了。有人说看门人和厨娘趁着家中只有他们两个人，在一起胡搞，蜡烛倒了也不知道，引起了大火，沦为一对风流鬼！也有人说，日本人知道要滚回老家去了，舍不得这个舞场，就放火烧了它。还有的呢，说是店主得罪了同行，别家舞场的人来报复；更离谱的，说是那天晚上的月亮太明了，月光化作火苗，把这房子烧了一半。"

"我相信是月光烧的。"丢丢泪光闪闪地说，"世上只有这种火，才能烧得这么鬼斧神工啊。"

三 傅家甸

哈尔滨主要分三个区：道里、道外和南岗。东北烈士纪念馆和哈尔滨火车站，是区分道里、南岗和道外的标志性建筑。

先说南岗吧，它是哈尔滨地势最高的地方，传说这条"岗"是条土龙，为哈尔滨风水所在地。南岗曾被俄国人称为"新城区"，那时的中东铁路局、秋林公司、中央电话局、苏联领事馆、日本领事馆以及一些达官显贵的私人官邸，均在这里。今天，它也是哈尔滨的政治中心，省直主要的行政机构都设置于此。

如果说南岗是一个顶天立地的男子汉的话，那么道里和道外就是对孪生姐妹，她们手拉手，守望着松花江。不过这对孪生姐妹的命运和气质是不一样的。

道里是旧哈尔滨的埠头区，一条由花岗石铺就的大街宛如一条青龙，游走其间，给这里带来云蒸霞蔚的繁荣气象。过去的那条中国大街，到处是欧式建筑，旅店、商店、酒店、洋行、咖啡店、绸缎铺、茶庄林立，店的招牌都是中西文对照的。街上可以看到欧洲的传教士，牵着洋狗穿着貂皮大衣的白俄女人，以及开店铺的中国人。那时的中国大街，现在已经叫"中央大街"，成为步行街了。

这街就像个老贵族，遗风犹在。犹太人约瑟·开斯普创办的马迭尔旅店，曾接待过溥仪、宋庆龄等历史名人，如今它就像中央大街的一棵苍松，风骨依然。而巴洛克风格的标志性建筑——砖木结构的老松浦洋行，听不见了点钞声和银币的叮当声，如今它是一家书店，满楼的墨香。著名的华梅西餐厅，也就是老马尔斯西餐厅，仍然经营传统的俄式大菜，其纸包大虾、罐羊、软煎马哈鱼，是来哈尔滨的游客最喜欢品尝的。除了老建筑，中央大街还有新起的玻璃幕墙的商厦和酒楼，这条街繁华依旧，皮草行、眼镜店、服装店、珠宝店、玉器行、美发厅、茶馆、咖啡店、饺子铺、面馆，一爿连着一爿，招牌和霓虹灯交相辉映，令人眼花缭乱。

如果说道里是一个衣着华丽的贵夫人的话，道外就是一个穿着朴素的农妇了。道外原来叫"傅家甸"，也称"马场甸子"，这里曾经是松花江畔的一片沼泽地。随着大自然的变迁，松花江江道逐渐北移，沼泽演变成肥沃的泥土。如果说房屋是果树的话，那么泥土就是能让这房屋开花结果的地方。果然，这片土地迎来了零星的打鱼人，他们在岸边支起窝棚，使松花江不仅仅能被晚霞映红，也会被渔火映红。到了乾隆年间，这里出现了阿勒楚喀副都统驻屯戍守的旗兵营房。之后，来此当差的山西人傅振基，被恩准于此落户，开始了垦荒种地。傅振基就像一缕晨曦，引来了一场壮丽的日出，之后，又有杨、韩、刘、辛四户人家到此落户，使它人气渐旺，所以这儿也称"五家子"。随着越来越多的人口的迁入，傅家甸成了气候。傅振基家开了第一家店，为往来的车马提供粮草、食宿，做着修车、挂马掌的营生。之后，其他人家陆续开了烧锅、药铺、网场、客栈、线香铺、打尖店等。所以，傅家甸从一开始，就是小手工业者聚集之地，虽没有大气象，但最具人间烟火的气息。直到如今，哈尔滨的道外区，仍是大店小店，遍地开花；三教九流，无所不有。

上世纪六十年代，丢丢出生在道外航运站附近的一座简朴的民房里，她有两个同父异母的哥哥，一个大她十岁，叫傅钢，一个大她八岁，叫傅铁。她的父亲傅东山，是国营理发店的理发师。他三十二岁的时候，妻子生下傅铁后得了产褥热，由于救治不及，猝然离世。丢丢的母亲刘连枝，那时在街道办的火柴厂上班，因为生有兔唇，大家便送了她个绰号"三瓣花"。虽然她身材俊美，眉清目秀，可那朵绽放在脸上的"三瓣花"，似乎散发着有毒的香气，吓跑了一个又一个前来相亲的人。"三瓣花"无疑成了吊在刘连枝脸上的婚姻丧钟。刘连枝二十八岁的时候，父亲去世了。家人手忙脚乱地为他穿完寿衣后，发现他头发乱蓬蓬的、胡子乱糟糟的，想着他蓬头垢面地上路，于心不忍，就想请个理发师来家里为他理发修面。除了殡仪馆的整容师，没谁愿意给死人理发的。正在一筹莫展之时，刘连枝想起了华发理发店的傅东山。他是劳模，报纸在报道他的事迹时，说他对待顾客态度和蔼，技术好，工作以来，从未休过礼拜天。刘连枝便一路打听，找到了这家理发店。傅东山矮矮胖胖的，眯缝眼，塌鼻子，厚嘴唇，穿一件白大褂。他见了刘连枝，愣了一下，刘连枝想一定是自己的豁唇吓着他了。刘连枝说明来意后，傅东山一边点头，一边收拾东西，带上剃头推子、刮胡刀、肥皂、毛巾等理发用具，与同事打了声招呼，让他们帮助照应一下，就跟着刘连枝走了。

傅东山这一去，结了姻缘。他精心地给刘连枝的父亲理了发，刮了胡子，让他面容洁净地上路了。刘连枝感激他，一料理完父亲的丧事，就打听到傅东山的住处，买了两斤核桃酥和二两茉莉花茶，前去道谢。傅东山一家正吃晚饭，两个虎头虎脑的男孩坐在饭桌前，脸颊和领口沾着玉米糊，看上去顽皮可爱。刘连枝放下东西，帮他打扫了屋子，又给孩子洗了衣裳。傅东山送她出门的时候，对刘连枝说："你要是不嫌弃我们爷仨儿，就搬过来做个伴儿吧。"刘连枝问："你不嫌弃我的豁唇？人家都叫我'三瓣花'。"傅东山说："我老婆死后，我常梦见她。她每回来，总要举着一朵花。这花很怪，不是五瓣七瓣的，而是三瓣！她见了我不说话，只是跟我笑，把那朵三瓣花在我眼前晃来晃去的。这梦我连续地做，知道它在暗示我什么，可我解不了！直到那天我在理发店第一眼看见你，才知道你就是她打发来的'三瓣花'啊。"

刘连枝比傅东山小六岁，而且傅东山又拖着俩孩子，所以刘连枝的母亲坚决反对他们结婚。她的话说得很难听，说是女儿上边的唇豁着，下边的唇可是一朵未开的花苞，凭什么嫁给你一个死了老婆又带着两个小鬼的人？可是刘连枝下决心要跟傅东山好，三天两头就往那里跑，直到有一天跑大了肚子，刘连枝的母亲这才撒手不管了，给她做了两套行李，打发她出门子了。

刘连枝喜欢傅钢傅铁，对他们视如己出。她担心生下的孩子是豁唇，临产前忧心忡忡。当护士把刚分娩的孩子抱给她，她一看一切正常，喜极而泣，对着孩子粉红的唇亲了又亲，当即给她取名为"傅红唇"。刘连枝对丈夫说，咱有了红唇，儿女双全了，不再要了。所以女儿两岁时，刘连枝做了绝育手术，一心一意伺候这仨孩子。

丢丢六七岁时，开始闹着改名字。刘连枝说，一个小丫头，叫

"红唇"多么豁亮啊，不能改！可丢丢说，我要改，我要改！傅东山问她想叫什么？是想叫秀珍、红玉、天芳还是金玲？在他心目中，这些都是女性最美的名字。丢丢说，我才不叫什么"珍、玉、芳、玲"呢，我要叫"丢丢"！刘连枝说，哪有女孩子叫"丢丢"的，太难听了，不行不行！丢丢说，难听你们怎么一到了晚上老要偷着叫"丢了——丢了——"，叫得那么高兴？看来"丢"是美的！我要叫最美的名字，我现在就是"丢丢"了！

刘连枝和傅东山臊得满脸通红。他们文化不高，但读过两本私藏的古典小说，没想到从那里借鉴来的房事的秘密，就这样被天真的红唇给听去了。他们对丢丢说，"丢"不是个好事，是丢人的事情，你可不能叫"丢丢"！丢丢又哭又闹着，说，我不叫"红唇"，我就要叫"丢丢"！父母无奈，只得说，你的大名不能改，都上了户口了。你想叫"丢丢"，只能让它做你的小名了。丢丢说，叫小名也行。

红唇成为丢丢的时候，"文革"正在高潮。两个哥哥因为根红苗正，整天雄赳赳气昂昂地走街串巷，揪斗知识分子。他们一回家，傅东山总要唉声叹气，说是他虽然大字不识几斗，但是明白读书人是世上最单纯的人，对他们动武，就跟在庙里吹灯拔蜡一样，是造孽的。傅钢顶撞父亲说："书读多了就反动了，不斗他们斗谁呀！"傅铁则白了父亲一眼，奚落道："你懂什么？你白天只知道给人剃头，晚上就知道跟一个三瓣花'丢了丢了'地叫，一身的奴性和动物性！"

傅东山气得脸色发青，他扬起胳膊，狠狠地扇了傅铁两巴掌。傅铁的唇角出血了，他捂着嘴，哭着对父亲说："我妈死了，你找来一个三瓣花不够，还想把我也扇成三瓣花呀？你扇吧，扇吧！"那时丢丢才朦胧觉得，自己跟两个哥哥，并不是一个妈的。

不管傅钢傅铁对父母态度多么恶劣，他们对待自己的小妹，却是格外呵护。有一回丢丢在巷子里跳猴皮筋，她边跳边唱："猴皮筋，我会跳，三反五反我知道。反贪污，反浪费，官僚主义也反对。"这时从屋顶忽然传出一个男孩阴阳怪气的唱和声："猴皮筋，我会跳，三瓣花开我知道。春也开，秋也开，风吹雨打花不落。"丢丢听出来了，这男孩是百货公司卖布的王店员的儿子王小战，比她高一年级。他非常淘气，如果学校的玻璃被砸了，十有八九是他用弹弓打的。周围的人，都知道刘连枝的绰号"三瓣花"，丢丢明白王小战编的歌谣，存心是气她的。丢丢哭着跑回家，把王小战唱的歌谣跟两个哥哥说了。他们二话没说，拉着妹妹，冲进王小战家，把他揪到巷子里，让他跪着，用猴皮筋勒着他的脖子，说是如果他不跟丢丢赔罪的话，就让他见阎王爷。王小战被勒得脸色发青，他哆哆嗦嗦地唱了另一首歌谣，为丢丢赔罪："猴皮筋，我会跳，丢丢一跳鸟儿叫。问鸟儿，为何叫，丢丢跳得比我好！"

傅钢傅铁虽然教训了王小战，但私下里却佩服这坏小子，说他机灵，有点歪才。他们对妹妹说，女孩子不能太老实了，老实就会受欺负，你得学厉害点！丢丢我行我素的性格，与哥哥的说教不无关系。

傅钢傅铁高中毕业后，纷纷响应党的号召，上山下乡了。傅钢去了小兴安岭伐木，傅铁去北大荒种地。他们春节回家时，会给小妹妹带来松子、榛子等吃食。一九七四年初春，刚刚入党的傅钢在小兴安岭林区救山火时死亡，成了烈士。从那以后，傅东山的头发就白了，他在理发店干活时常常心不在焉，屡出事故。不是把人的脸刮破了，就是把人家的头发剃走形了。傅钢的死刺激了满怀壮志的傅铁，他说自己不能要求进步，进步往往意味着牺牲。要是把青春的黑发埋在土里，不管你身后获得多大的荣誉，人生都是失败的。所以他把写好的入党申请书扔进炉膛烧了，说是这样到了危难关头，党就可以不考验他了。傅铁在农场里常常装病不出工，有时还揣着一把高粱米，半夜溜到老乡家的鸡舍，撒了米，引出鸡，偷了吃了。他还与当地的一个姑娘谈起恋爱，她帮他做些洗洗涮涮、缝缝补补的活计。就这样，傅铁混到了"文革"结束，挨到了返城的日子。他返城后的第二天，朝父亲要了二十块钱，跑到秋林公司，买了红肠、面包和啤酒，然后乘车来到松花江边，上了渡船，到了太阳岛，钻到一片茂密的桦树林中，脱光了衣服，仰躺在林地上，让七月的阳光在身上每一个毛孔中生根开花。他在北大荒这些年所感染的风寒，经由这银针似的阳光一调理，轻烟般散去。他畅快地喝着酒，畅快地哭着。傅钢死后，他一直没有好好哭过他。除了哭哥哥，他还哭他住过的干打垒的房子，哭他种过的谷子和高粱，哭那个曾给他带来过温暖的姑娘。返城前，他找到她，说，将来你去哈尔滨，别忘了找我。姑娘明白这话等于是把她给抛弃了，她心里委屈，眼泪汪汪，可嘴上却说，俺舍不得离开这儿，农场开拖拉机的人看上俺了，兴许俺年底就成亲了。要是有一天俺有了儿子，等他长大了，俺让他代俺去哈尔滨看你吧。这番话，把傅铁说得无地自容。傅铁在太阳岛独自待了一天。到了晚上，他离开岛上的时候，对自己说，我一定要自由地活着，一定要在哈尔滨混出个人样！他登上渡船，站在船头。江风浩荡，把他的头发吹得像春节门楣前贴着的挂钱儿似的，颤颤跃动着。江水被夕阳点染得一片嫣红，好像青春的血液在流淌。

傅铁在家待了一年后，得不到就业的机会，灰心丧气。这时候他忽然想起哥哥的烈士身份，便给区劳动局写了一封信，说自己是救火英雄傅钢的弟弟，他想继承哥哥的遗志，请求政府给予他一份工作，他将埋头苦干、任劳任怨。傅铁这封信宛如福音书，两个月后，劳动局特批给傅东山家一个就业指标，这样，傅铁成了一名正式工人，被分配到一家粮店工作。可他并不满意这份工作，说是整天闻着高粱和玉米的气味，让他觉得又回到了北大荒。那时丢丢已考上了牡丹江的一所师范专科学校，学习财会，傅铁常常在周末去看妹妹。他通常会从乘客手中借张车票，买张站台票，混上车后东躲西藏，从而逃票。他坐的，一般是晚上的慢行列车。这样的列车和这样的时刻，就是一双瞎眼，可以让傅铁蒙混过关。他用省下的钱，给丢丢买奶粉和果珍等营养品，还陪着她去地下森林和镜泊湖游玩。丢丢的同学，都羡慕她有这么一个好哥哥。

丢丢生性率真，不善掩饰，容易听信别人的话，傅铁对此很不放心，把丢丢班上的男生悉数看了一遍，对她说，你不能在班级里搞对象，那些男生，大都蔫头蔫脑的。不蔫的，眼睛花得跟贾宝玉似的，没有男子汉气！记住哥哥的话，这两种小子都没什么大出息！丢丢倒也真听哥哥的，专科三年，虽然班上有四个男生写信追求她，她都不为所动，毕业时仍是一棵凛然不可侵犯的亭亭玉立的小白桦。

傅铁宠着丢丢，不过对她的小名始终有着抵触情绪，一直叫她"红唇"，直到返城后才渐渐习惯了叫她"丢丢"。丢丢长大以后，也渐渐悟到"丢"的含义，不过她并不为此害羞，相反对它更加喜欢了。傅东山和刘连枝老了，他们的青春和如火的激情，在时光不绝如缕的嘀嗒声中，真的"丢"了。傅东山一到冬季气管炎发作的时候，常常是后半夜就会咳嗽醒，枯坐到黎明。刘连枝虽然健康，但她的头发开始白了，眼角的鱼尾纹多了。原来她是火柴厂最能干的女工，如今她手脚慢了，眼睛也花了。

丢丢毕业回到哈尔滨后，被分配到道外一家医院做出纳员。傅东山在退休前终于分了一套楼房，一家人从航运站搬到了靖宇街。靖宇街过去叫"满洲人街"，那时它就是道外的主干道。丢丢一家住在邻街的二楼，整天听汽车喇叭声。他们开始怀念旧房，怀念那儿的清净，怀念松花江通航时传来的好听的汽笛声。傅东山患了失眠症，常常在夜半惊醒时，站在阳台上，咒骂行驶着的汽车。刘连枝这时就得起身，给老伴倒杯水，让他消消气。不过他们对这街的反感，很快由于儿子工作角色的转换而改变了。

傅铁交了个在公安局工作的朋友，靠着他的关系，傅铁从粮店调到交警大队。经过三个月的培训后，傅铁如愿以偿穿上制服，上岗了。丢丢骑着自行车上下班时，常在道外各个大的十字路口看见指挥交通的傅铁。这些路口都是交通要道，车来人往，喧闹无比。从他身边经过的，有载客的公交车、运货的卡车、头头脑脑的小汽车、平民百姓骑乘的自行车以及从朝鲜屯、王家屯和新立屯驶来的农用三轮车。丢丢每每看到哥哥伸出胳膊，做出各种交通指示的手势时，不管他看不看得见，都会冲他顽皮地吐一下舌头。在她眼里，傅铁就像一只被牵到街头的猴子，不过戏耍他的不是人，而是各色车辆。她觉得这还不如在粮店工作，清净而又干净。但傅铁却喜欢做交警，说是这样的工作能让他看到世界。傅铁出勤的地点是不定的，有时在景阳街，有时在承德街。每当他在靖宇街值勤时，傅东山就会心满意足地将头伸出阳台眺望，感觉他儿子就是将军，指挥着千军万马。从此后那刺耳的汽车喇叭声，在他听来如同清风鸟语，他能伴着它们，安然入睡了。

丢丢参加工作的第二年，陷入了初恋。她爱上了本院的外科医生柳安群。柳安群绰号"柳小飞刀"，他医术高超，传说他给病人动手术，手术刀如同魔术棒一样轻灵地舞动，从未出过事故，这让他获得了"无影灯之王"的美誉。柳安群不仅医术高超，他还相貌俊朗，身形飘逸，这些条件对于女孩子来说，就是酷暑中的一杯五彩冰激凌，勾人魂魄。丢丢明明知道他有妻子，可当柳安群约她吃饭时，她还是忍不住去了。他们在一起吃了三次饭后，有一天柳安群值夜班，丢丢跟他一同来到单位。他去了前楼的门诊，而丢丢去了后楼办公区的财务室。没有多久，柳安群就叩丢丢的门了。他一进来就把门反锁上，关了灯，将丢丢抱在怀里，夸赞她的腿，说是从未见过女孩子有这么漂亮的腿，骨骼匀称，肌肉是那么富有弹性！他用手指在她腿上哒哒地弹了几下，对丢丢说，听啊，你的腿像琴键一样，会发音啊。丢丢无限陶醉的时候，柳安群小声说，上帝给了我两把好刀，一把是给患者的，另一把是献给我心爱的女人的。现在我要用那把好刀，给你做一场最温柔的手术，将来你会更美！就这样，丢丢不由自主地成了柳安群的俘虏，或者说成了他的病人。柳安群值夜班的时候，丢丢常找借口去单位。此时的丢丢，已经离不开他，她和他在一起的时候，常常会呼唤"丢丢——"。柳安群不解地问，你叫自己做什么啊？丢丢神秘地笑着说，我丢了魂儿，我得把它给叫回来啊。

丢丢期待着柳安群有一天能离婚，让她做他的新娘，然而他从来不提他们的将来。他们在众人面前偶然相遇时，柳安群仅仅跟她微笑着打声招呼，这让丢丢有不祥之感。如果一个口口声声说爱你的人在别人面前却做出一副若无其事的样子，让你为他守口如瓶，那他一定是在思谋着该如何抛弃你了。果然，两年后，柳安群似乎已经厌倦了她，开始挑剔她的胸不够丰满，还说她的胯骨有些宽，嘴唇太厚了。丢丢被他说得几乎没了自信。一个夏日的黄昏，父母相携着去江边散步了，哥哥和几个朋友去喝酒了，丢丢难得一人在家，她脱光了衣服，站在穿衣镜前，仔细地打量自己。她的躯体被夕阳映成蜜色，好像刚从森林中跑出来的一只小鹿，浑身散发着一股野生生的气息。她的双腿还是那么修长而富有弹性，她的肩胛骨和胯骨弧度柔美，双乳像一对结实的青苹果，无可挑剔。她生着剑眉，薄薄的嘴唇怎么衬托得起这样英武的眉毛呢？这样的眉毛，当然需要丰满的嘴唇来接纳它浓重的投影了。丢丢看过自己，放了心，她明白自己仍是青春勃发的。柳小飞刀是玩腻了她。直到这时她才醒悟，如果一个女人的初恋是从一个有妇之夫开始的，那就是自酿苦酒。

丢丢永远忘不了那个黄昏，她看过自己后，精心打扮了一番，上穿一件白色丝绸短袖衫，下穿一条银粉色的超短裙，脚蹬一双半高跟的白色皮凉鞋，高高绾着发髻，佩戴着一副银粉色的扣形耳环，光鲜十足地走出家门，来到单位。那个晚上，正是柳小飞刀的夜班。丢丢在门诊值班室的走廊里，找到了要去楼上查房的柳安群。她见走廊里没有单位的熟人，就把他拉到楼梯拐角，说："我明白你是个什么货色了，听着，我不想和你一个单位，我没有本事调转，你在半个月之内，必须从这个医院滚蛋！否则，我将不择手段，把你的两把好刀都废了，让你生不如死！"

柳安群果然被威慑住了，半个月后，他调走了。

丢丢黯然神伤了一段时日，很快从市井生活中获得了安慰和乐趣。道外是哈尔滨比较杂乱的一个区，房屋和街道都不规整。房屋高的高、低的低，新的新、旧的旧，它们挤靠在一起，好像一个人长了一口参差不齐的牙。街巷呢，倒像个心事复杂的女人，斜街一条连着一条，弯曲的巷子更是随处可见。不过，正是这种不规整，使这个区的生活显得琐碎而温暖。那时做小本生意的商贩开始多了起来，一到黄昏，他们就蹬着三轮车，来到人烟稠密的街巷，当街叫卖，夜市就这样悄然兴起了。卖土产日杂的，卖蔬菜水果的，卖面食的，卖各色熏酱肉食品的，卖衣服和鞋帽的，卖膏药和蟑螂药的，卖花卖鸟的，在夜市中都可以见到。丢丢喜欢逛夜市，一碗漂着葱花的馄饨或者是一个刚出锅的油炸糕，就是她最好的晚饭了。她最爱逛卖耳环的摊床，那些耳环不是金银之类的高档品，它们材质普通、价格低廉，但丢丢很喜欢。比如菱形的枣木耳环、铜质的葡萄串耳环、酒红色的马蹄形玻璃耳环，这几副她爱惜的耳环，都是从夜市淘来的。有一天，她一边逛着夜市，一边吃着驴肉烧饼，忽听有人叫她的名字"丢丢"。她站住，回身一看，是个中等个、戴着副银边眼镜的青年，丢丢觉得眼熟，可一时想不起他的名字。"我是王小战啊。"他朝她伸过手来，"小的时候，咱们住一条巷子啊。"丢丢想起了《猴皮筋》的歌谣，笑了，握住了王小战的手，说："多少年不见了啊。"

王小战现在保险公司工作，是个部门经理。丢丢觉得他做保险一定会有非凡的业绩，因为他口才好。他们互留了电话和住址，一周后，王小战就来敲傅家的门了。他一边推销各类保险，一边和丢丢叙旧。傅东山夫妇觉得女儿已到了出嫁的年龄，所以对王小战的招待也就格外热情。他们看着他长大，与他父母相熟，知根知底。刘连枝对女儿说，我看王小战对你挺好，你也老大不小的了，该处对象了。他们开始约王小战来家吃饭，给他包饺子、炖排骨、蒸包子，他们还背着丢丢，把亲家给会了。两家大人对孩子的相处是满心欢喜，只盼望着他们早一点把婚事定了。丢丢对王小战，虽不反感，可也没特别的好感。她见到他时，从来不会激动。晚上入睡前，也不会想起他。丢丢拿不准主意，就去征求哥哥的意见。那时傅铁已厌倦了街头的烟尘和喧嚣，正准备辞职做生意。他对丢丢说，王小战这人机灵，跟着他一辈子不会受穷。如果你只想过安稳日子，我看他是不错的人选。

丢丢想要的，就是安稳日子。从那以后，她对王小战也就热情一些。两个人常出去看电影、吃饭、逛商场，不知不觉已交往了一年，感情也加深了一些。正当他们要领取结婚证的时候，让丢丢意想不到的事情发生了。夏日的一天，王小战的父母去呼兰串亲戚，当夜不归，王小战就留丢丢住在家中。那是个满月的日子，王小战为丢丢脱光了衣服，把她抱在怀里，颤抖着抚摩她。他不断地重复着一句话："我要了你，就会为你负责的。"他们交融在一起的时候，王小战不停地发出叹息，丢丢还以为他是在为美而叹息呢。

那个夜晚之后，王小战开始疏远丢丢。丢丢打电话约他来家吃饭，他总是找各种借口推托。有一天，刘连枝忧心忡忡地把丢丢叫到一旁，拐弯抹角地问她："你在跟王小战前，是不是处过朋友？"丢丢矢口否认。刘连枝叹息着说："那怎么小战他妈跟我说，你跟小战不是第一个？小战说你骗了他，他不想娶你了！"丢丢这才明白，王小战是嫌自己不是处女。她冷笑了一声，对母亲说："我也不想嫁一个卖保险的。万一有一天他没钱了，把我害了骗保也未可知！"

丢丢给王小战打了个电话，说是想见他最后一面。王小战说，不必了吧。丢丢说，我想把你送我的东西还给你。王小战马上说，那好吧。

丢丢把王小战约到夜市。王小战来的时候，丢丢正坐在摊床前吃刀削面。见了他，她从兜里掏出一个红色丝绒袋，将它扔到王小战怀里。那里装着王小战给她买的一副象牙耳环和一只银手镯。王小战收了东西，转身要离开的时候，丢丢伸出一只脚，钩住他的腿，说："别急，我还要给你唱支歌呢。"王小战只能趄趄着站住。丢丢放下碗，用筷子敲打着碗沿，泼辣地唱着："猴皮筋，我会跳，男欢女爱我知道。女儿花，开一宵，男儿桨，夜夜摇。"丢丢这一唱，把王小战弄得满面尴尬。摊主笑了，往来的行人也被她逗笑了。丢丢唱完，将腿收回来，王小战获得解放，快步离开了。丢丢笑了几声，从容地吃完那碗面，然后到另一处卖烧烤的摊床要了几串羊肉，喝了一瓶啤酒，摇晃着走出夜市。她不想回家，连穿过三条街，一直走到松花江边。她坐在江岸上，分外委屈，想哭，却哭不出来。不断有行人从她身边经过，她叫住其中一个男人，朝他要了一支烟。那人掏出打火机为她点烟的时候，丢丢问："你结婚了吗？"男人点点头。丢丢又问："她跟你时是处女吗？"那人很恼火，咔嗒一声将打火机弹出的火苗熄灭，掉头而去。丢丢苦笑着，将那支没有点燃的香烟捻碎，撒进江水。松花江在那一刻尝到了烟丝苦涩的气味，就是丢丢给予的。

从那以后，丢丢很少结交男人。那时父母已经退休，家里倾其所有，又东拼西凑了一些钱，帮助傅铁在太古街开了一家经营涂料的小商铺，取名为"傅家店"。傅东山说，虽然他们不是傅振基家的后代，但作为姓傅的人能生活在当年的傅家甸，就是一种缘。那时哈尔滨的装修市场尚在初级阶段，涂料取代传统的白石灰粉，让市民们大开眼界，所以傅家店开张的第一年，就收回了成本。傅铁用挣来的第一笔钱，在皇山火葬场买了块墓地，把母亲的骨灰盒从殡仪馆取出，让她入土为安；又将哥哥的坟从小兴安岭迁回哈尔滨，让他魂归故里。两年之后，他扩大了店面，并将经营品种扩展到陶瓷和板材。傅铁摇身一变，成了大老板。等别人醒过神来，纷纷在太古街开设类似的店铺时，傅铁已经赚足了钱，成立了"傅家店装饰有限公司"，从购销到家装，进行一条龙的服务，生意更上一层楼。他拥有了自己的房子和汽车，身边簇拥着漂亮的女孩，春风得意。他每次见到丢丢，总要甩给她一沓钱，说："别弄得灰头土脸的，到斯大林公园走走，看时兴啥，你也买了穿上！"道里松花江畔的斯大林公园，其实就是一条沿江的花园长街。它就像天然的 T 形台，那些穿戴了时髦服饰的女孩子，最喜欢来这里逛上一圈，风光一下。所以，这里在不经意间也就成了服装的"秀场"。丢丢从不赶时髦，她觉得穿得好不如戴得好，戴得好又不如吃得好，所以哥哥给她的钱，都被她买首饰和享用美食了。

傅东山为儿子骄傲的同时，也为他提心吊胆，总觉得钱多了不是好事情，他劝傅铁见好就收，不要再拓展傅家店的事业了。每天晚上，他都要守在电话机旁，等傅铁的电话。知道儿子平安到家了，他才会安睡。

那一年的秋天，傅铁被人杀死在家中。这是当年轰动道外的一起杀人案。公安局成立了专案组，两个月后，案件告破。杀他的人是生意上的竞争对手，他说傅家店太兴旺了，抢了同行的生意，不把傅铁除掉，别人就很难将事业做大。傅铁离开的那年冬天，傅东山也去了。他们一家，最终在墓园团聚。每到春节，刘连枝带着丢丢给他们上坟的时候，会站在傅东山的墓前说："你可真有福啊，在哪一世都有老婆和儿女，我可不比你啊。"

傅铁的事情，经由媒体报道后，引来了一对母子。当年傅铁返城时，与他相恋的姑娘已经怀了他的孩子。她爱傅铁，不顾家人反对，固执地把孩子生下来。她从来没有让孩子来认父亲，是怕傅铁留下这孩子，而却不会娶她，她就无依无靠了。现在傅铁去了，她就想让孩子去坟上认爹了。刘连枝那时正不知该如何处理傅铁的遗产，这对母子的出现，让她愁眉顿开。丢丢对母亲说："这女人等到人死了才来认亲，是不是奔钱来的？再说哥哥已经不在了，谁能说清那个男孩是不是他的？"刘连枝很少对女儿发脾气，但她那次火了，她大声问丢丢："能在那个年月养下自己喜欢的人的孩子，悄悄守着孩子过日子，算不算好女人？"丢丢不语，刘连枝又说："这女人领着孩子一进家门，不用验血，更不用别人说，我就知道是你哥哥的种——跟我当年来傅家时见到的傅铁是一个模样啊。"就这样，这个叫王来惠的女人和孩子继承了遗产，留在了哈尔滨。她认刘连枝为干娘，把傅家店关张，开了一家风味小吃店。店名是她摆了酒席，特意请干娘给起的。刘连枝连干了三盅酒后，对王来惠说:"你也看到了,我是个豁唇。从小到大,人家都叫我'三瓣花'。你要是不嫌弃,这个店就叫这名儿吧。有一天我死了,这名儿还能活着!"

四 半月楼

丢丢听说齐如云的故事时,母亲正在病危之中,她高烧不退,被不明原因的过敏折磨得如一把干柴,常常昏迷,一直住在重症监护室。有一天她清醒的时候,丢丢为了给她解闷儿,就把齐如云的故事说给她听。丢丢说:"我想认识认识这个人,能在那个年代跟苏联专家跳舞时怀孕的女人,一定很了不起!"刘连枝说:"跳舞时怀孕倒没什么了不起的,了不起的是这女人独自带着个二毛子过了一辈子!你要想认识她,早去的好。到了我们这种年龄的女人,都是开绽了的花,说落就落了。"

丢丢听了母亲的话后,第二天就去拜访齐如云了。她走进一家花店,想给齐如云买束花。站在姹紫嫣红的鲜花前,丢丢一筹莫展。白色的百合花虽然高贵,但它的香气过于浓郁了。玫瑰呢,对于一个一生与爱情擦肩而过的女人来说,又过于绚丽了。康乃馨和菊花被修剪得失却了多半的叶子,没了叶子陪衬的花朵,给人贼头贼脑的感觉。想来想去,丢丢买了紫色的勿忘我和白色的满天星。它们搭配在一起,就像晴朗的夜空中跳跃着的无数银色的星星,有一种静寂而朴素的美。

虽然丢丢经常来南岗,但对于马家沟河畔的这带上世纪遗留下来的旧房子，她并不知晓。如果说哈尔滨是一本书的话，那么翻到老八杂这一页的时候，其纸页是泛黄的，而且散发着微微的霉味。

丢丢最初踏上老八杂的土地，是个初夏的黄昏。老八杂看上去灰暗、零乱，但却充满了世俗生活的温暖之气，是那么亲切可人，让她有回家的感觉。那些要去夜市出摊的人，看见一个姑娘捧着一束花出现在老八杂，都很诧异。他们打量她的时候，往往还要悄悄咕哝一声："好长的腿啊，是个跳舞的吧？"丢丢向他们打听齐如云的时候，他们都说："她家好找，往前走，有座米黄色的小楼，门前长着一大片丁香的人家就是。"

这座米黄色的小楼丢丢一眼就喜欢上了。如果说老八杂的房子是清一色的方脸的话，那么齐如云住的房子就是一张娇媚的狐狸脸，惹人怜爱。

门开着，丢丢在门口跺了跺脚。她的高跟鞋跺在水泥地上，发出清脆的响声，果然，一个头发花白的女人从里面迎了出来。

她肤色白皙，略瘦，提着一把丝绸团扇，神色淡然地问丢丢："你找谁？"丢丢张口结舌地站在那里，一时语塞，只是悄悄打量着齐如云。她上穿一件月白色短衫，下穿一条豆绿色的露膝筒裙，趿拉着一双皮凉鞋，那修长而润泽的腿就像两道闪电，将丢丢眼里积郁着的阴云撕裂了，照散了，让她眼睛发潮。她说："齐阿姨，我是丢丢啊，我想来看看你。"

齐如云说，正是那句"我是丢丢啊"，让她觉得这个陌生的姑娘与自己相识已久，与自己家有着前世的缘分，才把她让进屋里。

丢丢进了屋子，把那束花递给齐如云的时候，齐耶夫从地窖里走出来。猛然间看见一个人从地下出来，丢丢像是撞见了鬼，吓了一跳。齐耶夫穿着白色背心、咖啡色短裤，捧着几枝丁香。他见了丢丢抖了一下，撂下花，转身上楼了。等他再下来时，已经换上了一条蓝色长裤。事后齐耶夫说，他觉得在一个姑娘面前穿着短裤，像个流氓。

院外的丁香花早就谢了，可齐耶夫从地窖拿出的丁香却依然花色鲜艳。当丢丢惊叫着"这时节怎么还有丁香花啊？"的时候，齐如云冲儿子微微笑了一下，齐耶夫羞怯地低下头。原来，春末的时候，齐如云折了几枝盛开的丁香，放进地窖，说是半个月后，如果它的枝叶和花朵还没有萎，仍是新鲜水灵的，那么齐耶夫将会得到一个姑娘的爱。齐耶夫说，丁香花很娇气，折了的放在水中也明媚不了几日，它在地窖里缺了水又离了土，怎么活？如果半个月后还能看到花朵，他打赌说自己一定能娶九天仙女！

就在那个时刻，丢丢来了。看来冥冥之中，她和丁香花注定要有这场约会，她们都是盛装赴约，而且彼此没有辜负。丢丢被齐耶夫忧郁的神色和飘逸的身形所迷住，而齐耶夫被丢丢落拓不羁的气质深深打动了。

齐耶夫和丢丢的感情发展得很快。初秋的时候，他们已经难舍难分了。齐耶夫以前常常烂醉如泥，现在他滴酒不沾。周末的时候，他会和丢丢一起到医院去陪伴刘连枝。刘连枝对未来的女婿很满意，齐耶夫每次来，她总想挣扎着坐起来。有一天她精神略好一些，对丢丢说："你命不赖，这个二毛子比王小战好，人长得精神不说，我看他对你很心细，是个知冷知热的人。你们要是结婚生个三毛子，一准漂亮，可惜我没那福气了！"刘连枝的这番话，让丢丢做出了结婚的决定，她想让母亲走的时候能抱上外孙，飞快地和齐耶夫登记了。自从刘连枝住进医院，王来惠就放下三瓣花的生意，一心一意地服侍干娘。丢丢说要结婚，王来惠正好找到了报答他们一家的机会，她说身为干姐姐，丢丢的嫁妆理应由她操办。于是，她出入哈尔滨的各大商场，给丢丢买了全套的金饰品：项链、耳环、戒指、手镯。她说丢丢的腿生得漂亮，适合穿凉鞋，特意在一家首饰加工店给她打了一副金光灿烂的脚链。此外，她还置办了冰箱、彩电、洗衣机、空调等各色家用电器。除了这些，她还买了两套杭州织锦缎子棉被，两条苏绣褥子，两套毛料套装，四条裤子，六条裙子，红黄绿白的夏季皮鞋各一双，棕色和黑色的冬季皮靴各两双，以及脸盆、镜子、肥皂盒、晒衣架、茶具、酒具等物品。虽然丢丢不喜欢金首饰，也不喜欢那些价格不菲却俗气之极的衣物，她还是被王来惠的这片心意所感动。婚事紧锣密鼓地筹备着的时候，刘连枝的病情又加重了，她陷入了半昏迷的状态。这时齐如云跟丢丢提出，她想去医院探望刘连枝。丢丢说："她现在有些不认人了，等她哪天清醒些，您再去吧。"一天正午，刘连枝忽然睁开眼睛，疲乏而又充满怜爱地看着丢丢。丢丢赶紧对她说："齐阿姨要来看您，算是会亲家吧，您看行吗？"丢丢没有想到，母亲眨了一下眼睛，吃力地抬起胳膊，朝坐在一旁的齐耶夫比画了一下，虚弱而俏皮地说："我都见了她的果子了，还用得着再看做了这果子的花吗——"她的话不仅把齐耶夫和丢丢逗笑了，她自己也笑了。她实在是没有力气了，这几声笑，耗尽了她最后的气血，她陷入深度昏迷。到了午夜，丢丢发现母亲病床旁的心脏监视器上的那条浪漫的生命波纹，已经如流水一样逝去，代之以一条冷酷的直线，像是一个长长的破折号，要诉说着什么。

刘连枝在世时，曾用玩笑的口吻安排了她的后事："可别把我埋在你爸旁边。他在那儿有老婆，又有俩儿子，那可是傅家的天下，我去了会受欺负。我留下的钱，够买一块墓地的了。我不愿意待在殡仪馆里，看不到天，憋闷。给我买的墓地不要离你爸近，人家该说我抢她的男人了。可也别太远了，远了连他的咳嗽声都听不到了。我的墓碑，不要刻'刘连枝'这个名字，要刻就刻'三瓣花'，我从小就是听着这名儿长大的啊。"

丢丢安葬了母亲后，冬天来了。她给母亲烧完三七后，嫁到半月楼。那年的冬天仿佛是受了冤屈，雪花三天两头就冤魂似的飘来，没完没了。寒冷的气候使蜜月中的他们如胶似漆、缠绵如水，春节时，丢丢怀孕了。齐如云说自己有了孙儿后，有资本去死了。从那以后，她的身体一天比一天虚弱。

老八杂供电线路老化，突然断电是家常便饭的事情。每当停电的时候，丢丢都不敢点蜡烛。齐耶夫告诉她，母亲最喜欢停电，她会坐在黑暗中，享受这个时刻。丢丢明白，这个时刻与她起舞受孕有关。每当这样的时刻降临的时候，丢丢和婆婆一起坐在黑暗中，都能听到婆婆怦怦的心跳声，她的心脏仿佛吸纳了最新鲜的氧气，会突然间变得强劲起来。有多少次，丢丢想开口问一句："跟你跳舞的那个苏联专家，你们一生再没有了联系吗？"可婆婆那像钟声一样回荡着的心跳，具有强烈的威慑力，使她不敢张口。每当电力恢复，光明重现时，婆婆就像刚赶完一场热闹的庙会似的，知足地"咳——"一声，躺下休息。有一次，丢丢给要出世的孩子织毛袜子，忽然停了电了。她很担心掉了针，又要拆了重织，便凑到窗前，借着月光挑针。这时婆婆忽然问："丢丢，你会跳舞吗？"丢丢说："不会。"齐如云叹息了一声，说："可惜了你那双腿啊。"丢丢赶紧抓住时机问："跳舞真的有那么美吗？"齐如云说："女人不像男人，长着一双脚，就是为走路的。女人的脚，一生都盼望着能够离地，会飞。跳舞的时候，你就有飞的感觉了，你的脚踩着的不是土地，是云彩了。"丢丢羡慕地说："什么时候我也能飞一次呢。"就在那天晚上，齐如云从箱子里捧出一条蛋青色的连衣裙，说那是她的舞裙，也是她的寿衣。她嘱咐丢丢，到了她走的那天，无论冬夏，都帮她穿上它。

丢丢生齐小毛的时候，哈尔滨的冬天又来了。齐如云伺候完月子，吃完满月酒，一个下雪的夜晚，停电的时刻，她猝然倒在一楼靠近壁炉的一根廊柱下，安然谢幕了。

丢丢被推到了半月楼的舞台上。

齐如云在的时候，半月楼几乎没有客人来。老八杂的人，都知道这个有着不凡爱情经历的女人，不喜欢结交人，所以很少有谁前来打扰。倒是她家门前的那片丁香好人缘，一到花开时节，就把人招来了。齐如云对爱惜她家门前花儿的人，是友善的。有时她会站在门口，邀请他们进屋喝上一杯茶。所以老八杂的人日后对齐如云的回忆，往往是和茶联系在一起的。他们说她喜欢用丁香花沏茶，丁香茶香气浓郁，喝了特别提神。有的人为了讨杯丁香茶吃，不爱花的也做出爱的样子，到丁香丛中流连。齐如云过世后，丢丢从老八杂人的口中，一再听到"丁香茶"这个字眼，就让齐耶夫按照婆婆的做法，为她沏了一壶。那壶茶苦涩之极，有股中药味，难以下咽。齐耶夫喝了连连摇头，说这不是母亲沏出的丁香茶的气味。他反复试了几次，都不对味。丢丢明白，婆婆是把那茶的气息也一同带走了。

以前的半月楼，真的仿佛是一座广寒宫，老八杂的人难得进入。而丢丢以一座芳香的水果铺，改变了它的风貌。如今的半月楼就像一盏鲤鱼灯，谁都可以信手提着，感受它通体的明媚。

老八杂的人喜爱上丢丢，是从两桩事开始的。

老八杂有个磨刀的王老汉，六十多岁了。他是个罗锅，每天会扛着一个固定着磨刀石的长条板凳，走街串巷地招揽生意。齐小毛两岁时，丢丢有天背着儿子，蹬着三轮车去水果批发市场。当她路过人和街的时候，忽然看见一座居民楼下聚集着一群看热闹的人，只听见一个女人在大声地嚷，这刀磨得不快，连豆腐都切不了，我只能给你一半的钱！丢丢停下车，凑过去，见王老汉气得脸发紫，手发抖，他提着那把刀申辩说："你们打听打听，我磨的刀快不快？一把刀我是正反面各磨三次，磨得匀。别人磨一把刀三五分钟就凑合过去了，经我手的刀，哪把不是磨十来分钟？不是吹牛，我磨刀磨了大半辈子了，从来没磨哑巴过一把刀！你不给我钱行，算我白干，可你不能糟蹋我的手艺啊！"王老汉穿着蓝大褂，枯瘦的脸上弥漫着汗水，话语带着哭音。丢丢从那女人手中夺过刀，用指甲在刀刃上划了一下，它那逼人的锋利立刻给她的指甲留下了一道又深又直的划痕，丢丢放心了。她并没有责备那女人，而是先将刀摆在磨刀石上，然后"嚓——"的一声把发髻上的象牙簪子拔出，她那乌黑亮泽的长发获得了解放，立刻瀑布似的散开。丢丢甩在脑后的长发，像一场意外的风沙，迷了齐小毛的眼睛，他哇哇哭起来。丢丢不顾儿子的哭叫，她用左手拈起一缕头发，右手拿起那把刀，只听"唰——"的一声，刀起飞落之际，那缕长发立刻被腰斩了。人群中发出阵阵惊叫。丢丢将切断的那绺头发摆放在磨刀石上，就像摆放战利品一样。那女人红了脸，立刻从兜里掏出两块钱，递给王老汉，在人们的嘘声中提起刀，回家了。而丢丢重新盘起头发，哄好齐小毛，快乐地上水果去了。

王老汉不仅带回了丢丢拔刀相助的故事，还带回了那绺头发。这事很快就传遍了老八杂，人们都说，半月楼这个新主人，真是侠义！

第二件让老八杂人啧啧赞叹的事情，是丢丢对金小鞍的教育。

金小鞍是陈绣的儿子，这对母子住在老八杂最破的两间房子里。陈绣给人做保育员，是个温存敦厚的女人。她男人死得早，她怕再嫁金小鞍会受欺负，一直守寡。陈绣对自己处处节俭，但她绝不让儿子受屈。金小鞍那时上中学，别的同学有的运动服，她会把艰难攒下的一点钱拿出，去买，而她自己一年也不添置一件新衣裳，夏季永远是一条蓝裤子和一件蓝白花的短袖衫，春秋是一条黑裤子和一件高粱米色的毛衣。到了冬天，她穿的则是一件土黄色的对襟棉袄。金小鞍嫌陈绣穿得寒酸，不愿意让她去学校，所以一到开家长会的时候，陈绣就得借衣裳穿。金小鞍上学这些年，陈绣几乎把老八杂那些年轻女人的衣裳借遍了。有一天，陈绣来水果铺，红着脸对丢丢说，我想借件衣裳穿，两天后就还。丢丢比陈绣高很多，她说，我的衣裳你穿了不会合身啊。陈绣说，没事，肥大的穿上宽松。丢丢打开衣橱，陈绣选中了一件紫罗兰色的绣花真丝开衫。丢丢取下它，说，你要是不嫌弃，这衣裳就送你了。陈绣急得眼泪快要出来了，她说，那我就不借了。丢丢赶紧说，好，那就只借你穿，别急着还。一周后，陈绣还回了那件衣裳。她一进门就跟丢丢道歉，说是那天穿着它挤公交车时，有个人挨着她吃雪糕，车到站台时，车子一晃荡，这人栽歪在她身上，雪糕掉在她怀里，把衣裳染污了。她怕在家洗不干净，就拿到洗衣店，所以衣裳还晚了。丢丢很想问她为什么借衣裳穿，但一想可能会让她难堪，也就罢了。有一天，裴老太来水果铺提起了陈绣，说是给她介绍了一个太阳岛上的打鱼人，这人死了老婆，带着个女孩，人好，经济条件也不错，可陈绣说是为了儿子，不想再嫁了。裴老太愤愤不平地说，陈绣为了那个金小鞍守寡，真是不值得啊！这个小狼崽子嫌她穿得不好，一到开家长会的时候，陈绣就得四处借衣裳，你说这样的孩子，将来能指望上吗？丢丢这才明白陈绣为什么朝她借衣裳穿。

有天晚上，丢丢买了一张京剧院的演出票，让齐耶夫抱着齐小毛去看戏。他们一走，丢丢就去找金小鞍。每天晚饭后，他都要在院子里戴着拳击手套打沙袋玩。丢丢对金小鞍说："水果铺飞进了一只麻雀，怎么也赶不走，你身手轻，帮阿姨个忙去吧。回来时我送你两个大鸭梨。"赶鸟是个有趣的活儿，再说还能白吃鸭梨，金小鞍高兴地答应了。

丢丢把金小鞍领到家后，说是水果架上的葡萄快卖没了，让金小鞍下窖帮自己取点上来。金小鞍听说过半月楼的地窖里藏着青龙，他太想下去看看了。丢丢打开窖门，举着手电筒，对金小鞍说，下去吧。金小鞍被一束明亮的光推动着，很快走到地下。他一下去就叫了一声，这里比花园还好闻啊。他的话音刚落，丢丢就把手电筒关闭，迅速地关上窖门，将事先准备好的一大块生铁压上去，然后抱起趴在水果铺上的悄悄，关掉一楼所有的灯，不让一丝光透到地窖中去，之后又锁上半月楼，来到外面，在丁香树间散步。她想让金小鞍待在真正的黑暗中，不让他看到丝毫光明，也不让任何生灵给他带去生命的讯息，哪怕是一声猫叫。半个小时过去了，一个小时过去了，丢丢打开门，走了进去。她先没有把灯打亮，而是将生铁挪开，坐在窖门上。丢丢听见了金小鞍已经嘶哑的哭声。她问，金小鞍，你待在下面觉得怎么样啊？金小鞍抽噎着说，丢丢阿姨，我害怕，快让我上去，我肩膀疼啊，青龙在用鞭子抽我啊！丢丢说，青龙不打好人，知道你犯了什么错吗？金小鞍不语。丢丢说，一个孩子要是没了妈，就跟待在黑暗中一样！而有了妈呢，就是光明啊。有一天你妈要是不在了，你过的就是待在地窖中的日子！你不惜福，逼得你妈四处借衣服去开家长会，青龙不打你打谁啊！金小鞍说，我错了，我不愿待在黑暗里，我要妈妈啊。丢丢这才挪开窖门，让金小鞍爬上来。

从那以后，金小鞍就仿佛是脱胎换骨了，他变得勤快了，有好吃的东西总要往妈妈碗里夹，再开家长会的时候，他也不让陈绣借衣裳穿了。陈绣明白是丢丢帮助她教育了儿子，因为金小鞍的变化，是从去半月楼赶鸟的那个夜晚开始的。她左思右想，琢磨不出丢丢究竟用的什么办法，才能有这种点石成金的神力。陈绣耐不住好奇，去问丢丢。当她听完事情的过程，吓得脸色煞白，一迭声地叫着"阿弥陀佛"，说是万一儿子被青龙甩出的鞭子给打死，她老了就没人给送终了。听得丢丢哈哈大笑，说，哪有那么神啊，窖里阴凉，又黑黢黢的，他害怕，一阵一阵发抖，感觉就是青龙在用鞭子抽他了。

陈绣感激丢丢，把此事告诉了老八杂栽种盆花的向大嫂。向大嫂的嘴巴就是一棵成熟了的蒲公英，嘴巴一动，消息的种子便撒遍了世界。没有多久，老八杂的人都知道此事了。他们把它跟丢丢帮助王老汉义讨磨刀钱的事情联系到一起，都说她入住半月楼，是老八杂人的福气。

哈尔滨人因为受俄罗斯人的影响，至今仍然保留着野餐的习俗。每到夏季，日照时间长了的时候，一家人如果不出去野餐一次，就好像愧对了阳光和好空气似的。野餐的地点通常是太阳岛。去之前，一定要到秋林公司采买吃食，否则，野餐的风味将大打折扣。

秋林公司坐落在南岗东大直街上，是一座有着百年历史的巴洛克风格的建筑，旧时称"秋林洋行"，被誉为"远东第一店"。它像一本打开的书，比例对称。圆润的橄榄顶，柔美流畅的檐口，长条形高窗，整个建筑是灰绿色的，看上去端庄秀丽。秋林公司的大列巴、力道斯红肠、奶酪和酒糖久负盛名。大列巴就是大面包，它至今仍然采用传统的手工艺制作，用啤酒花做酵母，以白桦木来熏烤。这种面包外焦里嫩，风味独特。而力道斯红肠肥而不腻，它的熏制与一般的香肠不同，其配料至今仍是行业间的秘密。买上秋林的红肠和大列巴，再买上几瓶啤酒，野餐就是讲究的了。如果再买上一些道外老字号"老鼎丰"的点心，提上一篮水果，野餐就是十全十美的了。

尽管太阳岛不断地被开发，林木和绿地在逐年减少，但它的空气和植被仍然是哈尔滨最好的，是一块休闲的宝地。每到夏季的周末，天气晴好的日子，一家又一家人或是驱车通过江桥，或是乘船横渡松花江，来到岛上，在林间草地铺上布，摆上大列巴和力道斯红肠，享受着阳光和美食。每年的夏季这样过了一天，秋风瑟瑟的时节，人们的心才不至于那么空空落落。

老八杂的人，夏季去太阳岛野餐的几乎没有。不是他们缺乏闲情逸致，而是这儿的人家境贫寒的居多，不舍得花钱游玩。就是舍得破费的，又舍不得时间。因为做小本生意的人大都不分星期礼拜，日日劳碌。丢丢了解到这些情况后，每年春末，都会在半月楼前的丁香树下，为老八杂的人搞一次野餐会。

哈尔滨开得最早的花，是鹅黄色的报春花。之后，便是粉红的桃花。桃花怒放的时候，丁香那麦穗般的花蕾就鼓胀了。桃花一谢，丁香花就登场了。这花吸纳的春光足，比报春花和桃花开得要长远。花色通常是紫色和白色的，香气蓬勃。丢丢的野餐会，会在丁香花快谢的时候举行，此时天暖了，坐在户外不觉凉。树下飘散着凋零的花瓣，树上未落的花瓣是丁香树最后的光明。丢丢会蹬着三轮车，亲自到秋林公司买来大列巴和红肠，再让齐耶夫去食杂店搬来几箱啤酒。野餐会都在晚上举行，那时在外面忙碌了一天的人陆续回来了。丢丢把大列巴装到藤条筐里，将红肠装在瓷盘中，再洗一些时令瓜果，分装到精致的碗碟中，一一摆在丁香树下。老八杂的人会提着板凳，乐陶陶地来赴会。他们来的时候，往往还带来自制的吃食：韭菜盒子、鱼肠粥、煎饼卷葱、海带丸子、葱油饼、酱汁干豆腐、豆沙窝头、茶鸡蛋、五香花生、腌脆枣、炸茄盒等。男人们坐在树下，喝酒划拳，谈天说地；女人们聚在一起，边吃边聊家常。孩子们呢，他们像松鼠一样，手中抓着吃的，在花树间窜来窜去地打闹着，把最后的那些丁香花碰落了。丁香花在这场野餐会中，也就彻底丢了魂了。

要问哈尔滨规模最大的野餐在哪里？它不在太阳岛上，而在老八杂半月楼前的丁香树下。每次野餐，男人们都会喝醉。他们歪歪斜斜朝家走的时候，会唱一路的歌。听了这歌声的老八杂，仿佛也跟着醉了。齐耶夫喝醉后，齐小毛就爱捉弄他。他把从马家沟河畔捉来的虫子，塞进他的领口，齐耶夫痒得抓耳挠腮的，齐小毛就咯咯笑个不停。齐耶夫的童年是忧郁的，齐小毛的童年则是快乐的。也许是第三代混血儿的缘故，齐小毛生得格外精灵，团脸，黑而亮的眼睛，浓眉，黄皮肤，微微卷曲的黑发，如果不是他挺直的鼻梁和微凹的眼窝，根本看不出他具有俄罗斯血统。他对什么都好奇，比如他问齐耶夫，老八杂的人都是黑头发，爸爸的头发为什么是黄的？齐耶夫说，我用月光洗头发，把头发洗黄了。齐小毛就说，那我要是用早晨的太阳光洗头发，还不得长红头发呀！再比如他对丢丢说，我猜妈妈一定不会管家，丢了咱家好多好多的东西！要不妈妈的名字怎么用一个"丢"字不够，还得用两个呢？这时的齐耶夫和丢丢，就会被齐小毛逗得笑疼了肚子。

丢丢对她在老八杂的生活非常满足。她爱这里。这座米黄色的半月楼，这片葱郁的丁香树，这三根雕花的廊柱，这传说中栖居着青龙的地窖，这给她带来美好营生的水果铺，对她来说就是她身上的器官，难以割舍。在半月楼里，她能感受到婆婆的呼吸，能在风雪之夜梦见手持暖炉的母亲。她想在这里一直生活下去，直到白发苍苍，直到上帝伸出手来，把她从喧嚣的尘世接引到用云朵当被子用的世界。可理智告诉她，这样的日子不会太长了。老八杂就像一个迟暮的老人，它的器官退化了，正在一天天走向衰朽。她似乎听到了推土机轰隆隆开进来的声音，看到了老八杂的房屋像败军的旗帜一样倒下，嗅到了呛人的尘土气息。她明白半月楼在老八杂人心目中的地位，它就像阵地的一座堡垒，如果它被攻克了，老八杂将会溃败。如果它能坚守，他们就不会像棋盘上被打乱了的棋子，失却了攻击力。

丢丢为了掌握更为翔实的半月楼的历史，特意在家中做了八个菜，温了一壶花雕酒，把经历过那个时代的四个老人请来，请他们讲述与半月楼有关的故事。这四个老人中的两个人，都像裴老太一样，讲到了舞女蓝蜻蜓的故事。

五　蓝蜻蜓

齐耶夫去红莓西餐店当厨，通常搭乘公共汽车。但每隔个十天半月的，他会步行一次，否则，就会像遭了大旱的禾苗，无精打采。

如果不拐弯抹角，从老八杂走到红莓西餐店，大抵要一个小时。但齐耶夫往往要绕道看看教堂，一个小时也就不宽裕了，常常要多花半个小时。

出了老八杂，沿着马家沟河岸向北，经过一条五百多米长的水泥甬道，就到了红军街。红军街不长，它连接着南岗的两条主干马路：中山路和西大直街。如果去道里，在红军街与西大直街相交的路口，就要往西南方向走。可是齐耶夫一走到那儿——喇嘛台遗址前，会不由自主地向北，也就是东大直街方向而去。走过两家快餐店，一家音像店，一家由电影院改建的演艺广场和邮局，就看见秋林公司了。尽管近些年新起的几家大商厦屹立在它左右，但它魅力依旧。那些高大的玻璃幕墙的大商厦就好像浅薄的摩登女郎，而它则像一个安闲地坐在草地上的牧羊姑娘，庄重典雅，朴素动人。每回走到这里，他都要站下，定睛看上一刻。从这儿向北，步行十多分钟吧，就可以看到圣母守护教堂和尼埃拉依教堂。这两座红色的教堂在东大直街的一左一右，如两盏相对着的灯，互相照耀。如灯的建筑想必是会发光的，一到这里，齐耶夫就觉得身上暖洋洋的。他会想起他的少年时代，想起母亲一次次带着他来这儿的情景。想起同学们都歧视他的时候，这些教堂带给他的慈母般的安慰。看过了这两座教堂，齐耶夫就像回了趟故乡，心也就安定下来了。他转过身，再回到喇嘛台的遗址前，向不远处的火车站走去。道里比南岗地势要低许多，所以从道里往南岗走，是步步高升；而从南岗往道里，则是一路走低。哈尔滨火车站旁的霁虹桥，就是一条连接着道里与南岗的巨龙。这桥有八十年的历史了，是钢筋混凝土的结构。桥下的柱子刻有狮子头像，铁栏杆上镶嵌着中东铁路的路徽标志。齐耶夫最喜欢的，是古埃及方尖碑的桥头堡，它们像一把把青色的剑，直刺天空。齐耶夫走到霁虹桥时，一定要停下来，俯身看看桥下。有时候正赶上进出站的火车穿行，汽笛声震得他耳鼓嗡嗡响，他本已安定下来的心就会躁动起来，有背起行囊上路的欲望，可却又不知目的地在哪里，于是愁肠百结，泪水盈眶。

　　齐耶夫长大后，曾向母亲问起过自己的生身父亲，齐如云只是提醒他不要相信传言，不要以为她当年在舞会上是受了侮辱，才有了他。齐如云说，妈妈是不会让一颗恶种在身体里发芽的。齐耶夫明白，母亲是爱父亲的，她的爱实在太奇特了，昙花一般盛开，顷刻凋零。她为了这瞬间的美，枯守一生。随着母亲在半月楼前的雕花廊柱前猝然倒地，齐耶夫明白自己的身世之谜永远不会解开了。当他看见丢丢为母亲穿上那条舞裙，看着母亲的肉体同裙子一起在火焰中盛开、化作灰烬的时候，齐耶夫泪如雨下。母亲去世后，他常去教堂流连，在那里，他似乎能感受到母亲的呼吸，能在那深沉的呼吸中隐约看到父亲的形影。教堂在他眼里，就是祖宗的坟墓。

齐耶夫成年后，喜欢结交与他有相同血缘的人，仿佛是寻根溯源，认祖追宗。留在哈尔滨的俄罗斯人，有老有少。少的多数像他一样，是一些被当地人称为"二毛子"的混血儿；老的基本是血统纯正的俄罗斯人，他们中既有十月革命后逃难出来的白俄，也有中东铁路开通后过来的商人。如他这般年龄的混血儿，大都是这样的老人与哈尔滨的姑娘结缘后生下的孩子。中东铁路开通后，俄国人就从铁路线上，源源不断地把本国的产品倾销到东北，纺织鞋帽、钢材水泥、药品食品，无所不包。那时中东铁路的沿线，经营俄国商品的店铺可谓遍地开花。他们在输送本国商品的同时，又用低廉的收购价，将东北的煤炭、粮食、林木等产品大批大批地运往国内，东北无形中成了俄国人在外贝加尔和乌苏里地区驻军给养的供应基地。哈尔滨的史学家们，在论及哈尔滨开埠后的繁荣的时候，都会提到那一时期俄国人对东北经济的垄断。这让齐耶夫觉得脸红，因为他的祖先在帮人做事的时候，又干了顺手牵羊的事情。

齐耶夫与这些俄罗斯血统的朋友，每年都要聚会一到两次。他们的聚会不像老八杂的人在半月楼前的聚会那样，是那么地放纵和快乐。这些失去了根的人，在发出笑声的同时，眼睛里却流露着惆怅。这些人中，齐耶夫和尤里的关系最为密切，虽然他们年龄差距大，但是相似的出身却把他们紧密地联系在了一起，让他们的心彼此靠近。尤里比齐耶夫大接近二十岁，三十年代末的一个夏日，三个月大的他被遗弃在道里凡达基西餐厅的门前，被一个扫街的女人捡得。尤里的兜里揣着一张纸条，记着他的出生年月。并简单注明他的生父是俄国人，暴亡；生母为满洲人，病故。扫街的女人看这混血的男孩生得可爱，就把他抱回家抚养。尤里长大后，曾向养父养母询问自己的身世，他们便把那张泛黄的纸条取出来，说是只知道他父亲是俄国人，至于他是做什么的，真的很难猜测。也许他是个商人，也许是个搞音乐的人，因为那个年代来哈尔滨教音乐的人很多。但从"暴亡"一词来分析，尤里的父亲又可能是个专门勒索绑架那些有钱的中国人的俄匪。沦落为匪徒的俄国人不止一绺，所以各帮派之间常有械斗，暴亡之事时有发生。尤里因为自己的身世之谜，一直深深痛苦着，终身未娶。他有时把自己想象成音乐人的后代，血液里洋溢着浪漫和爱的因子，那时他会快乐一些；有时又认为自己是匪徒的儿子，血管里流淌着罪恶，就会让他觉得浑身肮脏。还有的时候，他觉得自己可能是传教士的后代，不然他为什么不能光明正大地活着，要遭遗弃？这样想的时候，尤里就会闭上眼睛，叹息着叫一声"上帝啊"。尤里不像齐耶夫，喜欢那一条条伸向远方的铁路；尤里憎恨铁路，他想如果没有中东铁路，他的父亲就不会来到这片土地，不会有他，不会有伴随他一生的困惑和苦恼。所以他每次经过霁虹桥，俯身看到桥下纵横交织的铁路线的时候，就会紧握双拳，瞪着眼睛，如同一头愤怒的狮子。而当他走在街上，无论哪一个在年龄上可以做他母亲的女人多看了他几眼，他就疑心他的生身之母并没有病死，她正在暗中打量着他，这让他痛苦不堪。

尤里是公交车司机，年轻时在道外开有轨电车，中年以后在道里开无轨电车。他退休后，联运汽车和双层的空调巴士才在哈尔滨兴起。现在有轨电车已经消失了，可尤里在午夜梦回时，常能听见有轨电车摩擦着钢轨的"吱嘎"声，看见架空的电源线在空中擦出的白炽的火花。

　　尤里三十岁时，养母去世了。尤里五十一岁的时候，养父在生命的最后时刻，把家中唯一的房产分给了他，说是尤里有个单独的窝，就能娶上老婆了。这惹得养父的三个亲生儿女对尤里充满敌意，不与他往来。所以养父养母不在以后，尤里觉得自己又一次沦落为孤儿。他不想闲在家里，就用积蓄在透笼街市场租了间铺子，卖糖炒栗子。他住在九站，从那里去透笼街，他总是步行，因为沿途可以欣赏松花江的风景。他每次路过红莓西餐店时，都要停下来，看齐耶夫在不在。

　　每年的圣诞节，都是哈尔滨的西餐店生意最红火的日子，没有一家西餐店不是爆满的。但齐耶夫那天晚上一定要休息，跟尤里一起度过。虽然西餐店老板百般地不乐意，但又不能不尊重他。店面在那一天不能关张，只能花大价钱请人临时帮厨。所以冲着红莓西餐店菜看来的老主顾，都会抱怨圣诞节时，店里的菜的味道大不如从前。

　　齐耶夫和尤里在圣诞节的晚上，会先找家浴池痛快地泡个澡，然后穿得暖暖和和的，穿越冰封的松花江，到江北渔村的小酒馆享受一番。他们不喜欢市区的大饭店和酒楼，它们太喧闹了。江北人烟稀少，那些小酒馆店面不大，装饰简单，但很温暖，有家的感觉。他们会要上一锅热气腾腾的得莫力炖鱼，再配上几个小菜，炝土豆丝啦，蒜泥茄子啦，五香豆干啦，腌萝卜皮啦等等，叫上一瓶温过了的北大仓酒，惬意地吃喝。他们平素也常见面，但一年中只有这次见面是最美好的。他们只是相对着喝酒，并不讲什么，偶尔笑笑。其他客人从他们脸上平和的表情中，可以深切感受到那种相知的默契。若是菜可口，添酒就是必然的了。他们尽兴而归时，通常是子夜时分了。他们相互搀扶着，再次穿越覆盖着冰雪的松花江。走到江心时，他们会在冰面坐上一刻，抬头望望星星。有一年，他们抬头望天的时候，发现星星不见了，不久下起雪来。尤里在飞雪中哭了，齐耶夫也哭了。那是两个男人第一次听到彼此的哭声。

如果不是尤里把罗琴科娃介绍给自己，那么齐耶夫的生活将会是平静的。他爱丢丢，爱齐小毛，爱老八杂，爱他们的家。可就在丁香花开的时候，尤里为了给罗琴科娃多找一份工作，把她带到了红莓西餐店，齐耶夫见着她的时候，眼睛仿佛被刺痛了，因为罗琴科娃分明就是一道雪亮的阳光。

黑龙江与俄罗斯接壤，近些年随着黑河、满洲里、绥芬河等口岸的开通，来哈尔滨做生意的俄罗斯商人多了起来。一些漂亮的俄罗斯小姐，在哈尔滨的很多高档酒楼为客人表演俄罗斯歌舞，以此赚钱。按尤里的说法，有些小姐暗中也是卖身的，与过去的舞女没什么两样。

尤里是在透笼街市场卖栗子时认识罗琴科娃的。她很喜欢吃糖炒栗子，每隔两三天，罗琴科娃就来了。虽然市场卖栗子的有好几家，但她只买尤里的。尤里明白，这个俄罗斯女孩主要是冲着他的二毛子血统来的。罗琴科娃成了尤里的老主顾后，有一次尤里收摊早，就一路走着跟她聊天。罗琴科娃说，她的家在圣彼得堡，父亲是一所大学的音乐系教授，母亲是眼科医生，她有三个姐妹。以前他们的日子过得还不错，可是苏联解体后，父亲的薪水减少，母亲失业，一家人的生活便陷入窘境。她上大学时，听说她所学的专业来哈尔滨谋生会赚到钱，就选修了汉语。受父亲影响，她五岁时就开始学习小提琴了。尽管她毕业时小提琴的技艺和表现力让专业剧团的演奏员都为之叹服，但她还是没能找到工作。罗琴科娃来到了哈尔滨，在井街租了一套一室半的旧房子。她白天练琴、学汉语，晚上则去两家西餐店拉小提琴，直到夜深才归。她每天可以赚到四百元，一个月就是一万二，除去房租、水电煤气的费用，起码能剩八九千块钱，完全可以接济家里了。而她的父亲在大学，一个月拿到的薪水不过八九千卢布，还不到三千人民币呢。罗琴科娃跟尤里说这一切的时候，神情是欢快的、自豪的。她喜欢哈尔滨，尤其喜欢中央大街，每当她想家的时候，就会去那里走走，然后找家咖啡店，喝上一杯。等她再回到街上的时候，心里就踏实了，好像是回了趟圣彼得堡。

罗琴科娃每天工作四个小时，晚上六点到八点，她会在南岗的一家西餐店拉琴，结束后要立刻赶回道里，八点半到十点半，她会出现在松花江畔的另一家西餐厅。罗琴科娃很遗憾地对尤里说，她的两份工作都在晚上，要是能在白天谋到一份工作，那就更好了。尤里说，我有一个好朋友，是红莓西餐店的大厨，我领你去见见他，让他跟老板说说，看看中午时能不能去他们那里？吃西餐的人中午也不少啊。罗琴科娃并不抱很大的希望，她说，人们还是喜欢晚上听琴，琴声在夜色中才美啊。但尤里还是把罗琴科娃带到了红莓西餐店。

齐耶夫在哈尔滨的街头，无数次地看见过俄罗斯女郎，但他并没有特别的感觉。可是他第一眼看见罗琴科娃，就像他初次见到丢丢一样，就被她的气质打动了。罗琴科娃中等个，偏瘦，白皮肤，灰蓝的眼睛，长长的睫毛，浅黄色的头发。她的五官给人一种飞扬的感觉，眼角、鼻子、唇角都微微翘着，看上去朝气蓬勃、俏皮动人。她刚刚二十三岁，就像一只刚摘下来的梨，似乎轻轻地用指甲划一下，就有甘甜的汁液流出来。齐耶夫跟老板讲了罗琴科娃的情况后，老板答应可以让她午间过来，先试用几天。罗琴科娃大喜过望，她像小鸟一样蹦起来，吻了尤里，又吻了齐耶夫。她说试用期她分文不取，只当练琴了。只用了一周的时间，罗琴科娃就用她温柔的琴声，在阳光最灿烂的时刻，征服了那些来红莓西餐店的顾客，使这个店正午的营业额直线上升。老板非常高兴，他让罗琴科娃每天中午来工作两小时，付给她一百元的报酬。虽然比别处少，但她每天可以享用免费午餐。

　　罗琴科娃每天十一点就背着琴来了。她来了后会先到员工休息室，换上裙装，再梳洗一番，然后就开始工作了。红莓西餐店不设包房，只是一个一百多平方米的大厅，放置着二十多张餐桌。由于厅里竖着六根银白色的大理石柱子，它们在有意无意间，等于把空间给区分开来了。罗琴科娃喜欢一边拉着琴，一边在这几根柱子间穿行，这时的她看上去就像一只在林间快活穿梭着的小鸟。到了午后一时，罗琴科娃收了琴，换下裙装后，会坐在临窗的一张餐桌前，叫她的午餐。她从不因为老板让她免费享用午餐而叫奢侈的菜。她一般只点一份红菜汤，一份面包配两片火腿；要么就是一杯咖啡配一小盘酥炸鸡蛋卷。齐耶夫看不过去，有一次他出钱，特意为她做了一道红汁骨髓，说是她太瘦了，让她补补身子。罗琴科娃看着那道菜，泪珠"噗嗒、噗嗒"地落下来。

丁香花快谢的时刻，有一天罗琴科娃结束工作，用过了午餐，见齐耶夫也忙完了店里的活儿，就约他去她租住的小屋坐坐。去的路上，齐耶夫说要给她买点水果或是鲜花。罗琴科娃咯咯笑着说，你帮我找了这份工作，你要是给我买一斤苹果，我就得给你买两斤呀；你要是给我买一枝花，就是让我给你买两枝呀！她这可爱的逻辑推理把齐耶夫逗笑了，便打消了给她买礼物的念头。

齐耶夫进了罗琴科娃的小屋后，还没有来得及打量一眼屋子，罗琴科娃放下琴，就朝他扑过来，踮起脚，紧紧地搂着他的脖子，吻他，把他吻得热血沸腾。如果说先前他是一块生硬的面团的话，那么罗琴科娃的吻就是酵母，把他发酵了。齐耶夫血流加快，呼吸急促。罗琴科娃把他引到床前，脱掉衣服。齐耶夫拥抱着她光滑柔韧的身体的时候，感动得哭了。她的脸是那么的光洁，就像俄罗斯的白夜；她的腿是那么的灵动，如流淌在山谷间的河流。齐耶夫突然有了回家的感觉，他这些年所经受的委屈，在那个瞬间，涣然冰释。他俯在罗琴科娃身上，就像匍匐在故乡的大地上一样踏实。他从来没有那么忘情和持久地要过一个女人。那个午后，齐耶夫这团刚发酵起来的面团，被罗琴科娃那双年轻而活泼的手给揉搓得从未有过的蓬勃。罗琴科娃用她胸前的火，让他新鲜出炉，齐耶夫仿佛被熏烤成了一个散发着诱人香气的大列巴。

齐耶夫虽然爱恋罗琴科娃，可他也喜欢丢丢。每次与罗琴科娃有了那种事情，他午夜回家时，对妻子就有愧疚感，待她也就格外温存，所以丢丢并没有察觉到丈夫的情感生活发生了变化。可齐耶夫很快发现，罗琴科娃并不仅仅是和他在一起。有一天下午，齐耶夫想她想得厉害，就没有打招呼，径自去了她那里。待他敲开门后，发现里面有一个年轻的小伙子。这让他很自卑，自己毕竟比罗琴科娃大二十多岁啊。小伙子离开后，齐耶夫觉得心酸，就抱着罗琴科娃哭了。罗琴科娃坦白地告诉他，那个小伙子是出租车司机，每天晚上，他都会接送她往返于南岗与道里的西餐店，她喜欢他。齐耶夫痛心地说，你究竟喜欢哪个男人啊！罗琴科娃用无邪的眼神看着他，认真地说，有时我就喜欢一个，有时一个不喜欢，有时呢，又喜欢两个，就像现在！她的回答让齐耶夫哑口无言。也就是那次，齐耶夫跟罗琴科娃讲了自己的身世，想让她理解自己为什么那么依恋她。罗琴科娃笑了，她说一个人来到这个世上，就是要快乐的，你怎么来的还有什么关系呢？只要快乐不就好吗？她还说，听她父亲讲，她祖父在五十年代也曾作为援建的专家来过哈尔滨，那时她爸爸才十一岁。中苏关系破裂后，她祖父返回苏联，从此就与妻子分开了。祖父郁郁寡欢，不久就离开了人世。家人都猜测他在哈尔滨爱上了一个姑娘，思念成疾。罗琴科娃跟齐耶夫开玩笑说，也许你就是我祖父的儿子呢！那我们就是亲戚了！她这番话让齐耶夫胆战心惊的。齐耶夫想，如果罗琴科娃的祖父真的就是母亲终身爱恋着的男人的话，他和罗琴科娃在一起，就是罪恶啊！齐耶夫忧心忡忡，他再也不能接触罗琴科娃的肉体，而且，他也受不了她的琴声。每当他在灶房听见西餐店里回荡的琴声，就头痛欲裂。那天中午，他听着罗琴科娃的琴声，突然昏倒在灶台下。他苏醒过来的时候，发现自己正躺在救护车里，罗琴科娃泪水涟涟地守护在他身边。齐耶夫知道自己病在哪里，救护车停下来后，他坚持着不进医院，而是打了一辆出租车回家。他在离开罗琴科娃的时候说，你的琴声像刀子一样，每天都在刺出我心中的血啊。罗琴科娃说，那我就不到你那里工作啦。

那天中午，昏倒后的齐耶夫回到家后，看到丢丢坐在水果架下怀中揽着书的慵懒姿态，他是多么想扑到她怀里哭上一场啊。他爱丢丢，爱这个无私的女人。当他从地窖中提着啤酒上来的时候，他多想跪在她面前，向她忏悔这一切，可他怕失去丢丢。他心乱如麻，去找尤里诉苦。尤里安慰他说，你没错，罗琴科娃也没错，错的是上帝啊!

罗琴科娃果然不来红莓西餐店了，没了她的琴声，齐耶夫虽然不头痛了，可是从此以后，他觉得正午是那么的黑暗。他连续多日步行上班，绕道去拜谒教堂，想抚平心中的创伤。可是每当他走到教堂的时候，耳畔就会回响起罗琴科娃的琴声。

丢丢将半月楼的材料整理出来，打印多份，提交给了相关部门。一周后，几个部门组成了联合调查组，对半月楼进行考察。对于这栋位于老八杂中心的残楼，大多的人都认为它没有保留价值。有一个年龄很大的学者用不屑的眼光扫了一眼半月楼，又扫了一眼它的主人，用教训的口吻对丢丢说，一个旧时代的舞场，就是妓馆啊，这有什么历史价值呢? 你在材料里反复提到一个叫"蓝蜻蜓"的舞女，说她多么爱国，多么恨日本人，我就不相信，一个舞女能有多高的情操! 丢丢很生气，她说通过对老八杂的老人的调查，证实这家舞场确实有个叫"蓝蜻蜓"的舞女，她曾经用舞裙杀死过日本鬼子，日本人恨她，最后把她弄到细菌部队，做了活人实验材料了! 学者说，哈尔滨的抗日史我无所不知，一个"马市"中的舞场，就是让人醉生梦死的地方。幸亏这样的地方少，不然还真亡了国了！要是半月楼不拆，什么传说都没有；它一倒，怎么就飞来这么一只蓝蜻蜓了呢？显然是杜撰！丢丢言辞激烈地回敬道，按你的说法，当年我党的那些地下工作者都是软骨头了？！学者被噎得瞪了丢丢一眼，不再说什么。

调查组的人在半月楼里上上下下地转来转去的时候，老八杂的住户聚集在门外，按照丢丢的安排，准备反映老八杂的动迁标准不合理的问题。丢丢想好了，如果半月楼不保，老八杂烟消云散，它也要谢幕得隆重些，不能这么草率，她要为老八杂的人争取到最大的利益。所以当一行人带着例行完公事的轻松表情走出半月楼，要打道回府的时候，才发现他们已经被悄悄包围了。调查组的成员构成包括开发商，他一看到半月楼外老八杂人那一张张被阳光暴晒得黑黢黢的脸，就有中了埋伏的感觉，一脸苦相，好像老八杂的人手中都握着一把小刀，要割他的肉。

尚活泉首先开口，他说开发商收取花园、游泳馆、车库等小区"增容费"，是不合理的。他说，这东西都他妈的是给富人享受的，我们哪用得起啊！接下来，吴怀张抱怨不该一律盖高楼，说是人不接地气不会长寿。陈绣呢，她的儿子金小鞍刚上大学，她说供个大学生已经让她负担不起，如果回迁再缴纳两万块钱，她就得砸骨头了。开书亭的王来贵插言说，你砸骨头也没用，砸不出钱来，我看你卖身得了，来钱快呀！大家笑起来。裴老太说，我现在每天都在自家小院练秧歌，我进了高楼，就得在阳台上扭，下面的人看见，还不得以为我是疯子啊！大家你一言我一语，虽然诉说的也都是苦恼，但总是切不中要害，让丢丢有些着急。幸好彭嘉许开口了，否则人们对动迁问题的反映，很可能演变成为一场闹剧。

彭嘉许四十多岁，平素言语不多。他以前是齿轮厂的车工，厂子破产后，他开起了出租车。有天晚上，他遭遇劫匪，死里逃生后，他妻子说就是穷死，也不能让他再干这个活儿了，于是他就开始做小买卖。彭嘉许好琢磨，有一天他蹲在鱼市与人闲聊，看见卖活鱼的人在杀完鱼后，将鱼肠全都当垃圾扔了，想起童年时吃鱼肠的美妙，就捡了一袋鱼肠回家，将它们剖开、洗净，想用辣椒炒鱼肠。就在鱼肠快下油锅的时候，他忽发奇想，何不用鱼肠做粥呢？于是，他把油锅撤下，放上闷罐，添足水，洗了两把大米，把鱼肠切碎，一同下到里面。煮了半个小时后，大米鼓胀了，鱼肠的鲜味也浸润在粥里了，彭嘉许将粥放上盐，又切了点胡萝卜丁放进去，再煮个十分八分的，火一关，鱼肠粥就妥了。彭嘉许喝了一口，就被它的鲜香气打动了，他老婆也对这粥赞不绝口。于是，夫妻俩动了做鱼肠粥生意的念头。他们先试做了几次，让老八杂的人分批来家品尝，得到肯定的答复后，生意就开张了。他们每天早晨到鱼市去收鱼肠，回家后把它们清洗干净，开始煮鱼肠粥。中午时，彭嘉许就能蹬着三轮车去叫卖了。一碗鱼肠粥两元钱，一个五十厘米高、四十厘米直径的圆形铁皮罐，能盛约五十碗的鱼肠粥。除去柴米费，一天少说也能剩六七十块。彭嘉许的鱼肠粥很受欢迎，按修鞋的老李的说法，装满鱼肠粥的罐子在出门时是一个满脑袋杂念的俗人，而回家时腹中空空的它就成了佛了。

丢丢也喜欢喝鱼肠粥，不过自从出了那件事后，她就断了这念想，不喝了。三年前的一个冬日午后，水果铺生意寡淡，屋子里烧得暖洋洋的，丢丢靠着壁炉前的雕花廊柱，打起了瞌睡。她睡得实在太沉了，彭嘉许推门而入，她竟然毫无察觉。他在她面前站了多久，她并不知晓，总之，他用手抚摸她的脸颊时，她醒了。丢丢没有责备彭嘉许，只是问他买什么水果。彭嘉许张口结舌地说，我舌头烂了，想吃点梨。丢丢起身取了一只纸袋，装了几只梨给他，说，我看你不是烂舌头了，你是烂心了！彭嘉许红头涨脸地说，我刚才就像是路过苹果园，看到有只苹果长得好，忍不住上前摸了一把，并没有摘果子的念头啊。丢丢觉得这解释风趣，笑了。从这以后，彭嘉许不来水果铺了，而丢丢无论多么馋鱼肠粥，听到叫卖声，也会把口水咽回去。这两年的丁香花会上，彭嘉许都要喝得酩酊大醉，他酒后的歌声听起来就像害了牙疼，哼啊哼啊的。

彭嘉许对调查组的人说，我们老八杂的人虽然文化不高，没有做过大买卖，但也算是生意人吧。生意人最讲究什么？买卖公平啊。谁要是强买强卖，那不跟强盗一样吗？政府给我们改善居住条件，这是好事，但你们没有征求大家的意见，就贴出了动迁补贴的标准，让我们七月底前必须迁出，这难道不是强买强卖吗！我看我们老八杂的人可以进行一下现场表决，同意现行动迁标准的，就请离开半月楼；如果不同意的，就留在这儿，在我起草的情况反映书上签个名，按个手印。彭嘉许的这番话入情入理，慷慨激昂，使现场气氛活跃了，人们簇拥在他身边，纷纷签名，按上手印。

当彭嘉许把签好名的意见书递交给调查组的领导时，老八杂的人发自内心地为他鼓起了掌。彭嘉许又指着半月楼说，我父亲在世时，说起过这栋楼，这里虽然是舞场，常有日本人来这儿寻欢作乐，但这里有一个舞女很爱国，她的艺名叫"蓝蜻蜓"，传说跟她跳过舞的日本人都会死，可惜这楼失火后烧掉了一半。要是这房子能保留下来，是有纪念意义的啊。如果房子留不下，我看丁香树是不能砍的，这片丁香多茂盛，在哈尔滨也少见啊！这小区不是要建花园吗，这就是现成的丁香园啊！

彭嘉许讲完，胆怯地看了丢丢一眼。丢丢觉得眼睛发潮，她低下头来。

那几页签着老八杂人姓名、缀着一颗颗红樱桃似的手印的意见书，在半个月后果然收到了成效：开发商同意取消小区设施"增容费"，并把动迁补贴标准提高到每平方米二千八百元。老八杂的人大喜过望，没人再抵触动迁。遗憾的是半月楼最终还是被判了死刑，调查组的人一致认为，半月楼是栋残楼，而且又是旧时代的舞场，没有保留价值。但丁香丛留下来了，它将成为老八杂唯一幸存下来的活物。如果没有它，丢丢可能就不会回迁了。

开发商再次贴出了告示，限老八杂的人在八月十四日之前，必须迁出。逾期不迁，后果自负。工程将于八月十五日早晨准时开工。

老八杂的人开始忙活了。那些不想回来的住户，领了动迁费后，四处看房子，他们大都盯着那些便宜的二手房，这样买了房子后，手里还会有剩余。要回迁的，也收拾家当，准备着租房或是投亲靠友。老八杂本来就乱，这下更乱了，拆卸东西的尘土漫天飞扬，搬家的车辆拥堵在狭窄的巷子中，嘀嘀嘀地按着喇叭，互不相让。老八杂人搬家的物品让搬家公司的人以为自己的车辆变成了废品收购车，那上面有镉过的水缸，生锈的痰盂，糟烂的床板，被虫蛀的木箱，破烂的自行车，用旧衣服自制的拖把，掉了漆的桌椅等等。那些吃拆迁饭的捡破烂的人，都忍不住骂老八杂的人：一群守财奴啊!

还没等丢丢去租房子，王来惠有天早晨开着车来到老八杂，递给丢丢一串钥匙，告诉她已经帮她把房子租好了。她说从报上看到老八杂即将在八月十五号开工的消息了。房子离齐小毛上学的学校只有一站地，三室一厅，五楼，朝阳。王来惠把两年的房租都付了。丢丢很感激她帮自己租了房子，但她执意要把房租钱还给她。丢丢在经济上虽然不能跟王来惠比，但在老八杂也算是个富户了。她的水果铺一直盈利，齐耶夫在红莓西餐店的收入也不算少，再加上一直对外出租着的父母遗留下来的靖宇街的楼房，他们的生活是宽裕的。王来惠一听丢丢要还她钱，急了，说丢丢没有把她当姐妹看，若丢丢真那样做，她也不开三瓣花风味小吃店了，她要去干娘的坟旁搭顶帐篷，睡在那里，陪干娘算了。丢丢只能领情，她知道，王来惠是想尽一切办法，要报答母亲当年对她的恩情。每年的清明和小年，她都要带着儿子，去给干娘和傅铁上坟。这么多年，她仍然是孤身一人。丢丢劝她找个伴儿的时候，她总是说，算了，不缺吃不少穿的，找不好可能还是个累赘。再说自打跟了傅铁后，我见了别的男人一点胃口都没有，看来生死都是他的人了。

丢丢并没有急于搬家，老八杂的人见她依然有板有眼地过着日子，都说，丢丢，你找下房子了吗，什么时候搬啊? 丢丢说，找下房子了，拆迁前搬。别人都知道，丢丢是舍不得离开半月楼，能多住一天是一天啊。齐小毛放了暑假，他迷恋上了蝈蝈，茶盅那般大的竹编蝈蝈笼，他买了十几笼，吊在窗下。每天早晨，人还没醒呢，蝈蝈就叫上了。那叫声让丢丢十分伤感，只有到了半月楼的蝈蝈，才会有这么亮堂的嗓子啊。

很快就是八月上旬了，老八杂的人几乎走空了，丢丢这才收拾东西，做搬家的准备。有天晚上，齐小毛睡了，丢丢因为多喝了几杯酒，兴奋得睡不着，就靠着壁炉前的廊柱，看婆婆遗留下来的一沓信。信大都是齐耶夫幼时被送到双城时，婆婆与那儿的亲戚的通信。亲戚们在信里写的都是小齐耶夫的情况，什么时候又长了一颗牙，什么时候要学走路了等等。但有一封信例外，它不是双城来的，信封下角只注明"本市、内详"四个字。丢丢觉得奇怪，抽出信，原来是一首打油诗：

齐如云，大蠢猪，把美腿，填火坑！生个妖怪齐耶夫，没人爱来没人疼！嗨，没人疼！

丢丢看到"生个妖怪齐耶夫"一句，忍不住乐了。这信虽然没有落款，但她明白发信人就是婆婆跟自己讲过的李文江了。婆婆说，这辈子最对不起的人，就是他了。那一刻，丢丢突然有了要去寻找他的念头，如果他还活着，也是个白发苍苍的老人了。

丢丢刚把信放回信封，门开了，是彭嘉许来了。丢丢问，你不是已经搬走了吗？怎么又回来了？彭嘉许说，我想看你这儿还有没有梨，我买别处的，吃了不对味啊。丢丢笑了一下，起身，走到水果架前，说，我也快搬了，就剩这点了，你凑合着吃吧。丢丢拿了一只果篮，把梨子装进去，递给彭嘉许。彭嘉许说，我看你很喜欢这几根廊柱，要不我帮你把它锯掉，先放到别处，等将来搬到新房子时，用它们做装饰，也算还有点半月楼的影子啊。他的话音刚落，丢丢就叫着，不能，我绝不能把半月楼的美腿给锯断啊！彭嘉许叹了一口气，提着果篮走了。丢丢望着他的背影，怅然若失。

丢丢收拾停当东西后，把那页老八杂人为水果铺编的歌谣小心翼翼地揭下来，读了一遍，便流下了泪水，好像读的是悼词。她把它与婆婆遗留下来的信放在一起，作为永久的珍藏。她已经托人打听到了李文江老人的消息，他仍活着，但身体很差，与儿子一家住在一起。丢丢觉得在离开半月楼前，必须做的一件事就是探望老人。她到欣利来蛋糕店订制了一块蛋糕，又到体育用品商场买了一个适合老年人用的电动按摩洗脚盆，打了一辆出租车，按照别人提供给她的地址，找到了位于太平花卉市场附近的一座八层的楼房。

这楼半新不旧的，临街，很多进出哈尔滨的大型货车从此经过，很吵闹。李文江一家住在四楼。这是上午的时光，知情人告诉她，这时候李文江的儿子和儿媳妇都在上班，孙子也在上学，所以家中只有老人。丢丢按了很久门铃，才听到有脚步声缓缓地响起，脚步声消失的时候，她听到了沉重的喘息声。一个沙哑的声音随之响起：谁呀？丢丢说，李伯伯，我叫"丢丢"。我想来看看您。李文江隔着门说，我又不认识你，现在打劫的多，我不能开门。丢丢急了，她大声说，我是齐如云的儿媳妇，齐耶夫的妻子，您就开开门吧。

寂静了片刻后，门缓缓地开了。站在丢丢面前的是一个瑟缩的老人，他在夏天还穿着秋裤，浑身颤抖着，呼哧呼哧地喘着粗气。丢丢进了屋子，换上拖鞋，跟着老人来到他的屋子。

那屋子只有十平方米左右，一张床和一个衣柜把空间已经占得差不多了，再加上一把破烂的转椅放在床边，屋子简直无从下脚了。老人将丢丢让到转椅上，自己坐在床头。丢丢先是问了问他的身体，老人说，你也看到了，我都糟烂了，一身的病，阎王爷八成是看我长得丑，也不待见我，害得我还得在人间遭罪！丢丢笑了。老人说，你都不用告诉我，我知道那个女人没了！我在梦里梦她多少回了！要说啊，我这辈子，被她坑得也不轻啊，可我在梦里见了她，也恨不起来！丢丢赶紧说，我今天来，其实就是想帮婆婆捎个话，她活着时跟我讲过，她这辈子最对不起的就是您啊！李文江老人听到这里，嘴唇哆嗦了许久，可他一句话也说不出来，最后他蒙着脸哭了。他对丢丢说，我后娶的老婆子对我虽然也好，可我跟她过了一辈子，直到她死，我也没忘了你婆婆！现在想来，你婆婆是个刚强的女人啊。老人哭了一刻，又问齐耶夫怎么样。丢丢简单说了一下家中情况，不想惹老人过度伤心，起身告辞。李文江在送丢丢出门的时候，突然颤着声说，你再给你婆婆上坟时，先跟她说一声，我不嫉恨她了，等有一天我也去了那儿，再亲口告诉她。

丢丢出了李文江的家门，打了一个激灵，好像缠在她身上多日的一个鬼抽身离去了，令她无比的轻松。

八月十三日的晚上，天下着小雨，丢丢靠着已经空空荡荡的水果架，闷闷地喝酒，这是她在半月楼度过的最后一个夜晚了。正伤感着，只见齐耶夫从楼上匆匆下来，他挪开窖门，也没打手电筒，摸着黑就往下走。丢丢说，地窖里什么都没有了，你下去做什么呀？齐耶夫不语。丢丢觉得奇怪，就跟了过去。齐耶夫很快下到窖底，他对丢丢说，我好不容易等到小毛睡了。明天就该搬家了，离开半月楼前，我有件事情要跟你说。丢丢说，你说事情在上面说不是一样吗？齐耶夫带着哭腔说，有灯光我张不开口啊。丢丢预感到，齐耶夫要在黑暗中说的事情，与女人有关了。

齐耶夫就像一个话剧演员，开始在地窖中声泪俱下地、大段大段地念着独白。丢丢知道了一个叫罗琴科娃的女孩，知道了她的小提琴声，知道了丈夫拥抱着她时的那种仿佛踏上了故土的感觉，知道了他怀疑她与自己有血缘关系的那种内心的羞耻，知道了他正在为对丢丢和罗琴科娃的双重的爱所受的折磨。丢丢只觉得心仿佛被人剜了似的痛，她想哭，可却哭不出来。齐耶夫的漫长的独白终于结束了，他沉默着，等待丢丢的裁决。丢丢说，下面那么冷，你上来吧。齐耶夫说，我对不起你和小毛，你要是不原谅我，我就死在这里，让它做我的坟墓！丢丢说，你现在愿意爱两个人，就爱吧！有一天你不想爱两个人了，那就爱一个！不管最后我是不是落到你手里的那个爱，我都爱你！

齐耶夫腿软着，他几乎是爬着上来的。一上来，他就扑在丢丢怀里，像孩子一样委屈地哭着，一声声地叫着，啊——丢丢，啊——丢丢——

七月十四日早晨，丢丢一家要离开半月楼的时候，突然发现悄悄不见了。一家人楼上楼下地找了个遍，也没见它的影子。丢丢坐在搬家的车辆上时，心底的失落感也就更加强烈了。

他们是老八杂最后迁出的人家。一些住户为了得到些木板做烧柴，已经把房子自行扒掉了。这里到处是废墟、垃圾，好像战争中被轰炸过的一个小村庄，冷冷清清，满目疮痍。丢丢想起这里以前的生活景象，想起丁香花会，想起夜晚时回到老八杂的男人们酒后的歌声，泪水悄然滑落下来。

八月十五日早晨，三辆坦克似的推土机，轰隆隆地同时开进老八杂。它们最先要铲掉的，将是半月楼。当它们齐头并进着向它围攻，对准它苍老的肌肤准备下口时，其中正对着门的那辆推土机的司机，忽然发现近在咫尺的门突然开了，一只黑猫旋风般地飞起，撞上来！跟着，又飞出一个身着蓝色衣裙的高个子女人！司机来不及刹车，眼睁睁地看着那扇高昂着的雪亮的铁铲切向她们。那个女人在飞起的瞬间，腿像闪电一样在半空中滑出一道妖娆的弧线。她轻盈得简直就像一只在水畔飞翔着的蓝蜻蜓。

六　雪中莓

掩埋一个深入人心的地名，跟掩埋一个受人爱戴的人一样，是很难的。尽管老八杂已经烟消云散，但它的魂灵还在。两年之后，那些陆续回迁到这里的老住户，在跟搬家公司预约的时候，在单子上填的不是"龙飘花园"的新名字，还是他们难以忘怀的"老八杂"。

龙飘花园因其地理位置的优越，刚一开工，期房的销售就很火爆。到了工程竣工时，七百多套房子已经卖掉了百分之九十八，只剩十几套小户型的房子，几乎要清盘了，让同业人士颇为眼红。

那四幢高楼是银灰色的，它们就像昂首站立在马家沟河畔的四只仙鹤。这四幢楼都以花儿的名字命名：迎春座、丁香座、玫瑰座、菊花座。其中，迎春座和丁香座是大户型的，面积都在两百平方米左右，居住的是富人。他们几乎家家有汽车，所以停车场的车位供不应求。玫瑰座是中等户型的，菊花座则是小户型的，老八杂的人主要分布在这两幢楼里。

老八杂人的回迁，与那些富人的乔迁是不一样的。后者搬来的是高档家具、液晶电视、组合音响、柜式空调、消毒柜、微波炉、健身器械等物品，而老八杂的人，虽然舍弃了一些破烂东西，但搬来的不过是小屏幕的电视机、歪着脑袋的电风扇、杂牌子的电冰箱、陈旧的家具以及他们赖以为生的三轮车。龙飘花园有气派的会所、游泳馆和停车场，但唯独没有可以停放三轮车的地方。老八杂的人没办法，只得把三轮车锁在花园的栏杆上。物业管理部门的人非常恼火，他们三番五次地给老八杂的住户开会，勒令他们把三轮车推走，说是这个花园小区不是农贸市场，不能停放此类车辆，如果再犯，三轮车一律没收！老八杂的人说，我们靠它吃饭，把它扔了，等于砸了我们的饭碗啊！物业管理部的人竟然无理地说，你们这群叫花子，就不配住在这里！

这句话把老八杂的人惹怒了。他们回迁后，首先就对每年要缴纳的上千元物业管理费和电梯费不满，说是你们找来几个人模狗样的人穿上制服，往门口那么一站，强行做我们的保安，不就是变相从我们口袋里往出掏钱吗？我们家里没值钱的东西，不怕偷！还有的人发牢骚说，我们原来住得离地近，方便又舒坦，现在整天忽悠忽悠地乘电梯，好像犯了错的人被人五花大绑给吊起来了，挨了吊还得交钱，有这理儿吗？而且，他们频频与新业主发生纠纷。老八杂的人出苦力的多，衣着怎能洁净呢？电梯空间狭小，逢了上下班的高峰期，里面塞得满满当当的，人挨着人，他们的脏衣服贴着那些熨烫挺括、散发着洗衣液清香味的上班族或白领一族的人的身上，得到的白眼和呵斥就可想而知了。老八杂人一入住龙飘花园，就成了受人唾弃的一群。而他们自己，满腹委屈，他们曾是这片土地的主人啊。他们开始后悔在动迁协议书上签字，他们怀念老日子，他们在彼此诉说辛酸的时候，会不由自主地聚集在丁香园中，只有那儿还有点老八杂的影子。三轮车事件，无疑是导火索，把老八杂人积郁在心头的怒火给点燃了。彭嘉许率领着老八杂的住户，与开发商再次展开了交锋。彭嘉许说，我们让出了土地，可你们一点都没为我们老八杂人的利益着想！你们给那些有钱人建停车场、游泳馆、健身房，怎么就不想着给我们老八杂人建一个三轮车棚呢？！我们改善了居住环境，可我们过的日子还不如从前！老八杂人又一次联名去相关部门上访，斗争的结果是开发商终于在会所的背面，辟出一块空间，为老八杂的老住户，盖了一个简易车棚。

龙飘花园的商服设施比较齐全。小型超市、洗衣店、擦鞋铺、理发铺、医疗站和美容院分布在四幢楼的底层。菊花座还有一座水果铺，不过老八杂人不喜欢它，说是它跟半月楼的水果铺比起来，简直就是一堆垃圾。他们想念丢丢，想念她的水果铺与老八杂人的那种贴心贴肺的感觉。他们一回来，就打听丢丢的消息，不知她的身体恢复得怎么样了？他们知道，那一年拆迁的时候，八月十五日的早晨，丢丢和她心爱的黑猫，飞向了工作着的推土机！叫悄悄的黑猫悄悄地死了，而叫丢丢的女人则丢失了一条腿。丢丢那天穿着蓝色的衣裙，说是比蓝蜻蜓还要美丽！老八杂人都说，丢丢的魂儿，离不开半月楼啊！

他们还从报纸上看到过一条关于半月楼的新闻。工程开工后，工人们在半月楼打地基，顺着地窖挖下去，竟然挖出了两只大木箱，里面装满了锈迹斑斑的枪支！根据专家的分析，这些枪支藏匿此处，看来主人不仅开舞场，还经营军火生意。伪满是日本人的天下，而且当年的关东军装备精良，那么枪支不会是提供给日本人的。它可能的去处有两个：一是提供给陷入困境的抗日联军打日本鬼子，二是供给流窜的匪徒打家劫舍。如果第一条假设成立，那么有关半月楼的舞女蓝蜻蜓抗日的传说就不是空穴来风了。

这两箱出土的枪支，因为说法不一，其形象也就截然不同。当它是为抗日联军增强装备的说法占了上风时，它就像神圣的耶稣；而当它是为了卖给土匪牟取暴利的说法占了上风时，它又像犹大了。所以它们一现身，就像个戴着面具的人，你不知道他们背后的形象，究竟是天使还是魔鬼。

但不管怎么说，它们的出现，已经使当年来半月楼考察的一些专家，开始反省对半月楼的处置有点草率了。看来这儿不是一个纯粹的舞场，在它表面浮动着的糜烂灯影和迷醉的烟花中，还有我们难以参透的刚烈之气。

丢丢伤愈出院后，被王来惠接到道外的家中静养，这两年一直住在那里。她失掉了右腿，又不想安假肢，只能拄拐。她常常拄着拐，在外面一逛就是一天。她喜欢到夜市中吃晚饭，馄饨、馅饼、绿豆粥、油炸糕、韭菜盒子、小笼包子、烤羊肉串、煮玉米，都是她喜欢的。她打扮得仍如过去一样洒脱，宽松的衣裙，高绾的发髻，别致的耳环，当她拄着拐在街巷中穿行时，常引来别人的观望，有人还对着她发出叹息，大约觉得这样一个年轻而气质非凡的女人残疾了，实在是可惜啊。

丢丢并不觉得可惜。因为她在失去右腿的那个瞬间，在一生中唯一起舞的时刻，体验到了婆婆所说的离地轻飞的感觉，那真是女人一生中最灿烂的时分啊，轻盈飘逸，如梦似幻！她至今回忆起那个惊心动魄的时刻，仍有陶醉的感觉。她不记得自己是怎么穿上了蓝色衣裙回到半月楼的，只记得那个难忘的早晨她推开半月楼的门时，听到了悄悄的呼唤。它蹲伏在空寂的水果架上，哀怨地看着丢丢。丢丢走过去，抱起悄悄，坐在靠近壁炉的廊柱下。也不知坐了多久，忽然听见窗外传来了隆隆的声音，像雷声一样，越来越近。她知道这是几只天狗，要来吃月亮了。半月楼即将发生月食了！当墙壁发出震颤，丢丢仿佛看见了天狗正在用尖利的牙齿啃噬着这半轮月亮。她浑身颤抖着走向门，打开，阳光蜂拥而入的瞬间，悄悄飞了出去，她也随之飞了出去！她飞得那么的自由、浪漫，在一片绚丽的光影中幸福地失去了知觉。

丢丢醒来的时候，她已经经历了一场长达六个小时的手术，她的右腿不见了。守候在她病床旁的，除了齐耶夫，还有柳安群。齐耶夫的眼睛红肿着，柳安群的嘴唇则颤抖着。他们都想跟她说点安慰话，可谁也没说出口。丢丢没有想到，自己在昏迷之时，推土机司机拨叫了120急救电话，她被送进的这家医院，恰好是柳安群工作的地方。当丢丢被抬到急救室，他认出她，看着她血肉模糊的腿时，柳安群的眼睛湿了。几个专家会诊的结果，她的右腿必须截肢，由柳安群执刀手术。事后柳安群跟丢丢说，他本想推托身体不适，由别人来做这个手术，但一想到这是他最后一次抚摸她的腿了，就进了手术室。当他锯着她的腿时，想起他们在一起曾有的快乐，觉得自己的心都在滴血。他说自己那个时刻多么希望丢丢的腿是月宫中的桂花树啊，那样谁也砍不倒它！它每落一次枝，又会立刻生长出来！正是这句话，把丢丢对柳安群曾有的记恨一扫而空，她能坦然面对他关切的目光了。

丢丢住院的日子，齐耶夫只上半天班，他把大半的时间腾出来陪伴妻子。尽管丢丢一再跟他说自己并不觉得痛苦，可是齐耶夫一看到丢丢的残肢，眼泪就抑制不住地流下来。他憎恨自己。如果搬迁的前夜他不讲他和罗琴科娃的故事，也许丢丢就不会在绝望中返回半月楼，要做一回起舞的蓝蜻蜓。如果丢丢死了，他的生活再也不会有光明了。

齐耶夫不再去找罗琴科娃，对她除了一份怜惜外，再也没有那种爱到深处的锥心刻骨的思念。直到这时他才明白，他爱丢丢。丢丢的根扎在这里，这里也就是他的故土了。

丢丢出院后，王来惠要接丢丢去她那里，丢丢没有反对。丢丢说，我从小就是在道外学会走路的，现在我又得练习走路了，还是回到老地方吧，那样，走路会走得好。果然，丢丢在父母和哥哥曾经走过的街巷中，重新站了起来，学会了拄着拐走路。她去松花江畔看落日，去夜市听市井的喧闹之声。齐耶夫为了齐小毛上学方便，仍然住在南岗租住的房子里，但每隔一两天，他都要回道外看望丢丢，用食盒提着他精心为她做的饭菜。由于要不停地奔波在南岗、道里和道外，齐耶夫两鬓苍苍，头发也掉了多半，日渐消瘦。丢丢心疼他，让他辞了红莓西餐店的工作，可齐耶夫说他喜欢这份工作，舍不得。年初，龙飘花园竣工后，齐耶夫悄悄贷了一笔款，把玫瑰座的房子调换到丁香座，他要了三楼正对着丁香园的房子，他知道，丁香的气息将是一股看不见的线，会拴住丢丢的心。他在装修房子的时候，最着意装饰的就是对着丁香园的阳台。他为阳台贴了紫罗兰色的墙纸，安上了羊皮吊灯和蛋青色的窗帘，放置了茶桌和藤椅，他希望丁香花开的时候，妻子能像以往一样，享受春天的美好。

齐耶夫在初冬时和齐小毛搬回了龙飘花园。他们安置好了，这才接丢丢回家。丢丢回家的那天，是个飘雪的日子。从道外到南岗，处处塞车。驾车的王来惠不停地对丢丢说，你回去要是相不中那儿，觉得它没有过去的老八杂好，千万告诉我，咱把房子卖了，再找别的地方！人活着，可千万别憋屈着！齐耶夫说，丢丢会喜欢新家的，家的阳台下面，就是丁香园啊。

　　汽车裹挟着雪尘，终于到了龙飘花园。在入口处，丢丢让王来惠把车停下，说她想步行回家。王来惠理解丢丢的心情，她在掉转车头回返的时候，摇下车窗，大声对丢丢说，雪大路滑，千万小心啊。

　　丢丢拄着拐，在齐耶夫的陪伴下，走进龙飘花园。那四幢屹立在马家沟河畔呈波浪形散开的大楼，在飞雪的萦绕下，就像四只要飞向天空的苍鹰，是那么的雄健！就是它们，使老八杂那些破败的房屋如乌云般散去。丢丢站在小区的人行道上，怔了一刻，这才跟着齐耶夫缓缓朝前走去。菊花座与玫瑰座之间，是二层的会所；而过了玫瑰座，就是金字塔形的游泳馆；再向前，是健身娱乐的场所：篮球场、羽毛球场、乒乓球场等；它们周围，环绕着橘黄色的回廊和凉亭，里面设有石桌和石凳；再向前，就是让丢丢怦然心动的丁香座了。远远地看见那片丁香，丢丢就像见到了久别的亲人，很想哭。齐耶夫知道丢丢伤感，想让她平复一下心境，便对她说，歇一下再走吧。丢丢答应着，停下来，回转身，看着通向大门的宽敞的路。路上行驶着的，都是漂亮的私家车。但在这些车辆中，有一辆三轮车，正迎着风雪，从菊花座向大门艰难地蠕动着！从蹬车人的背影可以看得出来，那是卖鱼肠粥的彭嘉许啊。丢丢一阵心酸，赶紧低下头，看脚下的雪。她留在雪地上的两行脚印并不对称，因为一行是足迹，另一行是拐杖对大地的敲击！人的脚印像葫芦，而拐杖的印痕如同鹿蹄窝，是那么的好看。丢丢目送着那辆三轮车出了大门，然后转身，继续向前。当他们走到丁香园的时候，看到一个白发苍苍的老人抱着个两三岁左右的男孩从丁香座走出来。老人戴着黑色的毡帽，男孩则戴着红色的绒球帽。老人边走边逗引男孩：丢丢啦，给爷爷丢一个！丢丢啦，给爷爷丢一个！男孩立刻挤眉弄眼、噘嘴耸鼻的，做出“丢丢”的怪相，老人乐呵呵地夸赞：啊，丢得好，丢得好！

这对爷孙的出现就像一道阳光，让丢丢快乐地笑起来。齐耶夫握住丢丢的手，也跟着笑起来。不过他笑着笑着就剧烈咳嗽起来，撒开丢丢的手，弯下腰，吐出几口血痰！丢丢看着白雪地上那几点鲜红的痰迹，吓得瑟瑟发抖。齐耶夫直起腰，擦了擦嘴，牵起丢丢的手，柔声地安慰着妻子：别怕，老天知道你喜欢水果，特意让雪花为你搭了个豁亮的水果架子，再让我撒上几颗红草莓，迎你回家啊。

第三地晚餐

夏日正午的太阳有如一朵灼灼盛开的、散发着有毒香气的花朵，将街市的行人给熏蔫了。

天上没有云，人们就把阳伞和凉帽当作云彩，抵挡炎热。岂知此时的阳光锐不可当，阳伞和凉帽便也成了旧时代大宅门前一左一右盘踞着的石质雕龙，不能呼风唤雨，成了摆设。

陈青走出报社大门时，打了个深深的寒战。长时间地待在冷气充足的房间里，突然间被扑面而来的热气给裹挟了，跟从温暖的居室中来到冰冷的户外一样——冷暖骤然的交替会让人不由自主地打哆嗦。

一条象牙白色的亚麻布连衣裙配一顶米色的宽檐凉帽，是盛夏时节陈青最喜爱的装束。

陈青很少正午回家，尽管家离报社只有三站地。她更习惯于在餐厅领取一份免费午餐，端到一个角落，随便吃点，然后回到工作间，趴在桌前打盹。

《寒市早报》是寒市报业集团下属的一份报纸，在这个拥有二百万人口的城市中，能保有三十多万份的市场份额，足以让报界人士眼红了。供职于这份报纸的人，其年终奖金大约可以与工资持平，所以在报业集团所辖的九份报纸中，《寒市早报》记者的行头最有派头。男记者通常是一身名牌休闲装，女记者提着的手袋也都价格不菲。就连他们走路的声音，也是与众不同的。男记者走路铿锵有力，女记者会把高跟鞋踩得咯噔咯噔地脆响，显示出他们深厚的底气、旺盛的精神状态和心中飘拂着的一丝傲气。

　　陈青在《寒市早报》副刊部工作。如果把一份畅销的报纸比喻为一个人的各种器官的话，那么新闻部是这个人的心脏，财经部是肝脏，文体部是肺叶，机动记者就是肾脏。副刊部呢，它充其量不过是胆囊或脾脏——说它重要也很重要，可以过滤和调和人体的杂质、促进血液循环和再生；说它不重要也不重要，切除胆囊和脾脏，人照旧能过日子。而万一把人的心肝肺掏去了，魂儿也就跟着没了。

　　陈青心情很好。快近中午的时候，她被叫到总编室。总编对她说，编委会刚开过，大家都觉得在这个报业竞争越来越激烈的时代，要想保持发行量的稳中有升，必须顺应市场需求，对报纸不断地进行改革。总编说完这番话后，开始强调副刊部的重要——说是文化永远是一个民族最高雅的精神食粮。总编的意思陈青心里明白了八九分，知道副刊部又要遭受杀戮了。果然，总编用一声有点乔装色彩的叹息声作为转折，陈青所主编的"菜瓜饭"版的命运，就像一条死鱼一样浮出水面。

　　编委会一致通过，"菜瓜饭"文学版由现在的每周一版，改为两周一版。而两年前，它由每周两版被压缩为一周一版。"菜瓜饭"就像未婚先孕的胎儿，被一刮再刮。

总编对陈青说，这次版面调整，副刊部人的基本工资照发，只是奖金还是要受到影响，不过不会像上次减少的额度那么大，如果顶替了"菜瓜饭"版的"再婚堂"能够带动报纸的销量，副刊部的奖金也会相应向上浮动一些。

割让版面与割让土地一样，通常会让人痛心的，可陈青却无动于衷。虽然说副刊部是《寒市早报》中最清净的角落，可身置工作环境中，她还是觉得莫名地忙乱。所以总编讲完那番话，她很平静地说，这很好啊，如今离婚率高，再婚的人越来越多，"再婚堂"自然比"菜瓜饭"要吸引人的眼球。总编说，我就知道你是个识大体的人！现在副刊是两周一版，用不了三个人了，我们想把姚华调到"再婚堂"版，充实那里的力量，你和老于一同侍弄"菜瓜饭"，我看人手也够了，你说呢？总编平素说话贴切的时候少，但陈青觉得他这次把"侍弄"一词用对了地方。的确，她和老于就是两个守着荒芜的菜园的老农，面对着繁华世界，不合时宜地种着瓜菜。

副刊部命运的多变，已使陈青处于半退休状态，这正是她梦寐以求的。出了总编室，她没有去餐厅，而是回到工作间，关了电脑，拿了凉帽和手包，下楼回家。她昂首挺胸，步履从未像今天这样充满活力。如果不是扑面而来的热浪使她打了个寒战，身子微微趔趄了一下，她的脚步将一路轻灵下去。

陈青走了一段，穿过宏达街的过街天桥，抄近路回家。那是一条逼仄的小巷，叫"红蓝巷"。也许是因为她家人的名字都与颜色有关，所以她很喜欢红蓝巷。红蓝巷长不过六百米，宽不足五米，它的左右两侧，是两番天地。

红蓝巷东侧高楼林立，西侧则是一带矮矮趴趴的待拆迁的房子。装修考究的商铺都在东侧，譬如饭馆、理发店、洗染店、小型超市，而西侧拥塞的则是杂货店、自行车修理铺、寿衣店、修鞋铺和废品回收站。

红蓝巷两侧行人的装束也是不一样的，东侧的光鲜整洁，西侧的灰暗陈旧。就连巷子的地面，也是一分为二、泾渭分明的，东侧的干净平整，西侧的肮脏坑洼，多有痰迹、废纸和霉烂了的水果瓜菜的污痕。

太阳像团熊熊燃烧的大火球，企图把身下的楼房和街巷烘烤成干柴，填到自己的肚子里。陈青穿着半高跟的凉鞋，却仍觉得脚底发烫。

红蓝巷里行人极少，车辆也少，没人喜欢正午出门。偶有的人影，都闪烁在西侧。贫寒的人，似乎抵抗风寒和酷暑的能力也强。修鞋的和修自行车的，依然在安详地打理着生意。

陈青走着走着忽然听见一阵狗吠。抬头一望，见前方的路上停着一辆驴车，毛驴迎着她，在烈日下孤独地站着。狗的叫声就是从驴车所停的窗口传出来的。那是只深灰与浅褐相杂糅的毛驴，看上去三四岁的模样。它耷拉着耳朵、歪着头，似在想着什么事情，一动不动地站在阳光里。

驴车上载着几个纸箱，一个面色黧黑的穿蓝衫的男人满面流汗地从一座居民楼里走出来，搬起纸箱，扛在肩头。从纸箱外包装的标记上，可以看到"瓷砖"的字样，难怪他显出吃力的样子。

当毛驴的主人出来搬运货物时，狗叫声停止了。可他一离开，汪汪的叫声又起来了。看来它是咬那只毛驴的。

陈青接近了驴车。想来那狗知道她不是驴的主人，所以尽管陈青停下了脚步，它还是照叫不误。陈青循声望去，见是一只闪着绸缎般光泽的肥头大耳的沙皮狗，正由它的主人抱着，站在二楼阳台上，一耸一耸地叫着。狗是黑色的，而抱着它的女主人则穿着白色睡袍。狗叫着，肥胖的女主人那浮白的脸上就现出满足的笑容。从阳台封闭的窗户和挂在墙外的空调机箱叶轮的旋转中，可以看出狗和它的主人正享受着充足的冷气。

驴的主人又出来扛纸箱了，狗吠声停顿了片刻。可是当蓝衫闪进楼洞的时候，沙皮狗锐利的叫声又穿透了阳台窗户的缝隙，传了出来。于是陈青再次看到了抱着狗的女人的脸上浮现出的笑容。

毛驴歪着头，沉静地站在那里，被烈日熏烤着。狗对它的敌意，并没有使它有丝毫躁动。它那安详而隐忍的神色深深打动了陈青，她情不自禁地把凉帽摘下，戴在驴头上。她的举动让沙皮狗很愤怒，它叫得越来越激烈。陈青不敢看驴戴着凉帽的样子，她一路向前，飞快地走出红蓝巷，上了人声鼎沸的中正街，回到临水花园的家。一入家门，她的泪水便扑簌簌地落了下来。

带着一股哀愁的情绪，陈青打开卧室的空调，拉上窗帘，闭合上百叶窗，让阳光成为室外浪漫的游侠。她冲了个凉，在换睡衣的时候，蓦然想起了那条纯棉的白地紫花的睡裙，那是丈夫为其前妻买的。据丈夫马每文讲，当他从俄罗斯带着这件礼物归来时，等待他的却是妻子冰凉的尸体。马每文跟陈青结婚时，将前妻的旧物统统处理掉了，唯独留下了这条睡裙。马每文将它送给了陈青，说是前妻并没有穿过它，它是没有主人的。可陈青从来没有勇气穿它，甚至在她从衣橱里取衣服无意间触着它时，都有撞着了鬼的感觉，心惊肉跳的。

陈青在这个正午特别想穿上这件睡裙，好像它的身上凝聚着冰凉的雪花，能驱除她在红蓝巷里所沾染的浓重的暑气似的。

她打开衣橱，取出睡裙。虽说它是没有尘埃的，可她还是用力抖了几下，才把它从头套下。这条睡裙除了胸有点微微的紧之外，腰身正合陈青的形体。她穿上的那一瞬，有点心动过速，好像偷了谁的东西似的。她走到洗手间的穿衣镜前，看着自己。在柔和的光线下，这白地紫花的睡裙就像一条在月夜下泛着波痕的河流，清幽动人。

睡裙是"V"字形领口，两条肩带大约有一拃宽。领口、肩带镶嵌着白色的花边，看上去朴素而浪漫。陈青从睡裙的松紧度上，判断出丈夫的前妻具有魔鬼般的身材，她的胸不像陈青这样过于丰满，而且腿一定是修长的。因为陈青穿着它时，裙摆有些拖地，稍嫌过长。胸部紧束的感觉和几乎曳地的裙摆，就像一篇文章的两处败笔，让她有些气馁。

丈夫的前妻是个游泳教练，她的身材好是当然的了。陈青一旦这样想，就像是找到了修改文章的妙笔，心也舒畅多了。她到冰箱中取出一盒酸奶吃下，打算美美地睡上一个午觉。

正在此时，厅里一阵响动，马每文回来了。

马每文中等个儿，脸形瘦削。他的眼睛不大，但眉毛却很浓重。陈青没有料到丈夫正午时突然归来，而马每文也没有想到妻子会在家里。他们的目光相遇的一瞬，竟然有点局促和羞涩。他们彼此无言地对望了两三分钟后，马每文的脸突然涨红了。陈青知道，这是丈夫求欢的信号。果然，他从衣橱里取出蓝色睡衣，进了洗手间。马每文是个完美主义者，他近几年不当着妻子的面换睡衣了，大约是为了掩饰腰间的赘肉和已失去弹性的胸脯。很快，从洗手间传来哗哗的水流声，马每文开始淋浴了。

陈青可没有做爱的心情，她的眼前老是闪现着正午毒日头下的那只毛驴。她不知道自己是不是该躺到床上，正踟蹰着，水流声止息了，马每文一定是急不可耐了，只简单冲洗了一下就出来了。他见陈青仍然站在地上，就一把将她抱到怀里，深深地吻着她，他已经很久没有这么冲动了。马每文把陈青抱到床上，熟练地从床头柜的抽屉里摸出一只安全套，惯常地用牙齿撕开封口。就在他热血沸腾的时候，陈青突然冷冷地说："我不想干。"她用了"干"字，从未用过的一个粗俗字眼，马每文愣了。陈青接着又说："我怕你干我的时候会喊着前妻的名字。"

马每文立刻就泄气了，他绵软地趴在陈青身上。但自尊和愤怒很快使他恢复了精神，他从陈青身上跳下来，站在床边，将那只没有派上用场的安全套撕了个粉碎，扬在陈青的脸上。

陈青先是木然地躺着，任那些橡胶的碎屑像一口口黏痰肮脏地落在她的嘴巴、眼睑和鼻梁上。但当马每文转身要离开时，她突然像一只羚羊一样蹦到地上，抖落那一脸的碎屑。她微笑着，将双手伸向睡衣的"V"字领口，左右开弓，用力一撕，这条美丽的睡裙顷刻间就破相了：一道长长的口子绽开了，它从领口直达腰际。

那道裂痕如同天际线，将天与地分开了。从这个正午开始，他们分居了。

陈青的娘家，在寒市城郊的曼苏里。

如果望文生义，一定会把"曼苏里"当作富庶、浪漫之地，其实不然。曼苏里是贫寒之地，这里聚集的多是菜农、工人和做小本生意的人。

从临水花园乘公共汽车去曼苏里，要换三次车。以往陈青回家，都是马每文驾车送她。他们回家总是带上鸡鸭鱼肉、点心水果等吃食。他们一回去，左邻右舍的人会来陈青的娘家凑趣，陈青便会分一些吃食给他们。他们啃着鸡腿、大口吞咽着点心的时候，会跟马每文讲陈青的事情。什么她小时候帮着王三奶奶倒过屎盆子，什么她十三岁时就会踩缝纫机给家人做衣裳，什么有一年她拾捡遗弃在田间的黄豆，过年时用这豆子压了两板豆腐。大概是吃人家的嘴短的缘故吧，总之，说的都是讨好的话。有些话马每文已经听过多次了，可他还得做出爱听的样子。

曼苏里的房子分为两类，一类是上下两层的砖瓦结构的房子，每层四户，有暖气和自来水设施。由于它介于楼房和平房之间，这一带的人称它为"土楼"。土楼的历史不算长，十来年的样子，它里面住的是稍微富裕的人家。另一类则是"板夹泥"的平房，由于岁月久远，它们已老态龙钟了，看上去歪歪斜斜的。住在土楼的人，都是由这里迁出的。陈青四兄妹，都出生在板夹泥的房子里。这种房子的顶棚是用废报纸和花格纸糊的。冬季夜深人静时，老鼠常从上面哧溜哧溜地滑过；夏季房屋漏雨时，它会因积存了雨水而鼓胀起来，形成一个个圆圆的泡儿，好像纸棚里窝着几只流泪的眼睛。

陈青的父亲陈大柱，已经六十六岁了。他原来是宏伟轧钢厂的车工，后来厂子倒闭，他在五十三岁时进了曼苏里社区服务站，成了一名管道疏通工，人称"陈师傅"。陈青的母亲比丈夫小六岁，大家都叫她"陈师母"。虽然她刚踏过六十的门槛，可看上去却像七十多的人了，头发全白了，牙齿脱落了多半，眼袋松懈得似乎能做鸟巢，枯瘦的脸上刻满了皱纹。她年轻时是宏伟轧钢厂有名的美人，后来在一次事故中失去了一条胳膊——它被绞进了飞转的齿轮中。人一成了残疾，美的资本也跟着流失了，她嫁给了又矮又丑的陈大柱。陈大柱脾气暴躁，爱喝酒，酒后常对着老婆撒酒疯。陈青的母亲就好像丈夫的奴隶似的，整日低眉顺眼的。

陈师母身上有一处是活泼的、昂扬的，就是她的那只好手。她熟练地用它洗衣、切菜、打扫屋子和院落。该两只手做的事情，由一只手来承受了，可以想见它是多么地辛劳。可这辛劳却使它比一般的手要显得有活力。陈师母平素寡言少语，那只手却总是轻灵地舞动着。它就好像一只长长的舌头，把她心底的话滔滔不绝地掏出来。

陈青提着一只烧鸡、两盒点心，最先搭乘的是由临水花园开往齐正街的六路公共汽车。这路车穿行的是市中心的主要街道，车体是那种上下两层的豪华大巴车，有空调，自动售票。大巴车明亮的玻璃窗外的建筑是堂皇的，行人的装束也是考究的。如果说这样的公汽是一匹好马的话，那么宽阔整洁的有绿树花坛环绕的街道就是专为它而设的一副好鞍。然而当她从齐正街下车，转换三十八路联运车，往儿童医院方向去时，车体就是那种普通的公汽了。汽车的顶棚吊着几顶果绿色的老式电风扇，有两顶已经坏了，纹丝不动，能够旋转的，也都像患了哮喘病似的，有气无力的。由于是周六，外出的人多，车里的汗气也重。陈青觉得手中提着的美食一定被熏染得变了味儿。到了儿童医院下车时，她头昏脑涨的。大约等了二十分钟，才搭上开往郊区炉具厂的一一二路汽车。这辆汽车的车头瘪了一块，看来不久前肇过事。汽车外体的白色喷漆脱落了多半，就像一个穿着破衣烂衫的人，看上去很寒碜。车里的人并不多，所以陈青一上去就找到了座位。司机一边开车一边和爹着一头黄发的售票员打情卖俏，车中那些衣着黯淡的乘客跟着发出阵阵笑声。肮脏的玻璃窗外尘土飞扬，高楼少了，花坛不见了，路边的树也稀稀落落的，东一棵、西一棵的。陈青想着马每文现在不知身居何处时，心中还是有些怅惘。他们结婚六年来，马每文是第一次失踪。一个处于分居状态的男人在周末与家人不辞而别，会发生什么样的事情，她心里是清楚的。正当她神思恍惚的时候，"咣"的一声，汽车戛然而止，终点站到了。喧闹而零乱的炉具厂的站台上，充斥着小面包车揽客的吆喝声。这样的车都是去曼苏里的。他们高叫着："曼——苏——里——曼——苏——里——"好像曼苏里是刚出炉的烧饼，要趁热卖掉。

曼苏里的很多人都认识陈青。一个穿着灰格子大裤衩、白棉汗衫的车主冲陈青叫着："这不是陈大记者吗？今天怎么一个人回来了？你家马总的车呢？"他一嚷，没注意到陈青的，把目光都转向她了。

陈青认得那汉子，他是曼苏里有名的酒鬼，姓蒋，据说他每天总要喝上八两白酒，人称"蒋八两"。他喝过酒后爱打老婆，那个女人受不了这煎熬，与他离了婚，把五岁的儿子也带走了。蒋八两没人管了，愈发喝得不可一世。也许是酒精常年浸润的结果，他的脸色红得发紫，即便没喝酒，也给人喝着酒的感觉。而且，他喜欢开飞车，但乘客并不因此而忌讳，相反，倒是喜欢登上那辆蓬头垢面的、由报废车改装成的面包车。原因是那些性能好的车常发生磕磕碰碰的事情，而蒋八两驾驶的车就像一颗稳定的恒星，沿着自己的轨道，从未出现过偏差。

陈青只得上蒋八两的车了。她刚一落座，蒋八两就跨进驾驶室，拽上吱嘎叫着的车门，说："陈大记者回来，咱就不等客了！"虽然还闲着好几个座儿，他还是一踩油门，飞快地离开炉具厂的站台，朝曼苏里而去。

窗外的景色变幻，在城乡接合部，有几家大厂子：发电厂、啤酒厂和水泥厂，厂区高大的烟囱终年排着污浊的烟气和粉尘，附近的居民多有抱怨。报社开通的市民热线电话常常接到这一带居民的投诉，记者们只能层层向上反映情况。也有环保局和人大督察办的人下来调查、走访，然而他们留下的只是匆匆的脚印，这一带还是灰头土脸的老样子。

过了这几家厂子，就是大片大片的曼苏里人耕种着的农田了。坑洼的路面上多了农用三轮车和摩托车，尘土也愈发嚣张了，泥土路上交错而过的车辆挟起的都是一团团呛人的灰尘，它们无所顾忌地扑入车窗内，像是一只只肮脏的手，把人的浅色衣服给摸出污痕来。

像以往一样，陈青一入曼苏里，最先看到的家人就是哥哥陈墨。大热天的，陈墨依然穿着一身绿色的制服，在曼苏里的几只信筒间转来转去的，好像那绿色的信筒里装着他生命的春天。

陈青下了车，冲陈墨叫了一声："哥——"

陈墨转过头，见是陈青，咧开嘴笑了，憨憨地叫了声：
"青——"

　　陈家四兄妹的名字，都与颜色有关。老大出生在雪天的午夜，空中凝聚的是浓重而压抑的如墨一样的黑云，陈大柱便给他起名为陈墨。陈青虽然也出生在午夜，但因为是秋天有满月朗照的日子，夜空是青蓝色的，于是得了一个"青"字。陈青下面是个女孩，她出生在一个风沙漫卷的日子，天是浊黄色的，于是叫她陈黄。她小陈青三岁，也是三十好几的人了，却还没有出嫁，谈一个对象就会黄一个。她自己将爱情命运的坎坷归咎于那个"黄"字。陈家最小的孩子，是个清秀的男孩，出生在夏日的黎明，叫陈白，如今陈白在寒市的理工大学化学系读博士。

　　陈墨称呼他的弟弟和妹妹，均用单字，"青""黄"或"白"。

　　陈青叫陈墨为"哥"，马每文却不这样。马每文比陈墨年长一些，除了年龄的差距使他不能随着陈青称他为"兄"，陈墨的愚钝大概也是其中一个不可言说的缘由吧。似乎一个智力欠缺的人是不配做别人的哥哥似的。马每文对陈墨直呼其名，陈墨呢，他用字俭省惯了，叫马每文为"马"。

　　"马呢？"陈墨接过陈青提着的东西，一边朝家走，一边问她。

　　陈青说："马有事外出了。"

　　陈墨"噢"了一声，对陈青说："红在家。"

　　张红是陈墨的老婆。由于陈墨轻微智障，所以当年介绍给他的三个女人各有缺陷。一个是因出天花而落得满脸麻子的姑娘，一个是连裤腰带都要由人帮着系的痴呆，还有一个就是因小儿麻痹落下后遗症的跛脚的张红。陈墨说看着满脸麻子的人，他吃不下饭；而那个痴呆老冲他笑，不会哭的女人，男人就没法疼她；反倒是一歪一斜走路的张红，让陈墨动了心。他对陈师母说："她是个需要男人搀扶的姑娘。"而陈青的父母，相中的也是张红。她虽然不漂亮，但脑子没毛病，善良而勤恳。最关键的，是她的名字中有个"红"字，合该是陈家的媳妇。

陈青走进土楼时，张红正坐在院落的树荫下择菜。她显然也对陈青独自回来感到意外，她站起来，洗了手，一边给陈青泡茶，一边问她："俺妹夫呢？"

陈青说："他生意上有事情，外出了。"

张红对陈青说："妈出去看人宰羊去了。"

张红把一只空酱油瓶子递给陈墨，差他去食杂店打酱油。将陈墨打发走后，张红叹了一口气，对陈青说："楼上的王卷毛又来勾搭爸了。别人偷着告诉我，王卷毛在炉具厂那儿开了个裁缝铺子，爸常去那儿和她见面。他们回曼苏里，前脚一个，后脚一个，还以为别人不知道呢。"

王卷毛是个五十多岁的胖女人，住在陈家楼上。由于土楼的上层不像下层有院子，能栽种个花草、葱蒜什么的，所以上层的人往往利用探出的阳台，养些盆花。王卷毛家在阳台养的却不是能散发出香气的花，而是一群鸽子。鸽子长着翅膀，你不能不叫它飞，所以她家阳台有一扇窗始终是敞开的。鸽子里出外进的时候常常将陈家刚晾晒出去的衣服遗落上屎，而王卷毛在打扫脱落的鸽毛的时候，喜欢把它们顺着阳台往下撒，全都扬在陈家的院子里，呛得人直咳嗽。陈大柱为此和王卷毛拌过几次嘴，两家为此伤了和气，见面连招呼都不打。

王卷毛的男人是个蔫头蔫脑的菜农，春夏秋三季他喜欢待在农田里，风雨不误。到了冬天，他就闷在家里，一天到晚地抽着旱烟。王卷毛骂她男人"大烟筒"的吼声，就时常在冬天时一声声地响起了。

　　王卷毛在曼苏里做小本生意。夏天卖凉糕，冬天卖糖葫芦。他们有两个儿子，一个在寒市殡仪馆当火化工，一个在曼苏里当菜农。他们都是年纪轻轻就结婚生子了。也许是因为王卷毛飞扬跋扈的个性，两个儿子都不常回来。所以王卷毛骂她男人的时候，常把两个儿子也捎带上，声称如果他们父子三人是三只鸽子的话，她会全部杀掉，一只调汤喝，一只用辣椒爆炒，另一只红烧。王卷毛的男人这时就会眨巴着眼睛，"啧啧"赞叹着，说："真会吃！"

　　王卷毛和陈大柱的私通，始于六年前她家下水管道的堵塞。上层堵，下层就跟着遭殃。那时正值酷暑，王卷毛家厨房漫出的刺鼻的污水顺着阳台淋滴到陈家的窗户上。陈大柱在社区服务站就是干这一行的，尽管他满心不乐意帮助王卷毛，但为了自家的安宁，他还是带着工具主动上楼帮忙了。这次管道疏通的结果是，王卷毛家的管道此后经常性地堵塞，而且都是在她男人下田的时候。她每次都会站在二楼的阳台上，高声大气地冲楼下的陈大柱吆喝："老陈，管道堵了，来通通啊！"陈大柱嘴上嘟囔着："怎么又堵了？"可他唇角泛起的却是喜悦。次数多了，陈师母就起了疑心。有一回，陈大柱疏通管道回来，白棉汗衫上沾着两根微黄的卷毛，只有王卷毛才有这样的头发，陈师母冷冷地对丈夫说："以后她再吆喝堵了，你不能去通了！"

　　陈青那年正要和马每文结婚，每天都出入家具城和百货商城，打扮着家和她自己，根本没有察觉到父母间的不和。只是到了出嫁前夜，陈黄悄悄对她说，父母铺两床褥子睡了，一个炕头，一个炕梢。陈青问为什么。陈黄就把父亲隔三岔五上王卷毛家疏通管道的事对陈青讲了，还说王卷毛常常宰杀鸽子犒劳父亲。陈青气得眼眶涨疼。到了婚后第三天，回门的日子，陈青走进灶房，看见母亲花白着头发站在水池旁，用唯一的手洗着杯盘碗盏的时候，她不由得抱着母亲的肩膀哭了。陈师母明白女儿为什么哭，她对陈青说："你爸说了，以后再不上楼。唉，他跟我说，他从来没有被一个女人用两条胳膊紧紧搂过，那滋味太好了，他抵挡不了啊。我从来没有搂过你爸，也没法搂啊。他做那事也就做了吧，但他不该责怪我，说我像根木头！他得知道，就是这根木头给他养活了四个孩子！"母亲哭了，陈青却止住了泪水。她用母亲刚洗刷好的一只酒杯倒了满杯的高粱烧酒，端着它走进客厅，酒足饭饱的陈大柱正跷着二郎腿和新姑爷舒服地聊着天呢。陈青镇定地走向父亲，将酒从容不迫地从父亲的头上浇下去，然后将杯子摔在地上。杯子发出一声沉重的叹息，粉身碎骨了。从那以后，陈大柱果然变得规矩起来了。

男女一旦有了私情，要求对方做什么事情时总是理直气壮的。陈大柱不理睬王卷毛了，可她却找上门来理他。她是个聪明人，不再提疏通管道的事，她会吆喝陈大柱："哎，老陈，我家的窗玻璃碎了一块，你帮着我镶块新的？"再不就是："老陈，我要把衣柜挪个地方，你帮着我搬搬吧？"陈大柱当着家人的面一脸尴尬，回绝不是，不回绝也不是。陈黄就对王卷毛说："你又不是没有男人，让你家男人干你的活儿不是更对路吗！"王卷毛听出了弦外之音，她急赤白脸地说："我家男人下田去了，再说他不懂怎么干活。"陈黄更加直白地说："他不会干活，不是还在你身上干出了两个儿子吗？虽说有一个在殡仪馆天天跟鬼打交道，可他总归是个能撒尿会吐痰的人啊！"陈黄的恶语，带给王卷毛的羞辱可想而知了。她被气回了家，站在楼上跺脚，将楼板震得嗡嗡响。她骂陈黄是个丑八怪，这辈子别指望嫁出去了。从那以后，但凡陈家有点什么不顺的事，被她知道了，譬如陈黄谈崩了对象，陈大柱丢了钱包，陈白暑假回来时不慎摔碎了眼镜，陈师母在雪中跌断了一根腿骨等等，王卷毛总要宰上一只鸽子，用辣椒爆炒了庆祝。这时会有两种东西飞旋而出，一个是王卷毛幸灾乐祸的粗哑的歌声，一个是辣椒蹿出的辛辣的气味。辣椒是生性风骚的调料，东蹿西跳的，最能挑动人的欲望。它每次跑下楼，都会熏出陈家人的眼泪。几年来陈家不如意的事情是不断的，所以王卷毛把那一群鸽子都宰光了。

陈黄在曼苏里敬老院当服务员。它是寒市民政局下属的一个单位，里面收留了二十多名鳏寡的孤独老人。它是财政拨款的事业单位，人员工资有保障，待遇也高。所以敬老院是最令曼苏里人眼红的单位。而陈黄在此之前一直在兽医站当兽医，由于生意清冷，每年只能开一两个季度的工资。陈青和马每文恋爱后，马每文靠着他的社会关系和金钱，把陈黄调到敬老院，让她由伺候牲畜改为伺候人。婚后不久，他又把在废品收购站打杂的陈墨塞进曼苏里邮局，使他穿上了制服，让陈墨成为一名正式工人。邮局配发给陈墨一辆自行车，车后座一左一右吊着两个方形的墨绿色帆布信袋。每当曼苏里人看见陈墨驮着两个鼓鼓囊囊的信袋走街串巷投送信报，或者是陈黄穿着白棉布工作服去菜市场为敬老院采买东西时，人们会发出"啧啧"的叫声，说："看人家老陈家，大闺女嫁了个好主儿，把一家子都带起来了！劁猪的给人喂饭去了，摸脏瓶子的手摸干净纸去了，这世道，妈妈的！"

陈黄在兽医站，劁过无数的猪。每当她听到这样的议论时，气得脸都扭歪了。陈墨呢，他到底生性愚钝些，从不把别人的话往坏处想，他嘿嘿笑着，于是路人就逗引他："你小子行啊，家里有个红，奶子大；家外还驮着个绿，也是一对大奶子，里里外外都有你啃的！"陈墨知道人们在拿那两个大信袋和他开玩笑，他说："家里的是肉的，家外的是纸的！"陈墨的话带给人的快乐可想而知了。

马每文为陈家兄妹安排了可心的工作，岳父岳母也就格外看中他了。马每文每次驾车带陈青回来，总会成为陈家的节日。陈师母会从菜市场提回现宰的鸡和鱼，陈师傅也会帮着淘米择菜、摆筷置盏，马每文被恭敬得春风满面的。每次他们离开曼苏里，家人在送行时总要跟着车走上几百米，那时马每文就会把车开得像牛车一样慢。陈青最受不了这情景，感觉是看一群乞丐在可怜巴巴地跟着一个富人，等待施舍。这时她会屈辱地呵斥马每文："摆什么谱，快开呀！"马每文加大油门，车速骤然而起后腾起的滚滚尘土把家人罩在黄色的迷雾中，陈青的心会撕裂般地痛起来。所以，最近两年，她很不情愿回到曼苏里。

陈师母的美貌遗传给了陈青，而陈黄继承的则是父亲的丑陋。陈黄身高只有一米五，小眼睛，塌鼻子，皮肤黑而粗糙。陈青和陈黄站在一起，很难让人相信他们是亲姐妹。陈黄常常抱怨母亲："你怀我姐的时候一定天天喝牛奶、看美景；怀我的时候一定是天天吃粗粮、通炉灰！"

陈师母是不爱笑的，陈黄这么一说，她往往就会笑了。她笑的时候是不出声的，就像她有了委屈也不出声一样。

陈墨打回了酱油，张红就不再讲公公和王卷毛的事了，她开始说陈黄的事情了。陈黄嫌自己个头太矮，服用了一种增高剂。谁知吃了一个月，身高毫厘未长，唇上却生出了毛茸茸的黑胡子。她悄悄剃光了胡子，谁想到它们就跟割过的春韭一样，又不屈不挠地长了出来。陈黄长了胡子后，人们都说她要变成男人了，她为此哭了好几场。以前她喜欢在周末回家住上一宿的，现在已经有半个多月不回来了。

张红叹息了一声，陈青也跟着叹息了一声。她在叹息声中去寻母亲。

张红说，最近一个月，在曼苏里的南头，也就是废弃的砖窑厂前，有人现宰现卖活羊。宰羊人是三一屯的养羊户，他每次行二十里路，蹬着三轮车载来一只羊。曼苏里的清真饭馆很得意他的羊。这个人很怪，明明一天可以卖两三只羊的，可他偏偏只驮来一只，所以想买鲜肉的人就得提前候着。宰羊人大抵中午到，抽上一支烟后，他会把羊绑在青灰色的水泥柱子上，麻利地将刀子伸向羊的颈窝。羊血咕嘟咕嘟地流向盆子，泛着血沫子，冒着热气，饭馆的店主就能做他最拿手的羊血汤了。他宰羊从来不用第二刀。卖了羊后，宰羊人会踅进一家小酒馆，要上两个小菜，喝上半壶烧酒，然后驮着张羊皮回去。如果他有两天不来，人们便不往好处猜想，以为他喝得醉醺醺地蹬着三轮车，被沿途的车马给磕碰着了。然而不出第三天，他又载着只咩咩叫着的羊来了。

陈青走到砖窑厂时，听见了羊绝命地叫喊："咩咩咩咩——咩咩咩——咩咩——咩——"一声比一声凄厉，一声比一声微弱和短

184

促。陈青想起了那个正午在红蓝巷看到的驴，眼睛不由得湿了。

水泥电线杆子下围了一圈的人。人们大都衣着暗淡、破旧。炽烈的阳光把人晒得耷拉着脑袋，好像一支支软化了的蜡烛。羊不叫了，空气中洋溢着浓郁的血腥气，看来宰羊人已经开始剥羊皮了。陈青走到母亲身后，悄悄地拉了一下她的衣襟。母亲回过头，她们彼此吃惊地张大了嘴，说不出一句话来，因为她们都从对方的眼里看见了泪花！

枯瘦的宰羊人已经把羊皮剥了一半，刀子在皮肉之间的白色薄膜中飞快地游走着，发出嚓嚓的声响。那根绑过羊的水泥电杆的下端，污血斑斑。血迹看上去深浅不同，看来有的是已经凝固的，有的则是刚溅上去的。陈青想这根电杆上的灯，一定因为目睹了这样的情景，而在夜晚发出寒冷的光来。

两张白地印着粉红色字迹的机票的底联，相挨着摆在马每文房间的床头柜上。它们就像一封言简意赅的公开信一样，昭示着马每文双休日的行踪。

那是两张刚刚用过的机票，一张是星期五由寒市飞往大连的，另一张则是本周一早晨由大连返回寒市的。机票的姓名栏中清晰地打印着马每文的名字。

马每文去大连了，那是他和陈青谈到"第三地"这个话题时，他曾用玩笑的方式流露过的一个向往之地。

第三地，也就是"他地"之意，这是近些年情人们幽会最喜欢用的一个隐秘用语。有一个民间诗人曾这样描述过第三地：

第三地，第三地，

我们的浪漫之地，狂野之地；

第三地，第三地，

我们的真我之地，销魂之地。

陈青既看到了周围的朋友奔赴第三地的那种神秘的喜悦，也看到了他人因第三地的存在而伤心欲绝的泪水。她套用这首诗的格式，抒发了这样的感受：

第三地，第三地，

别人的哀愁，我们的欢乐；

第三地，第三地，

自己的天堂，他人的地狱。

陈青最好的女友、《寒市早报》新闻部的首席记者张灵看到陈青这样描述第三地，便用悲天悯人的口吻叫了她一声"青妹"，说，你也太老土了，就你这想法，只配在"菜瓜饭"吃点粗茶淡饭了！

粗茶淡饭有何不好？陈青说。

张灵不是报社中最漂亮的女记者，但她的气质却是最动人的。她有一米七二的身高，肩削、臂长、腰细、胯宽、腿直，天生就是一副衣裳架子。除了身材，她丰盈的脖颈，圆脸上的浓密、漆黑的眉毛和那双顾盼生辉的笑眼，以及宽阔、润泽、唇角微微上翘的嘴巴，都是摄人魂魄的。如果说不足，她的鼻子有些塌，耳朵小了些，与她大气的五官有点不太协调。

张灵喜欢穿纯色的衣服，黑、白、紫或橘黄，她的发式会随着衣着的不同而变化。若是穿黑衣白裤，她会让乌黑油亮的发丝自然披散着；如果是一袭紫裙裹身，她会把长发高高绾起，露出光洁、明净的额头；而如果是橘黄的短衫配上一条黑色长裙，她会用纯棉的白手帕束上一条马尾辫，看上去帅气而奔放。

张灵比陈青大两岁，已经四十了，可她至今未婚。她声称哪一年绝经了，才会考虑婚姻。

如果问寒市报业集团中哪个记者换房换车最频繁，那一定非张灵莫属了。没人问她哪来那么多钱购置家产，张灵对钱的来源也秘而不宣，但大家也能猜个八九不离十。张灵在新闻部主持每周一版的"企业家风采"，这是个有广告性质的版面。被采写的企业付给报社五六万不等的钱，然后由张灵执笔写上三四千字的宣传文稿，配上企业家的照片，整版推出。张灵在为报社带来效益的同时，大概也给自己带来了效益。她的房子由东郊的两室一厅换成了市中心的三室一厅，两年前又由三室一厅换成了开发区的一套拥有大片绿地的复式结构的单元房。在汽车上，她更是不肯落伍，一路更新，如今驾驶的是一辆雪青色的四轮驱动的进口大吉普。她常在假日时开着它去附近的旅游点，冬季滑雪，夏季漂流。坐在她身旁的，总归是男人。她换男人比换房换车要频繁多了。那些男人大都是已有家室的成功人士，这类人跟张灵在一起，多数是图个新鲜刺激，所以相互厌倦得也快。

陈青最早听说"第三地"这个词，就是从张灵那里，那大约是八年前吧。在一个雪花飘飞的周一的上午，张灵穿着一条黑色薄呢裤，一件宽松的咖啡色棒线毛衣，脚蹬一双棕色休闲牛皮鞋，风姿绰约地出现在陈青面前。张灵笑微微地将一个长条形的蓝色丝绒首饰盒放在陈青的桌前，小声说："送你的。"陈青打开一看，那里面躺着一串银白色的珍珠项链，它们看上去像是一行凫游在碧蓝海面上的天鹅。接着，张灵又把一张机票悄悄展览给陈青看，是由海南岛的三亚飞往寒市的打印着张灵名字的机票。陈青迷惑不解时，张灵扯过一张纸，在上面写了一行字：我去第三地了。

陈青不明白什么叫"第三地"，她在"第三地"下画了道横线，缀上一个问号。张灵的脸上还泛着热带阳光照拂后留下的印痕，她撇了撇嘴，带着半是轻蔑半是同情的神色看着陈青，然后趴在她耳边轻声说："傻瓜，第三地就是鱼水之欢之地啊。"陈青还记得，她当时觉得脸颊发烫了，好像去第三地与人幽会的不是张灵，而是她自己。

张灵对陈青说，第三地虽然指的是"他地"，但不一定是远离自己生活的地方。比如两个同在一座城市的情人，也可以在这座城市不为人知的地方开辟一处第三地。

在陈青的心目中，第三地就是家庭这个安乐窝以外的"野窝"，所以从一开始，她就不喜欢这样一处纵容人的欲望的地方。

可是谁又能想到，陈青最热烈的一次恋爱，却与她内心最为隔膜的第三地有关呢？

七年前的秋天，寒市开发区新建的紫云剧场竣工了。在剧场首次接纳观众的日子里，将上演柴可夫斯基的芭蕾舞剧《天鹅湖》，由俄罗斯的一个著名的芭蕾舞剧团演出。陈青提前跟张灵打了招呼，让她去搞两张票来。一般来说，报社派发给记者的观摩票，都流入了新闻部或是文体部的田地。副刊部呢，它就是一块地处偏远而又贫瘠的土地，很难有肥水流到这样的地方。

张灵拿给陈青的票，是第三排居中的，这是观赏效果极佳的一个位子。

陈青那时还住在报社的集体宿舍，与她同室的是文体部娱乐版的杜雅鹃。杜雅鹃比陈青小七岁，天性活泼，每天以追踪国内外娱乐人物的花边新闻为乐事。她身边的男友多，每逢陈青周末回曼苏里，杜雅鹃都会带男友回宿舍过夜。有一回陈青从曼苏里回来，发现自己的床单被弄得皱皱巴巴的，上面还溅了一片水色的污痕。陈青为此和杜雅鹃发了脾气，说你们干吗要在别人的床上做那事？杜雅鹃理直气壮地说，我男友说你的被子里有股香气，他往那里钻，我能不跟着上那张床吗？

陈青无言以对。她就是在和杜雅鹃闹了不和的那天傍晚去紫云剧场的。路上她把此事说给张灵，非但没有得到她的同情，反而招致一顿奚落："你如果周末不回曼苏里，也找一个男友来住，你的床单就不会弄上别的男人的脏东西了！真可惜你妈给了你一副好皮囊，简直是在浪费青春！你说说看，你是不是都没接触过男人？"

张灵的话，让陈青想起了埋藏在心底的一个人，她的眼泪唰唰地流了下来。

陈青的初恋男朋友，是她的大学同学。不过不是一个系的，陈青学的是中文，而他是地质系学考古的。他是个肤色黝黑、性情开朗的人。大四实习的时候，陈青去了广播电台，而男友去了内蒙古。他们分别的前夜，两个人来到校园的东草坪，像许多恋人一样躺上去。夜深了，草坪上的人越来越少了。他们仰望夜空的时候，发现一颗流星闪过。它划出一道妖娆而美丽的弧线后，瞬间就寂灭了。流星的消逝让陈青觉得寒冷，她钻进了男友怀中。男友紧紧地拥抱着她，贴着她的耳朵急促而热切地说："明天我们就要分别三个月了，我想要你。"陈青明白他说的这个"要"指的是什么。他们来到草坪北侧的一片柳树林，婆娑的柳丝为他们垂下天然的绿色帷幔，他们在那里成了男人和女人。实习结束后，陈青回到了校园，但男友没有回来，他在考古途中坠下山崖死了。一个年轻的生命那么猝然地离去，使刚踏入社会的陈青觉得前途一片黯淡。原来生命可以像休止符一样骤停！不过音乐的休止符后往往会出现抒情的华丽乐章，而男友带给她的情感的休止符的背后，却是无边无际的落寞和空寂。她对他谈不上刻骨铭心地爱，甚至她能那么自然地把处女的贞操交给他，也完全由于那颗流星带给她的寒冷使然。她没有想到，得到的，是更深的寒冷。

陈青是那种感情内敛的人，所以即使对自己最好的女友张灵，她也没有透露过这段隐秘的情感。但她知道张灵是聪明人，她的泪水如同文字，让张灵感知了她曾经历的风云。

紫云剧场的外观看上去像是一架竖琴，银灰和青蓝是它的主色调，这正是陈青所喜欢的。虽然工作在城市，但陈青很少出来闲逛，她下班后最乐意做的事情就是偎在宿舍的床上一边吃零食，一边看书。张灵说，人身上无外乎两大欲望："性欲"和"食欲"。如果一种欲望寡淡，另一种欲望一定就强烈。她说陈青显然是因为"性欲"不旺，才沦为"食欲"的奴隶。陈青不爱外出，所以像开发区兴建的紫云剧场，尽管从工程设计招标到竣工历经了四年时光，她也只是到了看演出的那天才一睹它的风采。虽然她在和张灵步入剧场时脸上泪痕未干，还是在心里赞叹着这个设计师手笔的大胆和细腻。

在芭蕾舞剧开场前，是市委领导的祝词。之后，剧场的设计师徐一加被请上台来。他中等个儿，也许是舞台灯光的映照，他的脸色看上去有些发青。他只说了一句话："你们坐在竖琴中，你们就是音符！"他的话博得了观众热烈的掌声。

徐一加走下舞台，没有坐在首排和第二排，而是信步走到陈青旁边的空位。张灵将手越过陈青，跟徐一加打过招呼，然后才把陈青介绍给他。陈青和徐一加没有握手，他们在柔和的灯光下四目对视的时候，都有惊悚的感觉。徐一加看见的是一个女人浸润着柔情的忧伤，而陈青看见的则是一个男人刚毅中的温情。当《天鹅湖》的序曲奏响的时候，陈青却仿佛什么也没听到，她感受到的只是自己剧烈的心跳声。那些轻盈旋转着的舞蹈演员，在她眼里只是一朵朵掠去的浮云。舞剧尚未结束，徐一加起身离开。他走前悄悄把一张名片递到陈青手上。陈青觉得拿到手中的就是一扇朝她打开的门。

在是否与徐一加联系的问题上，陈青踌躇了近半个月。最初的一周，她每天一次地乘车到紫云剧场，就像要接近一个人一样，先是远远地看，然后才走近了细细打量。每当她触摸着那座竖琴风格的建筑时，都会怦然心动。手触之处明明是坚硬的石材，可她却有抚摸到了富有弹性的肌肤的感觉。第二周，她每天下班就回到宿舍，吃了睡，睡了吃，一页书都不读。她吃东西的时候眼前有徐一加的影子，而她睡着了的时候，徐一加又跑到她的梦境中去。两周以后，陈青终于在周末拨通了徐一加的电话。

那个周末，陈青没有回曼苏里。她和徐一加在一家西餐店吃过晚餐后，徐一加对她说，我有一间工作室就在这附近，想去喝杯茶吗？陈青明白这个夜晚他们将成为彼此的一杯茶。她去了。徐一加打开工作室的门后并没有开灯，而是直接把她抱到了床上。窗外漫进来的邻家灯火和路灯的微光给他们的裸体镀上一层乳黄的光泽，他们实在是太渴了，狂热地啜饮着对方。陈青觉得自己以前身上的每一个毛孔都是堵塞的，如今它们却如遇到了春风的花朵，狂放地开了。当他们安静下来的时候，徐一加对她说，有的女人虽然年轻，但却好像是放了樟脑箱子中几十年的衣服一样，身上总有股俗气和旧气；你呢，我一眼就看出是能把一潭浊水净化了的可爱的小石头！

从那以后，陈青很少回曼苏里了。整整一年的时间，只要徐一加没有出差，他们经常会在周末的夜晚在他的工作室幽会。在两次凌晨起来，她发现徐一加不在，他一定是趁她午夜熟睡时，悄悄溜回家了。陈青知道他有一个做中学语文教师的妻子和一个六岁的儿子。那两次，她有受到羞辱的感觉，很想在走的时候将工作室的门大敞四开着，让狂风进来吹乱他桌上的图纸，让尘土飞进来扑向他那张床。可她真正离开时，还是忍不住为徐一加把门安全地关上了。

他们彻底分开，源自徐一加的一句话。他们最开始在一起的时候，两个人总是搂在一起，有说不完的情话。可后期在一起时，当那个节目上演完之后，两个人就像看过一场乏味的戏，无精打采地各自像僵尸一样平躺着。就在那个令人压抑的时刻，徐一加突然对陈青说，其实我觉得你可以考虑嫁给一个律师，这职业如今很吃香；或者是嫁个医生，健康有保障。

陈青从来没有要求徐一加为了自己而抛妻弃子，她明白他这样跟她说话，等于告诫她：我是不可能娶你的！陈青故作轻松地说，啊，比起律师和医生，我更乐意嫁个厨子！徐一加说，贪嘴！陈青接着说，我出来时匆忙，可能忘了关电炉子，我得回去看看，不然引起火灾可就麻烦了。徐一加动也没动地说，好的，你打个车回去吧，我裤兜里有打车的零钱。这是徐一加留给她的最后的话了。

陈青一关上工作室的门，便泪水横流。她明白，她再也不会进这样的门了。

那其实就是一扇第三地的门。

陈青永远不会忘记那个雪花飘飘的冬夜，她没有回宿舍，周末的夜晚，杜雅鹃一定是和男友相拥在小屋的床上。她独自在街上走来走去，没有可去之处了。那时她是多么渴望拥有一个真正的家啊！那样的家门可以在白天时大大方方地向外敞开着，门上跳跃着活泼的光影；那样的家门还可以请亲友们来谈天说地，而不像第三地的门只为两个人而设。夜深了，雪大了。陈青站在一盏路灯下，看着雪花像飞蛾一样，毛茸茸的，扑在灯罩四周，她觉得世界是如此的寂静和寒冷。她就这样瑟缩着在路灯下徘徊，直至黎明。

这个冬夜的遭遇使她感染了风寒，高烧成肺炎，病休了半个月。这期间徐一加没有给她打一个电话，而她也不想再听到他的声音了。那曾在她耳边留下的温存的求爱声、那曾印在她额头的热吻以及他们水乳交融时激荡起的动人的波涛声，都在那个寒冷的冬夜凝固了。陈青在一种近于麻木的状态中挨过了冬天。转年春天，她认识了马每文。

马每文那年四十岁，而她三十二岁。陈青与马每文相识时，他的前妻已经去世六年了。那天他带着十五岁的女儿，去医院为她矫正牙齿，而陈青是去治疗龋齿的。口腔科诊室外走廊的长椅上，坐满了候诊的人。陈青正好坐在马每文身边。他正神色怡然地翻阅着一份《寒市早报》。一般的读者只喜欢浏览社会新闻和文体新闻，但马每文却把目光停留在"菜瓜饭"版面上，这让陈青很感动。马每文看着看着，竟然兀自笑了起来。那天刊登了一篇诙谐的文章，题目叫《海苔窗》，说是有位画家画了二十多年的画儿，其作品虽然功力深厚，但一直得不到美术界的承认。画家郁郁不得志，以酒解忧。有一日他饮酒时以海苔做下酒菜，酒至半酣，一时兴起，揭起一片薄如蝉翼的海苔，对着窗外的阳光照着。结果，他发现了一个充满生机的世界，是那种满眼的绿：墨绿、油绿、翠绿、黄绿，它们深浅不一地错落呈现，他在里面看见了山峦、湖水、飞鸟和行人的影子。画家从中获得灵感，把家中的墙壁打掉，安上一扇又一扇窗，把大块小块的海苔拼贴在窗子上，将其居室命名为"海苔舍"，一时名声大振，追捧者趋之若鹜。《海苔窗》的故事，在艺术越来越符号化的今天，其寓意之深刻不言而喻。陈青在自然来稿中发现它后，如获至宝，当即发排。这篇文章能引起读者共鸣，使她很受安慰。她正想跟马每文打个招呼的时候，他的女儿戴着银光闪烁的牙套从里面出来了。那是个又高又瘦的女孩，细眉细眼，鼻子娇俏，樱桃小嘴，披着中分式的长发，穿一件黑白格子相间的蝙蝠衫。她相貌上的古典与气质上的现代让陈青眼前一亮。马每文抖搂着那份报纸大笑着对女儿说："宜云，爸爸投的《海苔窗》登出来了，看看吧，你爸现在是个作家了！我怎么跟你说的，你爸想做的事情，没有成不了的！"

就这样，在候诊的走廊上，陈青像一个垂钓者终于钓到了一条大鱼一样，满怀欣喜地向马每文伸过手去，"认识一下吧，我就是'菜瓜饭'的编辑，叫陈青。"马每文怔了一下，先用手拍了一下自己的脑门，然后才去握陈青伸过来的那只手。陈青注意到，马每文的灰色棉绒衫的胸口处溅着几点油污，她暗想这个需要下厨的男人也许已没有老婆了。

这次握手把他们的生命联系到了一起。交往两次后，陈青知道了马每文的妻子已经亡故，这使她与他的接触更为自然了。那是一种不需掩饰的、自由自在的阳光下的交往，那种心灵的舒展感令她陶醉。那段日子中，她在徐一加的工作室感染的阴郁之气被一扫而空。

他们频繁地约会，一起下馆子、看电影、郊游、健身。马每文那时已拥有一家为中学生提供营养午餐的盒饭厂、一个烟酒专卖的超市，而且贷了一大笔款，准备在机场路上开设塑钢窗厂。他是市人大代表，受表彰的民营企业家，事业可谓蒸蒸日上。陈青觉得马每文有些俗，但她想俗人能疼人就好，因为不俗之人往往疼的是自己或上帝。

他们在相识半年后的一个冬天的日子结婚了，陈青终于从蜗居了十年之久的单身宿舍搬了出来，让她有冲出牢笼的感觉。尽管马每文上初三的女儿马宜云百般抵触他们的婚姻，并且把自己的姓更改了，随了亡母的姓，叫蒋宜云了，也没有破坏她结婚的兴致。

新婚之夜，当马每文拥抱着她时，陈青悄声问："你是结过婚的人，我们又交往了这么久，怎么没见你对我冲动过，是我不性感吗？"马每文说："你当然性感了，我所以忍着，就是为了等今天这个日子，这才是最庄严的时刻啊。"陈青以为马每文把她当作了处女，就委婉地提醒他说："你可能不知道，我在大学里谈过恋爱。"她想如果马每文追问，她会把初恋男友的事情告诉他，至于徐一加，她只想把他遗忘，因为那段感情在她看来是罪恶的。马每文当然明白陈青那句话的含义，他吻着她的眼睛，说："你的过去与我无关，从现在开始，你就是我的新娘了。"陈青很感动，她正想说一句表达爱意的话，但马每文用热吻堵住了她的嘴。尽管她回应着他的吻，但当他真的一头撞入她的隐秘小屋时，她却像一个局外人一样不安。她主动吻着丈夫，想激荡起自己的欲望，然而无济于事。她的小屋中，似乎还有徐一加留下的袅袅炊烟。那一刻她非常恐慌，心底明白她对马每文是不爱的。这种负罪感使她对马每文产生了哀怜之情，她更加温柔地待他，马每文似乎毫无察觉，他就像一匹找到了一片青草地的马儿一样，一门心思地撒着欢儿。那个夜晚，马每文睡得很沉，陈青却一夜无眠。她很早就起床去厨房了。那是个有雪的早晨，透过玻璃窗，可以看见翩跹飘舞的雪花。陈青想起了她与徐一加分手时，在街头度过的那个寒冷的长夜。她在煎鸡蛋时，泪水忍不住落了下来。泪水溅在油锅上，噼啪噼啪地响，她的婚姻生活就在这样的响声中开始了。

马每文很知足地忙着生意上的事情，陈青在报社懒散地种着"菜瓜饭"。虽然蒋宜云不断刺激陈青，譬如她把生母的照片摆出来；譬如她不断地挑剔陈青煎的蛋，说她要吃七分熟的，蛋黄的中心要有微微的汁液，炒菜中不能搁花椒，鱼汤中不可放香菜；譬如她常当着陈青的面，钻入马每文的怀中，"爸爸爸爸"地叫着撒娇。这所有的一切，都没有动摇陈青对马每文的态度。在彼此的信赖中，她已经逐渐培养出了对丈夫的好感，他们的家不乏温馨情调。每到周末，陈青会去菜市场买上马每文最爱吃的排骨和鲫鱼，把笋干和排骨放在一起红烧，用砂锅慢工细火地熬鲫鱼豆腐。马每文呢，他无论多么忙，也会开车去花店买上一束玫瑰或百合，先是把它们放在晚餐桌上，陪着他们一起吃饭。然后在入睡前，为着周末夜晚卧室中必然上演的节目，马每文会把花挪到床头柜上。有一回他在激动时碰翻了花瓶，水流到床头，一束带刺的玫瑰划伤了他的脸，事毕马每文说她应该授予他一个"英雄"称号，因为他是"带伤作战"，把陈青笑得难以入眠。他们夫妻间的感情，就在这柴米油盐的浸润和熏染中，在调侃而又透着浪漫的话语声中，一天天地加深起来。他们已不可分离了。

陈青记得第一次跟丈夫谈起第三地的话题就是在一个周末的夜晚。她说张灵又去第三地了，这次是跟一个京城的音乐人到洛阳去幽会。马每文说："流浪的人才去第三地呢！"陈青问他："你不想有第三地生活？"马每文吻了一下妻子，将手探向她的私密处，轻声说："这就是我永远的第三地啊。"陈青湿了眼睛，她对丈夫愧疚地说："我的第三地不够好。"马每文说："我觉得它越来越好了，过去它是干燥的塔里木盆地，现在可是海风湿润的大连港的码头啊！"陈青捏着丈夫的鼻子说："好啊，你一定在大连有过风流艳史，一想美事就想到了那里！以后我不准你去那儿！"马每文笑着说："好，一言为定，哪怕大连港的码头摆着一摞金砖，上面刻着我马每文的名字，我也不动心！"

他们分居了，但未分餐。

马每文虽然不在家吃早饭了，但他晚餐时会准时回来。他还像过去一样风风火火地走进屋子，只是见到陈青时会愣一下，好像见到了陌生人似的。他坐在餐桌前也不像过去那么谈笑风生了，他吃东西很矜持，夹菜时小心翼翼的，喝汤也不敢弄出响声了。他们也谈话，话语的内容多是媒体报道的近期发生的国内外的灾难新闻：矿难、水灾、山体滑坡、地震、龙卷风或是由宗教信仰不同而引起的流血冲突。他们冷静客观地评判着这一切，如两个训练有素的新闻评论员。

　　很奇怪，分居后，尽管陈青还像过去一样精心地做饭，可端到桌上的晚餐连她自己吃了都会蹙眉头。笋干会烧老了，吃起来发柴；海米冬瓜汤滋味寡淡，虽然说调料放得一样不差；她最为拿手的鲫鱼豆腐也煲出了腥气，大概是鱼鳃忘了掏出的缘故。总之，菜的味道大不如从前，火候掌握得不对，熟的熟过了头，生的生得发愣。而且菜的品相也变了，颜色暗淡、陈旧不说，形态一派萎靡，像被老鼠给糟蹋过了似的，筷子触着时有碰着了垃圾的感觉。马每文常吃得发出叹息声。不过饭毕，他还是像以前一样忠于职守地帮着陈青把油腻的碗筷拾进厨房，用清水冲刷了，各就各位地放在洗碗机里。做完这一切，他就回自己的卧室了，而陈青则走向她的卧室。

　　他们这套房子共有四间卧室。一间大卧室，是她和马每文同床共眠时用的。三间小的：陈青、马每文和蒋宜云各一间。蒋宜云如今是寒市有名的蚂蚁装饰有限公司最年轻的首席设计师，她在外有了自己的单元房，一年回不了几次，她的房间多半闲着。马每文和陈青没有分居前，他们各自的卧室也基本空着，除非马每文因为生意上的应酬回来得特别晚，且又沾染了一身的酒气，他怕影响陈青休息，又怕酒气熏着了她的时候，才会悄悄到自己的卧室凑合一夜。不过到了天色微明时，他会像小孩子一样赤着脚，跑进他们的卧室，钻进陈青的被窝求温存。陈青的卧室呢，她只住了两次。一次是患了重感冒，昼夜咳嗽，她怕把病菌传染给丈夫，说要把自己给隔离起来。结果到了夜半时分，当剧咳把她折腾得一阵干呕时，马每文在黑暗中光着脚啪嗒啪嗒地跑进来，说："你都把我咳嗽醒了，我可不能把你一个人放在这儿，听到你的咳嗽我的心直哆嗦！"陈青发着高烧，马每文就像捧着一块刚出炉的点心似的，小心翼翼地把她抱回大床上。还有一次，是他们婚后的第三年，曼苏里的娘家人在元宵节时进市里看花灯，晚上就住在了这里。陈黄睡在蒋宜云的屋子里，陈青父母主动要求睡在客厅的长沙发上。本来是让陈墨住马每文的屋子，张红住陈青的，可马每文看到陈墨扯着老婆的衣襟，一副舍不得的样子，就让他们睡了大床，而他们各去各的卧室。第二天早晨，陈青在厨房忙活早饭时，马每文神秘地笑着进来了，他趴在妻子耳边说："陈墨和你嫂子在床上可真缠绵啊，两个人哼哼唧唧地叫了小半宿，听得我心里这个痒啊，直想过来找你，又怕把你弄醒了。"马每文的卧室与大卧室一壁之隔，他自然听得真切了。陈青红了脸，她抢白马每文："你又不是小孩子，还做听窗的事儿，也不嫌臊得慌！"

那个正午的事件发生后，马每文主动去他的卧室独睡。最初的时候，陈青还是住在老地方，心想床上只她一人，也算分居。然而过了几天，她也搬到自己的卧室。她怕马每文以为她睡在大床上，是在期待他回去。她要用行动告诉他：她并不在意分居！他们在各自的卧室中时，门窗紧闭，就像固守堡垒一样，而他们那间大卧室则像战时的中立国一样，虽然向两方的人都敞开了大门，但因为他们心中战事正酣，所以尽管它安宁舒适、风光无限，他们都不肯踏入这个领地了。

分居带来的生活细节上的变化，也一波一波地呈现了。比如洗衣，公用卫生间是他们的洗衣房，以往马每文会把换下来的内衣内裤丢在那里，由陈青一并洗了，可他现在放在洗衣桶旁的只是外衣外裤，他自己洗内衣内裤，然后吊在晒衣架上。陈青看到丈夫晾出来的湿漉漉的内衣内裤，会在心中不屑地哼一声，对自己说，他这是在洗刷罪恶，他在周末穿着它去第三地作了孽！所以她在帮他洗外衣外裤时，就没有好声气，觉得马每文让她对付的，是两个光明正大的傻瓜，而老谋深算的骗子却在马每文的掩护下，逃之夭夭了。她在晾他的外衣外裤时，连褶痕也不抖，顺手一搭，就像打发两条癞皮狗一样，骂一声，去你们的吧！

还有电话。以往电话铃声一响，谁离着近谁就自然而然去接了。现在呢，铃声响了，两个人却都待在自己的卧室中按兵不动，由着它任性地叫到底，无人搭理，好像谁接了电话谁就由皇帝堕为了奴仆。陈青的社交圈子窄，她明白打电话的十有八九是找马每文的，所以铃声频频作响时，她怡然自得地翻着闲书。马每文呢，他似乎也并不介意可能错过的重要电话，连头也不探一下。固定电话成了被他们遗弃的孤儿，而手机在此时成了各自的私生子，被小心呵护着。陈青常常听见丈夫或高或低地在手机中与人讲话。他声音高时，她能听个大概，大抵都是生意上的一些事情。而他声音压得低、她什么也听不清时，便认定他这是和一起去第三地的女友通电话，心就会烦乱起来。

陈青手机接听的电话，除了曼苏里的家人，就是单位几个有限的同事。张灵找她的时候最多。她一旦问陈青为什么不接家里的电话，陈青就会撒谎说，她在洗手间，或是在厨房。张灵说，不是和马每文闹别扭了吧？陈青说，哪能呢！陈师母一年给女儿打不上三次电话，但有一天她突然把电话打到陈青的手机，问她，你去哪儿了，怎么不在家？陈青说在家里，不过电话坏了。谁知家中的电话铃声突然底气十足地叫起来，戳穿了她的谎言。陈师母忧心忡忡地问，你和每文没事吧？陈青说当然没事了。陈师母打电话是想让陈青抽空回去劝劝陈黄，这一阵子她和蒋八两混在了一起，曼苏里人看见他们俩一起下馆子，一起去买鞋。陈师母说，她就是长了胡子的话，也不能破罐子破摔，跟蒋八两这样的人吧？你说蒋八两还是个男人吗？把老婆给喝跑了，儿子喝丢了，剩下他一个，照旧喝！他开车挣那俩钱，不够填酒壶的！陈黄跟了他，不是自讨苦吃吗？陈青答应着周末回去，然后她劝母亲不要再看宰羊去了。陈师母停顿片刻，突然说，要下雨了，我得收衣服去了，就把电话挂了。陈青见窗外阳光灿烂，她不相信城郊的曼苏里会是乌云满天。

陈青最怕接到老于的电话，现在"菜瓜饭"只剩下他们俩了。老于五十七了，按照规定，转年就该退休了。他平素是个好好先生，从不反驳什么事情，本不该对压缩版面的事情大动肝火的。谁知他一反常态，到总编室骂编委们是草莽之徒，竟然让"再婚堂"这样的版面挤压高雅的"菜瓜饭"，实在是可恶！他称如今这个世道是逼良为娼的时代，报社的领导炮制"再婚堂"出炉，是为虎作伥！而事实是，"再婚堂"亮相仅仅两周，就吸引了众多读者的目光，报纸的零售飞涨了五千份。

老于的电话一进来，起码要唠叨半小时。他总说陈青太懦弱，怎么能眼看着"菜瓜饭"一路遭贬而毫不动心？老于最气愤的，是风华正茂的姚华，说她一到了"再婚堂"后，人立刻就学坏了，连香烟都叼上了！

老于发牢骚时，陈青只是默默地听。有时她会插一句言，说"再婚堂"办得确实不错。老于这时就会声嘶力竭地喊，有什么好？！不过是贩卖婚外情和床上的那点烂事，迎合一般读者的低级趣味，跟开了家妓院有什么区别？！这时陈青会把手机挪得离耳朵远一点，否则耳鼓会被震得嗡嗡响。当然，老于愤慨完，总要诚恳地说一句，对不起啊。他说自己就要退休了，报纸的好坏跟他也没太大关系，他拿的退休金是固定的。他还说退休好，可以不看领导的脸色，可以写自己最想写的东西。末了，他会用乞求的口吻让陈青签发某某的稿子，通常的语式是：也就千把字，插进去吧，啊？人家给我打了好几个电话了，你就当香草园中栽了棵稗草吧！老于经常向陈青推荐"关系稿"，什么老龄委下属的诗词协会主席的古体诗，什么外企白领写的小情小调的游记，陈青开始时拒发此类稿子，但时间久了，觉得老于也不容易，他的一双儿女都不争气，要靠他接济，老婆又多病，常年吃药。老于若是发了这样的稿子，会得到人家些微的酬谢。一个五十多岁的文化人活得如此局促和尴尬，让陈青痛心，所以每隔一段时间，她会签发一篇这样的稿子。现在"菜瓜饭"的园地一缩再缩，等待栽种的好花好草已积压了一堆，陈青当然要谨慎签发"关系稿"了。老于没有得到肯定的答复后，留给陈青最后的话就是一声叹息了。陈青每次接过老于的电话，都会口干舌燥。有一次她放下手机，立刻冲出屋门，打算去厨房的冰箱倒一杯冰镇杨梅汁，谁知竟与马每文撞了个满怀。他竟然站在她卧室门口半米处，煞有介事地拿着一幅风景油画在走廊的墙壁上比画着。陈青在猝不及防中与他的身体接触的一刻，他发出几声奇怪的笑声。当她缩回身子时，马每文问她，这幅画挂在这里合适吗？那是一幅描绘俄罗斯深秋草原的风景油画，色调深沉静寂而又苍凉辽阔，它最佳的栖身处应该是客厅半明半暗的北墙，而不是走廊昏暗的墙壁。这样的墙壁悬挂此类画，画不是活了，而是死了。陈青说，这幅画放在这里，就像我放在这个家一样，是不相称的！此话一出，连她自己都惊讶了。马每文提着画的胳膊垂了一下，他说，不相称就算了。他这话像是说画，更像是回应她。陈青怀疑马每文是在找挂画的借口来监听她与别人通话时说些什么，她在唾弃这种行为的同时，又有点暗自得意：马每文还是在意她的！

然而接下来的一个周末，马每文又不辞而别了。陈青现在憎恨双休日，因为它的出现，周五就是周末了。她本打算回曼苏里与陈黄谈谈她与蒋八两的事情的，而且还联系好了市第二医院美容科的医生，打算带她来看看因吃增高剂而长出的胡须，可是马每文的再次离家让她心烦意乱。她从黄昏守着一桌的菜，看着它们一点点地变凉，看着它们的色泽暗淡下去，好像守着位魂将归西的亲人一样满心苍凉。夜深了，她把一口未碰的菜倒进垃圾箱中，打开一瓶红葡萄酒，一饮而尽，然后摇晃着去浴室冲凉。冲着冲着，眼前发晕，她支持不住，飘飘忽忽地倒在地上。莲蓬头喷出的水仍然飞珠溅玉般地倾泻到她身上，好像无数温柔的小手在抚摸她。陈青睡了足足有一小时，后来是冷水把她激醒了。原来储存在电热箱中的温水已经流尽了，循环进来的是生硬的冷水。她迎着刺骨的冷水哆哆嗦嗦地站起来的时候，想起了她离开徐一加的那天所经历的漫长的寒夜，她知道自己又陷入了那样的寒夜中，忍不住哭了。

星期六早晨，陈青给母亲打了个电话，告诉她单位有急事，不能回去了。母亲说，每文好久不回来了，他忙什么啊？陈青搪塞说，塑钢厂新进了设备，这一段他正请人来调试机器，我们争取下周回去。母亲轻轻地"哦"了一声，突然颤着声说，你爸在别处有了窝了，那个窝里有两条胳膊啊。陈青明白母亲在说父亲与王卷毛在炉具厂的裁缝铺子，那是他们幽会的第三地。她劝慰母亲不要理睬那些传言，如果父亲真的去那里，她会放火烧了裁缝铺子。

挂了电话，陈青便把手机打开，放在家中的固定电话旁。她守着它们，就像守着一双病儿，满怀焦虑。她期待马每文能打回一个电话，然而没有。到了黄昏，她受不了这煎熬，鼓足勇气按下了丈夫的手机号码。蜂音声鸣响了很久，马每文才懒洋洋地接了电话。他绵软地"喂——"了一声，陈青便开始结结巴巴地说，她切菜时切着了手指，血在流，可她找不到止血的药粉和绷带。马每文打了一声哈欠，说，在客厅书架下的小药箱里啊。陈青"哦"地应了一声，既没问他在哪里，也没问他什么时候回来，很客气地说了声"谢谢"，放下电话。她放下听筒后愣怔了很久，然后走进厨房，用锋利的菜刀切了一下右手的无名指，鲜血从刀口处滴答滴答地流到地板上。她走进客厅，血也跟着一路走进客厅。她打开小药箱，先为伤口敷上药粉，然后用绷带把伤指层层包扎起来。那枚结婚时马每文送她的钻石戒指就被紧紧地裹在里面了。它就像一轮陷入了乌云中的明月，顿时消失了光影。她合上药箱后，出了家门，下楼后打了一辆的士，直奔紫云剧场。周末的夜晚，那里都有戏剧上演。陈青到那里时天已黑了，她买了一张票，摸着黑走进剧场。舞台上的剧正在高潮，一个男人在倾诉，一个女人在痛哭，而另一个女人则在笑。由于没有看到前面的剧情，这一男两女的情态让她觉得夸张可笑，她坐在最后一排，忍不住笑出了声。开始是小声地笑，后来她控制不住地大笑不止，前面的观众就不看戏了，而是频频回头看她。保安闻声走过来，把她请出剧场。她站在剧场外面望着这架竖琴风格的建筑时，觉得受伤的手指疼痛不已。好像她用它刚刚弹奏了一支急风暴雨式的曲子，累伤了它。

周一的傍晚，马每文回来了。他看上去瘦了一圈，眼睛里布满血丝，很疲乏的样子。陈青想他一定是在第三地与情人欢娱时消耗了太多的气血，这让她很愤怒。她戴着橡皮手套做了晚餐，把黄瓜切得长短不一、粗细不均地堆在盘子中，炸了碗鸡蛋酱，下了挂面。这种炸酱面，曾是他们夏日时最喜欢的晚餐，马每文往往要吃上两碗，然后撩起背心，拍着突起的肚子慨叹：美啊！可陈青这次将面条煮过了头，面条断肢解体的，成了糨糊。而且，炸酱的油没有烧熟，一层黄乎乎的油泛在酱汁上，像是谁撒下的一泡浊黄的尿，令人作呕。不仅马每文没胃口，她也是吃了几口就放下了筷子。

他们吃饭的时候一直沉默着，马每文大约受不了这死一般的寂静，他去客厅打开了音响，肖邦的钢琴曲带着股清凉之气，像泉水一样汩汩流来。马每文回到餐桌时，陈青已经开始收拾碗筷了。马每文对妻子说，你的手指受伤了，还是我来吧。陈青说，我可以戴橡皮手套。马每文说，万一手套破了，会感染的，还是我来吧。

陈青就转身回她的卧室了。她躺在床上，听着钢琴曲中掺杂的一缕缕马每文冲洗碗筷的水流声，心中充满了柔情和伤感。她多么希望第二天早晨起来，丈夫的床头柜上没有新加的旅行票据啊，那样一切都可以慢慢地回到从前。

第二天早晨，陈青起来的时候，马每文已经出门了。她走进他的卧室，迎候她的是床头柜上两张叠压在旧机票上的由寒市到北戴河的往返火车票。这两张刚刚用过的车票就像两条沉重的钢轨，压过她的心头，让她透不过气来。北戴河有海，那也是湿润之地啊。陈青仿佛听到了海风中马每文快意的呼喊，在这呼喊声中，一定有一个女人温柔的潮汐声与此相和着。

陈青摇晃着走出丈夫的卧室，好像刚从停尸房看完亲人的遗体似的，彻骨悲凉。她回到卧室躺了片刻，然后起来换上一条藏青色的长裤，一件宝石蓝色的低胸收腰的纱绸短衫，将头发高高绾起，换上半高跟皮鞋，像很多单身的上班族一样，下楼后在早点铺买了两根油条、一纸杯新鲜豆浆，边走边吃。

如果说街巷在夜半时分是一条条饥肠辘辘的肠子的话，那么在上班的高峰期时，这一条条肠子就饱胀起来了。肠子里拥塞的是大大小小的汽车、摩托车、自行车和络绎不绝的赶路人。车辆排放的尾气和一些店铺泼出的隔夜的脏水，为这些肠子注入了气体和汁液，使它勃勃跃动。陈青明白，这些肠子里的东西，早晚有一天会变成垃圾，她不过是垃圾中的一分子。

陈青昂首挺胸地走进报社大门，她那饱满的精神状态让人以为她中了彩或是升了职。她在工作台前低声哼着歌，把老于提上来的两篇关系稿，一并签发了。当她起身把稿子越过隔板递给老于时，发现他正弓着背，埋头做着什么。

《寒市早报》位于报业集团的三层，大约有八百平方米，分为两个区域。一侧为普通记者的工作区，一侧为领导的工作区。领导们在南侧单独辟出几间屋子，每间二十多平方米，桌子宽大，桌前配的是米色的皮转椅，墙角还放着长沙发，既可接待客人，又可供午休。普通记者的工作区占地大，大约有近百个工作台，用白色的密度板隔开。每个空间大约四平方米，放着一张灰色的电脑桌和一把黑色的椅子。记者们把这些连缀在一起的同一格式的工作台，赋予了各种称谓。有人说它是营房，有人说它是羊圈，更有甚者，说它是殡仪馆存放骨灰盒的格子间。由于它们在外观上长得一模一样，常有记者钻错了地方，所以每个平台的入口处的隔板上镶嵌着所属记者的名字。为了便于部门的区分，在某些平台上又竖起一截铁杆，上面横着黄铜的牌子，标着"新闻部""文体部"等字样，看上去好像出殡队伍中举起的招魂牌。虽然这样的工作环境不可能有太多的私人生活，但记者们还是喜欢在工作间隙，隔着隔板开着一些无伤大雅的玩笑。但最近两年，四只摄像探头的出现，使报社的气氛变得沉寂了。

　　新闻部的一位摄影记者，有一架昂贵的索尼相机，三年前的冬天，突然遗失了。当时他去了餐厅，把相机放在电脑桌旁，午饭归来，它不翼而飞。之后不久，广告部的杜小丽丢了一条搭在椅子上的银狐围巾。报业集团的正门和三楼《寒市早报》的大门，均有门卫把持，没有胸卡是进不来的。所以接案后赶来的派出所的民警，分析《寒市早报》是出了家贼。虽然报社聘用了一名保安巡视，但丢东西的事情还是屡屡发生，闹得人心惶惶，人们即使去洗手间，也要随时随地提着包。转年春节过后，四只摄像探头就上了

《寒市早报》的墙角。它们像四只突然出现的猛虎，在吓跑了"第三只手"的同时，也吓跑了大家的率性和快乐。想到自己的一切都处于监控之中，人们坐在工作台前不敢打盹，不敢大笑，不敢随意臧否时事，亦不敢哭泣。有人说，报社领导这是借失窃案，故意安上摄像探头来监视他们的工作状态。更有甚者，说领导是故意安排了几个心腹，自盗财物，以便有充足的理由实施监视员工的计划。从此后，偌大的工作场即使人影憧憧，也听不到多少声音，工作效率空前提高了，可人的精神却处于紧张、焦虑的状态。人们习惯了用电子邮件和手机短信无声地传达信息、交流情感，所以一些人若做点私活儿，已经习惯了深深地埋下头，这样摄像探头只能探测个背影。

陈青将签发的稿子递给老于时，他正守着一堆花花绿绿的纸币一五一十地数着。这些面额五元、两元、一元不等的小额纸币，是他平素积攒下来的。他刚刚做了爷爷，孙子百天在即，他想买个电动玩具熊送给他做礼物。由于这个月几个老同学先后做了爷爷奶奶，随了几百元的贺礼，再加上老婆患了急性胃肠炎住院一周，他手头吃紧，所以把锁在电脑桌抽屉里的零散纸币悉数拿出，小心翼翼地数着。谁知正数在兴头上，被陈青递过来的稿子给搅扰了。不过这是一种快乐的搅扰，老于起身探过头小声对陈青说："谢谢啊。"然后问她："你怀孕了？"言下之意，陈青有了"喜事"才会如此发"慈悲"。陈青笑笑，说："我一肚子的'菜瓜饭'，如今的娇儿哪喜欢在这儿投胎？"

黄昏了。陈青下班后没有像以往一样去菜市场，为着家中的晚餐而做采购。她去了小明月西餐酒吧，叫了一小瓶红酒，点了份蔬菜沙拉和一块黑胡椒牛排，在昏暗迷离的灯影和如山风一样呜呜呜响的萨克斯乐曲的陪伴下，吃起了晚餐。她吃得耐心、细致而彻底。两小时后，瓶中滴酒未存，盘中也是空空荡荡，就连沙拉中的奶油汁液，她也用面包片舔舐干净。吃喝完毕，天已黑尽了，酒吧里的人越来越多。陈青买单后起身离开。她打了一辆的士，径直回家。当她掏出钥匙打开家门时，看见了从餐厅漫溢过来的乳色的灯影。她换上拖鞋，摇晃着朝那里走去的时候，看见马每文枯坐在餐桌前，面色铁青。

"你知道吗？"马每文颤着声说，"我等你回来做晚餐，已经三个小时了！"他攥起拳头，狠狠地擂着餐桌，发泄着愤怒。

陈青用轻快的语气说："我以为你去湿润的地方吃晚餐去了。"说完，她就回卧室了。她听见背后传来一阵噼啪的脆响，是瓷器破碎的声音，马每文一定是把餐桌上她最钟爱的一把台湾产的青瓷茶壶给摔了。陈青头昏脑涨地躺在床上的时候，对自己说："我也要去第三地，我要为它做晚餐！"

寒市的暑气就像涨潮的海水一样，汹涌喧嚣了一阵，渐渐回落了。

陈青奔赴她虚拟的第三地时，是一个凉爽的日子，她的目的地是北京。在交通工具的选择上，陈青颇费踌躇。马每文去大连，乘的是飞机，她当然不甘其后，理所当然地订下了机票。待到快要取票的时候，她忽然想到，如果往返均乘飞机，很有点抄袭的嫌疑，于是就采用陆空交错的旅行方案。在去的时候乘飞机还是火车上，她也是费尽心机，最后决定，回来时坐火车，去时乘飞机。飞机是速度的象征，这样马每文能想见她奔赴第三地时的迫切心情。而回来坐火车，等于是躺在铺位上倾听火车与钢轨合奏的一首长长的慢拍子抒情曲，马每文一定能联想到情人间短暂的周末狂欢后，在分别时需要用一段漫长的旅程去回味那种幸福。

副刊部是报社中出差最少的部门。偶尔出去，也都是短差，所以陈青已经有很多年没去北京了。她有两位大学同学在京工作，一个在出版社，一个在电视台。彼此间来往极少，不过在春节时在电话中互相拜个年而已。她并没有见同学的打算，但是在候机时，还是分别给他们打了电话。在电视台工作的男同学的手机被告知是空号，看来号码已更改了。在出版社工作的女同学倒是联络上了，她大呼小叫地说她很想念陈青，希望她以后来京就住她家，好好叙叙。陈青说，那好啊，几小时后我就可以敲你的家门了，我正准备登机去北京。她其实只想开个玩笑，如果同学执意让她去，她就撒谎说她在京只是转机，她要去桂林。谁知同学的语气立刻就变了，她先是"哎呀"叫了一声，然后说，真不巧，我今晚也要出差，到西安为一部书稿的事情，那边的作者都联系好了，不能推迟了，太遗憾了！陈青连忙说，你忙你的，没关系，我在京办点私事，只住一夜，也没时间看望你的。她们初始的谈话是热情万丈的，而结束时却冰冷、尴尬。陈青挂断电话后，把这位同学的电话号码从手机中删除，关了机，上飞机了。

北京的空气比寒市要沉闷多了。虽然天是晴的，但却不是那种一碧如洗的晴朗，而是乌蒙蒙的晴朗。那是下午的时光，陈青搭乘巴士进城后，又上了一辆的士。司机问她去哪里。她说，去菜市场。司机问，哪里的菜市场？陈青说，郊区的吧。司机欣喜地问，东郊还是西郊？陈青说，东郊吧，找一个有卖活的鲫鱼和新鲜蔬菜的菜市场。司机说，您放心吧，东郊的小南里菜市场很大，那里的菜都是当天上的，倍儿新鲜！陈青问，住在那一带的都是什么人啊？司机说，修鞋的、卖粮的、剃头的、当保姆的、当工人的，都是像我这样靠出力气吃饭的人！

陈青想来的就是这样的地方。她要给一个男人做一顿晚餐。

所有城市的城郊都逃不过"脏"和"乱"这两个字。车一进东郊，高楼少了，取而代之的是那些老式的矮层红砖楼房。这类楼房的小阳台简直就是一座座悬空的垃圾场，那上面拥堵着形形色色的东西：废旧桌椅、纸箱、残破的灯笼、报废的家用电器、褪了色的塑料盆以及晾晒着的披头散发的拖把、湿漉漉的衣物和过冬的干菜，可以想见居室主人生活的拮据和艰辛。街巷中的废纸、烂菜叶、饮料瓶、烟蒂、痰迹随处可见，苍蝇横飞。陈青刚一下车，就在菜市场的入口处被一口飞来的痰击中，幸而它落到了鞋面上，而这双米色的平底羊皮鞋细腻而光滑，痰在上面等于荡了一个秋千，跳到地上了。

陈青买了六条巴掌大的活鲫鱼，由卖鱼人当场宰杀了，放在塑料袋中。此外她还买了豆腐、芦笋、香菇、油菜、葱姜蒜以及一条里脊肉。买完东西，她来到菜市场的出口，卸下背上的旅行包，从中取出一张纸牌。那是一张对折着的淡绿色的布纹铜版纸，上面用黑体隶书写着这样一行字：免费为你做一顿晚餐。隶书本来就给人端庄、朴拙的感觉，再加上这字的内容是温暖可人的，所以它一亮出来，就吸引了众人的目光。

进出小南里菜市场的人，看到了一幅他们在以往的生活中从未见过的画面。一个气质非凡的中年女人，穿着一条米色长裤、一件黑色的短袖棉衫，梳一个马尾辫，背上是一个双肩背的白色旅行包，脚畔放着几袋菜，双手举着一张"免费为你做一顿晚餐"的淡绿色纸牌，目光沉静地迎接着往来行人向她投来的狐疑、惊奇、渴望、欣赏、嫌恶等复杂的目光。她站在那里，气定神凝，看上去像是一棵生机勃勃的白杨树。有人在她背后小声嘀咕：一准是个精神病。还有人说，这是拉客的野鸡啊。当然也有人说她是个要进人家"打眼"的贼。更离奇的，有人猜测她受了大委屈，那些菜是有毒的，她要对社会实施报复。很少有人对她纸牌上的话做出善意的理解。

　　这是周六的午后，又是近黄昏的时刻，菜市场人来人往的。陈青对那些上来搭讪的女人不理不睬，她要给一个男人做晚餐。她在选择可以享受她的晚餐的对象上费尽周折。有一个尖嘴猴腮的耳朵上夹着香烟的男人对她说："上我家吧，我正馋鲫鱼呢。"他觊觎的是塑料袋中的鲫鱼，陈青不会为仅仅为了满足口腹之欲的男人做晚餐的。还有一个衣着洁净的男人冲他微微扬着胳膊，暗示她跟他走，陈青也未动弹，她不喜欢胆怯的男人。一个满脸大胡子的男人冲他吆喝："小娘儿们，去我家吧，免费吃住！"陈青更讨厌没有廉耻的男人。就这样，那些面目委琐、气质粗俗、出口不逊的男人被她一一筛选掉了。她最后选中的，是一个中等个儿、不胖不瘦、穿一件蓝汗衫、肩膀歪斜、向她投以同情目光的国字形脸的男人。他的手里提着一小袋凉皮，一言不发地站在那里。虽然他没有开口让陈青去他家里，可她从他的眼神中真切感受到了——他是那么渴望吃到一顿女人做的饭！陈青提起那些菜，走向他，说："我来为你做晚餐吧。"那男人立刻就红了脸，张口结舌地说："我家的酱油和醋都是散装的，花椒是陈的，碗盘普普通通，菜板有些糟烂了，就是菜刀是好的，刚磨过。不过要是这么快的刀切着你的手，我可赔不起啊。"他这番话引来了围观者的一片哄笑声。

陈青在众目睽睽之下跟着这个男人走了。男人走得飞快，像是要赶回家救火似的，陈青紧跟着，还是落在了后面，感觉他是在故意与她拉开距离。开始时还有好事者跟在他们身后，大呼小叫着，说着"野鸡上鸭子家了"等一类的下流话，待到他们出了菜市场，走远了，他们也就泄了气，各奔东西了。

男人带着她，先是走过一条宽而长的柏油路，然后穿过一道臭气熏天的水沟，越过桥头后，上了一条狭窄、破烂的胡同。胡同里栽着一些槐树，高的高，矮的矮，东一棵、西一棵的。虽然这树的阴凉强弱不同，但树下总坐着乘凉的老人。他们大都坐在矮板凳上，或是垂头打盹，或是怀抱着一兜菜，慢吞吞地择着。胡同里不时有自行车和三轮车驶过，搅起一股股灰尘。

那男人终于闪进了胡同尽头的一扇对开的油漆斑驳的红门里，陈青尾随他跨过门槛。这是一座典型的老式四合院，住着五六户人家，所以也可称为"大杂院"。天井里生长着一棵茂盛的槐树，北墙下有一个水池，一个穿着裤衩背心的胖女人正在那里洗衣服。听见门响，她回了一下头，见到陈青，怔了一下。陈青向她问了一声好，然后走进向西的屋门，她看见那男人进了这扇门里。

那男人已经把凉皮放下了，他握在手中的是一只水杯。见陈青进来，他把水杯递给她，说："喝点凉白开水吧。"

尽管杯子看上去油腻腻的，陈青还是喝了那杯水，她实在是太渴了。这屋子不大，两屋一厨的样子。她听见西南向的居室中传来两种声音，一种是挂钟有板有眼的嘀嗒声，另一种是一个女人间歇的哼唷声。

男人径直把她领入厨房。它大约五平方米左右的样子，苍蝇在案板和碗橱间快乐地飞着，门角的垃圾袋散发出刺鼻的食物腐败的气味，水泥地面上遗落着痰一样的面疙瘩、蔫软的油菜叶和干枯的姜丝等东西。有一处还水渍斑斑的，陈青正踩在那里。她蹙眉的时候，男人赶紧拽过墩布，胡乱擦了擦，说："刚才急着给你倒水，洒了。"陈青说没关系，朝男人要围裙。他从窗台上抓过一团布，抖了几下，围裙就皱巴着脸苦苦地看着她了。它看上去肮脏委琐、多处破损，所以图案上的向日葵，就给人遭到踩躏的感觉。陈青套上了围裙。男人接着告诉她煤气灶怎样打火和关火，怎样调节火苗的强弱，盘子和碗在什么地方，各种调料放在了哪里。交代完，他小声问陈青："真的是免费做餐？"陈青点了点头。男人又说："加上你，一共是四个人吃晚饭。"陈青答应着，问电饭煲和米在哪里，鲫鱼豆腐配又香又软的白米饭才是完美的。男人"噢"了一声，跑进里屋，取出电饭煲，对她说，我来焖米饭吧，这儿没有电源，得端到里屋。

陈青刮干净了菜板，将要使用的刀、铲子、勺子、锅悉数刷了一遍，把墩布在水龙头下投了又投，拖了两遍地，觉得可以下脚了，这才开始做晚餐。她打算把鲫鱼重新收拾一下，因为卖鱼人杀鲫鱼时，鳞片没有刷净，鱼鳃也没掏利索。她把鱼扔进水池中，拧开水龙头。明明那鱼已腹中空空，可是当清水奔流而出时，有一条鱼竟然动弹了一下，并且摆了摆尾巴，这让陈青心惊肉跳的。她呆呆地看了它半晌，直到它一动不动了，这才下手。拾掇好了鱼，她开始洗菜，将芦笋切成条，里脊切成丁，豆腐切成块，葱切成段，姜切成丝，蒜切成片，又将油菜和香菇洗净沥干，囫囵个地放在盘子中。之后，她就耐心而细致地开始煎炒烹炸了。她做菜喜欢淋上一点花雕酒，可她把调料打量个遍，连瓶普通的料酒都没有。散装的酱油上浮着一层白醭，醋的底部淤积了泥一般的沉淀物。但陈青还是满怀信心的，因为除了调料之外，恰当的火候和良好的心情，也能使菜滋味浓郁。她现在满心渴望着给这个男人做一顿晚餐，所以当她打开煤气开关，看着那团她无比熟悉的火苗像淡蓝色的花朵一样盛开的时候，她的内心充满了感动。她往锅里倒着油，准备先把鲫鱼微微煎一下，这时那男人忽然跑进厨房对她说："省着点使油，豆油又涨价了！"陈青本想再倒一些的，男人的话使她将倾斜的油瓶子给端正过来了，她放下了它，看着泛起的油沫被火苗舔得一点点消散。当最后一粒油沫像晨星一样隐退的时候，她把鲫鱼一条条地顺进锅里。每一条鱼入锅时都发出吱啦吱啦的被煎熬的叫声，这声音她是那么的熟悉。以往的周末，她就是听着这样的声音，站在自家干净、宽敞、设施齐全、各色调料兼备的厨房里，为丈夫做着晚餐。她不知道马每文这个周末会去哪里。

陈青炖上鲫鱼豆腐后，觉得有些乏，就坐在了地上的一只矮板凳上。她干活的时候，苍蝇虽然也围绕着她转，但无法落在身上，而她一歇下来，它们就纷纷落到她脸上、胳膊上。陈青只好摇晃身子，像个发作了癫痫病的患者一样，一刻也没坐安生。

天色已暗了，里屋传来一股恶臭味，它给陈青带来了天昏地暗的感觉，一阵反胃。除了钟摆的嘀嗒声和一个女人的哼唧声，如今一阵声又加入进来，好像谁在用纸擦着什么东西。陈青意识到这是那个男人在为发出哼唧声的女人擦拭屎尿。她是他什么人？得了什么病？

陈青正在掩鼻思量，门吱呀一响，一个背着书包的枯瘦少年走了进来。他穿一套海蓝色的袖口和领口镶着白道的校服，戴副眼镜。他一进来就奔里屋去了。陈青听见他说："爸，我闻着鱼味了。"接着，那男人的声音传了过来："哦，天上掉下了个大馅饼，有人不要钱给咱做晚饭，鱼和菜都是她自带的！"说完，他重重地吐了一口痰。男孩说："我来给我妈擦身子，你去倒屎吧。"陈青已然明白，这是一个三口之家，男主人看上去是个出苦力的，男孩在上学，女主人瘫痪在床。

虽然她并没有沾手屎尿，可陈青拈起勺子为鲫鱼豆腐尝试咸淡前，还是下意识地反复洗了洗手。菜的咸淡适宜，而汤汁还需要再熬掉一些。她在盖上锅盖后，发现了窗台上横着只苍蝇拍，就把灯打开，啪啪地拍起了苍蝇。大约一刻钟后，满地都是苍蝇的尸骸，那些侥幸活下来的，都窜到天棚去了。陈青打扫干净死蝇，又拖了一遍地，然后用肥皂把手仔细地洗了一遍，再次去掀锅盖。鲫鱼豆腐已经恰到好处了，锅底汪着一小圈乳色的汁液，鲜味丝丝缕缕地飘拂而出。陈青盛出她的主打菜，刷了锅，爆炒了肉丝芦笋，然后又素炒了香菇油菜，将煤气灶的火关掉。陈青看着这三个色香味俱全的菜，无限满足。男人大约知道饭菜已妥了，他走进厨房，感慨地对陈青说："这厨房干净了，菜味也这么好闻，我已有八年没有闻过这么香的菜了！"陈青说："我做的菜也不知对不对你的口味？"男人说："我从不挑食，有口饭吃着就香！"他指了指放在碗橱上的凉皮，说："你把它也做了吧。"陈青正想凑足四个菜，所以她很痛快地点着头说："没问题，三分钟就好。"她将凉皮取出，用清水冲了一下，放到案板上切成条，摆到一个花盘中，切了些蒜末、香菜末和黄瓜丝铺上，搁上盐，淋了芝麻油和少许的醋，轻轻搅拌着，一盘颤颤跃动的凉皮就清爽脱俗地出现了。开餐前，男人先是将每道菜各夹了一些，放到一只碗里，然后进了西南向的屋子。陈青明白，他这是给老婆喂饭去了。想来那女人吃东西极慢，大约半小时后，男人才出来，碗里的菜所剩无几了。在他喂饭期间，陈青听不见哼唧声了，而是一个人吃着香东西时发出的响亮的吧唧声，这声音让她难过。

陈青把菜端进了西北向的小屋。它看上去只有十平方米左右的样子，一床、一桌、一椅，墙上挂着世界地图、化学元素周期表以及一些手写的英语单词纸片，看来这是少年住的地方。男人为了菜有一个好的落脚点，搬来一张折叠式圆桌，支在地上，又提来一只高脚方凳。就这样，少年坐在他学习用的椅子上，陈青坐在方凳上，男人搭着床边坐着，三个人吃起了晚餐。一开始，父子俩一言不发，吃得热火朝天的。大约十分钟后，男人忽然想起了什么似的，放下筷子，将手插进裤兜，摸索了很久，掏出一张皱巴巴的五元钱，递给少年说，这么好的菜，不喝酒可惜了。去食杂店给爸买一斤一块二的散酒，剩下的钱你买本子吧。少年放下筷子，接了钱，舔了舔唇角，出去了。

未等陈青发问，男人对她说，那屋里哼着的是我老婆，她这么哼唧了八年了。八年前她还在印刷厂上班，有一天下了夜班回家，是秋天的日子，刮着鬼一样的阴风，她路过一幢七层高的居民楼的时候，被谁家掉下来的花盆给砸到头上。人从此瘫了不说，脑子也废了，不认人了。砸到她的那个门洞是两户相连的，中间只有一道隔板。这十四户家家养花，没有一家承认掉下的花是自家的。我能怎么办？到法院把这十四户都告到法庭上了！这官司取证太难了，花盆上的指纹不清楚，泥土吗，它又不带姓名。官司拖拉了好几年，我老婆已花掉了六万块钱的医疗费，其中一半是东挪西借凑来的，那股秋天的阴风真是让我抽筋断骨了啊。那十四户人家，前几年已搬走了五户，有的全家迁到南方去了，有的去了国外，所以法院三年前判他们联合赔偿我老婆医疗费和伤残抚慰金的时候，剩下的九户坚决不同意，他们联名上诉，说是敢留下的都是无辜的人家，于是这案子重新审理了，至今也没个结果。我原来在一家暖瓶厂当工人，可如今这世道暖瓶成了嫁不出去的老姑娘了，厂子黄摊了，我下了岗，在一家净水器厂找了份工作，当送水员，挣几个辛苦钱。我一天起码要扛二十桶水。到了晚上，腿都软了。我是个左撇子，不会使右肩，这几年左肩让水桶给压扁了，右肩陡起来了，人家就不叫我的本名王林了，都叫我"王斜肩"了。

王斜肩说到动情处，眼里泪光闪闪，这时少年回来了。他先去了厨房，为父亲取来一只盛酒的空碗，王斜肩提起那袋酒，用牙咬开一个口，让酒顺着豁口流进碗里。他倾倒得很仔细，明明塑料袋已瘪了，他还是捏了又捏，挤出几滴，这才丢下它，小口小口地咂起酒来。

陈青陪着这对父子，慢慢吃着晚餐。少年最先放下筷子，他转过椅子，坐在书桌前温习功课，可是看着看着，他竟然趴在桌子上睡着了。王斜肩满怀怜爱地骂了儿子一句：小东西吃乏了！然后他指着凉皮对陈青说，他老婆最爱吃这口，所以他隔个三两天就给她买这个。他还说他老婆原来很丰满，现在瘦得跟个骷髅似的，碰哪儿，哪儿都是骨头。说到这儿，他的舌头似乎硬了，不再说话。

王斜肩喝干了碗中的酒后，已经九点钟了，天彻底黑了。陈青在收拾桌子的时候，王斜肩突然想起焖了一锅的米饭，还一粒没吃呢，忘在他老婆的屋子里了。他说陈青做的菜实在太好吃了，他已经有八年没有吃过女人做的晚饭了。陈青让他把米饭端出来，放在冰箱中，不然隔一夜会馊了。她洗了碗筷，擦干净了灶台，拖了地，这才摘下围裙，背起旅行包。王斜肩问她："你要去哪儿？要不然在我家对付一夜，你睡我儿子的床，给他打个地铺。"陈青对他说不必了。王斜肩抖了抖肩膀，说："回家告诉你男人，就说我说了，你做的饭是女人当中做得最好的！"陈青点了点头。王斜肩又说："要不我出去送送你？离这不远有一家旅店，三个人一间，一宿二十块钱。"陈青摇了摇头。王斜肩最后叮嘱她说："你路过楼房的时候，可别贴着楼根走，离它远点，万一落下来什么东西，让你赶上了，你这做菜的好手艺也就派不上用场了。"陈青哽咽地说："我知道了。"

陈青推开房门时，发现天井里坐着四个女人，她们选择的椅子有高有低，所以虽然坐在一条直线上，但是错落有致。居室弥漫出来的灯光照亮了她们那一张张满怀猜疑的脸。陈青泰然自若地走出院子。明明背后传来的是那四个女人高声的诋毁声，可陈青耳边回响着的，却是一个不能出屋的女人那一声连着一声的周而复始的哼唧声。

陈青回到家里是周一的早晨，马每文不在，但他的车停在楼下，车胎上附着厚厚的泥巴，像是一匹在农田里刚打完滚的马。马每文没有在床头柜上放置新的旅行票据，而陈青却把去北京的一空一陆两张票傲然摆在了餐桌上。她把飞机票铺在下面，而将火车票放在上面，这样两张票都能清晰地彰显出自己的身份。陈青布置完票据的时候，发现餐桌上多了一把茶壶，样子像极了被马每文摔碎的那把，可拿到手中仔细一端详，便看得出它们的质地虽然也是那种无与伦比的细腻，但泛出的光泽不是隐隐的青色，而是庸常的白色。

　　陈青冲了一袋麦片吃下，就赶到报社上班。刚到门口，就碰见了驾车而来的张灵。她的肤色看上去黑了一些，看来双休日接受了阳光充足的照拂。张灵将车停下，打开车门，召唤陈青上来。

　　"又去哪里逍遥去了？"陈青上了车，一关上车门就问张灵。

　　张灵说："别审我了，先交代你去哪儿了。我给你打了好多个电话，你始终关机！"

　　陈青说："我能去哪里，回曼苏里了。"

　　张灵"噢"了一声，半信不信地侧身看着陈青，然后用手捋了一下吊在前视镜下的平安结，对陈青说："我去菊花谷漂流去了，猜猜我在那儿碰见了谁？"

　　陈青的心猛地一抽，她想张灵说的那个人一定是马每文！菊花谷离寒市二百多公里，那一带的山峦从入夏至深秋，会被金灿灿的山菊花点缀着，山间奔腾着的河水因了山势的起伏，时而水流湍急，时而平缓如镜，是漂流的好去处。陈青和马每文曾不止一次去过那里。看来马每文一定是带着女人去菊花谷了，难怪他的床头柜上没有新增加的旅行票据，他是开着车去的啊。汽车轮胎上裹挟的泥巴，就是票据啊。

陈青不假思索地问："他跟谁在一起？"

张灵问："你知道我说的是谁？"

陈青说："当然知道了。"

张灵说："她跟这个城市最伟大的建筑师在一起。"

陈青虽然与徐一加分手多年了，但她心底还是认为他是这个城市最优秀的建筑师，至今仍然没有哪一座建筑可以与紫云剧场相媲美。她与徐一加的事情，并没有对任何人讲过。陈青说："你是说徐一加？马每文怎么会和他在一起呢？"

张灵"呀——"地叫了一声，愣怔片刻，说："你周末没和马每文在一起？我是说蒋宜云和徐一加在一起啊！他们就住在我们隔壁。蒋宜云见了我也不尴尬，说她好久没回家了，还跟我打听你呢。"

陈青好像突然从春天走入冬天，她打了个寒战，对张灵说："蒋宜云才二十岁，徐一加四十多了，他们怎么会搞在一起？太荒谬了！"

"你可别动气。"张灵说，"现在的女孩子，哪还把谈婚论嫁的事放在心上？他们在一起也看不出二十多岁的差距。你想啊，一个风度翩翩的建筑师和一个年轻漂亮的设计师在一起，不就是'天仙配'吗！"张灵并不在意陈青情绪的变化，她带着羡慕的口吻说："菊花谷旅馆的间壁墙你也知道，就是一层隔板，他们一夜叫春到天亮，让我觉得自己都老了！"说完，她大笑起来。

陈青终于控制不住自己的情绪了，对张灵吼道："够了，够了，别说了！我看你现在的这做派跟妓院的老鸨一样了！真是下流、无耻！"陈青打开车门，跳下车。她有一种被羞辱的感觉。她恨不能抓住蒋宜云，踢她几脚，或是揪住徐一加，扇他几个嘴巴。当她早晨从北京至寒市的火车上走下来时，她是那么的从容，觉得自己站到了情感的制高点上。可是张灵不经意的一句问话，却使她两段情感生活的伤疤猝然翻卷出来，让她又坠入了深渊。

她坚决不能饶恕蒋宜云和徐一加！陈青愤怒地走进报业集团的大门，噔噔噔地爬上楼梯，几乎是一路小跑地进了《寒市早报》，飞快地钻进自己的格子间，一屁股坐在椅子上，呼呼地喘着粗气。偏偏老于不识抬举，只闻其声，就把一篇稿子从隔板上方递过来，低声下气地说："陈青，看看这篇，一个厂子的工会主席写的，文笔还真不错啊。"陈青起身接过稿子，嚓嚓嚓撕了个粉碎，团成个球，"砰"的一声把它扔进字纸篓中。

陈青未到中午就回家了。餐桌上的票据被人动过了，飞机票把火车票压在身下了。她以为马每文回来了，就冲着他的卧室大叫着："马每文，你出来啊。你知不知道，你的宝贝女儿，跟了一个四十多岁的男人，跟了这个城市最大的流氓！马每文，你出来啊，人家在菊花谷都看见了，你家的小妖精找了个爹！"陈青叫喊完，一阵头晕目眩，她跌坐在餐椅上，手指哆嗦不已。

马每文的卧室果然有了脚步声，但出来的不是他，而是蒋宜云！她穿一条黑地灰格子的超短裙、一件黑色紧身露脐短袖上衣，脚蹬一双黑灰两色相间的镂花高靿羊皮靴，长发用一根灰色丝带束着，耳畔有两缕头发被染成金黄色，看上去像是飞旋在深山中的两道霞光，灿烂极了。她的装束跟她的设计风格一样，时尚、活泼而又典雅。她那高挑的俊美身材让陈青联想起了马每文的前妻——那个游泳教练，她觉得站在自己面前的就是一个妖媚的鬼。

蒋宜云已经很久没有回来了，她的气质中多了几分成熟气息。陈青想一定是徐一加为她注入的这种气息，她的手指哆嗦得更厉害了。她盯着蒋宜云的靴子，就像看着一对溜进屋子的大老鼠，满怀嫌恶，她进门竟然连鞋都不脱！

"我就知道张阿姨会跟你说的。"蒋宜云拉过一把餐椅，坐在陈青对面，咄咄逼人地说，"你不用盯着我的靴子看，我没脱，因为这也是我的家，回家怎么方便怎么是。"说着，她将椅子往后挪了挪，把右腿压在左腿上，似是展览她的美腿给陈青看似的。陈青对蒋宜云这套对付她的伎俩已习以为常了。她和马每文结婚前，那时她还叫马宜云的，只要陈青带她上街，她会突然指着街上那些细高挑的女人对陈青说："真像我妈的身材啊，好酷哟！"进了商场，只要陈青看上的衣裳，她就会找出多种理由说它土气。到了餐馆呢，她在点菜时反复叮嘱服务员："我不吃葱姜蒜，告诉厨子千万别放这些讨厌的东西！"陈青信以为真，刚结婚时，炒牛肉不敢放葱，清蒸鳜鱼时不放姜丝，红烧猪肘时本该丢上几瓣蒜的，可为了蒋宜云，她只能舍弃。所以新婚蜜月中的菜，没一道是滋味醇厚的，不仅马每文不爱吃，她自己也倒胃口。后来马每文有一天感慨，说他总觉得菜里缺少了点什么东西。陈青说："缺什么？你的宝贝千金不吃葱姜蒜，这菜让我怎么做？"马每文说："小丫头最喜欢吃这些东西了，她这是胡说啊。"陈青恍然大悟地对丈夫说："她这是想让我把菜做得没滋味，你好早点离开我啊！"

蒋宜云跷着腿对陈青说："我很高兴你说我是小妖精，如今'妖精'这个词可是'聪明'和'美丽'的代名词啊。"

陈青无言以对，她觉得自己已经处于这场战争的下风了。

"我今天回来，并不是乞求你别把这事情告诉我爸，我不在乎。我和徐一加是谁也拆不散的。"蒋宜云撇着嘴角说。

"你们是怎么认识的？"陈青说这话时，牙齿打着寒战。

"他在郊外买了一套房子，做他的新工作室。听说我们蚂蚁装饰公司的设计好，他就找来了，选中了我。"蒋宜云说，"我花了三个月的时间为他装修房子，他非常欣赏，我们的好是自然而然的。"

"我明白了！"陈青说，"你在装修他房子的时候，他把你也当成了房子，给装修了！"

蒋宜云显然没有料到陈青说出如此刻薄的话来，她瞪大了眼睛，说："虽然你是我继母，但你没资格这样跟我说话呀。我二十了，不是小孩子了！"

"二十岁就跟老男人上床，你还有没有廉耻？！"

"请你说话客气点，如果说我找了个老男人的话，那也算继承家风啊，我爸不是也找了个嫁不出去的老女人吗！"

陈青咆哮道："我是老女人不假，可你爸爸跟我可是明媒正娶！那个老男人是不会娶你的，他不过是玩玩你！"

蒋宜云冷笑了一声，说："徐一加就要为我离婚了，你就别操心了。不过他就是真离了的话，我也不一定嫁给他，你们还是管好自己的事情吧。我看我爸的床头柜上都是他单独出门的票，你呢，也刚从北京回来，你们双休日时各去各的地方，不是出了什么问题吧？"蒋宜云站起身，指着冰箱说："再过半个月就是中秋节了，我放进去两盒莲蓉月饼，那天就不回来了。"

蒋宜云迈着轻灵的步伐走了。陈青觉得自己在养女面前颜面尽失，一败涂地。她憎恨自己。她打开冰箱，取出莲蓉月饼，赌气似的一口气吃了三块。明明莲蓉馅是甜的，可她满嘴都是苦味。吃过月饼，她乏极了，回到卧室，倒头便睡。等她醒来时，已是傍晚了。她本能地找出徐一加留给自己的电话，想警告他几句。手机和工作室的电话均告已是空号，她便把电话打到徐一加的单位，称自己是《寒市早报》新闻部的记者，想采访徐一加，接电话的人毫不犹豫就把他的住宅电话给了她。

陈青拨通了那个电话，是一个女人接的，她好像正笑着，那声"喂——"格外的明媚。当她听明了对方的身份后，亲切地对陈青说："您稍等啊。"陈青随之听到她撒娇地呼唤着自己的丈夫："老公，是记者的电话，过来接一下啊！"

"您好，我是徐一加。"当这无比熟悉的声音又重现的时候，陈青有种恍若隔世的感觉。

"我是陈青，但愿你还能记得我的名字。"陈青说。

"噢，是陈记者啊，你好你好！好久没联系了，最近怎么样？我看你们报纸越办越好看了，我爱人现在最爱看你们的'再婚堂'了！"徐一加没有丝毫的尴尬，他自如地寒暄着。陈青明白，他的这番话是说给妻子听的，这证明他很在意她。他不会为任何女人而损害他的家庭的。他所谓的为蒋宜云离婚，一定是空话。不知怎的，陈青眼前闪现出了曼苏里宰羊的情景。羊"咩咩"的绝命的叫声又一次回响在她耳畔。先前她还想教训一下徐一加，现在她却改变了主意。她想蒋宜云并不是那种被绑在柱子前哀怜地叫着的羊，以她不羁的性格，她会挣脱绳索的。如果说徐一加是一柱钟乳石的话，那么陈青是水流，蒋宜云就是一颗蓄势待发的子弹，前者洞穿它要经过千百年的努力，而后者摧折它只是瞬息之间。

陈青说："你会有一个我曾经历过的漫长寒夜的。"

徐一加的情绪没有受丝毫影响，他训练有素地说："我正在竞争榆树岗机场的设计，等构想出来了，再接受你们的采访吧。谢谢你们对我的关注，再见！"说完，把电话挂了。

陈青一想到徐一加要竞争榆树岗机场的设计，浑身都不自在。寒市现在的机场已经老旧了，它已不适应不断增加的客流量和密度越来越高的起降率。它就像一个瘦小的人要整天扛着一个沉重的大麻袋似的，逐渐透出疲态。新机场选址在榆树岗，那是一个农庄，离寒市三十公里。榆树岗机场的项目一俟确定，即面向全国广招设计方案。建筑设计师们自然不会放过这个千载难逢的展现才华的机会，竞争者目前已超过了二十人。陈青当时还想，徐一加一定会参加角逐的。她心里很清楚，以一座清隽、现代而又节省了大量建筑材料的紫云剧场作为基础，以他多年生活在寒市的优势作为灵感之源，他的设计方案一定会成为翘楚的。一想到有一天她可能会在徐一加设计的机场里进进出出，她就有种毛骨悚然的感觉，好像来到了地狱之门。

天色越来越暗了，马每文还没有回家。陈青打开手机，想看看有没有张灵发来的短信，她觉得早晨时自己对她过于刻薄了。手机一开，就像晃动着万花筒一样，各种风景变幻着呈现，信息提示灯闪烁不休，清脆而短促的信息铃音也像布谷鸟一样鸣叫着，有四条憋在里面的信息像浮出深水的鱼一样，摇头摆尾地出来了。

第一条短信是老于发来的：

心情不好时，听听轻音乐吧。

第二条短信是张灵发来的：

你还没吃够蒋宜云给你的苦吗？别管她和徐一加的事了！马每文是个好丈夫，好好待他吧。

第三条短信是某商场发来的：

尊敬的 VIP 用户，中秋节在即，商场四楼正在举行秋季服装展览，全场八折，购物满千元者，赠三百元代金券，欢迎惠顾。

第四条短信是个陌生人发来的，它的内容让陈青唇齿间生出寒意：

我愿是垂立在红蓝巷正午阳光下的那头驴，让你把凉帽戴到我头上，我的余生将会是无限的荫凉；我愿是紫云剧场你坐过的椅子，分担你苦涩的笑声，我的生活星空将会是一片光明；我愿是小南里菜市场你背负的行囊，同你一起做晚餐，我的情感心海将升起永远的白帆！

这段话的每一句都点在了陈青的痛感神经上，是什么人跟踪了她？是马每文指使的人吗？她就像一个被偷了东西的人一样，气愤而惊慌，她想立刻捉住这个"贼"！陈青从信息上将这个神秘人物的电话复制下来，拨了过去。蜂音悠然鸣响着，但对方始终不接电话。她心犹不甘，继续拨打，反复多次，然而对方安之若素、岿然不动。虽然并没有通上话，但陈青却口渴难耐，仿佛已经与之唇枪舌剑地交锋过似的。她从冰箱里取出一听啤酒，一口气喝光，等她再回到手机身边时，一条短信已经在等她了：

　　我要见你，不想接电话。你一定没有吃晚餐吧？我在凯恩大厦一楼的心烛西餐厅订了两人晚餐，九号桌，不见不散！

　　陈青没有犹豫，立刻换上一条棉纱质地的黑色露肩连衣裙，这是她最喜欢的晚装。这种质地的衣服稳重而不乏飘逸，不似那种丝绸的晚礼服，因为过于华丽，总给人一种卖弄风情的感觉。换过衣服，她将头发随意绾起，别上一枚银色发夹，化了淡妆，提起黑色的手包，穿上鞋子就下了楼。待到她叫了的士，欲上车的时候，才发现自己穿了双米色的平底鞋，这与黑色的晚装实在是太不相配了。她可不想让自己的气质在一个威胁者面前被削减，她丢给司机五十元钱作为等候押金，跑回家换上了一双高跟方头黑皮鞋，这才觉得自己气韵贯通了。

　　凯恩大厦是寒市著名的四星级酒店，共十六层，有三百多间客房。一楼和二楼为餐饮和娱乐之地，这一食一色像一双勾人魂魄的眼睛，总能吸引大众的目光。不仅客人喜欢这里，本市的人也爱来消费。这里的悦来中餐馆和心烛西餐厅名气很大，前者以它的各色煲汤和由红灯笼烘托的暖洋洋的气氛招徕人，后者则以它的咖啡点心和那一簇簇温柔的烛光诱惑人。

心烛西餐厅就像一大壶刚煮沸的咖啡，而每一个进来的人都像一把小勺，预备着搅起香浓的泡沫。

西餐厅是一色的四人座的条桌和两人座的方桌，为了突出桌上的烛光，壁灯和吊灯光线微弱。不是周末情人们幽会的高潮，所以餐厅里的人并不是很多。陈青东张西望寻找九号桌位时，心情紧张得如同在寺庙抽签，不知蹦出来的签昭示着什么样的命运。

原来是一个戴眼镜的、面目看上去还算顺眼的中年男人坐在九号桌旁，他已经在享用咖啡了。他看见陈青，带着股神秘的笑容站了起来。陈青发现他个子不高，比马每文要矮半头，而且他有些谢顶，不像马每文还有浓密的头发。她很懊恼她看见别的男人时，会在心中暗暗与丈夫做着比较。陈青没有握他伸过来的那只手，而是径直坐在他对面，她觉得握住了那只手就等于同流合污了。

马每文竟然选了这么个白面书生作为密探？可笑！她暗自鄙视着，叫来服务员，先要了一杯爱尔兰咖啡，然后大手笔地点了晚餐：一块牛排，一份法式蜗牛，一份软煎三文鱼，一碗海鲜酥皮鲜蛤汤，外加开胃的酸黄瓜和可以佐酒的蔬菜果仁沙拉。当然，一瓶法国波尔多的红葡萄酒是这一系列菜肴的点睛之笔。她想反正有这个人，或者是这个人背后的人（没准就是马每文）来买单，她不必考虑他们的钱袋是否丰满，何况她已饥肠辘辘。

咖啡先上来了，陈青痛快地呷了一口。对面的男人大约觉得她喝了咖啡就是顺从之举，他用右手的无名指将名片从桌面上推过来。陈青觉得那张名片就像一具漂在海面的浮尸，只是嫌恶地看了一眼，手都没有触一下。但这并没有惹恼他，他自我介绍着："我是《寒市晚报》新闻部的记者，笔名'遗梦'，我在两年前的寒市新闻界的一个联谊会上见过你。"

《寒市晚报》与《寒市早报》隶属于不同的传媒集团，它们是寒市发行量最大、也是竞争最为激烈的两份报纸。一般来说，只要《寒市早报》有了新版栏目，并且取得了不俗的市场业绩，《寒市晚报》也会紧随其后，对报纸进行改版。而如果《寒市晚报》的社会新闻引起了市民广泛的关注，《寒市早报》也会效仿它，侧重或增加此方面的内容。这两份报纸恰如一矛一盾，有攻有守，互不相让，相持着向前发展，对各自的利益寸步不让。

陈青知道"遗梦"这个笔名，他是《寒市晚报》新闻部的主笔，号称"一号笔杆子"，经常写些带有噱头的新闻，比如《人体骡子携毒身亡》《公鸡下蛋母鸡打鸣》《夫妻拌嘴当街砸自家汽车》《白沙岛上男人集体裸晒惹风波》等等文章。遗梦抓的新闻可读性强，所以《寒市早报》新闻部的记者一看到他的文章，就不无嫉妒地挖苦说："看哪，这小子又'梦遗'了！"他们巧妙地把他的笔名颠倒过来，以鄙视他。一旦确定了跟踪者的身份，陈青释然了，明白这个人与马每文无关了，因为丈夫最不喜欢和文人打交道了。陈青放松地吃喝的时候，遗梦一言不发地看着她，显得很有耐心和城府。陈青酒足饭饱了，她站起来对遗梦说："谢谢你的晚餐，我该回家了。"遗梦从容地说："我在这儿订了一间房，你跟我上来一趟，有你感兴趣的东西给你看。"陈青明白一个男人在酒店订了房间约一个女人上去意味着什么，她说："对不起，我丈夫等着我回去做晚餐呢。"遗梦一字一顿地说："如果你不去处理那些东西，你丈夫将不需要你做晚餐了！房间号是1010，双十，好记，我在上面等你。"遗梦买过单，很自信地先自走了。陈青呆呆地站了一刻，又坐回原位，恰好餐桌还未清理，她把余下的半瓶葡萄酒倒进杯子，慢慢饮着，琢磨遗梦那句话的含意。最后她想明白了，如果她不上楼，这个跟踪了自己的卑鄙的家伙，一定会把他短信上抒写的内容告诉马每文，而她最不想让丈夫知道她在第三地为人做晚餐的事情。那是她心灵的秘密之花啊，她不能让别人蹂躏了它。陈青饮尽最后一滴酒后，一路疾行到了电梯口，当电梯在十楼停下，"唰"的一声打开时，陈青觉得它向自己张开的是血盆大口。她下了电梯，听见它又"唰"的一声合上。它就像一个饕餮之徒，如愿以偿地吞吃了它垂涎的东西，心满意足地闭上嘴巴走了。

　　陈青叩响了那扇门。看来遗梦认为对陈青已是势在必得，他已经冲过澡，换上了一套蓝白格子睡衣。房间的灯只亮着一盏，且调得较暗。陈青似乎明白自己是做什么来的，一进来就瘫软地坐在床上。遗梦微笑着，递过三页打印纸，并且把床头灯调亮。白纸上打印出的照片色彩纯正，清晰明了，陈青想这些照片一定是经过了电脑扫描仪这只"鬼眼"，然后又通过高清晰度的彩色激光打印机这个肮脏的"肠道"的蠕动，才被吐出来。第一页上是一组正午的红蓝巷的情景，共有三幅照片：陈青擎着凉帽走向驴，她把凉帽戴到驴头上，驴的主人看到驴戴着凉帽时嬉笑；第二页是夜景，共两幅：她被紫云剧场保安带出剧场，她站在剧场外茫然地望着那座竖琴风格的建筑；最可怕的是第三页的情景，虽然只有一幅，却足以让她战栗了：她站在北京东郊小南里菜市场，手举"免费为你做一顿晚

"餐"的绿纸牌，身前身后是黑压压的观望者。

"你为什么要这么干？"陈青放下那三页纸，打着哆嗦问他。

遗梦把床头灯又调暗，说："我两年前见过你后，再也不能忘怀。我想只要得到你一次，我这一生就不算白活！"遗梦说："也许我的手段卑劣了些，我开始频繁地跟踪你，可你生活得很有规律，除了单位，就是家，再不就是和丈夫去曼苏里，看不到什么缝隙，可以让我插进去。那天中午在红蓝巷，实在是巧遇，我在巷子的另一侧走着，突然看见了你，结果我拍到了那样的画面，我预感到你的生活要出问题了，接下来跟踪你是自然而然的了。你知道，记者的身份跟侦探也没什么分别，去哪儿都是自由的。"

"你居然跟着我去了北京？"陈青说，"你也太荒谬了！"

"爱情是会让人变得荒谬的。"遗梦说。

"别亵渎'爱情'这个词，你不过是头发情的猪！"陈青吼道。

遗梦冷笑了一声，说："我正是属猪的。现在这头猪吃够了糟糠，想尝尝别的，如果你不让吃，我也知道你丈夫算是本市有名的民营企业家，我会把照片给他的。而如果我吃了呢，我保证把所有的照片都销毁。"

陈青觉得周身寒冷，牙齿打战，说："我想要烈酒，烈——酒——"

遗梦拉开冰箱，从中取出一瓶威士忌，又在酒吧上取了一只酒杯，走向陈青。陈青没有接酒杯，而是用捉贼的狠劲儿一把抓过酒瓶，拧开盖，对着瓶嘴豪饮起来。一股烈焰腾地冲进她的肺腑，很快就熊熊燃烧起来。她觉得自己刚才还是一棵生机勃勃的树，可是一场大火让她转瞬间就失却了饱满的汁液和美丽的容颜，她的鼻腔里弥漫着浓郁的焦煳味。她在这柠檬色的琼浆制造的火光中失去了知觉和自我。

陈青回到家时夜色已深，她刚脱下鞋子，电话就响了。她踉跄着去接电话，是嫂子张红打来的。她说她一晚上打了十多次了，她告诉陈青，这个双休日马每文一直待在曼苏里，他开着车，带着全家人在田野里兜风。在马每文的看护下，陈墨把着方向盘，竟然开起了汽车，把他兴奋得夜里直喊："飞——飞——"张红说："俺妹夫说你出差了，俺们猜你今天该回来上班了。妈那两天别提多高兴了，她都没有去看宰羊。她让我给你打电话，说，这姑爷真是体恤人，打着灯笼世上也难找，说你是掉进福堆去了！"

陈青放下电话后，去了丈夫的卧室，那里空空荡荡的。她又去了其他几间卧室，也都是空空荡荡的。她觉得头晕目眩，一阵恶心。她扶着墙壁摇晃着进了洗手间，掀起马桶盖子，大口大口呕吐起来。她呕吐的时候，泪水也跟着下来了。

第二天清晨，陈青被一阵剧烈的呕吐声扰醒。马每文昨夜什么时候回来的，她一无所知。想必他喝多了酒，才会肠胃不和。丈夫有慢性胃炎，她很想提醒他不可饮酒过量，可她的身体却动弹不得。那一阵紧似一阵的呕吐声就像射向她心头的箭一样，令她疼痛。

寒市的秋天到冬天几乎没有过渡，当你还在怜惜风中那些凋零的落叶时，初雪悄无声息地来了。马每文在这两个多月中频频南下，他去了上海、杭州、威海和连云港——这些与江河湖海有关联的"湿润之地"。陈青每次从丈夫的床头柜上看见新放上去的旅行票据时，都要下意识地用抹布拂拭一下，好像它沾满了灰尘似的。

马每文越来越消瘦，脸色也越来越灰暗。陈青觉得他这是自作自受，谁让他总是马不停蹄地奔赴第三地了？所以丈夫经常性的清晨呕吐，已不再令她心痛。

陈青这期间也出去了两次，一次去了锦州，一次去了海拉尔。她在锦州为一个男人做晚餐时，这人的老婆突然归来。她夺过陈青手中的菜刀，咬牙切齿地说要杀了这个用厨艺勾引男人的贱货！原来那男人撒了谎，他老婆是个赌徒，整天泡在麻将桌旁，他的晚餐常常是从快餐店买来的肉包子。他太想吃一顿女人做的晚餐了，所以当陈青问他有无老婆时，他痛快地说，那个肥婆早死了！结果肥婆那日手气好，提早回家了。她把男人骂了个狗血淋头，还抓起电话要报警，想把陈青送进拘留所。陈青灰头土脸地被扫地出门，当她踟蹰在街头，看着万家灯火的情景，不知该宿在哪里的时候，还惦记着人家煤气灶上炖着的鲫鱼豆腐，担心汤熬干了，少了汁液，菜的美味也就减去了十之六七。而那次深秋去海拉尔，她参观了日军当年遗留下来的一处地下工事。陈青披着分发给游客的棉大衣，沿着石阶下到十几米深的地下的时候，注意到阴湿的地洞口有一个弯曲着腿的黑脸汉子，他披着棉大衣，忠于职守地做着守卫。陈青想一个人常年工作在这样的环境，一定渴望着喝碗女人做的热汤。她上前与他搭话。他很健谈，他说自己原来是乳品厂的工人，现在小企业经营不景气，都被大企业兼并了。合并后要不了那么多人，他回家了。不过他很快找到了这份在地下工事里做守卫的工作。他说别人都不愿意干这活儿，嫌终日不见阳光，又冷又潮，除了看游客的脸，就是那些冰冷的石头。他说只要有口饭吃，他不在乎这工作是地上的还是地下的，只不过这些年待在地下，他得了风湿病，腿开始弯曲了。他还不无调侃地说，我最恨日本鬼子了，可是没有想到他们当年作的孽，还让我得了份工作，这世道，荒唐啊！陈青问他，是不是每天一回到家，最渴望喝上一碗热汤？他张着大嘴叫着，是啊，是啊，可是我老婆手艺差，做饭一根筋，除了菠菜豆腐汤，别的都不会！陈青告别这汉子后，就进了市区，她先到百货商场买了一个深口保温罐子，然后找到一家饭店，跟店主讲好了，她付钱，借用一下灶房，她要亲手煨上一锅汤。那是下午两点的时光，不在饭口上，灶房闲着，店主觉得这生意划得来，应允了。陈青见冰箱中有猪骨，就把它用开水焯了，倒掉血水，放到大的钢精锅里，添足水，放上花椒、大料、黄酒、少许的酱油和米醋，再投上几根红辣椒、一些姜丝和葱段，急慢火交错地熬起来。一个多小时后，汤泛出淡淡的奶色，她将掰成片的大头菜、切成月牙形的西红柿和条状的冬瓜天女散花般地撒上去，慢火又煮了半小时，这时打开锅盖，发现汤汁紧了，鲜香味也更浓了，在关火后趁着余温将一把香菜末扬上去，一锅有着微微酸辣气的猪骨蔬菜汤就大功告成了。她将浓汤盛了满满一罐，将盖旋紧，免得热气跑出来，出了饭店后叫了辆的士，直奔山中的地下工事。那时已近黄昏，太阳摇摇欲坠着，是下班的时候了。陈青站在那里，等了大约十几分钟后，看到那个男人一瘸一拐地拾级而上。他一踏上地面，她就迎上去，说明来意，把那罐汤送到他怀里。那男人就像抱着一个三世单传的儿子一样，激动得抖着嘴唇，半晌说不出话来。

陈青和马每文以前是分居不分餐，现在不但分餐了，而且洗衣、打扫一类的活计也是各做各的了。每到周末，他们就像到了时间的候鸟必定要迁徙一样，飞离家门，周一时再疲倦地归来。陈青即便不做远途的旅行，到了双休日时，也要就近到乡镇走一走，否则，她独自待在家中，空虚和伤感就会像两只缠人的蜘蛛，用它们吐出的丝织成一张网，牢牢把她罩住。

如果不是因为圣诞节发生的那桩震惊寒市的杀人案，马每文和陈青的第三地之旅还将潮涨潮落地进行下去。

那个寒冷的夜晚，陈师母在炉具厂的裁缝铺子，用一只手杀死了丈夫和王卷毛。

每一件恶性事件的发生，都能让媒体跟着兴奋一阵子。寒市电视二台的《法制纵横》、广播电台的《空中论剑》以及《寒市早报》和《寒市晚报》，都辟出整块时间或整版篇幅报道此事。所谓的"报道"，不过是极力渲染事件的现场气氛，电视画面和报纸的新闻配图充满了血腥之气。一时间，电视收视率直线上升，电台收听率也扶摇直上，至于竞争最为激烈的《寒市早报》和《寒市晚报》，简直就是打起了一场重量级的拳王争霸战，各出拳路，令人眼花缭乱。报纸的零售额一路看涨，乐坏了办报的人和卖报的人。看看这些新闻报道的标题吧：《独臂女杀夫泄私愤　野鸳鸯命丧圣诞夜》《裁缝铺血案》《一个管道疏通工移情别恋的哀歌》《恨海情天不归路》《圣诞夜鬼影》等等。《寒市晚报》甚至辟出专栏，做这个事件的追踪报道，执笔者就是遗梦。他的第一篇报道回顾的是事件的起因；第二篇采写的是王卷毛的丈夫，这个失去不贞妻子的农民竟然号啕大哭，说一个女人长了那么一身好肉，说摸不着就摸不着了，他心里疼得慌；第三篇报道的是曼苏里陈青家人对此事的反应，陈黄终日哭哭啼啼，蒋八两声称不能娶一个杀人犯的女儿，欲退婚。陈白担忧的是此事会影响他毕业后找工作。张红倒是处变不惊，她联合了一百多人，联名给法院写呼吁信，说陈大柱和王卷毛是一对奸夫淫妇。陈师母逆来顺受了多年，此举实在是被逼无奈，请求法院对陈师母能从轻发落。陈墨呢，这个愚痴的家伙照样一天不落地当着投递员，家中发生的事情似乎就像每天从他手中分发出去的信件一样，无关紧要。陈家子女中，陈青是唯一没有被访的，不是遗梦放过了她，而是出事之后，她关闭了手机和家中电话，连单位也不去了。遗梦的第四篇报道是对陈师母的访问，她在那个夜晚出手利索地连杀两人后，提着凶器，徒步到公安局自首去了。据值班民警回忆，这个穿一套灰蓝棉服的消瘦而憔悴的老人走进公安局后，一直在打哆嗦。警察问她话，她一句不说，只是"当啷"一声把血淋淋的刀扔在地上，抓过桌子上的询问笔录和一支笔，写下了以下的话：

> 我杀了那个用两条胳膊搂抱我男人的女人和非要搂两条胳膊的我的男人，你们去炉具厂的针线王裁缝铺子验尸去吧！

警察问她话，她一概不说，所以先前还以为她是个哑巴。她不仅对待警察的询问表示沉默，对记者的采访也不置一词，所以遗梦对她的采访，只能是浮光掠影。

陈家的凶杀案，使马每文又回到家中。他把床头柜上的旅行票据全都收进抽屉，肩负起了每天做晚餐的重任。可无论饭菜怎么诱人，他们都毫无食欲。马每文频繁与他司法界的朋友通电话，还携带着贵重礼品低声下气地上门拜访、求情，想让陈师母的罪责能减轻一些。公安局的一个人对马每文人说，陈师母用一只手连杀两人，且都是一刀致命，实在令人惊叹。从她下刀位置的准确和动作的利落来看，就连职业杀手也会为之叹服，好像演练了成百上千次似的。陈青对马每文说，一定是宰羊人教她的！她经常去看人杀羊，当然知道怎么下手了！陈青把她在曼苏里看到的宰羊的情景述说给丈夫，她在讲到羊绝命前哀怜的叫声时泪如雨下。马每文把她抱到怀中，满怀怜爱地抚摸着她的头发，轻轻拍着她的背，就像安慰一个受到惊吓的孩子似的，这是他们分居后他第一次对她做出亲昵的举动。

三天后，马每文带回了一份当天的《寒市早报》，社会新闻版用醒目的标题做了一个陈师母杀人案的报道，主标题是：《凶杀案背后》；副标题是：迷途的羔羊。作者是张灵，她亲赴三一屯采访那个常来曼苏里的宰羊人。原来那是一个曾坐了七年冤狱的人！十年前，他外出买马，回来后发现老婆失踪了，就去派出所报案。几天后，一个打鱼人在一个河汊子发现了他老婆的尸体。尸体的颈部、乳房等处伤痕累累，好像死前经历了性侵犯。因为那男人说不出老婆失踪的具体时间，他外出又有重大的作案嫌疑，所以被带到公安局接受讯问。那时已是深秋，快近年底了，审讯他的人想尽快拿下案子，以完成每年下达的破案指标。他们不允许他休息，昼夜连番审讯他，连续四天没有合眼的他终于抵挡不住了，说，就算我杀了她吧，让我好生睡一觉吧。于是，他因故意杀人罪而被判了个死缓。他想反正心爱的老婆不在了，他无论怎么活，跟死也没什么分别，就在狱中挨日子吧，所以也就没有提出上诉。谁知三年前，完全是个偶然，有个流窜犯罪的流氓盗窃团伙的主犯落网了，他不无炫耀地交代他曾经强奸过多少人，抢到了多少财物，凡是对那些不从他奸淫的女人，一律将其杀害。他带着钦佩之情特别提到一个女人，那女人就是正在服刑的男人的老婆。罪犯说，那女人力气蛮大，他要强奸她的时候，她和他厮打起来，奋力挣脱了。他追赶她，她奔向河边，对他喊道，俺的身子是俺男人的，俺就是死了，你也别想沾！说完，"咕咚"一声跳进河里。那时正是阴雨绵绵的秋季，河水滔滔，她在里面扑腾了几下，很快就被激流卷走了。罪犯说，就是在那个瞬间，他有了"收手"的想法，觉得无论他强暴多少人，内心还不如一个女人强大。可是他是团伙的头儿，跟他混饭吃的人多，他是不可能回头了。

案子真相大白了，那个可怜的男人走出了监牢。七年的牢狱生活，使他的头发掉了多半，牙齿也脱落了多半，满脸都是皱纹，看上去俨然一个老头了。出狱后，他不种田了，他饲养了很多羊，每天拉一只出来宰杀。他宰羊时从来是将刀从羊的颈窝下手，一刀致命，干净利落。宰羊人在接受张灵采访时承认，他在狱中觉得生活无望，倒是能睡得着觉，可是出狱后，他整夜失眠，耳边老是轰响着"咕咚咕咚"的投水声，这声音让他绝望，于是他开始练习宰羊，很奇怪，在羊绝命的"咩咩"的叫声中，在用刀杀羊直至把它肢解的过程中，他获得了快感和宁静。他说第一次杀完羊时，内心异常舒展，当晚就睡了个好觉。从此以后，他迷上此道。最近一年多，他每天载了一只羊出来宰杀，卖完羊肉后到酒馆吃喝上一顿，然后带着一张血淋淋的羊皮回去。他先后去过朱堂县和磐石县，它们都是寒市下辖的县，离三一屯不远。可他在朱堂县宰了两个月的羊后，被当地一个卖羊肉的黑脸汉子给暴打一顿，不许他再踏入朱堂县的地皮；他转战到了磐石县，也是好景不长，当地工商部门的人跟着他收税，食品检疫部门的人不断给他下罚单，他只好冒险向寒市挺进。他的第一站是曼苏里，此处经营不下去，他就去炉具厂，或者是深入寒市腹地。他说俗话说"灯下黑"，他不怕到人多的地方宰羊。他很庆幸在曼苏里一连宰了几个月的羊，没人来干涉他，羊肉出手也快。他坦承确实注意到了一个独臂老女人，几乎是一天不落、风雨不误地来看他宰羊。她很少买羊肉，可就是喜欢看。他常常在卸完肉抽上一支烟歇息的时候，注意到她。别人的眼睛里都发出如常的光芒，只有她的眼睛饱含着泪水。

张灵以此为切入点，把这桩冤案与陈师母的杀人案联系到一起，分析陈师母在生活中是一只待宰的羔羊，她最终走上极端之路，可能与连续看杀羊产生的幻觉有关，也就是说，她可能是在毫无知觉的状态下连杀两人。张灵把笔触指向社会的黑幕，分析了人性受压抑后其忍耐的极限。应该说，这是陈青读到的张灵所写文章中最深刻的一篇。此文一出，社会一片哗然，人们纷纷把同情的目光转向行凶者陈师母和三一屯的宰羊人。

陈青给张灵打了个电话，感激的话还没有说出口，张灵就说，好好待马每文吧，是他找的我，给我提供了宰羊人的线索。稿子中的一些话甚至是他帮我写的。陈青，我是因为没有遇到一个值得珍惜的男人，才玩世不恭的。其实遇见了好男人，去他×的第三地吧，我也会守在家里的！张灵说到此哽咽了。但张灵毕竟是张灵，她很快调整了情绪，轻松地对陈青说，你不来上班，"菜瓜饭"只剩了老于一个，他这下牛了，腰板直了，天天西装革履地上班。谁要是问他，老于，忙吧？他就一本正经地说，能不忙吗？如今这一大园子的菜都得我一个人侍弄，责任大啊！陈师母的事情出了后，陈青一直没有笑过，但张灵的话却把她逗笑了。张灵还说，姚华当年在副刊部的时候，老于曾给人家写过好几封情书，说是她圆润的脸庞像盛开的葵花，她高耸的乳房像汁液饱满的大头梨，她裸露在裙子下面的浑圆的小腿像两截甘蔗，总之，他是想嗑完葵花子后吃大头梨，最后再啃上两截甘蔗！张灵说到这儿，已经笑得气喘了。

陈青对办公室里发生的男欢女爱的故事一向不敏感，所以老于对姚华的恋情她毫无察觉。她没有想到老于一个快退休的人了，竟然打起了比他小二十多岁的女孩的主意。张灵说姚华根本就没把老于放在心上，老于写给她的信，她都给摄影记者小胡看了。进入摄影记者脑海中的消息，就如同已被拍入镜头的风景，他想洗印多少张别人是奈何不了的。所以报社的很多人都听过小胡讲述的老于的爱情故事。陈青这才明白，为什么姚华被调到"再婚堂"版，老于会大动肝火，原来他是恐惧姚华这团"青春之火"燃烧到别处啊。

陈青放下张灵的电话时，马每文刚好从菜市场买了鲫鱼豆腐回来，陈青接过菜，进了厨房。她在黄昏的天光中一边煲汤一边垂泪，想必泪水落入了汤中，那锅汤异常地咸。马每文喝了几口后，就跑进洗手间，呕吐起来。陈青跟过去，轻轻捶着他的背，说："最近你老是吐，明天去医院检查一下吧。"马每文因呕吐而气促，脸也憋得青紫，他握了一下妻子的手，安慰道："别担心，没事的。"马每文那只冰凉的手就像一只铁锚，牢牢地拴住了她这条刚经历过风浪颠簸的船。那个夜晚，马每文把抽屉中的旅行票据取出，撕碎，丢在垃圾桶里。他们虽然还睡在各自的卧室，但是不约而同把门打开了。于是，在那个夜晚，马每文听见了妻子的咳嗽，而陈青听见了丈夫在床上辗转反侧的声音。

他们的衣服又可以放进一个洗衣桶里了。当陈青看到丈夫的牛仔裤和自己的水红色棉绒衫搅和在一起，在笼罩着银白色泡沫的水面下若隐若现地互相搓洗和触摸的时候，她觉得它们就是一双戏水的鸳鸯。周末的傍晚，马每文归家时，又开始为她带一束鲜花了。不过带回的不是百合和玫瑰了，而是象牙白色的马蹄莲。它们张着嘴，想要说话的样子。

陈大柱的尸体火化后，陈青和马每文将父亲的骨灰存放在殡仪馆里。陈墨和张红没来参加祭奠仪式，按嫂子张红的说法，这种人的骨灰应该撒在粪池里沤肥。陈墨本来答应去殡仪馆的，那天他刚好休班，可是在这之前的一天他在开取信筒时，发现了一只用过的安全套，他嫌晦气，第二天便用被子蒙住头，昏睡了一天，坚决不出门。如今有一些贼和无赖，喜欢拿信筒当垃圾桶和出气筒。贼偷了钱包，将钱窃为己有后，习惯把夹在里面的各类证件投进信筒。所以隔三岔五，邮局就得将收到的证件转交给派出所，由他们登记后寻找失主。除了贼，一些地痞穷极无聊时，把烟蒂、碎玻璃碴、废旧的输液管、治疗性病的小广告、会议的代表证、臭鞋垫、剃须刀片、黄色碟片等投进去，邮递员在这时候就成了垃圾清扫员。陈白和陈黄倒是来了，但陈黄不是为哀悼来的。她那天特意穿了件红棉袄，见着父亲的骨灰盒，她三步两步奔过去，掀开盖，"呸"的一声往骨灰上吐了一口痰，拂袖而去。她与蒋八两同居时，不再生长胡须了；可杀人案一出，蒋八两离开了她以后，胡须又像春回大地的青草一样，毛茸茸地长出来了。陈白进了殡仪馆后一直蹙着眉，待陈黄离去后，他对马每文说："姐夫，你是市人大代表，听说过重金属污染吗？我们在实验室每天做化学实验，产生的废液最后都排到哪里去了？就是从我们城市穿过的河流啊！市民每天喝这条河的水，有好吗?！我的导师也是市人大代表，他怎么不去反映重金属污染的事情？寒市这几年的癌症发病率一年比一年高，一定与这有关！我要是博士毕业后留不了校，我就把这个事件向报纸公开！"马每文说："这个推断是要有科学依据的，不可贸然下论断。再说了，能引起市民恐慌的消息，报纸是不会轻易登载的。"陈白唇角抽搐着，眼泪流了下来，他冲陈青嚷着："你们办的报纸就是纸老虎，真正有深度的报道不做，只盯着无聊的杀人案不放，我看它就是一堆擦屁股的手纸！"陈白撇下陈青和马每文，也走了。他走的时候擤了一把鼻涕，这把鼻涕恰好甩在陈大柱的骨灰上。所以陈师傅的骨灰里，附着女儿的一口痰和儿子的一把鼻涕。

除夕夜，陈师母心脏病突发，未等她的案子有个说法，就离开了人世。据与陈师母同一监室的女犯人回忆，从那天中午开始，陈师母就一直站在门口，听着外面不绝于耳的爆竹声，用独臂舞来舞去的。她说她从来没有见过一个人的手那么灵巧，简直就是一个演皮影戏的老艺人的手，它带来的是她生命的最后一场戏剧。她忽而将胳膊举过头顶，手一抹一抹地，好像攥着团抹布在擦拭灯罩；忽而又把手平伸出去，左右摇晃着，好像握着鸡毛掸子擦拭灰尘。再过一会儿，她弯下腰，手臂如桨一样一下一下荡着，似是在扫地。总之，在那几个小时的时光中，她激情澎湃地用独臂象征性地完成了除尘、包饺子、切菜、刷锅、炒菜、放桌子、搬椅子、摆筷子、倒酒、夹菜、洗盘子的一系列活计。做完这一切，天色已昏，她似乎已忙完了年，神情怡然地嘘了一口长气，像棵枯树一样倒在地上，再也没有起来。她的身子虽然一动不动了，但她的那只唯一的手最后还是微微晃了晃，好像她临走时要帮助家人把窗帘拉上，给他们一个黑夜中的美梦似的，这也是她留给这个世界的最后的姿势了。

陈青得到母亲猝死的消息时，正在熨丈夫的一条裤子。她接过报丧的电话后昏倒在地。马每文的裤子被持续升温的电熨斗烙出了个大窟窿。如果不是丈夫及时赶回家中，恐怕一场火灾在所难免了。

陈青醒来时，已是午夜了。她躺在大卧室的床上，是马每文把她从客厅的地毯抱到这张双人床上的。马每文坐在床边，见她醒了，舒了一口气，去厨房端来一晚温热的红枣莲子羹，一勺勺地喂给她。陈青以为他会睡在自己身边的，可是最终他还是拿着空碗出去了，并且帮她关了卧室的灯，把门轻轻带上了。陈青很想用哭声把丈夫召唤回来，可她已经没有泪水了。

一个月后，马每文有天清晨呕吐时晕倒在地。陈青把他送进医院。胃镜检查显示，他的胃部发现三颗肿瘤，其中两颗已经很大了。

在做手术的前一天，马每文把妻子叫到床边。那是黄昏时分，病房的西窗上弥漫着柠檬色的落日余晖。他哆嗦着嘴唇喝了半杯水后，抖着手放下杯子，眼睛湿湿地看了一眼妻子，说："明天就要上手术台了，我怎么觉得自己现在跟一头要被扔在屠宰台上的猪一样？"

陈青低声说："你会没事的。"她不敢抬头看丈夫的眼睛。

马每文轻轻叹了口气，说："我这一辈子，不容易啊——"

陈青敏感地打断丈夫的话，抬头热切地望了他一眼，说："是半辈子，你还不到五十岁。"

马每文凄凉地说："谁知道呢？"

"明天会没事的。"陈青安慰着丈夫，心事茫然地低下头。

"唉，我这辈子最帅的年华就是当兵的时候！"马每文说，"当兵的三年我最喜欢看日出，看见太阳的脸，满心都是光明！现在呢，太阳在我眼里灰头土脸的，看上去让人气闷。"

马每文就像要给自己致悼词一样，开始讲述他的经历。他复员到地方后，先是到庆余食品厂当工会干事，几年后升到工会主席的职位。可是好景不长，九十年代初期，食品厂宣告破产，他下岗了。他说下岗就是把一个不会游泳的人扔进水里，有本事的就扑腾上岸，没本事的就被淹死。他先是与一位中学同学摆地摊，卖些炊具、廉价的皮鞋之类的物品，赚了点小钱后，就在中俄边境做易货交易，运过去西红柿、白酒、米面等食品，而运回的则是品质上乘的裘皮。虽然辛苦，但收入可观。彻底改变了他经济生活的，是对俄罗斯油画的发掘。苏联解体后，很多画家为生活所迫，拍卖自己的作品。那些油画作品展示着俄罗斯的森林、草原、木屋、教堂，描绘着浓烈的风雪和绚丽的云霞，功力深厚，有极高的收藏价值。马每文低价收购这些作品，回国后将它们放到朋友的画廊中高价售出，仅仅两年多的时间，就净赚几十万元。就在此时，他的妻子却出了事情。马每文深深叹了口气对陈青说，其实妻子的真实死亡原因只有三个人知道，他、解剖妻子尸体的法医和一个叫吕东南的男人。由于他常年在外奔波，妻子与同是体育学院游泳教练的吕东南产生了暧昧关系。他们常以训练为由，深夜时在游泳馆幽会。他们已经多次尝试在水下做爱了。据吕东南跟法医讲，那种美妙的感觉天上难找、地上难寻。他们最后这次水下欢爱，因为太和谐了，同时到达了快乐的顶峰，马每文的前妻忘乎所以欢叫的时候，水流呛入气管，它充当了刀子的角色，扼住了那个身姿俊美的女人的咽喉。她在瞬间就停止了呼吸，漂浮出水面。吕东南慌乱了，他怕影响事业和家庭，匆忙中为死者套上泳衣，弃尸不顾，逃离了现场。一个游泳教练，在人们心目中就是一条鱼的形象，怎么会溺水而死呢？所以最开始的时候，人们都认为这女人是被谋杀的。法医解剖尸体时，排除了他杀的可能。但他从这女人的阴道深处发现了残留的精液，法医与马每文是朋友，知道他在俄罗斯做生意，这女人一定有了外遇，而且她的死与性有关。他知道如果把真实的尸检报告提交上去对马每文这样的男人意味着什么，所以就把关键的细节略去了，只说她是呛水后气管阻塞，窒息而亡。法医私下找到了大家议论的中心人物吕东南，对他说想抽他的血做个化验，吕东南明白法医指的是什么，就把事情的经过讲了，请求他放过自己。法医悄悄征求了马每文的意见后，把事实真相掩藏起来。

马每文对陈青说，妻子的不忠而亡，对他的打击很大。这以后，他厌倦女人，把所有的精力都投入到事业的发展上。他用卖画赚来的钱开了家面向中学生的盒饭厂，专招那些下岗待业人员。两年后，他又开了家烟酒专卖的超市。马每文的事业如日中天之时，在医院的走廊与陈青相识。他说他第一眼看见她，就被她的朴素、温婉的气质打动了。他向她求了婚。新婚之夜，他暗暗发誓此生除了身边这个女人，再也不会触碰其他女人。他希望妻子永远不要移情别恋，然而那个夏日正午发生的一切让他震惊和难过，他想陈青一定是在外面有了人才会那样对待他。

马每文叹息着说："到了今天，我想我该告诉你了，我们分居后，我是去第三地了，不过我身边并没有女人。我去那些地方，总是一个人。到了酒店后，我会打电话给家政服务中心，花钱请一个厨艺好的女人给我做一顿晚餐，送到酒店的房间来。可是我第一次在大连吃陌生女人做的饭菜，就觉得恶心。肉不是个肉味，鱼不是个鱼味，青菜嚼起来跟干草一样。从那儿开始，我就坏了胃口，一见着吃的就反胃，我多想吃你做的晚餐啊。我以为你知道我去第三地后，会回心转意。可你接着也去第三地了，我知道你不在意我了。"马每文说到此，声音哽咽了，脸也抽搐起来。他哆嗦着嘴唇说："现今的女人可真让我想不通啊，有一次一个女人把做好的晚餐送到酒店的房间，当我在家政服务单上签完字，掏出钱包给她付费的时候，她说，我想要你钱包里所有的钱。说完，她飞快地躺到床上，一边解着衣扣一边对我说，上来吧，我会让你舒服的。"马每文说那个女人看上去面目忠厚，随着话音落了，她已麻利解开了衣扣。她的乳房像一对雪白的小羊羔腾的一下蹦出来，它们看上去格外丰满，像是哺乳过孩子的。他说他不理解一个女人为了金钱，连廉耻感都没有了。

陈青在心里叫了一声"天啊——"，然后用双手蒙住脸，肩膀抽搐着，感动而羞愧地哭着。她多么想把那个正午发生在红蓝巷的故事讲给马每文，多么想告诉他，她去第三地也是只身一人，她不过是给陌生男人做一顿晚餐，可是她难以启齿，因为自己与遗梦在凯恩大厦所发生的事情，使她觉得自己已经没有清白可言了。最后她只能凄切地一遍遍地对丈夫说："我会为你做晚餐的——我会为你做晚餐的——"

"可是我的胃不行了，它再也享受不了那么好的晚餐了。"马每文说完，像孩子一样委屈地哭了。

陈青扑到丈夫怀里，用手抚摸着他的胸腹，哭着说："我会用我的后半生好好给你做饭，慢慢养好你的胃的。"

第二天，马每文在手术台上失去了四分之三的胃。他患了胃癌的消息不胫而走。术后的第二周，他还在艰难的恢复之中时，银行信贷部的人来了。他提醒马每文，机场路塑钢窗厂的贷款只剩一年了，要尽快偿还。马每文瞟了信贷员一眼，说："你是不是又缺去洗浴中心做全套按摩的钱了？我告诉你，我没那么快就死，我还有四分之一的胃呢！只要能吞下一粒米，我也要活着！"信贷员尴尬地笑了笑，说："人家说你剩下的那点胃就跟天狗吃剩下的月亮似的，只有一角了。"马每文本来愤怒着，但信贷员的话让他凄凉地笑了，他说："我马每文平生最爱的就是月牙儿了，现在我的胃就是一个月牙儿了。我真得感谢这弯月牙儿啊，没有它，我怎么能体会到夜有多黑呢！"

信贷员离开的第二天，张红一跛一跛地来了。她提来一网兜苹果。她一进了病房的门就哭，说家中流年不利，公公被婆婆杀了，婆婆又突发心脏病死了。蒋八两这个死不要脸的，玩完了陈黄，又不要她了，陈黄的胡子又像鬼一样跟她的脚了。妹夫丢了多半的胃后，陈墨的工作也丢了。曼苏里邮政局的头头儿说是要精简人员，把他给开回家了。张红边哭边说："要是俺妹夫不得癌，借他们一个胆儿，他们也不敢赶陈墨回家啊！你说人还没死呢，他们就这样翻脸不认人了，这叫什么世道啊！"陈青几次制止她不要说了，可张红就像一个冤屈鬼终于得到了申辩的机会一样，絮叨个不停。她说陈墨没了工作后，比以前更痴了，一天到晚围着曼苏里的那几个信筒转悠。有的人见他这样，还幸灾乐祸呢，说他，陈墨，这信筒比你爹还亲啊，是吧？陈墨说是哩。他们就说，那你今年多倒霉啊，一年丢了俩爹啊！陈墨想想人家说得对，还伤心地掉眼泪呢。马每文听到此，气得拔下了输液管，大骂着："这个狗操的邮政局长，他收了我两万块钱，我让他给我吐出来！"马每文奔向门口，可他才走了几步，就摇晃起来，陈青连忙把他扶回床上。从这天开始，陈青谢绝任何人对马每文的探视。

但蒋宜云是可以自由出入病房的。每隔两三天，她就会带着一束鲜花过来。她通常是中午来，陪着父亲说上一会儿话后，就去楼下的餐厅简单吃点东西，然后离去。她的身材仍是那么婀娜动人，穿着也依然入时，只是气色大不如从前了，那种少女脸颊上特有的红晕再也看不到了。

四月中旬的一个正午，蒋宜云正陪父亲在病房聊天，进来为马每文换输液瓶的护士指着电视机对马每文说："寒市电视台正在直播榆树岗机场设计竞标的揭晓，怎么不打开看看？"蒋宜云犹豫了一下，在父亲的催促下打开了电视机。画面呈现的是市政府新闻发布厅的场景，主席台布置得花红柳绿、喜气洋洋的。寒市电视台的当红女主持林白菊正在用悦耳的声音说："现在我们有请寒市市长肖金凯先生为我们揭晓榆树岗机场的设计究竟花落谁家！"肖市长平素喜欢扎一条金色领带，因而被老百姓取了个绰号——"肖金条"。当肖金条走上台来，沙哑着嗓子公布"徐一加"这个名字时，场内沸腾了！电视画面立刻切换到徐一加身上，他穿着银灰的西装，头发梳理得蓬松柔顺，脸上挂着浅浅的笑容。他先是起身拥抱了一下身边一个穿着紫毛衣的瘦女人，然后箭步走上主席台，说了一大堆感谢话后，他特别指着台下那个穿紫衣的女人说："我更要感谢我的妻子，榆树岗机场的设计，使我很少有时间和她在一起，谢谢她的——"没等徐一加把话说完，蒋宜云抓起一只玻璃杯，将它砸向电视机。荧屏在爆裂声中蹿出一股股蓝烟，散发出刺鼻的焦煳味。陈青明白，这股气味就是徐一加带给蒋宜云的爱情的味道。

蒋宜云确实不是一只待宰的羔羊，当徐一加还沉浸在喜悦之中时，蒋宜云主动找到媒体，《寒市早报》的"再婚堂"用半版篇幅刊登了一篇姚华采写的文章。蒋宜云在里面大胆披露了一年来与这个城市最著名的建筑设计师徐某某的婚外恋情，讲了他如何蒙蔽妻子，带着她去菊花谷、小西湖、翁家岭等寒市著名的风景点度假，又如何许诺要离婚娶她。她说这个风月场上的老手如今取得了榆树岗某著名建筑的设计权利，她呼吁全市的女性要警惕这个衣着洁净、脸色润白、气质温和的中年男人。虽然文中没有点出徐一加的全名，但大家都明白那个道德沦丧的男人是谁。蒋宜云的这一击果然奏效，一周后，传出了徐一加的妻子将他轰出家门的消息。

陈青看到这篇报道时苦涩地笑了。她想她这一家人跟自己供职的报社真是有缘啊，几年来轮番登场，先是马每文在"菜瓜饭"以《海苔窗》露面，接着是陈师母的杀人案的连续报道，现在又是蒋宜云。没有出场的，只剩自己了。

春天就像一个打发不掉的短工，又老着脸皮来了。丁香花开了。马每文依然住在医院。陈青已经不用去上班了。《寒市早报》的总编给她打过一个电话，说是为了更大地提高报纸的发行量，"菜瓜饭"暂时停办，让位给另一个新栏目《寒市夜话》，这是个谈"性"的栏目。老于退休了，总编说如果她上班的话，可以先到广告部工作一段。陈青明白，自己等于提前退休了。她心里一点也不难过，她对总编说，没了"菜瓜饭"我可以专心伺候我爱人了。

一个春光明媚的午后，陈青步行去菜市场。路过一家餐馆时，碰见了老于。老于红光满面地提着一袋打包的食物从旋转玻璃门里钻出来。他见着陈青异常兴奋，说是退休后的生活实在太好了，他为一家小报卖手腕子，专写产品的推介文章，稿费从优，车马费如数报销，人家还好吃好喝款待他。他抖了一下手中提着的塑料袋，说："这不，今天是一家酱油厂的副厂长请吃饭，我要了条鲅鱼，没吃完，人家让我把剩下的半条带回去给老伴吃！"陈青仔细打量那个塑料袋，发现坚硬的鲅鱼的鱼刺将它刺破了一个洞，一股浊黄的浆汁正从里面像鼻涕一样流泻出来，溅到老于穿着的已被磨秃了皮的黑皮鞋的鞋面上。这让她心里有痛的感觉。

这天傍晚，陈青为丈夫煲了一锅香浓的鲫鱼豆腐汤。当她捧着汤罐走进病房时，马每文正提着一份报纸站在窗前看落日。听见陈青的脚步声，他转过身，轻轻地叫了一声"老婆——"，颤颤地迎上前，把陈青和那罐汤一起揽入怀中，哭着说："亲爱的，我想回家——"

马每文提着一份当天的《寒市晚报》，三版用整版篇幅刊登了遗梦的文章《当街为驴戴凉帽 异地为人做晚餐——女记者缘何"发疯"》，文章配发了两张隐去面容的新闻图片，一张是她在红蓝巷为驴戴凉帽的照片，另一张是她在北京小南里菜市场举着"免费为你做一顿晚餐"的纸牌时的照片。文章不指名地指出，照片中这位才华横溢、年轻貌美的女记者供职于某报社，只因报社在记者的工作环境中安装了多部摄像探头，致使这位在受窥状态中工作的女记者心灵压抑、人格变态，她做出了一系列令人匪夷所思的怪异行为。比如某年某月某日在正午的红蓝巷为驴戴凉帽，某年某月某日在紫云剧场毫无来由地放声大笑，某年某月某日又在某座城市的菜市场举着一个纸牌，要为陌生人做一顿免费晚餐。文章指出，当代知识女性受到的侵害不仅仅来自家庭，还有来自社会生活的。他呼吁人们对女性给予更多的精神上的关爱。这篇文章的立意很明显，它在以关心和同情这个女记者为借口，攻击一份报纸。而《寒市早报》在工作环境中安装了摄像探头的事情，业内人士没有不知晓的。虽然两张照片的头部被打上了马赛克，但马每文还是从那个女人熟悉的身姿上认出了妻子。

陈青怎么也没有想到，卑鄙者将卑鄙推向极端时，竟然产生了喜剧效果。她也终于像家人一样在媒体上亮相了，只不过不是在《寒市早报》的园地上，而是《寒市晚报》为它的老对手设置的擂台上。

第二天马每文就出院回家了。他们又回到了大卧室，相拥而眠。天气一如既往地热了起来，陈青把去年夏日正午撕裂了的那件白地紫花的睡衣又缝补起来，穿着它在厨房为丈夫精心操持着一日三餐。她用了金黄色的丝线连缀那条长长的口子，所以它看上去既像从天边飞来的一缕晚霞，又像一株摇曳在紫花丛中的黄熟了的麦穗。

鬼魅丹青

一　流云

女人是人间的蝴蝶，她们最爱往哪儿飞，你去霞布看看就知道了。

在拉林，最气派的街是银树大街，最有味道的巷子呢，则是花烛巷和马铃巷。这一街两巷，仿佛是小城的一臣二仆，统领和服侍着四万多百姓。

为什么说银树大街是"臣"呢，因为县政府、人大、公安局、法院、财政局、民政局、检察院，这些发号施令、呼风唤雨的部门，都在这条长街上。这条南北向的街，看上去就像吃了好草的马，毛色油光，身上无一块疤痕，光光溜溜的，悦人眼目。银树大街是水泥浇筑的，青白色，而它两侧的人行道，铺就的则是红绿相间的云字纹地砖。好像银树大街发了一道惠及贫者的法令，它们赶着去执行，因为出的是美差，喜气洋洋的。

与银树大街交汇的巷子，总有十几条吧，炉灶巷、民惠巷、暖阳巷、利发巷等等。这些巷子通向的都是居民区，因而看上去灰头土脸的。花烛巷和马铃巷可就不一样了，它们是两条商巷，饺子馆、狗肉馆、照相馆、烧烤店、服装店、卤味店、理发店、粮油店、包子铺、烟酒铺、蔬菜水果铺，一座挨着一座，一爿连着一爿，巷子里招牌林立，食物的香气不绝如缕，叫卖声此起彼伏，真是声香色味俱全。拉林小城的日子，全靠它们撑腰了。

花烛巷在银树大街的西侧，而马铃巷在东侧。如果说银树大街是顶官帽的话，那么这两条巷子就是插在官帽两侧的花翎。

霞布是家布店，在花烛巷的尽头，女人们逛到这儿的时候，往往被高跟鞋折磨得足底酸痛，所以店里明晃晃地摆着两条歇脚的长凳。一条能坐三四人，椴木的，紫檀色；另一条能坐两三人，白桦木的，柠檬色。长凳闲着的时候，看上去就像展览着的布匹。一匹是深色的，灰暗；另一匹是浅色的，明亮。霞布的主人卓霞，快四十了，也许是不常见日头的缘故，她的皮肤特别的白。那种白不是干涩的苍白，而是滋润的粉白，青生生的，热腾腾的，好像从里面要溢出光和水来。

好的皮肤，对于一个女人来说，就是一件不离不弃的金缕玉衣，一生都少不了光华了。偏偏卓霞又是一个会打扮的人，无论冬夏，都穿着裙子。丽日中是亚麻布的直筒长裙和软缎旗袍，风雪中则是喇叭形的呢裙和裹臀的皮裙。她中等个，细腰翘臀，柳肩丰胸，从不大声说话，像蜻蜓一样轻歌曼舞地行路，十足的女人味。男人们背地说起她来，就两个字"受看"。女人们为了探究她哪儿受看，逢着她时，轻不了打量。要说她的五官，真的不很出众，眼睛是细长的，眉毛倒很威武，好像她的一双眼是圣湖，需要这样强悍的眉毛护卫着。再说她的嘴，稍稍有点大。不过她的鼻子生得好，鼻梁挺直、秀美，如异峰突起，只这一笔，就将整张脸的风水都改造好了。

卓霞穿衣服偏于素色，靛蓝、深灰、银白是主色调，大红大绿近不了她的身。不过为着生意，她店面里的布匹倒是不乏鲜艳夺目之类的，如紫色的印花棉布、翠绿的全涤丝螺纹布、明黄色的氨纶缎、洋红色的灯芯绒等。她的衣裳，极少数是在商厦买的成衣，大多是她自行设计的，因而她很少和别人穿重样的。霞布既是布店，也是裁缝店。在裁剪和缝纫上，卓霞是一把好手。女人们信赖她的手艺，扯完布，往往顺手就把活儿交与她一并做了。到了春节和换季时节，她忙不过来，就只收生客的活儿。在她眼里，顾客就是一粒粒珠子，那些熟客是已穿在线上的珠子，牢牢在握，即便一时闪了她们，她们三个月两个月不登门，抗拒一阵子，最后舍不得这店里的姹紫嫣红，还会来的。而生客呢，她们并不知晓你的手艺，怠慢一次，这粒珠子就会从手中滑落，彻底流失了，所以得紧紧抓住。

熟客中，有一个人是例外对待的，不管她什么时节来，卓霞都有求必应，她就是蔡雪岚。

蔡雪岚是拉林一中的语文老师，四十一岁。她在这个小城之所以有名，是因为她善待着丈夫的婚外情人和私生子。

蔡雪岚的丈夫刘文波，在地税局工作。婚后三年，他们一直没有孩子。经查，蔡雪岚患有不孕症。刘文波想到后继无人，苦闷得烟不离手，把自己抽得像是丧葬铺子中杵着的纸人，苍黄单薄。蔡雪岚见丈夫如此情态，便提出离婚。可刘文波爱蔡雪岚，这个女人虽然姿色差些，但心地善良，性情柔顺，持家能力强，刘文波不忍失去她，想着将来抱养一个孩子算了。刘文波把自己的想法说与父母，遭到了老人的一致反对，他们说是蔡雪岚不能生养，又不是你有毛病，凭什么要养一个跟自己家没有骨血关系的孩子。他们怂恿儿子离婚，刘文波不从，他们就三番五次地找蔡雪岚，让她不要跟儿子同床，饿着他，他就会去打野食，那时离婚就是顺理成章的了。于是，蔡雪岚搬回了娘家。开始时，刘文波每隔两三天，就去岳父家一趟，请她回家，可是半个月后，见蔡雪岚不为所动，刘文波泄气了，变成每周去一次。

刘文波去岳父家少了，到酒馆却勤了，不论谁召唤他，一呼即到，一喝即醉。有天晚上，他从酒馆出来，想着日子过得太昏暗了，得来点阳光，便打着口哨，晃悠着，去了魁星音像店，打算租张碟，喜剧类的，回家乐和乐和。音像店的主人是个胖妞，宽额、疏眉、厚唇、红脸蛋，零食不离口，说话脆生生的，绰号"小铃铛"。她二十六七了，谈了好几个男朋友，都黄了。不是别人看不上她，而是她只喜欢谈情说爱，一到谈婚论嫁的时候，就如临大敌，仓皇逃跑。她觉得结婚顶无聊了，进了夫家的门，就得收拢心思，不能再惦记别的男人了，而在她眼里，这世上有趣的男人多着呢。由于快是关门时分了，刘文波走进店里的时候，一个顾客都没有。小铃铛提着一袋炸薯片，吃得津津有味，两手油乎乎的。她见了刘文波，"嘻——"地笑了一声，调皮地说"税官来了"，然后问他："租碟？"刘文波大着舌头回答："是哩。"小铃铛问："要什么样式的？武打？情杀？恐怖？还是——生活？"小铃铛说前三项内容时，仰着脖子，干脆利落，而说到"生活"时，她放慢了语速，头低下来，眨着眼，那意思很明显：有个桃色陷阱，你敢不敢跳？刘文波故作糊涂，问："生活片是啥样子？你给我说说。"小铃铛诡秘地一笑，放下薯片，拍拍手，从抽屉里取出一张碟片，开启VCD机的仓门，让它像狗一样伸出"舌头"来，然后把碟片轻轻喂给它。它就像享受了什么美食似的，心满意足地卷碟入仓。小铃铛按下"播放"键后，把灯"啪——"地关掉，门也闩上，然后跷着脚坐在椅子上，一边看碟一边继续吃薯片。刘文波站在她身后，只看了两分钟便血流加快；又两分钟，他呼吸急促。刘文波觉得自己变成了一座火山，已无法阻挡要喷发的岩浆，于是抱住小铃铛，将她扳倒在地。小铃铛顺从地撒开薯片，配合着他。刘文波除了老婆，没跟别的女人有过这事。他如鱼得水，畅快优游，不知天上人间。他撒开小铃铛的时候，忍不住赞叹了一句"真香"，小铃铛却说："你多长时间没洗澡了？一股馊味。"言语间有着怨气，看来是没得到满足。他们结束了，屏幕上的男女却还火热着。小铃铛白了他们一眼，打开灯，按下停止键，取出碟片，对刘文波吆喝着："免税！"刘文波唯唯诺诺地点着头，一瞬间醒了酒，有上了当的感觉。

然而还没等他给魁星音像店悄悄抹去税款，小铃铛找上门来，她怀孕了。她又哭又叫的，说是倒霉，跟过好几个男人，肚子都没见动静，没想到和他一次，就有了。她朝他要堕胎和养小产的钱。刘文波不觉得这是麻烦缠身，相反倒有点喜出望外，他央求小铃铛，让她把孩子生下来，说是可以补偿给她钱。小铃铛本不想让孩子拖自己的后腿，可是一算计刘文波给的钱是音像店两三年的营业

257

额了，这买卖划得来，就同意了。她说好了，生下孩子就丢给他，就当没她这个妈。

　　蔡雪岚知道小铃铛怀了丈夫的孩子后，大哭一场，她写了离婚申请，可刘文波说什么也不签字。他说拉林人都知道小铃铛，她是不会嫁给任何男人的。他得到孩子后，就和她一刀两断。蔡雪岚见丈夫可怜巴巴的，想到他的出轨也是自己的无能引起的，心一软，答应留下来。这样，他们一心一意地盼望着小铃铛临产的日子。那一天如约来了，小铃铛产下一个八斤重的男婴。谁知她生下孩子后，变了卦了，说是这孩子可爱，她要留下。蔡雪岚无奈，只得三番五次地登门，低三下四地求她，可小铃铛不为所动。刘文波舍不得亲生儿子，只好提着吃的用的，一趟趟地往小铃铛那儿跑。久而久之，拉林人都知道，刘文波有两个家了。

　　蔡雪岚对待小铃铛母子，可以说是仁至义尽。孩子生病住院了，她请假去陪床，而小铃铛照样做她的生意。单位春节搞福利分发的副食品，她都送到魁星音像店去了。拉林的男人很羡慕刘文波有这样一个宽宏大量的妻子，她来花烛巷和马铃巷买东西，只要逢着男店主，绝对不会在她身上短斤少两。相反地，她买一斤烧饼，会多出一两个；要一斤酱牛肉，只收她七八两的钱。有一年冬天，蔡雪岚买了一块松梅图案的宝蓝色织锦缎子，到霞布来给一个人做棉袄。半个月后，卓霞发现这棉袄竟然穿在小铃铛身上。她觉得蔡雪岚太窝囊了，所以她再让她做这个尺寸的女装时，卓霞就做手脚，不是把袖子缩短，就是将下摆延长，再不就是收束胸围和抬高领口，让小铃铛穿不上合身的衣服。为此，小铃铛常气呼呼地来霞布改衣服，她一来就嚷："我蔡姐姐在这儿给我做的衣服，怎么穿上这么别扭啊？"次数多了，拉林人渐渐知道蔡雪岚给小铃铛做衣服的事了，私下都为她叹上一口气。

人们以为，蔡雪岚的一生，就这样在隐忍中过下去了。可是谁知，在飞雪和寒流刚刚让位给暖阳和细雨的时节，一个平淡无奇的春日黄昏，蔡雪岚坠楼身亡了。她死的时候，手中还攥着一块抹布。有人说是意外，有人说是他杀，还有人说是自杀，街头巷尾，茶余饭后，人们热议的都是这件事。没人知道，蔡雪岚步入死亡花园时，经过了怎样的路径。

二　波痕

卓霞踏着老式的蜜蜂牌缝纫机，不情愿地为父亲做喜服。母亲去世不满一年，父亲就找人了，这让她心里很不舒服。

这台缝纫机本是母亲的陪嫁，卓霞结婚时，母亲见她喜欢，便送与她。这台两度成为陪嫁的机器，上海产的，与当时的"飞人""蝴蝶"并称为缝纫机中三大品牌，算是缝纫机中的彩头了。虽然用了近半个世纪，但它的性能仍然很好，轻灵流畅，顺滑耐用。无论是薄如蝉翼的丝绸还是厚重的帆布，它都吃得消。卓霞很注意对它的保养，时常用粗壮的鸭羽毛，剔尽送布牙缝中的污垢，滴上机油。所以这些年来，除了更换过一条皮带，没在它身上操过更多的心。

也许是心绪烦乱的缘故，这件中式喜服做得极不顺手，时常卡线，卓霞不得不一次次地推开针板，取出梭套，察看是不是绞线了。确定没问题后，她加快了缝纫的节奏，想早点成活儿，摆脱了它。然而就在她上袖子的时候，机针突然"咔——"的一声断了，她不得不换上强度和韧性都高的十四号机针，可是这根机针也是一副烈女的姿态，只容她上了一只袖子，又折腰了。卓霞想，兴许母亲怪罪父亲，冥冥中使了性子，给父亲颜色看，这喜服才做得一波三折。这样一想，卓霞便收起活儿，起身喝茶，等待着母亲想通。母亲活着时，若是与父亲起了争执，不管多么占理，过一夜就会饶恕父亲。

卓霞喝着茶，想着将来依偎在这喜服旁的女人不是母亲，而是后妈时，心底还是起了委屈。她气不过，"噗——"的一声，将一口茶喷到喜服上。喜服深灰色，涤纶布的。这种料子染色性差，颜色比较单一。但它的弹性好，耐磨，抗皱，父亲说后找的老伴不爱使熨斗，所以才选这种面料的。他对她的体恤，让卓霞心中作痛。她望着那口落脚于喜服上的茶，看着它使左前襟现出一块李子般大小的污痕，好像嵌了一只恶意的眼，有些后悔，于是趁着茶渍未干，赶紧补过。刚刚清理完毕，一辆蓝白道的警车停在门口，刘良阖带着个警察，低头走了进来。

一个单身女人，哪些男人对自己有意，她心底是清楚的。卓霞离婚六年了，这期间，向她表露心迹的男人，有那么两三个。不过，卓霞最放在心上的，是刘良阖。别人向他表白，都明着说，而刘良阖，却是曲折着说。卓霞不喜欢一泻千里的河流，她钟情的是九曲盘桓的。

刘良阖是拉林公安局的副局长，四十五岁。他瘦高个，棕红的皮肤，剑眉、豹眼、挺直的鼻梁，线条硬朗，英俊洒脱。这个最有资本招蜂引蝶的人，在男女事情上，格外谨慎，没听说过他的花边新闻。有人说，刘良阖之所以规矩，并不是自律性强，而是"内忧外困"的缘故。在外，他是政法系统的后备干部，想在仕途上有所发展，当然不愿在男女之事上为自己设置障碍。在内，他的老婆齐向荣，是个尽人皆知的贤德女人，他岂敢冒犯。十年前，刘良阖的母亲患上尿毒症，他和哥哥想为母亲捐肾，可惜配型都不符，而与婆婆没有血缘关系的齐向荣，却意外地配型成功，她毅然决然献出一个肾。虽然那个肾最终还是因排异反应太强而衰竭，婆婆终遭不治，但她的美名，却流传开来。刘良阖的父亲前年病危，弥留之际他拉着刘良阖的手，嘱咐着："向荣对咱老刘家的恩，咱三辈子也还不完啊。你可记着，不能做一件对不起她的事啊。"

齐向荣在县人大史志办工作，每年编四辑《拉林文史资料》，很清闲。她不到一米六，算不得胖，可是因为身上的肉不会找地方长，积聚在了脸颊、肚腹和腰际，再加上个子矮，给人臃肿的感觉。她虽然身材上有缺陷，五官倒是挺出彩的，生着弯弯的细眉、又圆又黑的杏眼、弧度柔美的鼻子和月牙形的嘴唇。她爱说爱笑，人缘好，走在路上，总有数不清的人跟她打招呼，嘘寒问暖的。一年四季，她都喜欢穿花衣。冬天是盘扣的花缎子棉袄，夏季是低领的印花衬衫，春秋则是收腰的花毛衣。在卓霞眼里，花衣适宜两类女人穿，一类是花季少女，再俗的花色，再平庸的相貌，被青春的朝气一提升，也让人觉得美不胜收；另一类是气质好、瘦削、肤色白皙的老年妇女，这样的女人穿上花衣，就是一枚飘荡在秋风中的经霜红叶，给人以苍凉之美！显然，齐向荣不属于这两类女人，但是她固执地穿着花衣，把自己侍弄得跟块花圃似的，大花小朵地簇拥着。有好多次，卓霞都想委婉地劝她，让她做几套素色的衣服，尝试一下，兴许比穿花衣的效果要好，可是看着齐向荣兴致勃勃的样子，话到嘴边，又咽了回去。俗话说，穿衣戴帽，个人所好。女人最难得的是愉悦，如果花衣能让她快乐，它们就是一群盘旋在她头顶的天堂鸟，有什么理由驱赶呢？

齐向荣大多买成衣，所以她很少进布店。在卓霞的记忆中，她只来过霞布两次。一次是扯了一块花布，说是当台布用；还有一次是给公公做一条咔叽布的散腿裤子。卓霞遇见她，大多是在马铃巷的肉铺前。她少了个肾，因而很迷信吃猪腰子，每周都要买一只。她大手大脚的，四块八的东西，她递上五块钱后，肯定会一摆手说："那两毛钱就别找了！"而她足额支付了的东西，人家付货给她的时候，她也会找点借口，比如说她正减肥，不想吃那么多，从秤盘里再取出一些，放回货架上。商贩如果要退钱给她的话，她会说："块儿八角的还给我，我也成不了富翁，你们做小本生意的不容易，收着吧。"纵是习惯了在秤上做手脚的主儿，听到这话，也会感动的。所以齐向荣买东西，他们总是拣最好的付，她菜篮中的肉，肥瘦相宜，鸡蛋又圆又大，而那一捆捆戳着的青菜，精精神神的，不像别的女人提在手上的，都跟大烟鬼似的，尽是蔫头蔫脑的。

卓霞碰到齐向荣，只是似笑非笑着点个头，算是打过招呼，而她遇见刘良阖，虽然也不说什么话，可目光里却少不了交流。

霞布开张的第三天，刘良阖来了，这是霞布迎来的第一个男顾客。他说平时上班总是穿制服，把他板得快肌肉萎缩了，他想在休息日穿得随意些，可是该逛的商场都逛了，发现那些休闲服过于时髦，尺寸又偏小，所以想来做一套，让卓霞帮着参谋参谋，他穿什么面料和样式的衣服好看？初始时，卓霞并不知晓刘良阖的心思，心无挂碍，所以一边扬着胳膊，"刺啦——刺啦——"地给别的顾客扯着布，一边跟他开玩笑："刘局长这么帅气，穿什么都好看，随便挑吧！"结果，刘良阖左挑右选，总是拿不定主意，一直徘徊在布匹间。待到店里只剩下他一个顾客时，刘良阖走近卓霞，眼睛里波光一闪，柔声说："你帮我定吧，我实在选不出。"卓霞说："上百种的布，你都选不出来，你走后，我店里的布非得委屈哭了不可！"刘良阖说："你要是一匹布，竖在架上，我就不难选了。"这么露骨的话，卓霞一下子就听明白了，可是她不想跟有家的男人在感情上有纠葛，便自嘲着说："我要是匹布，不过是压在库底子的布，要颜色没颜色，要质地没质地。"说完，赶紧将话题转移到真正的布上，说："市面上卖的运动服，面料中少不了氨纶的成分。这种料子垂感强，可是垂感太强的衣服上了身，会像刀子一样，把人削得更瘦，不适合你。要说舒适和耐看，还得是棉织品。棉料透气、吸汗，把人往横处打扮，能帮你多长几斤肉，显魁伟。要说它的缺点，就是水洗后易起皱，可是你有那么一个贤惠勤快的老婆，一把电熨斗就解决问题了。"于是，卓霞就给刘良阖选了两种棉布料子，咖啡色和奶白色的，然后给他量尺寸。她拿着皮尺，蹲下起来的，量着他的裤长、臀围、腰围、胸围。待量到袖长和肩长时，卓霞即使跷着脚，也嫌吃力，于是就让刘良阖坐下来。她不是与他面对面，而是站在他侧面量肩长，站在他身后量袖长。这两个姿态，刘良阖当然读得懂，所以他离开的时候，苦笑了一声。

那套衣裳做好后，未等刘良阖来取，卓霞主动送上门了。不过她去的不是他家，也不是公安局，而是齐向荣的单位。卓霞说母亲曾给她讲过铁道兵修筑拉林铁路的一些往事，如今忆起，觉得很有价值，希望齐向荣能编进《拉林文史资料》。齐向荣感谢着，让座，倒水，拿出纸笔，专心记录。复述完故事，卓霞要离开的时候，才对齐向荣说，刘局长在我那儿做了一套衣裳，刚好顺手带来了。齐向荣接过装衣服的纸袋的一刻，满面惊讶，不过她很快恢复常态，脸上堆起笑容，说："我跟良阗说过，你的布店开张后，拉林人就不愁没漂亮衣服穿了！"把不知情的不快和尴尬，用一种恭维的方式，轻轻绕过去了。

不过，那套卓霞精心设计和缝制的休闲服，最终灰飞烟灭了。

卓霞住在城北的河坝下，那是一幢长条形的平房，住着三户人家。卓霞把东头，一对年轻夫妇带着个孩子，住西头。中间的那户人家，是对老夫妻，在南市场做小买卖，男人卖炒货，女人卖菜，他们的子女都在外地，不常回来。平房不大安全，常有偷盗的事发生，所以几乎家家养狗。邻居间虽然不大往来，但狗们却是走动频繁。卓霞养的堂堂，常和邻居家的二黄和青头在一起戏耍。青头是威猛的狼狗，而堂堂和二黄是柴狗。不同的是，二黄瘦小、邋遢，堂堂高大、爱洁。堂堂常常在主人回家后，得空越过堤坝，跳到河水中，扑通一阵，把自己洗得干干净净的，挂着一身水珠，清爽地回家。如果邻居有了非说不可的事情，那么叩门的不是人，而是狗。只要听到狗"啪啪——"的拍门声，就知道邻居登门了。

有天早晨，卓霞听到狗的拍门声，赶紧走出屋子。她打开门，见摇头摆尾的青头身后，站着卖炒货的老头。他捧着一套衣服，求她帮个忙，把裤管截去两寸，袖子裁掉一寸。卓霞一眼就认出那是

264

她给刘良阖做的衣服，她试探着问："这衣服怎么做得这么不合体啊？"老人咳嗽了一声，说："我哪舍得做新衣服穿啊，这是人家齐向荣，从下面给他男人捎来的。说是看我一年到头的老是一身衣服，就送给我了。我试了试，腰身肩膀都合适，就是裤管和袖子太长，想着你开布店，就来麻烦你了。"卓霞连忙说："不麻烦，明天我就给你改好。"她接过衣服，问："你和齐向荣家有亲戚？"老人说："要说亲戚，我姥姥的妹妹，也就是我姨姥姥的儿子，跟齐向荣她爹是结拜兄弟，不过这亲戚可是八竿子打不着啊。人家向荣就是心眼好，总是惦记着别人的难处。她为了婆婆，少了个肾，啥怨言都没有，拉林人谁不知道呢！"

卓霞没把那身衣服拿到霞布，而是填到炉膛烧了。打发它们上路时，她有些舍不得，看了一眼又一眼。她设计的上衣，后背、领子、兜口是咖啡色的，前襟和袖子则是奶白色的。而以咖啡色为主调的裤子呢，轧着两道雪线似的奶白色的白杠。说实在的，这套休闲装，飘逸而不失稳重，家常而不失气度。在她眼里，咖啡色是阴云，而奶白色是晴朗的云。如今这两种云汇聚在火炉中，魂飞魄散之际，还演化成一场雨，从卓霞眼里涌出。她恍然明白，别看齐向荣大大咧咧的，其实她极有心机。在齐向荣眼里，那身衣服，不过是投降者的旗帜，她要让个卖炒货的挑着，让与之相邻的卓霞看到，承认自己是败将。而其实，卓霞让齐向荣把衣服捎回家，只是想把刘良阖拒之门外，并无恶意。

卓霞找了个借口，说那套衣服放在霞布，未等改好，她中午出去买豆腐脑，忘了锁门，回来后发现衣服让人偷了，因而只好将衣服折价，赔他五百块钱。卖炒货的虽然嘴上说"可惜啊"，但他接过钱来，还是喜滋滋的。不管怎么说，他都是赚的。

从那以后，卓霞见到刘良阖，就不躲闪了。虽然他们并不怎么说话，可眼睛却是没少言语。有一年深秋，卓霞出门时穿得单薄了，横穿银树大街时，正遇见刘良阖，他故意打了个寒噤，眼里露出责备的神色，卓霞呢，领受了他的好意后，嘴朝着他的鞋努了一下，他俯身一看，原来鞋面灰蒙蒙的，鞋帮还沾着污泥，她是提醒他该清理一下鞋子了，于是两人会心会意地一笑，各自走开。还有一回，是夏天的晚上，卓霞在马铃巷的夜市中闲逛，撞见刘良阖和几个朋友，正光着脊梁，坐在一家烧烤铺前喝啤酒。卓霞只是轻轻瞥了他一眼，刘良阖马上意识到有失体面，连忙扯下搭在椅背上的衣服，迅速穿上。当然，他们之间的无声交流，也有针锋相对的时候。卓霞无聊时，爱搓个麻将。牌桌上，如果不动输赢，就会觉得索然无味，但他们下的注不大，块儿八角的，小打小闹，图的是个趣儿，算不得赌博。可是有一天，他们正打在兴头上，刘良阖带着两个干警，闯进来抓赌。刘良阖见卓霞也在牌桌旁，很失望，看她时一副厌弃的表情。卓霞毫不畏惧，昂着脖子，眼里仿佛撒出了刀枪剑戟，杀气腾腾地逼向刘良阖。最终，刘良阖予以他们口头警告后，寡着脸，无奈撤退。从这以后，他们再碰面时，目光是冷的，充满怨气的，甚至是你死我活的。然而毕竟有那么多缠绵和关爱的目光为他们的眼底蓄积了深情的湖水，所以这不祥的风暴，很快就过去了。

卓霞有时十天半个月碰不见他，还有些想得慌。每每凄厉的寒风扑打着窗棂，她于夜半惊醒时，往往会想起他。她想，若不是齐向荣少了一个肾，或许他们能走得更近些。在卓霞眼里，齐向荣献出来的肾，冥冥之中化成了一只眼，不舍昼夜地盯着刘良阖，监视着他。所以卓霞明明看到他的眼里迸发出了火一样的光芒，可却依然克制着，不敢向前多跨一步。

刘良阖一进霞布，卓霞就明白他是为蔡雪岚之死来的。蔡雪岚的父母，怀疑女儿是被女婿推下楼的。而住在刘文波家楼下的刘晶，证实了那天她下班回家，先看见蔡雪岚躺在地上，接着，刘文波耷拉着脑袋从楼洞口出来了。她叫住他时，发现他神色异样。这个证词，对他很不利。刘文波已被押进看守所，公安局开始立案侦查此事。

果然，刘良阖拿出一张天蓝色的纸，巴掌大的，那是霞布开具的取衣凭证。刘良阖说这是从死者的皮包中搜出来的，他们想看看，蔡雪岚要取的衣服，是什么样式的。卓霞没有犹豫，从一摞新做好的衣服中，取出一条深灰色带朱红暗格的薄呢裙子，递给他们。这裙子一看就是为胖女人做的，二尺七八的腰围，宽松的下摆，如果把腰口封死，倒过来当口袋用，一窝猪崽也装得了。刘良阖看着这条裙子，有些失望，他叹息了一声，说："看来又是为小铃铛做的吧。"

三　潮起

卓霞最不喜欢早春了，解冻后的大地好像腐烂了，到处是污泥浊水。每天回到家，她的鞋子是脏的，裤脚是脏的。有的时候碰到讨厌的车主，他见你小心翼翼地提着脚走，知道爱惜衣服，便开足马力，故意从泥水中蹚过，让溅起的泥点充当子弹，唰啦啦地扫到你身上，气得卓霞跺着脚骂："缺德鬼！"本来在霞布累了一天，回到家里想早点歇息，可是浑身上下没有干净的地方，不能忍受，只好清洗。她干活的时候，会把堂堂放进屋来。洗累的时候，她会恶作剧地把肥皂泡捧在手心，让堂堂舔。堂堂刚伸出舌头，肥皂泡就灭了，它气得转着圈呜呜叫，卓霞就会笑起来。

有的时候，累过头了，反而不容易睡着。卓霞就在春夜中胡思乱想。小时候穿过的粉红色塑料凉鞋，母亲做的枣泥米糕，某一年雨后出现的三轮彩虹，以及秋天林地上生长出的毛茸茸的蘑菇，吃的用的，天上的地上的，没有想不到的。当然，更多的时候，她想的还是人。人里，想得最多的是罗郁、乔钢铁和刘良阖。

卓霞从林城卫校毕业后，分配到了拉林县医院，在内科做护士。她一来，就听说中医科有个男医生，叫罗郁，外地人，医科大学毕业的，气质不错，单身，可他不喜欢交女朋友。人们都说，他学历高，眼界高，看不上拉林的女孩子。漂亮的药剂师潘小小曾热情地追过他，可罗郁不为所动，气得潘小小骂罗郁是"骡子！"卓霞一来，冰冷的罗郁忽然间变得主动起来。他常常在卓霞值班时，送给她一包花生或是栗子。人们便说，看来不是罗郁孤傲，而是在卓霞之前，他没遇见可心的女孩啊。这种议论，无形中给卓霞树敌了。她再碰见潘小小时，潘小小总是冷嘲热讽的，不是说卓霞的牙齿长得不整齐，就是说她的嘴形不性感。本来卓霞对罗郁并无特殊的好感，潘小小的横眉冷对，倒激起了她的热情，她赌气似的，跟罗郁交往起来。

罗郁是男人中少见的眉清目秀的那种，五官端正，白白净净的。他说话轻声慢语，走路不紧不慢。在卓霞眼里，罗郁就像座钟中垂下来的钟摆，有板有眼，中规中矩。中医科不像内科和外科那么忙碌，比较冷清。没患者的时候，罗郁就会坐在诊室的椅子上，手持一卷医书，精研细读。他读的，不是《黄帝内经》，就是《神农本草经》。这两种多卷本的书，在他手上，如白昼与黑夜，轮回转换。卓霞嫌他读得单调，常带给他一本流行的爱情小说或是侦探小说，说是增加点趣味。可罗郁对待这样的书籍，就像对待潘小小一样，置之不理。在卓霞眼里，讲究"望、闻、问、切"的中医，有点像算命先生。来了患者，先打量人的脸色，继之看舌苔，越过了这两道"门槛"，才与病人对话，听听他的声音是高亢还是重浊，从而判断肺气是否畅通。到了"问"的环节，上至额头的汗，下至遗下的便、口中的甘苦、心上的惊悸、眼中的烦心事、梦里的云雨欢，没有问不到的。"望、闻、问"后，医生就跟入定一样，双目微合，敛声屏气地"切"，为病人把脉。这一番摸爬滚打后，才会做出诊断，煞是曲折。相比，西医就简单多了，各类化验，各种医疗仪器的检查，能帮助医生准确地对病症做出判断，实施治疗。也因此，卓霞喜欢西医，对中医则是将信将疑。她的敬意，都投给了那些站在手术台前的医生。在她眼里，那是战士的姿态；而手拈银针的中医，总让她联想起后方的火头军，虽然也是不可或缺的，但总是少了点光彩。这种想法，常常使她面对罗郁时，提不起精神。如果不是潘小小逆向的推波助澜，她可能就会离开他了。

卓霞和罗郁谈了两年多结婚的。第一年，罗郁问卓霞最多的一个问题就是：想不想要自己的孩子？卓霞害羞，当然是一再地摇头，好像如果自己点头了，就是坏女孩似的。要知道，生孩子是跟房事联系在一起的啊。罗郁待她，非常矜持，除了偶尔拉拉她的手、拍拍她的肩，没有更亲昵的举动。到了第二年，罗郁时不时会拥抱她一下，并且轻轻地亲吻她的额头。在这个温柔时刻，他总爱问卓霞：你想不想长寿？卓霞在他怀里像婴孩一样点着头。罗郁就说，你跟了我一定会长寿的。到了第三年春天，罗郁郑重地向她求婚了。

　　他们布置好了新房，准备着去民政局登记的前夜，卓霞突然病了。她头晕眼花、上吐下泻的，看来是胃肠感冒了。卓霞的母亲单单只从呕吐上，猜测女儿怀孕了，便用庆幸的口吻说："幸亏快结婚了，要是等到肚子显怀了，婚礼上该多难堪啊。"卓霞便实话实说，罗郁从来没有要求过婚前发生过分的事，她怎么可能怀孕呢？卓霞的母亲大吃一惊，说："他要求时，你可以不答应，可是你们处了这么长时间，他从没要求过，是不是有什么毛病呢？"卓霞笑了，宽慰母亲："他是医生，要是有什么不正常的，他自己清楚，哪能不负责任地向我求婚呢！罗郁把婚姻看得神圣，才这样啊。"可母亲还是忧心忡忡地提醒她："要不先别登记了，再处一段，观察观察。"卓霞不无气恼地说："人家的母亲要是听说女儿婚前没失身，都高兴，你呢，倒担心起来了，世上有你这样盼着女儿早点被人欺负了的母亲吗？"母亲被卓霞逗笑了，不过最后她还是严肃地说："登记结婚后，要是有一天后悔了，可别回来找我哭啊！"

　　婚礼如期举行了。罗郁早就对卓霞说过，他的父母在他幼年时，双双死于煤烟中毒，所以他们的婚礼上，婆家没来什么人，卓霞也没放在心上。

　　洞房花烛夜，卓霞躺到床上的时候，心跳加快了，因为她期待的那个缠绵时刻，就要到来了。罗郁洗漱完，换上一套宽松的白绸子练功服，先到阳台做了半个小时的气功，然后才走进卧室。他上床后，侧过身，深情地凝望了卓霞片刻，泪眼蒙眬地说了句"多美好"，然后低下头来，吻了吻卓霞的额头，又吻了吻她的眼睛和鼻翼。卓霞想着他这一路吻下来，该是接吻的时刻了，于是芳唇微启，闭上眼睛。她的舌头在口腔中颤颤欲动着，宛如一朵迎风的蓓蕾，渴望着罗郁洒下雨露，让它吐艳。然而罗郁突然撇开热血沸腾的她，把灯熄灭了。黑暗中，他拉过新娘的手，道了声"晚安"，先自睡了。卓霞以为新郎在和她开玩笑，所以忍着笑在等。然而罗郁很快发出了细微的鼾声，说明他真的睡着了。卓霞抽出手来的那一刻，感觉遇上鬼了，身上一阵冷一阵热的。

　　第二天上午，卓霞跑到拉林最有名的玫瑰内衣店，一口气买下三件睡衣。一件是水粉色吊带真丝睡衣，一件是白棉布镂花睡衣，还有一件是靛蓝色亚麻布的立领睡衣。她想若是这三件睡衣都激不起罗郁的热情的话，那她就是大祸临头了。三件睡衣轮番登场了。第一夜是粉红睡衣，它把卓霞装扮得像是竖立在黑夜中的一根彩色灯柱，妖娆之至，性感十足，然而罗郁不为所动，道过晚安，拉过她的手，知足地睡了。第二夜出场的白棉布睡衣，把卓霞勾勒得清纯美丽，像是一棵挺拔的白桦树，可罗郁照样兀自睡了。到了第三夜，为了配合那件古典风格的睡衣，卓霞上床前特意盘起了头发，在颈项洒了淡淡的香水，然后碎步轻摇地移到床前，把手插到罗郁的发间，轻轻摩挲着，可罗郁只不过用手在睡衣上抚摩了一下，说："做睡衣的亚麻料子，应该再细致一点，那样穿着更舒服。"然后就像完成某项仪式似的，拉起她的手，心无旁骛地睡了。不过，这一夜，破釜沉舟后仍不见曙光的卓霞，没有让罗郁睡到天明。子夜时分，她将卧室的吊灯、壁灯和床头灯全部打开，让光明为自己仗着胆，然后用拳头把罗郁擂醒，冲他怒吼着："罗郁，为什么？这是为什么？！"她哭着，先将鸳鸯枕扔到地上，接着去撕扯合欢被。

罗郁躺在床上，沉默了一刻，然后柔声劝慰卓霞："你不是想长寿吗？千万不要发怒，怒火会烧毁老天给你的长寿契约的。"

"你这样待我，我生不如死，要长寿做什么？我这样活着，跟鬼有什么分别？你是医生，知道自己无能，为什么还要娶我？"卓霞将撕出裂痕的合欢被拽到地上，当地毯踏着，把盘好的头发打开，让长发自由地飘散下来，然后伸出一双手来，倾着身子，哀怨地说："看看我，罗郁，我究竟哪儿不好，你用这种方式报复我？你有病，为什么不早告诉我——"

罗郁从床上下来，抱住卓霞，叹息着说："你不是说了吗，你不想要孩子，而且，你想长寿。"

"难道我答应了这两点，就等于认同无性的婚姻吗！"卓霞从罗郁怀中挣扎出来，泪流满面地质问他。

"其实——"罗郁犹豫了一下，垂下头说，"我并不是性无能，只是我不想那样。"

卓霞打了个寒战，她被这话着实吓着了。

罗郁开始平静地讲述他的真实家世。原来，他十一岁时，父亲犯了强奸罪，锒铛入狱，母亲羞愤难当，投河自尽了。无人照管的他被姑姑收养了。童年时，只要他一出家门，小伙伴们就骂他："坏鸡鸡！"上体育课的时候，男生们常常趁老师不注意的时候，捉了蚂蚁和毛毛虫，往他裤裆里塞，说是咬掉他的坏鸡鸡，省得他会像他爸爸那样去害人。从小学到初中，直至高中，在班级，没有女生愿意跟他说话，她们就像躲避瘟疫一样，远远躲着他。罗郁高考的前一年，父亲出狱了，他整个人好像风干了，灰暗焦枯。他四处求职，受尽白眼，无人雇佣，沦落为酒鬼。没钱喝酒，他就去偷。那年冬天，他喝多了酒，夜半时倒在一条僻巷中，活活冻死了。

　　家庭的变故，给罗郁的打击太大了。他立志要考上医科大学，要用传统的医学研究来证明，没有性，人照样可以好好活着！在他看来，性欲是猛兽，你若让它开了口，它就会沦落为饕餮之徒，不能忍受片刻的饥饿，成为罪恶之源；而你驯服了它，它则会乖顺地成为你的仆人，好生地服侍，使你获得长寿。罗郁认为"性"的最高境界是"引而不发"，为此，每当生理的欲望挑战他时，他就会用气功驱散它，化干戈为玉帛。他还说，夫妻之间，想要做到真正的阴阳和合，就要舍弃时常把人从沸点降到冰点的"性"，祛除大喜大悲，以平静为首要，这样，方能保持运行于五脏六腑的那团气，安详健旺。他说他第一眼看见卓霞，就被她脱俗的气质吸引了，他相信她会和自己手牵手，去实现这个伟大的理想的！

　　未等罗郁讲完，卓霞赤脚跑到卫生间，接了一盆冷水，端进卧室，朝罗郁泼去，骂道："疯子，疯子！你该被关进精神病院！"

　　卓霞并没有马上离开罗郁。她想既然你的毛病不出在生理上，而是在心理上，就不愁找不到解决的办法。在卓霞眼里，心理的问题如同蓄积在水库中的水，别看它平素波澜不起的，一旦你开启了闸门，它就会欢呼雀跃着，溅起簇簇浪花，奔流而下。她相信自己有能力打开那道闸门。

凡是能让人乱性的手段，卓霞都试过了。比如周末时做几道
好菜，与罗郁共饮，想把他灌得酩酊大醉，失去自制力，然而罗
郁饮酒总是恰到好处，三杯两杯就收口了，让她奈何不得。以前
她洗完澡，总是披上浴衣，现在则干脆光着身子出来，想让出浴
时娇嫩的胴体像闪电一样击中他，化作一场云雨，然而罗郁只是
满怀怜爱地望她一眼，把睡衣递给她，让卓霞哭笑不得。有一次，
卓霞重感冒了，她发现在病中时，罗郁对她格外关爱，煎汤熬药、
嘘寒问暖的，于是就时常装病，痛经啦，偏头痛啦，胃痉挛啦等
等，亮出病的招牌，但不许罗郁看她的舌苔，更不准他号脉，逼
得他只能用按摩为她缓释"痛苦"。罗郁的手指在她身体的各个穴
位悉心揉捏时，卓霞觉得自己就是一条被洪水围困的堤坝，每一
个穴位都面临着决口的危险，她是多么希望罗郁能用男人的力量
拯救她啊。然而他做完按摩，像在医院对待其他患者一样，嘱咐
她注意一些什么，起身洗手，不再说什么了。万般无奈的卓霞，
便使出了最后一招，悄悄到私人小药店买了性药，研成粉，为他
盛面条时，悄悄撒在碗里。其结果，不过延长了他做气功的时间
而已。

百般折腾之后，冬天来了，他们结婚半年了。卓霞彻底泄气
了。一天晚上，当罗郁又惯常地拉她的手时，卓霞提出了分手。她
没有想到，罗郁竟然在黑暗中哭了，他说："能不能再等等看，我
们这样的生活，多么神圣啊。你想想，人早晚有一天，会丧失性
欲，何苦要承受最后的虚空呢？当别人七八十岁腿脚不便，耳聋眼
花时，我们肯定还像五六十岁的人一样，四肢有力，耳聪目明。我

们可以在平静中，相亲相爱地活到一百岁，创造医学奇迹！"

卓霞抽出手，冷冷地说："你自己去做圣人吧！"

卓霞离婚后，搬回了娘家。母亲说："他果真有毛病吧？"卓霞矢口否认，说只不过是他们性格不合。不过她的谎言三年后就被戳穿了，卓霞认识了建筑工程处的设计师乔钢铁，她不想再吃婚前无性的亏了，所以乔钢铁一要求她，她就顺从地上了床。半个月后，他们登记结婚了。婚礼上，喝多了酒的乔钢铁，忽然举起一杯酒，对酒席上的人炫耀道："你们知道吗？罗郁是个软蛋！我没想到，自己得了个处女！本来我还想跟卓霞多处一段的，可是没想到她还是个雏儿，你们说我还有什么犹豫的呢，立马向她求婚了！妈的，合该我有这口福！"他哈哈大笑着，大家也都哈哈笑着。

乔钢铁做梦也没有想到，这番话，把新娘打发回了娘家。卓霞在婚礼第二天就提出了离婚。所以她的第二桩婚姻，比第一桩还要短命。

拉林县医院的人，对于罗郁的"无能"，无人不晓了，人们议论纷纷。尤其是已为人妻的潘小小，幸灾乐祸地对卓霞说："我这人，就是命好！要是有什么灾，老天都帮着我躲过去！"卓霞不能忍受在医院的日子，她想远离罗郁，远离消毒水的气味，远离背后那些嚼舌头的人，毅然决然地辞了职。卓霞在家闲了一年后，看上了花烛巷尽头的一家烟铺，把它盘下来，开起了布店。刘良阖，就是这两段黯淡的婚姻乐章后，出现的一道华彩！所以当这个早春的傍晚，刘良阖把警车停在她家门口，以调查蔡雪岚坠楼案为由踏进她家，他们四目对视时，那些凝聚在眼底的思念和渴望，在那个瞬间，汹涌而起，顷刻间把他们淹没在惊涛骇浪中。

四　春阳

卓霞牵着堂堂，来到马铃巷的狗肉馆。

春天丰腴起来了。草长高了，天变蓝了，花儿打骨朵儿了，鸟儿也一群群地飞回来了。暖风像是一匹没有瑕疵的丝绸，拂在脸上时，柔软而有质感。银树大街那两排高大笔直的杨树，宛如一把把碧绿的梳子，插在大地上，悉心地梳理着春天。它们也的确梳到了一些东西，比如废旧的塑料袋、断线的风筝以及鬼眼似的纸钱。环卫工人每到暮春时节，就要借助梯子，将这些碍眼的东西清除。当然，它身上有一样东西是清理不了的，那就是时不时飞出的毛茸茸的杨花，权当它们是梳子缝里落下的白花花的皮屑吧。

拉林小城的狗，如果脖颈上突然被套上了绳索，而握着这绳索的主人又把它们牵到马铃巷，它们便知道，自己十有八九要被主人卖到狗肉馆了。有的狗不甘心这样去死，拼尽全力，试图褪掉绳索，疯了似的又跳又叫着；有的狗则视死如归，腿不抖，昂着头，让主人为它的刚烈而难过。但大多的狗，快到狗肉馆时，嗅到同类被烹煮的气味，便畏惧前行，四足抓地，眼里流出泪来，此时的主人，就不得不拖着它走了。

堂堂被牵到马铃巷的路上，遇见一条花狗撕扯一家新开张的店铺门上贴着的喜联，还多管闲事地，扑上去赶开了花狗。那一刻，卓霞眼睛一湿，几乎想带着它掉头回家了。可是堂堂的所作所为，又让她觉得如果放它生路，将会惹出大麻烦，所以还是咬着牙，把堂堂交到了狗肉馆主人的手上。

绳索交接的那一刻，堂堂哀怨地垂下头，不忘了最后做一回仆人，用舌头将主人的黑皮鞋舔得又光又亮。狗肉馆的主人在堂堂颈窝那儿抓了一把，说："挺肥！别的狗我一百七八就收了，这狗，我出三百！"说着，从裤兜里掏出一沓钱来，唰唰数出三百，递给卓霞。卓霞接过钱的一刻，对店主说："勒它时，痛快点！"店主说："放心，也就是两三分钟的罪！"

狗肉馆门前矗立的那根苍灰色水泥电线杆，无意间成了狗的绞刑架。那上面的斑斑血迹，都是吊在上面的狗在临终一刻喷上去的。一个输电的工具，成了狗的杀手，所以拉林的狗爱作践电线杆，它们拉屎撒尿，喜欢去那下面。电业工人维修线路时，常会踩上这样的"地雷"。有人觉得，从狗肉馆门前通过的光明，带着股血腥味。因而办喜事的人家，不愿意在与它相邻的饭店摆酒席。办白事的，则不在乎了。

卓霞放下堂堂，头也不回地走了。她怕看见它眼底的泪，更怕听见它的哀叫。卓霞走得飞快，眨眼间就出了马铃巷，越过银树大街，踏上了她熟悉的花烛巷。那些见惯了卓霞婀娜步态的人，见她十万火急地走，都很诧异。卓霞到了霞布，将门窗打开，换下鞋子，把它端正地摆在柜台下面，想收藏起来，不再穿了。可是当她看到堂堂舔得干干净净的鞋面上，经过这通走，还是蒙上了灰尘，便叹了一口气，又把它穿回脚上了。

刘良阖在县公安局分管刑侦和看守所，所以小城若出了人命案，他就得忙起来了。

被押在看守所里的刘文波，几经提审，始终不承认自己对蔡雪岚下了毒手。他说，自己那天下班回家，发现厨房冷锅冷灶，妻子一反常态地坐在梳妆台前描眉涂唇，见了他，她有些羞怯地起身，说是晚上不在家吃了，她想请他到饭馆喝上几杯，有事情要谈。刘文波那天因儿子频繁逃学的事情，跟小铃铛在音像店吵了嘴，嫌她对儿子监管不力。小铃铛一生气，竟然当着顾客的面，劈手给了他一巴掌。一个男人被情人当众打了脸，实在是颜面扫地，刘文波心里窝火，哪有喝酒的兴致，便推托累了，不想出去。蔡雪岚也不强求，给他倒了杯水，递上，看着他喝下去，才一字一顿地对丈夫说："我要离婚！"刘文波蒙了一刻，他回过神来后，说："除非你喜欢上了别人，要是因为小铃铛和孩子，我不会离的！"蔡雪岚垂下头，红着脸说："我心里有人了。"刘文波追问是谁。蔡雪岚说："现在跟你说，你会反对的。等我跟你离婚了，要跟他结婚时，再告诉你吧。"刘文波咆哮着："你们好了多长时间了？"蔡雪岚坦白说："快一年了。你还记得去年寒假时，我跟你说要到林城教育学院培训一周的事吗——"刘文波嘲讽地说："哦，原来是在林城勾搭上的呀，看来那家伙也是吃粉笔灰的！"蔡雪岚淡淡一笑，说："其实我没去林城，那是我找的借口。我背着旅行包，去了他家。"刘文波气得七窍生烟，说："难怪你这两年不跟我同房了，我还以为你是嫌我跟了小铃铛不干净，才不让我碰呢！既然你找到了心甘情愿让他搞你的人，我刘文波当然要成人之美，明天就离！我可跟你说好了，明早八点半，法院一开门，我就在那儿等你！你可记得带上结婚证，别迟到！"刘文波说完，摔门而去。

　　刘文波怒气冲冲的，并没有马上下楼。他家住在顶层，六楼，经由防火通道，可以到达顶层的平台，心烦的时候，他喜欢到那儿抽烟。

正是夕阳西下的时刻，平台上弥漫着橘黄的光影。刘文波坐在水泥地上，背倚着烟道出口的砖垛，心灰意冷、没滋没味的。他掏出烟来，刚点着火，眼泪就下来了，他舍不得蔡雪岚离开。他知道自己这些年因为小铃铛和私生子，亏欠了妻子太多的情。他不知道她爱上了什么人，但他心里清楚，蔡雪岚只要这样跟他谈了，说明去意已定。他们之间的那纸婚书，已经是秋风中的黄叶，摇摇欲坠了。他抽了约莫半小时的烟，平静了一些，于是下楼，打算到母亲那儿蹭顿饭，顺便向他们通报一下离婚的事情。然而他刚出楼洞，闷着头走了还不到十米，就被迎面走来的住在五楼的刘晶给叫住了。她显然受到了惊吓，脸色苍白，手上提着的菜篮也掉到地上了，她哆哆嗦嗦地对刘文波说："那不是雪岚大姐吗？"刘文波回过头来，这才发现妻子出事了。他奔过去的时候，她已无气息了。

刘文波不明白，蔡雪岚为什么要去擦窗户。他以为他离开后，她会立刻给心上人打电话，通报丈夫同意离婚的喜讯。可是立案后，侦查人员去电信部门查询了，那个时段，无论是刘文波家的座机还是蔡雪岚的手机，都没有通话的记录。而她半年内往来的电话，也看不出她有了亲密异性的动向。

事发时，卧室的窗子下面，摆着一盆水，和一瓶擦玻璃用的玻璃净。从水的浑浊度和外扇中间那两块已擦亮的玻璃来看，蔡雪岚当时似是专心干活的。户外窗台铺的是青灰色混凝土砖，三十厘米宽。蔡雪岚穿三十七码的鞋子，她又偏瘦，站在其上虽说不是格外稳当，但也绝不局促。而且这种砖防滑性能好，她穿的又是胶鞋，滑下去的可能性不大。如果刘文波所言属实的话，刘良阖怀疑，蔡雪岚可能是突发疾病而坠楼的，比如心肌梗死、哮喘，或是脑出血等。但是，蔡雪岚的家人说，她没有这些疾病。察看死者的病历，最近两年，她也仅仅因为神经性头痛，去看过几次中医，接受过针灸治疗而已。

在公安局的建议下，蔡雪岚的父母，不得已在《解剖尸体通知书》上签了字，同意尸检。然而结果出来，并没有发现突发性疾病的征候，也就是说，蔡雪岚死亡的时刻，身体是健康的。面对着尸检后千疮百孔的女儿，蔡雪岚的父亲对刘良阖吼道："我说雪岚没病吧？你们不信！你们就想着给她验出点病，好把那该杀的早点放回来！"

那么蔡雪岚果真是被刘文波推下去的吗？

侦查人员在刘文波家楼顶的平台，发现了他的鞋印和一堆烟蒂。虽然有的烟蒂陈旧了，但大多还是新鲜的，证明案发前，他确实坐在那儿抽了不少烟。但蔡雪岚的家人说，他抽完烟，想着蔡雪岚要跟自己离婚了，他今后再也不能过有两个老婆的风光日子了，气急败坏，于是下楼打开家门，将正在擦玻璃的蔡雪岚，一把推了下去，然后火速逃离现场，没想到还没走远，就碰上刘晶。

对蔡雪岚父母的指控，刘文波百口莫辩。他一遍遍地对审讯人员说："我这辈子，就是杀了自己，也不可能对雪岚下毒手啊。害那么善良的女人，我刘文波这辈子就得下地狱啊！"每说完这句话，他都热泪滚滚的。

无论是蔡雪岚的家人，还是刘文波，都不知道蔡雪岚究竟爱上了怎样一个人。这个小城的人，也没人目睹过蔡雪岚跟其他异性在一起。刘良阖特别想找到这个人，他的出现，或许会为案子打开一扇窗。有人说，蔡雪岚这么多年过得暗无天日的，满心是泪，她可能活够了，善良的她又不想因自杀而连累他人，于是设计了一个擦玻璃的现场，纵身一跳。如果能证实蔡雪岚确实有了心上人的话，这种说法将不攻自破。一个心中有了阳光的女人，怎么可能去死呢？所以当刘良阖走进霞布时，希望那张取衣票，牵出来的是一件男装。如果那件男装不是刘文波所穿的，那它就应该是蔡雪岚为心上人做的。他们依据衣服的尺码，很可能会找到衣服的主人。可是那条肥大的裙子，分明告诉他，那是打扮小铃铛的。

拉林小城的人都知道，蔡雪岚和卓霞关系不错。刘良阖想，或许卓霞知道蔡雪岚心仪之人是谁。所以那天他独自驾车，来到卓霞家，想私下先跟她聊聊。然而正事还没有说出口，私事却像冲破乌云的太阳一样，先声夺人地登场了。那一刻，他们被它的灿烂彻底俘获了。卓霞和刘良阖，觉得他们制造的这个春天，比窗外的要美好多了。

从那以后，几乎每隔一两天，刘良阖都要在日落后，悄悄来到卓霞家。他不再开车来了，而是沿着河岸，从堤坝一路走来。那个时候几乎碰不到行人。堂堂对刘良阖，初始是敌对，一看见他，就吠叫不止。可当它发现主人喜欢这个男人时，就乖顺起来了。刘良阖为了讨好堂堂，进门的时候，总要甩给它一根香肠或是一个包子，所以堂堂对他也是越来越爱。有一日黄昏，卓霞带着堂堂，去看望父亲，路过民惠巷时，意外地碰到刘良阖和齐向荣一起散步。本来她想点个头就过去的，可是堂堂见了刘良阖，就像见了亲人似的，欢天喜地奔过去，一耸身，将两只前爪搭在他胸前，摇着尾巴，深情地望着他。刘良阖非常尴尬，他甩开堂堂，半开玩笑地对妻子说："看看，我身上有警犬的气味，这城里的狗没有不怕警犬的，见了我都上来巴结啊。"他拍了拍堂堂的脑门，说："我明白你的意思了，下次带你跟我们警犬玩，去吧！"堂堂心满意足地跑回主人身边。齐向荣大笑了两声，说："看来狗鼻子确实灵啊。"

那天晚上，卓霞回到家，一进院子，就把堂堂拴了起来，连踹了它几脚，骂它蠢货、贱种，说是将来它别想着再离开家门一步了。可是第二天早晨起来，卓霞发现自由惯了的堂堂居然挣断了绳索，无忧无虑地捉蚂蚁玩呢，气得她哭笑不得。正一筹莫展之际，刘良阖给她打来电话，说是为了安全，还是把堂堂除掉吧！卓霞舍不得，说留它条活路吧，可以把它送给父亲去养。刘良阖说，狗认人，不管送给谁，它碰见我，照样是亲！卓霞没办法，只得把堂堂卖到狗肉馆了。

卓霞踏着缝纫机做活儿时，脑海中老是浮现出堂堂的影子。她居然将一件旗袍的衩，鬼使神差地给缝死了。卓霞懊恼着，拿着旗袍坐在长凳上拆线的时候，低头看了看鞋子。从门口荡进来的清亮的阳光，似乎想凝结成块抹布，帮她擦去鞋面的浮灰。卓霞想起堂堂一尘不染的眼睛，忍了一路的泪水，到底还是流下来了。

五　迷雾

刘文波家所住的楼，是工商局和税务局的家属楼。这两个单位算是实权部门，旱涝保收，因而楼盖得也气派。外墙贴的是米色陶板砖，楼顶镶嵌着明黄色琉璃瓦，走廊的台阶铺就的是大理石。出入这座楼的，大都衣着光鲜。这个楼共有五个门洞，住着六十多户人家。而它的对面，相距一百五十米处，则是一座四层的砖红色老楼，三个门洞，住着二十二户人家。由于年头久了，无人维修，山墙长出了青苔，而一些窗台的缝隙间，杂草也探出头来。住在这儿的，多是退休工人。他们在吃上穿上，处处俭省。衣服是地摊货，拎在篮子中的菜，十有八九是早市将散时降价处理的。

如今的楼道门，成了广告的阵地。家电维修、英语辅导、性病治疗、管道疏通、开锁服务、药品回收、房屋交易等私人小广告，层层叠叠的，你方唱罢我登场，从没让这舞台清净过。这些小广告，为了取悦人，大都用彩纸，粉红色的啦，天蓝色的啦，淡绿或是橘黄的啦。它们生生把那一道道门，勾勒成了唱花脸的。蔡雪岚出事后，这两座楼的楼门，吊孝似的，出现了白纸黑字的启事。这启事有公安局张贴的，也有蔡雪岚亲人张贴的。无论公私，目的只有一个，寻找蔡雪岚坠楼时的目击证人。只不过，后者增加了悬赏的内容，说是若能提供重要线索，将付给证人两万块钱。

蔡雪岚坠楼时，正是晚炊时节。大部分家庭主妇，已经在灶房忙上了。住楼的人家，因为没有仓房，喜欢把粮油储存在阳台上。入春后，阳台不冷不热的，成了天然的冰箱，人们便把买来的青菜也放在那儿。做饭的时候，女人们少不了往阳台跑，舀碗米呀，灌点油呀，取头蒜或是拿根葱呀。如果那时候她们恰巧抬头眺望了邻居家，完全有可能看见擦玻璃的蔡雪岚。侦查人员到与蔡雪岚家相邻的几户人家的阳台去察看，发现有四家阳台，能清楚地看到刘文波家卧室的窗子。不过，通过调查，这些人家的女主人，要么说当时不在家，要么说在灶房，要么说身体不适躺在床上，没人看到异常情况的发生。至于对面的老楼，虽然说大多的窗口和阳台，都能看见刘文波家卧室的窗户，但是由于相距一百多米，里面住的又多是耳背眼花的老人，即使望见了，也可能是影影绰绰的。所以两种启事出现快一个月了，却没有一个他们期待的目击证人现身。

仅仅凭借刘晶撞见刘文波时，蔡雪岚已经坠楼身亡这个事实，并不能认定刘文波是凶手。正当刘文波有可能因证据不足而被释放的时候，一个叫谢福的证人出现了。

那座老楼中间的门洞，有一个叫谢福的更倌，住在顶层。他五十三了，仍是光棍一条。由于他只有一米五，比别人矮了半截，所以大家都叫他"谢半截"。谢半截不仅个头不济，相貌也是处处缺彩。他的鼻子是拧的，眼睛是斜的，嘴巴是歪的，耳朵一大一小，汗毛孔跟针眼那么粗，好像他仅靠鼻翼和嘴巴呼吸是不够的，还得加开一些呼吸的通道。一个面目丑陋的人，不管他多么年轻，就跟没有青春似的，暮气沉沉，没有哪个女人愿意落入这样的昏暗中。所以尽管谢福把拉林小城的媒人求遍了，他家的门槛，还是没有穿花衣的踏进来。过了五十岁，谢福对讨老婆的事似乎死心了，他养了一大群鸽子跟他做伴。晚上他去工会打更，早晨回家后睡一上午，整个下午，就是和鸽子在一起。他把阳台改造成了鸽棚，放了张椅子，时常坐在上面，一边喝茶，一边听鸽子咕咕叫。每天黄昏放飞鸽子的时刻，他还会手持望远镜，追踪它们。蔡雪岚出事那天，据他称，放飞出去的鸽子，回来时少了一只，那是他最心爱的黑鸽子。他端着望远镜，搜寻失踪的鸽子的时候，看见了对面楼上的蔡雪岚在擦玻璃。那面窗分为三扇，左右两侧的窗扇是活的，中间的那扇是死的。蔡雪岚正蹲在中间那扇窗的台子上，面朝屋子，一手把着窗框，一手擦着玻璃。忽然，他看见蔡雪岚扶着窗框的那只手边，伸过来一只大手。这手掰开蔡雪岚的手，让她成了断了线的风筝，跌落下来。谢福说，看来屋里那个人，是跪在卧室的窗台下伸出的黑手，因而他才没有看见那人的脸。办案人员问谢福："你不是找黑鸽子吗，怎么盯着人家看上了？"谢福龇着牙说："不瞒你们说，我是看那女人的屁股来着，哪想到会出人命案呢！"办案人员问他为什么在案发这么久才出来做证，谢福眨巴着小眼睛说："妈的，这世道，多一事不如少一事啊。可是我搪得过活人，搪不过死人啊。那蔡雪岚的冤魂，老是闹我的鸽子，鸽棚动不动就有怪响。我最疼爱的那只黑鸽子，扑啦啦直往墙上撞，要自杀的样子。我为了鸽子，也不能装糊涂了！"

那天黄昏，除了蔡雪岚和刘文波，没有其他人进出他家。如果谢福所言属实的话，那么刘文波是唯一可能作案的人。

谢福手中的望远镜，是他花了二百块钱，从旧货市场买来的。卖主以前在山林中守防火塔，用它来观察火情。这个双筒望远镜高倍数，性能好，一公里外的树都看得清，何况一百多米外的窗口呢。至此，刘文波可以说是被推到了断头台上。谢福出现后，蔡雪岚的父母说为女儿申冤的时刻到了，将一直存放在殡仪馆的蔡雪岚掩埋了。同时，他们还先付给谢福一万块钱，说是等刘文波正式宣判后，再付他余下的一万。一时间，住在老楼的人，都恨自己的眼睛没有在那个时刻去眺望那个窗口。那个窗口在那个黄昏，是金光闪闪的啊。

不过，刘良阖对谢福的证词，还是抱有怀疑。从蔡雪岚落地后的姿势来看，她是趿着户外的窗台，背对着院子擦外扇玻璃时掉下去的。如果真像谢福所说，看见一只手伸过来掰蔡雪岚的手，那么她应该能看到向窗口靠近的人，哪怕他是爬过来的，因为她在高处啊。当然，她聚精会神地干活，也可能没有注意到。即便如此的话，当她被人掰动了手，知道有人要害她，生死攸关的时刻，她本能地会大声呼救，会用手死死地抓住窗框而不撒手。在挣扎中，她的那只手应该出现淤血的迹象，可是尸检时他们注意到了，她的手虽然粗糙不堪，却没有一处青紫的地方。

卓霞给了刘良阖一把家门钥匙，他去她那儿，就可以随时随地了。有的时候，卓霞还没回家呢，刘良阖却已经候在屋里了。他们见了面，仍是喜欢用眼神交流。那如饥似渴的目光，总会像闪电一样，把他们积郁在心底的思念洞穿，让交融在一起的他们，下一场透彻的雨。如果刘良阖在单位没有急事，家中又安排得妥当的话，他就会安心地在她身边待上一刻，否则，会匆匆离开，那个时候，卓霞就觉得刘良阖跟个逃犯似的。

刘良阖私下跟卓霞说，他怀疑谢福是为了得到悬赏的两万块钱，故意诬陷刘文波的。卓霞也说，她不大相信刘文波对妻子下了毒手，即便是离婚了，他不是还有小铃铛吗？男人身边只要有女人守着，是不会轻易走上绝路的。当然，如果刘文波深爱蔡雪岚的话，受不了她做别人的老婆，一时想不开，也可能干了蠢事。刘良阖便趁机问卓霞，知不知道蔡雪岚爱上了什么人。卓霞说，她们虽然无话不谈，但蔡雪岚从来没跟自己说过另有所爱，不过，从她离世前的表现来看，她似乎有了心上人。因为只穿高领衣服的她，破天荒做了一件低胸的灰格子法兰绒上衣，把雪白的脖颈露出来了；而且从不化妆的她，买了眉笔和口红，向卓霞求教，眉毛描到什么程度恰到好处，口红怎么涂才能做到艳而不俗。有一次，卓霞在一家礼品店碰见蔡雪岚，发现她竟像小女孩一样，买了一条镶嵌着紫水晶的吊坠儿，拴在她的手机上。

卓霞一旦断断续续忆起蔡雪岚这些温馨的反常细节时，刘良阖就会叹着气说："我还以为她做的最后一件衣服，是为了心上人呢，唉，哪想到又是为了小铃铛！"

拉林小城的人听说，蔡雪岚的死讯传开的那个夜晚，小铃铛关了店，穿了一身黑衣，只身去了酒馆，连碟花生米都没叫，空口喝了两斤白酒。酒后，她摇晃着走上银树大街，抹着眼泪，反复说着一句话："我不想结婚！"见着行人，她这样说；见着汽车，她也这样说。走到银树大街尽头时，她停下脚，仰望着路灯，拍着胸脯大声说："你照见我的心了吗?！我不想结婚！"蔡雪岚下葬时，她差人送去一个花圈，挽联上写着"雪岚姐姐一路走好"，落款是"我不想结婚"，害得蔡雪岚的亲属猜此人是谁猜了好一阵子。

有一次，刘良阖把卓霞拥抱在怀中时，无限感慨地说："女人和女人真不一样啊，我老婆是根木头，你呢，是条刚出水的鱼！"

卓霞说："就凭刘齐，你也不能说你老婆是木头啊！"

刘齐是刘良阖和齐向荣的独子，在林城重点高中寄读，再过一年就要考大学了。他功课好，长得也好，懂礼貌，守规矩，拉林小城的家长，但凡教训自己不争气的孩子时，总要说："你看看人家刘齐，再看看你！"

刘良阖苦笑道："外人哪里知道，我老婆哪儿都好，就是在夫妻生活上有怪毛病呢。每次行完事，她都要到厕所吐上一回，好像我恶心了她，让我好不舒服！要不是因为她把肾捐给了我妈，我早就离婚了！"

刘良阖的话，在卓霞听来，看似无意，实则有心。他其实在以说知心话的方式，委婉地告诉她，他不会离婚的。

卓霞心里针刺般地痛，不过她装作无所谓，问："她真的每回都要吐吗？"

刘良阖叹息了一声说："十回有七八回要那样吧。连刘齐都知道他妈妈有这个毛病，不过他不明白是为了什么。去年他离开家，到林城读书后，每次打电话，还要问，妈妈爱吐的老毛病还犯吗？"

卓霞试探着问："那她常在这事上冷着你吧——"

刘良阖摇着头说："哪里哪里！她可能怕我在家饿着了，出去会打野食，至少每周喂我一次呢！"他见卓霞蹙起眉，吃醋了的样子，赶紧说："算下来，我等于吃了十好几年的牢饭呢！"

卓霞淡淡一笑，说："那你们都够苦的！"

刘良阖说："看来在这事上，有病的男女不少啊！就说罗郁吧，看着他一表人才的，谁能想到他是个软蛋啊！你说他要不是个废物，你那时跟他生个孩子，都能帮你打酱油了。你呀，摊着这么个主儿，也真是命苦！"

对于罗郁的怪毛病，卓霞只是跟蔡雪岚提起过。那次，蔡雪岚悄悄对卓霞说，她闭经两年了，丈夫竟浑然不觉。她说自打刘文波跟小铃铛有了孩子，她就开始嫌弃自己的肚子，总觉得它是个讨饭的篮子，空空如也。从那以后，她一天比一天干涩，再与刘文波同床时，痛苦不堪。哪想到，不到四十岁，子宫就不再往出泼洒艳红的花朵，山穷水尽了！卓霞劝她找罗郁看看，说是她可能气血瘀阻，导致过早绝经。服点汤药，应该还能迎来花事。

蔡雪岚笑着说："罗郁性无能，谁不知道啊，我可不找他看！"

卓霞一激动，便把对母亲都没有说的话，跟蔡雪岚讲了。卓霞记得，蔡雪岚当时愣怔了许久，临走时撇下这么一句话："世上真有这么伟大的男人？"

现在，刘良阖以嘲讽的口吻说起罗郁，让卓霞有些不快。不过，她没有为罗郁辩解什么，因为她不想让这小城的人知道罗郁病态。一个病态的人，很可能会失去医生的工作，这是卓霞不愿看到的。

卓霞和罗郁离婚后，每年总要碰上那么两三次，肉摊前啊、烧饼店啊，或是水果铺里。无论是气色还是精神，他看上去都比卓霞要好。每次逢着了，总是罗郁主动打招呼："还好吧？"卓霞不过轻轻"唔"一声，算是答话了。有一回，卓霞割了二斤牛肉，被罗郁抢先付了钱。当着外人，卓霞也没和他争执，不过一出肉铺，她就提着那条肉，一路疾行，来到罗郁的住处，把它拴在门把手上，又回到肉铺，重新买了一块。从那以后，罗郁再在店铺碰见她时，总是罪人似的低下头来。

这天傍晚，刘良阖来卓霞这儿，神色有些忧郁。他对卓霞说，齐向荣最近很反常，她搬回家一块磨刀石，买了十几把形形色色的刀，吃过晚饭，就开始霍霍磨刀，说是要斩鬼。她裁剪了一摞一尺见方的宣纸，磨刀前，取过一张，铺展开，在那上面画鬼魅。画好后，把它贴在卧室的墙上。磨好刀，她会提着它，一边骂着什么，一边对着画舞刀。画中那些青面獠牙的鬼魅，都是呐喊的姿态，他们手中抓着的，不是骷髅头，就是死婴；肩上落着的，除了乌鸦，就是猫头鹰；而腰间缠绕的，多半是毒蛇和荆棘。

刘良阖愁眉苦脸地说："她白天好好的，一到晚上就犯病。一听她磨刀，我是汗毛直立，哪躺得住啊，生怕她一失手，把我当鬼给斩了。起夜的时候，打开床头灯，一见墙上的鬼，头皮直籁籁啊。"

卓霞说："那你家还不得贴得满墙的鬼啊？"

刘良阖摇摇头说："那画在墙上也就站一夜，第二天早晨，不等我醒来，她就把画揭了。"

卓霞说："她可能是被什么东西给迷住了吧？我听说城北有个姓邹的女人，是个半仙儿，刚出马，看什么都灵验，不如去那儿，让她给破破。"

刘良阖说："要去，只能偷着去。我大小是个官儿，领她找半仙儿看邪病，要是被人知道了，做上醋，将来提拔都会受影响！"

卓霞说："她有病，这一段你就别过来了。"

刘良阖紧紧拥抱了一下卓霞，说："这么多年了，我真是没白惦记你，你是又有味道，又通情达理啊！"

刘良阖算得上魁伟了，可卓霞在他怀中时，觉得他不过是一棵孱弱的小树。她只能迷醉于它的清香，却不能倚靠。

六　云谣

因为有了云，天的日子过得就不寂寞。

在卓霞眼里，天就仿佛是个大博物馆，它的藏品呢，是变幻无穷的云。你从清晨的云里，能看出明黄色的碗；从正午的云里，能看出雪青色的瓷瓶；而从傍晚的云里，时时能看到嫣红色的盘子。天推出的藏品一天一个样。就说碗吧，昨天是气派的高足碗，今天可能是朴拙的笠式碗；瓷瓶呢，昨天是长颈细口的，今天则是圆腹葫芦颈的；盘子就更不用说了，昨天是深口的菱口盘，今天可能就是浅口的菊瓣盘。一到夏天，卓霞做活儿累了的时候，就喜欢倚着布店的门，痴迷地望上一会儿天。有的时候，她看上了其中一只瓷瓶，便想若是有神手能给取下来，插花于她的屋子，那该多眼亮啊。可惜天上的宝物，可望不可即。

这天下午，卓霞正望着云，一阵趿趿的脚步声传来，跟着，一个女人粗声粗气地说："霞子，不用望了，天气预报说了，明儿还是个晴！"

这女人声音略微沙哑，听上去很生，卓霞虽不熟悉这声音，但熟悉那称谓。只有父母，才叫她"霞子"啊。在这之前，有片长条形的白云，飞着飞着，云头突然耸了起来，簇成个毛茸茸的团，跟着，云尾抽丝般地甩出一道白。卓霞正诧异着，云的腹部又斜斜地荡出四条曲线，像是狗在奔跑时的腿。卓霞在心中叫了一声："这不是堂堂吗！"它是不是知道主人还惦着它，才现出形影？卓霞看得惊心动魄时，被人搅扰了，本来就不快，再加上低头一看，来人竟然是继母，便恼上加恼，跟她说话时当然就没有好声气了。

这女人矮矮胖胖的，圆脸，齐耳短发，黑红的皮肤，穿一条深蓝的长裤，一件黑地带朱红暗格的短袖衫，手中搭着一条灰色涤纶裤子。一进霞布，她就理直气壮地把裤子丢在缝纫机上，说："这裤子你爸现在穿着太肥了，你给改瘦点吧。"

父亲再婚才两个来月，瘦了有十几斤，不过他的精神看上去倒不错，见着人总是乐呵呵地打招呼。母亲在时，卓霞每周都要回娘家一两次，自打继母进了门，她半个月也不回去一次。

卓霞用埋怨的口吻说："我爸这两个月瘦得快成人干了，谁见了看不出来？你也不知道做点有营养的东西，给他补补。"

继母本来和颜悦色的，卓霞这一说，她来了火气，说："好吃的轻了给他做了吗？鸡汤、排骨、鱼、饺子，我是一天调着样儿给他做，可他都吃给鬼了，自己不长肉！我有啥招！"她顿了顿，放低声音，说："他要是不改那个毛病，我看他就是见天儿地燕窝鱼翅也不行！"

卓霞狐疑地问："什么毛病？"

继母一屁股坐在紫檀色的长凳上，叹了一口气，用手摩挲着光滑的凳面，犹豫着，然后抬头看着卓霞，终于抹下脸说："你爸六十来岁的人了，晚上还贪吃那一口！我要是不依着他吧，又怕他生气。你说他这把年纪了，好这个，能不瘦吗？幸亏我比他小个十来岁，还受得起，他要是找个跟他年龄相仿的干老太婆，那不赌等着离婚啊！"

卓霞红了脸，张口结舌地说："他、他、怎么、这样！"

"要怪，只能怪你妈。"继母说，"你妈比你爸大，女人又比男人老得快，所以你爸告诉我，你妈死前的几年，早枯了，在这事上一直旱着他！我这人命苦，原想着老爷们儿没了后，跟你爸搭个伴儿，互相有个照应，哪想到还得伺候他这个呀。"继母一旦说开了，就无所顾忌了，"霞子啊，我是过来人，我可跟你说，你将来再找，不能找比自己小的男人，等你岁数大了，养不住他哇。男人都是属猪的，有食儿就吃！女人呢，属猫的，挑着食儿吃！"

这话把卓霞逗得"扑哧"一声乐了。

继母见卓霞有了笑影，便说："我今儿来，不光是给你爸改裤子，还有个事儿想求你呢。"

卓霞问："什么事？"

"你哥哥不是在秦皇岛吗？"继母说，"你也知道，我不像你妈有工作，北京上海青岛广州的都去过，见过大世面。我这辈子，就去过一次城市，还是五年前俺男人得癌症时，为着到哈尔滨给他看病去的。那种情况，哪有心思逛呢。我这辈子，最想看的就是海了。我想趁着天好，让你爸带着去趟秦皇岛。可是我也知道，你们兄妹，都不喜欢你爸这么快就找了主儿。你看，你能不能给你哥打个电话，让俺们去一趟？不多麻烦他们，住个三天五天就回来。其实，跟你爸登记时，他答应过，说要带俺去秦皇岛蜜月旅行，可是结婚后，老东西就变卦了，是不是嫌俺拿不出手啊？你放心，我在家里穿得寒酸，出门也知道拾掇自己。我有一条真丝的黑裙子，还有一件蓝地白花的府绸上衣，簇新簇新的，到时都穿上。实在不行，你再帮我做套好的带上，行吗？"

卓霞一想父亲居然还打算蜜月旅行来着，刚压下去的火，又起来了。她说："我爸既然答应过你，你还是跟他说吧。我哥最近正闹心，因为海产品药物残留超标被曝光，他的海鲜生意一落千丈，你们去了，恐怕也看不到好脸子。"

"那咋办呢？"继母失神地说，"要不俺们自己出钱住店去？就怕你爸的脸儿挂不住啊。"

"能看海的地方多着呢。"卓霞说，"大连、青岛、威海、烟台、去那些地方不是一样吗？"

"那些地方不是没儿子吗！"继母顶撞了一句。

"你们又不是为了看儿子，不是看海去吗？"卓霞咄咄逼人地说。

继母叹了一口气，不打算再跟卓霞斗嘴了，她起身说："你爸的裤子快点给改好啊，我后天来取，他爱穿这条裤子。"

"最近活儿太多，得挨排来。要是改，一周后才能取回。"卓霞说完，看了看继母，又慢条斯理地补充道，"还有，挽个裤脚三块钱，改裤子要拆线重缝，费事，得收十块钱。"

"你这当闺女的，给自己亲爸做这点小活儿还收手工费？你不怕传出去，拉林人会笑话你？"继母提高了声调。

"我妈活着时，我爸的衣服，都是她做。改条裤子，在她眼里不过一眨眼的活儿，才不会来麻烦我呢！"卓霞轻轻一笑，说，"要是改裤子的事传出去，拉林人笑话的也不是我，而是你啊！"

继母冷笑了几声，没反驳什么，而是从容地从裤兜里摸出过滤嘴香烟和打火机，点着一颗烟，猛抽了几口，然后一把扯过那条裤子，用香烟头，去烫那条裤子。府绸面料一遇到火，就魂飞魄散，香烟头在那上面，一戳一个眼儿。一会儿的工夫，裤子就千疮百孔了，像是长了麻子。继母把裤子搭在肩头，拉着长声说："谁让你爸看上了我这个笨婆娘呢，露肉的裤子，他也得穿啊！"

继母扔下烟蒂，一脚踏上去，踩了又踩，仰着脖子离开了。

卓霞呆呆地看着被踩扁的烟蒂，哑然失笑。那个烟蒂看上去就像一只黄蝴蝶的标本，向她讨还青春似的，怨恨地看着她。卓霞想起今晨有只花狗，遗在花烛巷里一摊屎，便拿起笤帚，越过门，一直将它扫进那里。打发完烟蒂，卓霞也没有做活儿的兴致了，她提前关了店，打算着买顶蚊帐。家中安有纱窗，可是狡猾的蚊子，在开门的一瞬，还是会顺着门缝溜进屋子。蚊子天生是做侦探的料，你关了灯，它就像一架夜航的战机，嗡嗡叫着向你进发了，可你一旦开灯寻它，它又悄没声的，带着一脸的鬼笑，不知躲哪儿去了。找不见它，黑了灯再睡，可没等睡实，它又神出鬼没地出现了。一只蚊子，足以撕裂一个温存的夜晚。

一般来说，男人是不招蚊子的，可是刘良阖恰好相反。真是怪了，入夏以来，他每来卓霞这儿一回，身上都要被蚊子叮咬几个红点。卓霞其实不喜欢吊蚊帐的，感觉它就像搭在床上的灵棚，看上去丧气。可是刘良阖屡受蚊子的欺负，她又心疼得慌，于是才动了买蚊帐的念头。

卖蚊帐的，在拉林只有一家。这是家经营窗帘和床盖的店面，主人姓满，比卓霞小一岁。小满因为她的婚姻，在拉林也算是个名女人，因为她姐姐因病去世后，她嫁给了姐夫。之所以做这个选择，是因为姐姐留下的孩子患有自闭症，连学都不能上。小满怕姐夫再婚后，这孩子受后妈的气，便和谈了三年的男友分手，做了外甥的后妈。小满的爱人王仁化，比她大九岁，在工商局上班，与刘文波家挨着门洞，也住顶层，两家的卧室一壁之隔。蔡雪岚有时候到霞布来，会悄悄跟卓霞说说小满的事情。她说小满嫁给姐夫后，看来并不很如意，常能听到他们两口子半夜吵架。按理说，他们结婚五年了，也该要个自己的孩子了，可小满似乎不愿意给王仁化生孩子。小满有了委屈，还爱找原来的男友诉说，虽说他已成了家了。不过，不管小满对丈夫有何怨艾，对姐姐留下的孩子却是疼爱的。男孩秀植已经十三岁了。小满结婚后，发现他一个人待着时，喜欢在纸上乱画，就给他请了个美术老师，每周教他三次画画。几年下来，秀植的素描已经相当不错了。秀植画的人都是一个表情，闷着头，苦着脸，闭着嘴，而他画的景物，却是千姿百态的。放声歌唱的鸟儿，怒放的花儿，飞舞的云，奔流的河，啄食的鸡，撒欢的狗，风中的树，都是他喜欢画的。小满开店时，一般把秀植带在身边。秀植坐在柜台后的一个皮转椅里，不是看画册就是打盹，不管什么人来，他眼皮都不会抬一下。

小满在穿上没有主见，时兴什么穿什么。她宽胯粗腿，不适宜穿七分裤，可流行这裤子的那年，她一个夏天都穿这个，把自己弄得像个大屁股的鸵鸟。黄颜色盛行的那年呢，她也不顾自己黑红的肤色，穿了一件蝙蝠袖的黄衫，再配上一条红蓝条的裤子，远远一看，简直就是一只从森林中飞出来的火鸡！

卓霞走进小满的店时，她正踏着缝纫机做枕头。见了卓霞，她叫着"稀客"，停下手中的活儿，一迭声地抱怨新产的缝纫机脾气大，老是卡线，说还得是霞布的老牌子缝纫机温顺、耐使。卓霞说明来意后，小满说："实话跟你说，这两年我也不进蚊帐了，卖不动！你要买，都是货底子，可别嫌弃啊。"

卓霞说："管它什么货色，能挡蚊子就行。"

小满就攀上梯子，去阁楼藏货的地方给她取蚊帐。

卓霞问："有没有粉红色的？"

小满说："以前进的蚊帐，一水儿的白！你不会是要结婚了吧？怎么喜欢起新鲜颜色了？"

卓霞说："就是问问，白色也不错，亮堂！"

小满取下蚊帐，卓霞付过钱，问她："秀植怎么没来？"

"怪了，秀植也不知怎么了，这一段更不爱出屋了，天天闷着头画画。他自己在家我又不放心，没办法，我爸去了我那儿，帮我看着他呢。"小满顿了顿，又说，"谁能相信啊，雪岚大姐是被她男人推下去的，刘文波真该千刀万剐啊。"

卓霞说："不是还没最后定案吗？"

"对面楼上的谢半截什么都看得清清楚楚的，还用等着定案吗？"小满说，"女人对男人啊，真是不能太痴情！"

要是以前，小满说这话，卓霞听着是顺耳的，可现在她与刘良阖正如胶似漆着，就不爱听对男人的鄙薄之言。她道过谢，提着蚊帐出了店门。

是下班的时候了，街市热闹了起来，行人多了，车辆也多了。卓霞走到马铃巷的李记肉铺时，碰见了齐向荣。她提着刚买的猪腰子，笑盈盈地走了出来。她穿一条红蓝花的乔其纱斜裙，一件掐腰的黑色纹绸短袖上衣，配一条亮闪闪的白金项链，神采飞扬。看见卓霞，她仰着脖子笑着说："这么巧啊，你是做衣服的行家，你看这件上衣，配这条裙子好看不好看？"

卓霞看得出，上衣是新的，而裙子是旧的。那条乔其纱的花裙，本来是俗气的，可被质地好样式新的黑色纹绸上衣一衬，有如一团乌云刹那间被阳光照亮了，五彩斑斓的，分外夺目。卓霞点着头说："很好看！"

"上衣是我们家良阖，刚刚托人从杭州给我捎来的，说是今年最兴这个。"齐向荣扭了一下脖子，说，"这不，还给我买了条白金项链。我跟他说我又不是狗，挂条锁链干什么，可他硬是给我戴上了！"齐向荣哈哈大笑着。

卓霞提着蚊帐的那只手，抖了一下，她咬了下嘴唇，说："项链你戴着倒真不怎么适合，项链适合长脖子的女人啊。"

齐向荣的笑容凝固了，她说："是吗？"下意识地低头看那条绕颈的项链，卓霞趁机走开了。

刘良阊大约有半个月没来卓霞家了，她打过两次电话，刘良阊都说妻子精神状态不好，不便出来。可是卓霞见到的齐向荣，容光焕发，思维敏捷，精气神十足，哪有病态？而且，他给妻子买了新衣和项链，说明他是疼齐向荣的。卓霞一路委屈着，眼泪都快出来了。穿过沸腾的银树大街，她终于忍不住，找了个僻静处，掏出手机，打了一条短信："今儿不来，就永远别再来了。"给刘良阊发过去。没想到刘良阊飞快地回复的两个字是："已在。"卓霞喜出望外，加快了步伐。卓霞本想着见到他先数落一番，解解气的，哪料到刘良阊戴着围裙，做好了晚餐，她心下一热，先前的怨气早跑到九霄云外去了。他们拉上窗帘，脱下衣服，在床上快活地送走了黄昏，然后才打开灯，心满意足地坐到餐桌前。谁知刚刚拿起筷子，刘良阊的手机就响了。他离开餐桌，到门口去接听。卓霞听见他说："别怕，我马上就回去。"便知是齐向荣打来的。果然，刘良阊回到餐桌后，对卓霞说："对不起了，你自己吃吧。老婆说，她刚才上卫生间时，看见一个红眼珠绿头发的鬼，站在马桶上跳舞，让我快回去帮她赶鬼。"他重重地叹了一口气，接着说："她才消停了两天，又犯这病，你说是不是我家的宅子有什么问题啊？"说完，垂头检查了一下裤子的拉链是否拉上，又紧了紧裤腰带，过来拍了拍卓霞的肩，匆匆走了。他一出门，卓霞便听见一阵狗吠，看来邻居家的青头刚好在大门口，看见刘良阖，多管闲事了。不过卓霞并没有想到青头会下口咬了他。

刘良阖走后，卓霞想着这场相会，自己都没来得及跟他说上一句话，便觉得凄凉。她放下筷子，取了一瓶酒，独斟独饮着。刘良阖的手艺还真不错，酱焖鲫鱼咸淡适宜，椒盐排骨的火候掌握得恰到好处，为此，卓霞贪了杯，喝得站不起来了，她就趴在桌子上睡了。清晨醒来，她看见晨曦给窗子贴上了金色的窗花，而她面对的却是一桌的残羹剩炙时，非常丧气，真想让老天把自己点化成一杯隔夜茶，泼了算了。

七　惊雷

小铃铛今天将店早早关了。她回到家，吃过晚饭，安顿好孩子，就开始打扮自己。因为要去见谢福，她没有往好处打扮。压在箱底的一条破牛仔裤，还有当年装修店面时穿过的一件残留着石灰渍和油漆污点的粗布上衣，都上了身。穿好衣服，她把头发弄得跟鸡窝一样乱，又从门槛下抓了一把灰，当成脂粉，在脸上乱拍一气，搞得灰头土脸的，连她自己看了都嫌恶，这才满意。梳妆台上放着两万元现金、一把弹簧刀以及一支录音笔，这是她今夜需要的东西。保险起见，她把它们揣在不同的兜里。

白天阴了一天，雨却没有下来，虽说晚上了，天也没凉爽起来。小铃铛见已是十点一刻，知道街上行人少了，便提起伞，出了家门。

同其他小城一样，夜里十点以后，街上还在营业的地方，除了酒馆，就是歌厅和洗浴中心了。这一"唱"一"洗"，其中的奥妙，谁都知道。这个时刻来这种店面的人，都很诡秘。他们一般把车停在僻静的巷子里，步行过来，或者干脆打出租车来。所以别看它们外面冷清，里面却是红火的。

小铃铛胖，加之心焦天闷，走过长长的炉灶巷后，出了一身的汗。除了偶尔驶过的车辆，街上几乎没有行人，这正合她的心意。

县总工会在银树大街与炉灶巷的交会处，是座二层的土楼，很旧。门前吊着的那盏球形夜灯，被飞蛾给密密麻麻地敷了面，看上去乌蒙蒙的。楼前台阶有十来级，由于年久失修，多有残破，豁牙露齿的，小铃铛走到第五阶时，被绊了一下，险些摔倒。

比起银行、财政局、公安局等要害部门须臾不能离身的更官，在工会打更是自在的。人们时而看见，谢福在晚上时会锁了大门，踅进斜对面的酒馆，买些下酒菜回来。别看他五短身材，行路却是快的，即便脱岗，十分八分也就返回了，所以从没有什么闪失。小铃铛到了大门口，眺望了一眼传达室，发现谢福不在，不过大门是反锁着的，而且传达室有灯光，证明谢福没有出来，小铃铛便"咣咣——"敲起门来。

大约两分钟后，谢福一边系着裤子，一边从走廊深处闪出来，看来他是去卫生间了。到了大门口，他站定后发现是小铃铛，便从裤兜里掏出钥匙，哗啦啦地将门打开。

小铃铛进来后，谢福将门又反锁上。

小铃铛警觉地说："你不用锁门，我跟你说点事，一会儿就走。"

"那怎么行呢？"谢福斩钉截铁地说，"到了晚上，门随时随地都得锁！"

小铃铛没有再和他争执，跟着他进了传达室。

那是间七八平方米的小屋，一桌一椅一床。出乎意料的是，屋子很洁净，水磨石地面擦得干干净净的，桌上的电话机、半导体、烟灰缸、手电筒、登记簿和笔等东西也摆放得规规矩矩的，不像有的传达室，桌子就跟垃圾场一样。唯一凌乱的是床铺，床单满是褶皱，枕头旁放着一个铝皮小酒壶、一袋打开的花生米，看来他很会享受，喝酒时偎在床上。

谢福把椅子让给小铃铛，自己则坐在床上。待小铃铛坐下后，他单刀直入地说："我知道你干什么来了。"

小铃铛昂着头，干脆利落地说："我不相信刘文波把雪岚姐给推下去了，他干不出这种事，我知道！"

"可我真的看见了。"谢福盯着小铃铛说，"清清楚楚的。"

"你是为了那两万块的悬赏是不是？"小铃铛说。

"我不富，可也不缺钱用。"谢福眨巴着眼睛说，"我没说瞎话。"

"这不可能！"小铃铛大叫着，攥着拳，捶打着桌子，"你撒谎！"

她的话音刚落，窗外就传来一阵隆隆的雷声，好像为她的呐喊助威似的。

"人家都说你是个不想结婚的女人，干吗要从局子里往出捞他？"谢福说，"蔡雪岚死了，刘文波要是出来，就剩你这么一个女人了，你不跟他结，他饶得过你？"

小铃铛说："他出来了，我照样过我的老日子，他爱找谁就找谁去。我只是不想让孩子没爹，也不想让好人遭诬陷！"

"可我帮不上你这个忙啊——"谢福拉着长腔说。

"就算你真的看见了——"小铃铛的语气忽然软了，"也可以说没看见啊。"

谢福没有吭声，他拿起酒壶，拧开盖，抿了一口，知足地"咳——"了一声，又将胡萝卜一样粗的手指伸向花生米的袋子，捏出两粒，扔进嘴里，"吧唧吧唧"地快活地嚼着。

小铃铛的两个裤兜各装着一万现金，她双手齐下，"唰——"地将钱同时掏出来，"啪啪"地拍在桌子上，说："你把蔡家奖赏给你的那一万还了，然后去公安局，说你那天其实什么也没看到，怎么样？"

谢福丢下酒壶，起身走到桌前，一手抓起一沓钱，把它们当作竹板，敲打了几下，"啊呀啊呀"叫着，又放回桌，坐到床上，说："那我不是等于说自己做了伪证吗？这是犯法的事，他出来了，我得进去，这个我懂。"

"那你想要什么？"小铃铛说这话时，下意识地并拢了双腿。

谢福嘿嘿笑着，反问一句："你说我想要啥？"

"两万块不行的话——"小铃铛咬咬牙说，"再加五千！就当我今年的音像店白干了！"说完，她交叉起双臂，有意地给胸部设了道障碍。

谢福见小铃铛拢腿抱胸的样子，哼了一声，嚷着累了，脱了鞋，躺下了。小铃铛见他放赖了，一筹莫展。她可怜巴巴地说："两万五等于是砸我的骨头了，你还不中意？"

谢福先前仰躺着，小铃铛这番话，让他侧过身，头朝墙，背对起她了。

雷声再次轰隆隆响起来了，这回的雷可不是虚张声势，它终于将郁闷了一天的乌云，化作一场大雨。

小铃铛的心在雨声中一阵阵下沉。这个谢半截，对财不感兴趣，看来图的是色了。而她最不想付出的，就是这个了。从他的表现看，他不会要挟和威逼她的，而是等着她主动送上口来，舒服地享用呢。

如果换作别的男人，小铃铛也不会在乎上床的，她在这方面本不是个缩手缩脚的人。可是这个谢半截就像从臭水沟里爬出的一只癞蛤蟆似的，实在让她倒胃口。她听说，谢福路过歌厅时，那些卖色相的小姐从窗里望见他，都躲起来，生怕他进门。他的生意，她们都不肯做的。

已是午夜了，事情陷入僵局，小铃铛始料未及。她眯起眼，舒展开四肢，放松地想了片刻，终于横下心来，起身去了趟洗手间，把混画的脸洗干净，然后回到传达室，打着寒战脱衣服。她刚脱完上衣，正要解裤带时，谢福突然转过身来。他见她裸着上身，吓了一跳，霍地从床上跳下来，厉声问："你想干啥？"

"我知道你想要啥。"小铃铛咬着牙说，"我给你。"

谢福摆着手惊叫着："你可别想着欺负我啊！"

"我欺负你？！"小铃铛瞪大了眼睛，"你不想要？"小铃铛觉得周身的血液凝固了，一动不能动了。

"我还是个童子呢。"谢福受了羞辱似的捂起脸，说，"我要把自己留给喜欢的女人！"说完，号啕大哭起来。

谢福这一哭，不啻屋子里灌进了雷，小铃铛的惊慌可想而知了。她呆在那里，不知所措，茫然地看着他。

谢福哭起来，脸就更没法看了，他脸颊抽搐着，龇牙咧嘴，眼睛鬼火似的一明一灭，鼻孔大张，像是汽车的排气管在排着尾气，呼呼流着鼻涕，恐怖极了。

小铃铛回过神来，一边羞愧地穿衣服，一边说："你不要就不要呗，哭什么！"

谢福打了个激灵，扯下搭在墙上的毛巾，擦了擦脸，说："看看你今天那副德行吧，破衣烂衫的，还弄着一脸的灰！你以为我是狗，连屎都会吃？"

小铃铛沮丧极了，她没有料到谢半截既不贪财，又不好色。这两样在她看来无往而不胜的兵器，今夜却遇到了最顽强的抵抗。小铃铛不甘心这么铩羽而归，她做着最后的努力，"谢大哥，给你三万怎么样？这两万你今天先收着，明儿我送来另一万，我小铃铛说话算话！"

"我说了，我看见了。"谢福说，"你给我座金山也没用！"

"你看不上我也罢了，难道钱是你的仇人吗？你打更，才挣几吊？脑袋这么不灵光，真是属猪的！"小铃铛火了，她系好衣扣，从椅子上跳起，跟谢福大吵大嚷着。

谢福呵呵笑了两声，仿佛刚吃了什么好东西，知足地吧唧了几下嘴，说："'君子爱财，取之有道'的理儿，你听说过吧？"

"不知道！"小铃铛踢着椅子说，"我只懂得，天下没有不沾腥的猫！"小铃铛将两万块钱揣回兜里，想着若是不出点气回去，自己非得憋屈出病不可，于是撸胳膊挽袖子，扑向谢福，想把他打倒在地，揍他几拳。谁知这个谢半截聪明得狠，当小铃铛冲过来时，他铆足劲儿，一头撞在她怀里，倒把她顶得人仰马翻。不等小铃铛起身，谢福稳稳地骑在她身上，双手摁着她的肩，说："你再敢动我一下，我就报警！让公安局知道，你收买我，让我翻供！"

先前的小铃铛像水中的八爪鱼一样张牙舞爪的，谢福的话，让她彻底绝望了。那一刻她仿佛是被放在了火焰熊熊的蒸笼上，灵活的触角刹那间变得僵硬了。谢福见她老实了，这才松开手，嘟嘟囔囔地站起来。

小铃铛像做了一个噩梦似的，缓缓起身，揉了揉眼睛，无精打采地提起伞，晃悠着走出传达室。谢福连忙掏出钥匙，赶在她头里，将大门打开，放她出去。

雨已经小了，雨丝很温存，好像老天在子夜时分，向大地诉说着衷肠。小铃铛没有打伞，任雨水把自己打湿。她满腹委屈，可又哭不出来。街上没有车辆，也没有行人，她不想回家，只想找家酒馆，一醉解千愁。小铃铛先是去了花烛巷的两家酒馆，吃了闭门羹，之后去马铃巷碰运气，也没寻到一家还有灯火的酒馆。她心犹不甘，想着小酒馆关了，银树大街的鑫利大酒楼应该还开着，就去了那里。鑫利的一楼有微弱的灯光，小铃铛以为那儿一定还有生意，快步走到门前。然而，她没有推开酒楼的门，它已经反锁上了。守夜的更官听到响动，穿着破背心走到门前，隔着玻璃，摆了摆手，示意她酒楼打烊了。

小铃铛寻遍了拉林的酒馆，没有找到一处可以买醉的地方。她茫然地站在银树大街上，哭了起来。哭完，她走进夜来香歌厅，打着寒战，哆哆嗦嗦地吆喝着："谁睡我？不要钱！"

八　风动

　　拉林县公安局会同县防疫站进行的查验无证犬的活动，已经进行半个多月了，马铃巷狗肉馆的生意空前好了起来。人们为了逃避给狗上户口，要么将其卖掉，要么把它们送到附近村屯的亲戚家暂避风头，要么干脆勒了吃肉。大家说，人还有做盲流的呢，凭什么要给狗户口？当然，如果不花钱的话，别说是狗了，就是给鸡鸭鹅上户口，人们也没怨言的。

　　只有卓霞清楚，拉林的狗的这场灾难，源自哪里。

　　那天傍晚刘良阖离开卓霞家，出门后被青头给咬了腿，怕惹麻烦，暂时放过了它，忍着痛，一瘸一拐地走到大路上，叫了辆出租车，到了医院，打了针狂犬疫苗，包扎了伤口，这才放心回家。他进屋后，发现齐向荣又坐在厅里磨上刀了。她穿一条桑蚕丝的吊带花睡衣，汗涔涔的。她那浑圆的胳膊和脖子上的赘肉，让刘良阖想起卓霞的好身段，心里很不是滋味。

　　刘良阖说："我急着回来帮你赶鬼，结果路上被狗咬了。"他撩起裤管，说："你看看，咬得多深啊。"

　　齐向荣停止了磨刀，坐直了，冷冷地扫了一眼刘良阖的伤腿，然后收回目光，用指甲在刀的锋刃上划了一下，说了句："还不够快。"又唰唰磨起来。刘良阖叹了口气，进卧室脱衣服。他发现床对面的墙上又多了一张鬼魅图。这新鬼的头发长得及膝，柳丝一般绿，眼睛血红血红的，跟灯泡一样大。它大张着嘴，龇着一颗尖利的牙，牙齿上拴着根黄丝带，下面吊着一颗滴血的心，看得刘良阖汗毛直立，不知道这样的噩梦什么时候才会结束，不由得连声叹息。齐向荣将刀磨到子夜时分，这才神仙一样飘然而起，轻轻说了句"时辰到了"，提着刀冲进卧室，对着那红眼绿发的恶鬼，一通杀。所谓"杀"，不过是用刀尖轻戳鬼眼，画面却是完好无损的。

齐向荣在绘画上受过一些训练，她的父亲曾是中学的美术老师，擅长工笔画。一些人家布置新房时，喜欢请他画一幅吉祥图，百鸟朝凤呀，鸳鸯戏水呀，或是喜鹊登枝。当然，有的时候他也避开花鸟，画画人物，如表现司马相如与卓文君爱情故事的《凤求凰》或《八仙过海》等。画这样的画，主人都会赏钱，所以齐老师退休后，过得相当滋润，每日里画画喝茶，含饴弄孙，人见人羡。不过他乐在画上，也死在画上。有一年，计生委副主任左雁南的儿子结婚，请齐老师去画画。他画了著名的《榴开百子图》，一群顽皮可爱的小孩子，戴着金项圈，挂着长命锁，喜气洋洋地，合力扛着个切开的大石榴。谁料婚礼上，这画却遭到了计生委主任张敏霞的讥讽。张敏霞五十八了，马上要退休，如果不出意外，四十八岁的左雁南会接她的班。张敏霞指着画对来宾说："雁南啊，不是我批评你，你在计生委工作，明明知道一对夫妻只能生一个孩儿，为什么还弄这么多娃娃出来？"张敏霞凑到画前，一五一十地数起了画中的孩子，惊叫道："地上走着十个，石榴上还坐着两个，天呀，你盼望你儿子将来生十二个孩子吗？"左雁南辩解着："这是画，又不是真的！"张敏霞说："画是传情达意的东西，你不这样要求，人家能给你这样画吗？"原本和谐的婚礼，被这幅画弄得现出杂音，左雁南很不高兴，典礼结束后，她就找齐老师发火去了，说你明明知道我在计生委工作，还画这样一幅画，这不是当众给我难堪吗？齐老师无奈地叹息一声，悲凉地说了一句"到底是小地方的人啊"，从此后不再出门，也不再碰画笔，不到一年，郁郁而终。齐向荣是家中独女，她的四个哥哥知道父亲死在画上，很气愤，便把与画有关的遗物，统统烧了。此后，齐家人再不挂画了。

刘良阖想，是不是岳父的冤魂附在了妻子身上，她才鬼使神差地拿起画笔？不过岳父画的都是《鲤鱼跳龙门》《岁寒三友》《麻姑献寿》一类让人愉悦的画，而妻子描绘的，则是恐怖的地狱情景。

刘良阖遭到狗咬的那个晚上，可以说是身心俱疲。他本以为齐向荣跟鬼战斗完，会像以往一样安静地睡去，谁知她上床后又主动求爱，说是想他了。刘良阖推托腿痛，置之不理，哪想到她竟然赤身裸体地跳下床，打开灯和窗子，坐在窗台上，荡秋千似的，悠荡着双腿，向他示威。刘良阖吓得牙齿打战，叫着"活祖宗"，连忙把她抱回床上，关上窗子和灯，无奈地爱抚她。他松开她时，满身是汗。齐向荣惯例地跑向洗手间。刘良阖听着妻子"哦哦"的呕吐声，看着渐渐泛白的天色，觉得生活是如此荒唐。

查验无证犬的活动，就从河坝下的平房开始的，青头成为第一条被带走的盲流犬。两天后，那对老夫妻带着钱去给青头补办狗证，要把它领回家时，被告知青头已经被打死了。说是县防疫站的人收容青头后发现，它是条疯狗，这样的狗如果留着，后患无穷。卖炒货的男人不相信，要青头的尸首，防疫站的人说带病菌的狗已经被深埋了。他们得到的，不过是一纸盖着红色印章的关于青头是疯狗的医学证明。这对老夫妻回到家，掏钥匙的时候，想着门开后，青头再也不会热情奔放地迎过来，便蹲在大门口，哭了起来。卓霞从霞布回来，见他们哭得那么伤心，以为他们的哪个子女，遭遇不测了，便关切地上前询问。一问，才知是青头出事了。她立刻想到了刘良阖，因为他在短信中告诉她，他被青头咬了，伤口发炎，最近一周不能出来了。卓霞回到家，立刻给他发了条短信："青头是因为你死的吗？"十分钟后，刘良阖回复："它该死！"这三个字，像三枚重型炮弹，让卓霞看了胆寒。

一天深夜，卓霞正睡得香，刘良阖摸黑进来了。这幢房子只剩下一条狗了，就是西头的二黄。这家伙大约从青头和堂堂的死中，领悟到与主家无关的事，最好不要饶舌，所以邻居家有什么风吹草动，它哼都不哼一声。没有了狗的镇守，再加上他手中有卓霞家的钥匙，刘良阖来去自由多了。一个人在犯困的时候，哪有心思缠绵，卓霞被扰醒后，有点恼火，她埋怨刘良阖，怎么跟鬼似的，要深更半夜来？刘良阖拉开窗帘，让月光做灯盏，边脱衣服边说，他的腿伤刚好，再说平常老婆怕鬼不敢一个人在家，他哪有机会出来？好不容易盼来一个夜班，他不能浪费了。说着，撩起蚊帐，爬上床来。卓霞刚刚领受到一个含有夜露气息的吻，刘良阖甩在沙发上的衣服，忽然发出一阵屁声。原来，他把鸟鸣的铃音，换成了屁声，卓霞忍不住笑了起来。刘良阖听到屁声，十万火急地跳下床，他接听电话前对卓霞说："千万别出声，可能是一起值班的小王打来的，我出来时，跟他说有点胸闷，透透气，他可能担心了。"

刘良阖接起电话，才说三句话，卓霞就明白，这电话是齐向荣打来的。因为他说："我马上就回去，你不要怕。"

"家中又闹鬼了吧？"卓霞冷冷地问。

刘良阖一边把刚脱下的衣服又往回穿，一边叹着气说："她说卧室里进来三个小鬼，一个提着绳索，一个拿着毒药，还有一个捧着火盆，要她的命！"

"鬼怎么单单相中了你们家，去个没完没了？"卓霞说。

"就是啊，我都想着换个房子了！"刘良阖说，"这哪是人过的日子啊。"

"确实不是人过的日子。"卓霞这话，其实是说给自己听的。

刘良阖离开后，卓霞再无睡意，她就那么呆呆地看着从窗口漫进来的月光由浓变淡，看着黎明前短暂的黑暗，最终把这天火似的月光扑灭了。

第二天早晨，卓霞请来锁匠，将家中的两道门锁都换了，将蚊帐也收了起来，搁置在仓房。做完这些，她以为心情就此轻松了，实则不然。她去霞布做活儿时，神不守舍，老是溜号。有个顾客家中出了丧事，要三十尺白麻布吊孝用，卓霞拿着尺子量布时，没想到多量了一丈，顾客看在眼里，刚要提醒她，只听"刺啦"一声，她转眼之间已将布扯了下来。若是多得了一丈办喜事的红布，顾客会认为好运连连，笑逐颜开的，可因为这白麻布是吊孝用的，顾客便不高兴了，说你多给我一丈白麻布，这不是咒我家连出丧事吗？卓霞赶紧道歉，说我又不是小鬼托生的，哪有索人命的心思。连忙把多余的白麻布，撕了下来。虽说如此，顾客走的时候，还嘟嘟囔囔的。卓霞心烦，顾客前脚走，她后脚就将那丈布，咬牙切齿地一分为二，然后一手搭着一块，把它们当作水袖，哼着京剧《杜十娘》的一段戏，有模有样地舞起了水袖。这一幕，刚好被刘良阖和随他而来的女警察撞见。这女警察卓霞认得，四十来岁，姓于，又矮又胖，满脸雀斑，虽说她貌不出众，却生得一口好牙齿，整齐而雪白，让人觉得从这样的牙齿中进出的话，字字珠玑。她以前做过法警，枪法是一流的，打靶时几乎枪枪中靶心，人称"于十环"。她见卓霞趁着没顾客，咿咿呀呀的，"扑哧"一笑，说："没想到你还是个票友？"卓霞站定了，收了手，大大方方地将两块白麻布抖搂到缝纫机上，说："闲着给自己解闷儿！"说完，瞄了一眼刘良阖。他面色青黄，一脸无奈。卓霞心想，他一定叫苦不迭：怎么自己摊上的女人，都魔怔了？

原来，今天上午，公安局收到了一封匿名信，有十多页，是电脑打印的，内容是蔡雪岚从网上发给她心上人的信。信的时间跨度有八九个月，虽然每封信只是三言两语，但可以看出他们之间的感情非常深厚。最后一封邮件发出的时间就是她坠楼前的半小时。她在里面写道：

四耳：

　　刚和文波谈完，他同意离婚了，我们一家四口的好日子就要来了，真高兴啊。小铃铛不爱收拾家，春天了，该是开窗的时候了，我想最后帮文波把玻璃擦一擦，省得小铃铛进门，会嫌窗子乌涂涂的而埋怨他。

　　　　　　　　　　　　　　　　爱你的雪岚

毫无疑问，这个寄信人不想公开他的身份，而他又想为刘文波开脱，怕公安部门查到他网络的 IP 地址，所以才选择把信剪贴了，打印寄出。如果这信件不是伪造的话，证明刘文波所言基本属实。

起码在当时，他没有产生杀妻的动机。公安局迫切地想找到这个寄信人。

于十环坐在浅色的长凳上，从公文包里取出一个黑壳笔记本，打开，又拿出一支碳素笔，问卓霞："蔡雪岚生前跟你提起过一个叫四耳的男人吗？"

卓霞摇了摇头，说："这名字不像大名，是小名吧？"

于十环梗了梗脖子，说："那当然了，要是大名，拉林的人，哪个不在我们掌握之中？"

卓霞看着她自负的神情，有点反感，便说："要是小名的话，那只能求神仙去了，我从没有听她提起过四耳。"

于十环有些失望，既然笔没什么可记录的，她就把它当作鼓槌，一下下地敲打着空白的本子，说："那你知不知道，拉林的小孩子中有叫五魁和七巧的？"

卓霞冷冷地说："不知道。"

刘良阖见谈话的气氛有点僵，解释道："蔡雪岚给那人的邮件中，提到两个孩子，一个男孩叫五魁，还有一个女孩叫七巧。"

"他们不会是双胞胎吧？"卓霞说，"现在都是一家一个孩子，这个男人不管他是死了老婆的，还是离异的，能带着一双儿女，双胞胎的概率占百分之七八十啊。"

"也没准这男人的头一个孩子是痴呆，政策允许他们生第二胎。还有可能他离异后娶了个大姑娘，也允许他们再生一个。"于十环耸了耸肩膀说，"当然了，有的少数民族，也是可以生二胎的。"

"既然你这么明白，按你的想法缩小包围圈，不是很容易就能找到这个带着两个孩子的男人了吗？"卓霞说。

刘良阖清楚，两个男人较上劲了，最终动的是拳头，而两个女人要是较上劲，唇枪舌剑就会没完没了，他可没心思听她们斗嘴。他让于十环将那沓信给卓霞看看，如果她从内容里还不能发现什么蛛丝马迹，他们就准备撤了。于十环很不情愿地将信从公文包中取出，递给卓霞，说："翻翻吧。"

卓霞在浏览的时候，注意到了这样几封信。

四耳：

　　这是我这一生中度过的最美好的一周！我们同床共眠时，我是那么的平静、舒展、知足，就像夏日的一朵云！这些年来，生活把我变成了一块坚硬的大石头，说不出的沉重，是你让我变得轻盈起来了。

　　　　　　　　　　　　　　　　　　　　爱你的岚

四耳：

　　下次去你那里，我要给七巧换个发式，她梳两条小辫子更好看。还有，五魁的衣服还得再做两身，橘黄的和豆绿的，不能总让他穿蓝色的啊，把他给穿老气了。

　　　　　　　　　　　　　　　　　　　　　　　岚

四耳：

　　今天路过你楼下，发现路口的马葫芦盖被人偷走了，你经过那里时，千万留神啊。

　　　　　　　　　　　　　　　　　　　　　　　岚

四耳:

　　昨夜梦见我们一家四口在雪地上走。你拉着五魁,我拉着七巧,又说又笑的。七巧嚷着冻脚时,你猜怎么着?前方竟然出现了一团篝火,红红的,暖洋洋的,这团火一定是神仙送给我们的!

岚

四耳:

　　给学生出了命题作文《我的理想》,作文本交上来一看,写得五花八门。有的学生想当厨子,说是天天能吃肉;有的学生想当县长,说是要给下岗的爸爸安排个工作。最有意思的,是一个学生说想当医生,看见不顺眼的人就给他扎针!我一边批改作文一边笑。

岚

四耳:

　　今晚上路过魁星音像店,发现灯黑着,我担心小铃铛关店早,是不是孩子又闹病了。正当我站在路口胡思乱想时,音像店忽然亮了!一个男人走了出来,原来是开狗肉馆的马彪!你说小铃铛跟谁都勾搭,文波要是和她过日子,还不得三天两头就戴绿帽子呀?我气不过,走进去,想说她几句,你猜怎么着?她正啃狗大腿呢。见了我还说:"雪岚姐姐真有口福,来,给你撕几条好肉,你尝尝，这是卓霞家的堂堂，这狗不知喂了什么好东西，这么香！"看她那兴高采烈的样子，我也不好扫她的兴，出来了。马彪用一条狗大腿就占了小铃铛的便宜，让我难过。唉！

岚

卓霞看到这儿，继续不下去了。她把信还给于十环，说："只看得出他们感情很深，不过那个男人是谁，一点都猜不出来。"

于十环和刘良阃走了。于十环走在头里，刘良阃在其后。他踏出霞布的一瞬，留恋地回头张望了她一眼，卓霞并不领受他的好意，撇着嘴，不屑地抹搭了一下眼睛。半小时后，卓霞收到刘良阃的短信：

怕你吃醋，我把单位最丑的人调过来办案，你还给我白眼啊？

卓霞回道：

你跟一个那么丑的女人在一起走，我多没面子呀！

卓霞发完这条短信，"扑哧"一声笑了。她相信刘良阃收到它后，也会轻轻一笑。先前对刘良阃的怨恨，消了多半，她甚至后悔把门锁换了。

卓霞从一摞做好的成衣中，抽出一件半长风衣，它是锦纶牛津布的面料，挺括而柔软，藏青色，带暗纹。一听说蔡雪岚坠楼之事立案了，她就赶制了一条适合小铃铛穿的呢裙，悄悄替换下这件风衣，以备公安局调查用。她和蔡雪岚是好朋友，她要保护她的隐私，哪怕她死了。卓霞还记得，蔡雪岚做这件风衣时，满面幸福。卓霞一看尺寸不是刘文波的，就问她给谁做。蔡雪岚卖起了关子："过几天你看它穿在谁身上，就知道是给谁做的了。"卓霞开玩笑说："那我得改行当交警了，每天站在十字街头，看往来的男人中谁用它挡风。"

从风衣的袖长和肩长来看，这个男人肩宽臂长。身高呢，起码在一米七以上。而从衣服的胸围来看，他不胖不瘦的。这件风衣的特别之处，是立领、单排扣的，不像大多的男款风衣，尽是双排扣、大开领的。蔡雪岚虽然不懂服装设计，但她所要的这个样式，中式风格明显，卓霞猜测穿它的是个沉稳干练、性格比较内向的男人。虽然其后卓霞与刘良阃关系变得暧昧起来，她也没动了说出这个秘密的念头。因为在她心目中，能让蔡雪岚春心荡漾的人，是不可侵犯的。她一直想弄清楚，蔡雪岚究竟爱上了谁，也好让这件风衣有个去处。现在一个叫四耳的男人果真出现了。可是对于这样一个名字，知道和不知道又有什么分别呢？

这天黄昏，卓霞打开大门，发现通往屋子的水泥甬道上，横着一个塑料袋，里面装着什么东西，袋口挽了个扣儿。除她之外，没谁再有她家门的钥匙了，这东西是怎么进来的呢？卓霞狐疑地解开袋子，发现里面沉着两块鸡蛋般大的鹅卵石，以及一团用报纸包裹的东西。她将报纸揭开，天啊，闪身而出的竟是一串色彩斑斓的木珠项链！很显然，送礼物的人进不来门，便把东西从大门撒进了院子。大概想到项链太轻飘了，飞起来容易腿脚不利索，这才捡了两块鹅卵石放进去为它"护驾"。

这串木珠项链，周长有七八十厘米吧，穿着五六十粒指甲般大的珠子。木珠涂着各色油彩，每一颗的颜色都不同。它们明暗相间，冷暖交错，银粉的挨着宝石蓝的，宝石蓝的又挨着橘黄的，橘黄的呢，与锌白比肩。越过锌白，是孔雀绿、玫瑰红、茄子紫，要什么颜色有什么颜色，要多丰富有多丰富。就说绿吧，有深绿、浅绿和黄绿；灰呢，有青灰和银灰；红色呢，有淡的海棠红，也有深的石榴红。这项链美得令人晕眩，卓霞提着它进屋的时候，像是踩在云彩上，飘飘然。这会是刘良阖送的吗？

卓霞站在穿衣镜前，戴上项链。那天她恰好穿着一件黑色圆领坎袖衫、一条珍珠白的筒裙。项链一上身，分明是雨后的彩虹出现了，她的脸变得从未有过的鲜润和明媚。卓霞深深吸了口气，她被美给惊着了。

卓霞的手机响起了鼓声，是刘良阖发来的短信：

> 喜欢那项链吗？我拆了一个木珠靠垫，取下珠子，买了两盒油彩，给木珠重新上色，亲手穿成的。虽然每个珠子的颜色都不同，但我对你的心永远是红色的！生日快乐！

卓霞从未对刘良阖说起过自己的生日，而她也把这个日子给忘了。他能知道确切日期，一定是从户籍资料中查到的，毕竟是干公安的啊。他并没有责备她把锁换了，这让卓霞更加愧疚，她飞快地发上这样几句话：

　　这是我收到的最珍贵的生日礼物！能在今夜见到你

吗？我把两道门都打开，你随时来。

半小时后，刘良阖回道：

　　看情况吧，她又画上鬼了，估计很难出去了。

　　卓霞简单吃了点东西，坐在窗前苦等。天黑了，月亮升了起
来。它初升时脸盘很大，红彤彤的，可是走着走着，脸变小了，颜
色也变黄了，好像一个盛装的新娘，不经意间熬成了个黄脸婆。卓
霞无奈地看着月亮朝中天走去，夜越来越深，她知道他不会来了，
失望地将门一一关上。她上了床，收到了刘良阖发来的最后一条
短信：

　　别等了，太晚了，她还磨刀呢，等她斩完鬼，估计

天也亮了。唉。祝好梦。

　　卓霞把那串木珠项链取了下来，让它像花猫一样卧在梳妆台
上，甜蜜而又怅惘地睡了。她怎能想到，仅仅几个小时后，当她在
黎明中醒来的时候，刘良阖却向着黑暗去了。

九　寒露

　　这场震惊了拉林的车祸发生在凌晨五时三刻。

　　拉林看守所有两名在押犯人越狱。刘良阖接到看守所的电话时，是三点五十分。他被齐向荣折腾得筋疲力尽，刚睡了两个小时。他飞快穿上衣服，一边向公安局局长通报情况，一边下楼，拦截了一辆出租车，火速赶到单位。越狱者居然是驾驶着停放在看守所院子里的一辆警车逃跑的，这让刘良阖怒火冲天。他们立刻在网上发出了协查通告，让沿途的公安机关在公路的出入口，追查一辆车牌号尾数为849的警车。此外，根据情况分析，还兵分两路进行追捕。一路由经验丰富的老警察邢瑞和于十环率领着，奔向南线的林城方向；一路由刘良阖率领，沿着运材线，在拉林河谷搜索。刘良阖亲自驾车，带着两名年轻的干警：陆国兴和薛伟。拉林河谷地形复杂，山高林密，道路崎岖。他们行进到林北线五十三公里的时候，刘良阖打了一个呵欠，疲乏地对坐在副驾驶位置的薛伟说："给我点颗烟吧。"薛伟答应着，刚把烟点着，还没等递到刘良阖口中，他握着方向盘的手抖了一下，汽车瞬间冲下路基，撞到一棵满是松节油的樟子松上。这棵有五六十年树龄的大树，真是硬气，汽车粉身碎骨了，它不过擦伤了点皮而已。刘良阖当场死亡，薛伟重伤，而坐在后面的陆国兴折断了三根肋骨。

　　越狱犯最终还是落网了。他们行至旺林时，发现前方的路口有警戒，急忙掉转车头。旺林警方察觉到情况可疑后，驱车追击。走起回头路的越狱犯，自此陷入了双重夹击中，前后都是追兵。当邢瑞驾驶的警车迎面扑来时，他们弃车而逃，企图窜入森林，让树木做他们的掩体，负隅顽抗。然而他们跑了还不足百米，就被于十环将逃路给掐断了。于十环只"啪——啪——"打出两枪，一颗子弹便在一个犯人的左腿开花，另一颗呢，绽放在另一个逃犯的右腿。

那天早晨，卓霞得知刘良阖的死讯后，将霞布挂上"盘点"的牌子，从里面扣上门，扯下一尺白麻布，踩着缝纫机，在那块布上，漫无目的地跑着。白布上出现了一道道黑线，看上去像泥泞中的车辙，醒目，滞浊。卓霞嫌黑线太单一了，便换下黑的，装上蓝的。黑线和蓝线交织在一起，虽然看起来有了隐隐的亮色，但还嫌压抑，于是她又换上金黄色的线，让白麻布泛出曙光。布面亮堂起来后，她又想让它透出天堂的气息，于是把装线轴的盒子搬出来，粉线白线紫线绿线悉数轧上，那块布分明就成了花园了。园子虽然看上去春意盎然的，可总觉得缺了点什么。是什么呢？卓霞看来看去，发现少了红色。前一段她为一个姑娘做婚礼服，她要了西式红色礼服一套，中式红色礼服又一套，因而耗尽了整整一轴红线，而她还没来得及添。卓霞叹了口气，想着再轧点色彩鲜艳的线调和一下。她把紫线取下，换上粉红的线，刚跑了两圈，缝纫机绞线了。卓霞抬起针板修理的时候，双脚在踏板上不由自主地动了一下，它带动皮轮，机器运转起来，机针一个猛子扎下来，刺中了她右手的无名指，鲜血随之涌了出来。卓霞没有为伤口止血，她想上天这不是送来红线了吗？她将血滴到了白麻布上。五彩斑斓的纹路上，突然有了鲜血的点染，立刻变得绚丽起来了。血滴有大有小、有浓有淡，因而这花朵在白麻布上开放的程度是不一样的，有的如迎风怒放的玫瑰，有的则如含苞的蜡梅。卓霞看着眼前这个生机勃勃的花园，抹起了眼泪。

看守所是刘良阖分管的，如果他活着，一定会因为监管不力而受处分。可因为他是因公殉职，再加上犯人最终被抓了回来，就没人追究死者的过失了，单位还是为他开了追悼会。追悼会一结束，一个男孩揣着架数码相机，战战兢兢地走进了公安局。这架神眼似的相机，让蔡雪岚的案子真相大白。

这个男孩就是小满姐姐留下的男孩秀植。

小满给秀植配备相机，是为了让他能更好地画画。小满注意到，秀植上街时，往往会停下脚步，打量酒馆的幌子或是树梢的鸟窝。小满想，要是给他买个相机，他不是随时随地能拍下感兴趣的画面吗？秀植有了相机后，无论去哪儿，总是随身携带着。他拍下的，有盛夏时偎在墙角打盹的狗、隆冬时挂满了霜雪的运货的马、花间的蜜蜂、深秋时林荫路上的落叶等。当然，这些都是他在家门以外拍的。在家里呢，秀植拍的是饭桌上的木节、紫砂茶壶，以及各色盆花。他因为喜欢对面楼上谢福家养的鸽子，黄昏时分，也时常跑到阳台，拍飞翔的鸽子。秀植与谢福一样，最喜欢鸽群中的那只黑鸽子。在灰色和白色的鸽子中，它是那么的夺目！它并不是通体的黑，它的前胸和羽翼，泛着隐隐的紫色和金属绿，使它看上去异常的华美！这只鸽子的性情与众不同，在鸽群中，它要么飞在头里，遥遥领先，要么落在最后，悠哉游哉，绝不肯流俗混在中间。蔡雪岚出事的那个时刻，秀植抓拍的三张照片，证明了蔡雪岚死在黑鸽子手里！第一张，是蔡雪岚趾着窗台擦玻璃的时候，黑鸽子在她头顶上方出现；第二张，黑鸽子去啄蔡雪岚的发夹；第三张，蔡雪岚的脚脱离了窗台，向下飞去，而闯下大祸的黑鸽子则慌张飞走。这说明，蔡雪岚是受了鸽子的惊扰后，失足坠楼的。鸽子喜欢吞吃石子，而蔡雪岚那天戴的发夹，并排镶嵌着三颗圆润的玉石，黑鸽子大约是想吃掉其中的一颗，才突然袭击的。

刘文波出来了，谢福却进去了。说起他为什么诬陷刘文波，他理直气壮的，"妈的，我一个老婆都没有，他凭什么有两个?！"

小满问秀植，你知道蔡阿姨是让黑鸽子给害死的，怎么不早点把拍下的照片拿出来? 秀植哭哭啼啼地说，他听说杀人是要偿命的，他喜欢黑鸽子，不想让它死。至此，谢福也找到了黑鸽子最近频频撞墙的原因，它造了孽，才会如此烦躁不安啊。

谢福因为做伪证，不仅丢掉了打更的活儿，还可能被判刑。他被抓走的时候，最放心不下的就是那群鸽子。他把钥匙给了邻居，托他们照管。不过他进看守所没几天，小铃铛就上门了。她说谢福是拉林小城最纯洁最自尊的男人，虽然他相貌丑陋，但品性好，值得爱，她想和他结婚了。她要趁着天好，赶紧把房子装修一下，等谢福出来，好有个新房的模样。这样，那群鸽子有专人侍弄了，毛色油光，精神愉悦。它们吃饱了喝足了，像谢福在家时一样，仍然喜欢在黄昏时，从阳台扑棱棱地飞出去，为天空镶上一道灿烂的流苏。那只黑鸽子，从此后只肯飞在头里，再不落在后面开小差了。

住在老楼的人，见小铃铛一天到晚地长在谢福那儿，忙这忙那的，都很羡慕，说："这谢半截真是有福，没托媒人，没花一分钱，老婆上赶着找上门来了! 小铃铛又富态，又有钱，谢半截真是烧了高香了! "那儿的老人，都喜欢丰腴的姑娘。在他们眼里，肥胖的小铃铛是美的。小铃铛很懂得人情世故，她说装修房子的声音和气味扰着邻居了，于是今天给他们抱个大西瓜过来让大家切开分吃，明天可能又提来一篮沙果让人们随意抓。老人们啧啧赞叹小铃铛的时候，也不忘了朝对面的楼努努嘴，说："住那么好的房子有什么用？还有人不愿意往那里嫁呢！"他们嘲讽刘文波的时候，一副扬眉吐气的神情。谢半截无疑为住在老楼的人，挣足了面子。

秋天不知不觉地来了。银树大街的杨树，叶子转黄了。黄过了头的，身子轻了，狂风起时，吃不住劲，便脱离枝条，跟着风走了。它们有的飘到花烛巷，落在商铺门前，心满意足地为人家守着门；有的飘到马铃巷，从狗肉馆门前血迹斑斑的水泥石柱滑过，失魂落魄地跌在地上，哀叹没去着个好地方；还有的转了一大圈，又被风带回老地方，任由银树大街往来的车辆和行人碾压着。

刘良阖不在了，卓霞觉得运行于体内的那团"气"，也跟着散了。她坐卧不安，焦虑，易怒，失眠。她再没了穿素色衣服的心性了，打扮得花里胡哨的，招摇过市，将霞布的生意都拐带坏了。

这天傍晚，卓霞正要闭店，罗郁来了。不知他是否感冒了，进门后居然打了个寒战。卓霞冷冷地说："我可说清楚了，你的生意我不做。"

罗郁说："可是别人做的活儿我信不过。"

卓霞"哼"了一声，说："你要是还有良心，就别往帅气打扮了，坑了一个女人还不够吗？！"

罗郁哀怜地望了卓霞一眼，罪人似的垂下头来，低声说："我不是给自己做衣服，是给孩子。"

卓霞诧异地问："你收养孩子了？"

罗郁没回答，他走向陈列着布匹的架子，选中了两匹棉布，一种是橘黄地撒着银色星星的，一种是豆绿地带靛蓝条纹的。他从兜里掏一张巴掌大的纸，对卓霞说："你看做这样的一身衣服需要多少布，就扯多少。每样布做一套。"说着，掏出钱来，要付布料和手工费。

卓霞摆着手说："等取时再算吧。"

卓霞接过那张纸，那竟是一张处方签。正面是一服方子，上面写有人参、白芍、当归、香附、鹿角、甘草、地黄、川芎、黄芪、丹参等十几味中草药的名称和克数，背面才是衣服的尺寸。看来这是一张废弃的处方签，罗郁从来不浪费一张纸，把它利用起来了。

罗郁问："那我什么时候来取呢？"

"你的电话换号了没？"卓霞问。

"还是老号码。"罗郁说。

"那就等我电话吧。"卓霞说，"做好后我会告诉你。"

罗郁道过谢，走出霞布。不过他刚出门，又回转身，探过头，对卓霞说："你怎么穿得这么花啊？刚进门时，吓了我一跳！"怕卓霞反驳和奚落，罗郁说完，飞快地离开了。

卓霞本想对照着罗郁留下的衣服的尺寸，早点下了布料，将衣服给他做出来，可是罗郁丢下的那番话，让她起了怨恨，她拉开缝纫机的抽屉，将处方签塞进去，想着怠慢它一段时日再说。卓霞慢腾腾地走到立在墙角的试衣镜前，打量着自己：那件绿地撒紫花的上衣，看上去就像发臭的池塘上漂荡着的霉烂了的水草，让人直想掩鼻子；而白地黑黄碎格的长裙，犹如一张大蛛网撞上了一群飞虫，而且飞虫都已僵死了，密密麻麻地附着其上，看了让人厌弃。

卓霞败兴地叹了口气，想换上素色的衣服，可是她刚把一条银灰的连衣裙拿在手上，就心慌气短的，直冒虚汗。她明白，她已没好气息驾驭这种色彩内敛的衣服了。

天上的云，和地上的河水，出了雨季，都瘦了。卓霞常常在黄昏归家时，绕过家门，越过堤坝，到坝下走走。河坝旁农人的庄稼，该收割的都收割了，露出泥土的本色。圆形的庄稼地看上去像是漆黑的眼珠，而长方形的看上去像姑娘们包头用的青色额帕。河畔的树丛，经了大大小小的几场霜后，无论是柳树还是青杨，叶子都变色了。青杨的叶子变黄的居多，而柳树的叶子，多半变的是红色。红红黄黄心形和眉形的叶子在秋风中颤动着，以最后的绚丽向这一季的人间告别。卓霞置身树丛里，觉得自己就是一个心事透明的婴孩，被一块巨大的花布包裹了。只要老天乐意，将这块布四角对折，她就会被卷到天上去。到了那儿，也许能与刘良阖相遇？卓霞常常会在暮色苍茫的时刻，想起他们曾有的欢娱，想起他看她时那眷恋的眼神。她憎恨齐向荣，如果那个夜晚她不闹鬼，他就会来她这里；即便是不来，她安安静静的，刘良阖早点休息的话，也就不会因疲劳驾驶而出事。

刘良阖不在以后，卓霞遇见过齐向荣两次。一次是在马铃巷的肉摊前，一次是在花烛巷的美发店前。齐向荣在肉摊买的是排骨，当摊主问她还要不要猪腰子时，她痛痛快快地说："以后再也不用吃那玩意儿了！"那天她穿着白衣蓝裙，这色彩本来就把人往高了抬，再加上她也的确瘦了一些，看上去好像是长个儿了，很精神。她碰见卓霞，同以往一样，只是微微点个头。而在美发店前碰见她的那次，齐向荣刚做了头发出来，身上散发着橘子香型的洗发香波气味，穿黑色长裤，深灰的立领拉链上衣，拉链上坠着一颗水滴形的黄水晶，湿漉漉的头发一丝不乱地向后梳去，露出明净的额头，显得精干利落，端庄秀丽。卓霞很惊异，刘良阖死后，齐向荣没有灰暗下去，反倒是青春勃发了。

齐向荣和刘良阖在一起时，从来没有觉得他属于她。相反，丈夫离世了，她倒觉得拥有他了。齐向荣因为是家中独女，上面又是四个哥哥，打小起，她就和男孩子在一起玩，上树掏鸟窝，下河捞小鱼，打群架，掀房瓦，男孩子干的坏事，她都做过。齐向荣的母亲是个仔细人，四个儿子穿小了的衣裳，她不舍得扔，就让女儿捡着穿，这样，齐向荣小的时候，几乎没穿过一件花衣裳。她长成大姑娘后，也爱往男孩打扮，梳着短得不能再短的头发，从不穿裙子，而且衣服的颜色限于深蓝或草绿，走路大步幅，说话高嗓门。她经人介绍嫁给刘良阖，新婚之夜，当新郎俯上身时，她本能地把他掀翻在地，骑到他身上，给了他一巴掌。刘良阖刑警出身，擒拿格斗，是他的看家本领，齐向荣哪里是他的对手，就这样，她最终还是被摁在他身下，成了她并不想成为的女人。从那儿起，每每床第之事后，她都有说不出的嫌恶，不吐上几口，觉都睡不安稳。为了培养自己的女人味，齐向荣总是花衣不离身，可这无济于事，她越穿得艳丽，心绪越烦乱。当婆婆得了尿毒症，她把一个肾捐献出去后，有种如释重负的感觉。因为在此之前，她一直担心刘良阖有一天会抛弃她。少了一个肾后，她知道，刘良阖不管爱上谁，都不会拆散这个家庭了。齐向荣虽然看上去没心没肺的，其实她与其他女人一样，天性是敏感的。自从那年卓霞到她单位，送来了刘良阖在霞布做的那套休闲服后，她就明白，丈夫看上这个拉林人公认的最有女人味的女人了。她忧虑、嫉妒，看见卓霞时恨不能剥了她的皮！她对丈夫严加看管，可是不幸还是发生了。那个黄昏，在民惠巷，她看到卓霞领着的堂堂，见到刘良阁后，表现出对主人才有的亲昵和热情，她明白了，丈夫已经出轨了。如果刘良阁是与那些不三不四的小姐发生了关系，她虽然也会生气，但不会恐惧，因为他图的可能只是个新鲜和痛快，不会动心；而卓霞这个女人，却令她胆寒，因为她占尽了女人的风光！打败这样的女人，洵非易事。齐向荣想来想去，既然身为公安局副局长的官职都约束不了他，她也没有姿容的优势拿住他，看来只能求助鬼神了。她在画鬼魅和磨刀斩鬼的过程中，感觉到丈夫又渐渐回到了身边。刘良阁出事前的那个夜晚，她一回家，就察觉到丈夫有点异常。他做了一桌子的菜，拿出一瓶五十八度的高粱烧酒，说是要和她干掉了它。齐向荣想，他是要把她灌醉，趁她熟睡时，去跟卓霞幽会。一旦看穿了丈夫的计谋，她当然是滴酒不沾，而且未等刘良阁下桌，她一撂下筷子，就嚷着见着鬼了，披头散发地大喊大叫、画鬼斩鬼，让那个夜晚销蚀在阴气重重的鬼魅中。她哪能料到，真正的鬼正潜伏在拉林河谷中，几个小时之后，索了刘良阁的命！她恨卓霞，如果不是她，她不会制造那个地狱世界，描绘那个世界的时候，她几乎真的疯掉！

天越来越凉了，穿风衣的人多了起来。这天下午，卓霞觉得心里不那么忙乱了，于是取出处方签，打算把罗郁的活儿给做了。当她仔细打量衣服的尺寸时，大吃一惊，因为这孩子的上衣的衣长是十五厘米，袖长十厘米，肩长只有七厘米。裤长呢，不过二十厘米。如果尺寸无误的话，这孩子不过两拃长，跟猫崽似的，实在是太小了。卓霞掏出手机，想问问罗郁，是不是尺寸搞错了，但一想罗郁做事一向细致谨慎，而且是个怪人，便没有打那个电话。她心想，即便这衣服是给鬼做的，我也随罗郁的意吧。于是先裁剪了豆绿地带靛蓝条纹的布料，踏着缝纫机做起小衣服来。

卓霞正做得投入，齐向荣来了。她手持一个淡青色的画筒，穿一件咖啡色大开领的短风衣，系一条米色长丝巾，黑色长裤，半高跟的黑皮鞋，看上去英姿飒爽的。卓霞见到她，停下活儿，半晌说不出话来。

"你这店里的生意好像不怎么样嘛——"齐向荣坐在紫檀色的长条凳上，拖着长腔说，"正是换季的时候，怎么一个客人都没有啊？"

卓霞说："花烛巷又开了一家布店，这里人少了，也正常。"

"你还好吧？"齐向荣问。

卓霞没有回答，反过来问："你好吗？"

"良阖虽然是走了，可他留给了我一个好儿子！刘齐真是懂事，每隔一两天，都要往家打一个电话，他说了，非北大清华不上，说是将来要在北京安家，把我接过去享福。咱们都是女人，在后代这点上，我可是比你命好啊，老来有指望！"

卓霞明白她是来干什么的了，她无所谓地笑笑。

"我想送你一样东西，做个纪念。"齐向荣说完，要打开画筒。

"我胆子小，别打开了。"卓霞制止道，"蹦出那么多的鬼来，我怕是招架不住的。"

"你怎么知道是鬼画？"齐向荣问。

卓霞不语。

"哦，一定是那个该死的告诉你的！"齐向荣恨恨地说。

卓霞指着画筒，一字一顿地说："你用它杀死了他！"

"是你杀死了他！"齐向荣霍地站了起来，大叫着。

"是你杀的！"

"是你杀的！"

她们声嘶力竭指责对方的，是同一句话。

卓霞终于忍不住，哭了起来。齐向荣看着她憔悴不堪的样子，大约动了恻隐之心，轻声说："你不要鬼画，我就不强给你了。不过，有一样东西，我得还给你。"齐向荣打开画筒，将一把钥匙，"当啷"一声倒在缝纫机上。她说："清理良阖的遗物时，我在他办公桌的笔筒里，发现了它。"

卓霞抬起头，泪眼蒙眬地看了一眼钥匙，说："早换了，没用了。"

齐向荣凄凉地说了声"真的换了吗"，摇晃了一下，用手扶着缝纫机板，一副欲哭无泪的表情。待她恢复平静，要离开霞布的时候，她指着卓霞做着的那件小衣服说："这是给布娃娃做的吧？"

就是这句话，令卓霞茅塞顿开。她想，罗郁不喜欢实质的婚姻，当然也就不会喜欢实质的孩子。他的孩子，也许真的只是一个布娃娃！他为孩子做的这两套衣服的颜色，卓霞总觉得眼熟。她冥思苦想，终于忆起了，刘良阖那天跟于十环来霞布时，她从于十环递过的那沓信中看到，蔡雪岚曾对心上人说，不能让五魁总穿蓝色的，要再给他做两身衣服，橘黄的和豆绿的！而罗郁做的，恰恰就是这两种颜色的小衣服！看来，蔡雪岚爱上的那个人，是罗郁。而五魁和七巧，不过是他们虚拟的儿女。

卓霞取下蔡雪岚做的那件风衣。天啊，都不用尺子量，一打眼，她就能看出这确是罗郁的尺寸。可是当初她怎么就没有想到这是为他做的呢！不过，她为什么叫他"四耳"呢？卓霞把"罗郁"二字写在纸上，仔细打量，发现"罗"的上半部果然有个"四"字，而"郁"的右半边，竖着个"耳朵"。组合起来，可不就是"四耳"吗！

至此，卓霞又有勇气穿素色的衣服了。她悉心为五魁做小衣服的时候，甚至开始怀念，她和罗郁度过的那些相安无事的夜晚了。

这天晚上，月亮把自己打扮得很好，光光鲜鲜地走在天上。卓霞也把自己打扮得很好，穿着雪青色的长风衣，系一条深灰撒银点的开司米围巾，足蹬黑色的羊皮靴子，轻轻盈盈地走在地上。她捧着一件男款风衣和两套刚做好的小衣服，穿过花烛巷，走上萧瑟的银树大街，然后拐向暖阳巷，朝罗郁的住处走去。已经是晚秋了，凉风沁骨，卓霞的身上起了阵阵寒意。她想，这件风衣，罗郁没能抵挡上春寒，抵御秋风，正是时候啊。

图书在版编目（CIP）数据

起舞 / 迟子建著 .—北京 : 作家出版社，2021.9 （2022.7 重印）
（迟子建作品）
ISBN 978-7-5212-1167-2

Ⅰ.①起⋯　Ⅱ.①迟⋯　Ⅲ.①中篇小说—小说集—
中国—当代　Ⅳ.① I247.5

中国版本图书馆 CIP 数据核字（2020）第 217485 号

起舞

作　　　者 : 迟子建
策　　　划 : 省登宇
责任编辑 : 周李立
装帧设计 : 好言好羽
出版发行 : 作家出版社有限公司
社　　　址 : 北京农展馆南里 10 号　　邮　　编 : 100125
电话传真 : 86-10-65067186（发行中心及邮购部）
　　　　　　86-10-65004079（总编室）
E-mail:zuojia @ zuojia.net.cn
http://www.zuojiachubanshe.com
印　　　刷 : 河北京平诚乾印刷有限公司
成品尺寸 : 145×210
字　　　数 : 310 千
印　　　张 : 10.5
印　　　数 : 20001-30000
版　　　次 : 2021 年 9 月第 1 版
印　　　次 : 2022 年 7 月第 3 次印刷
ISBN 978-7-5212-1167-2
定　　　价 : 49.80 元（精）